KIMBERLY MCCREIGHT
Outliers
Gefährliche Bestimmung

GOLDMANN
Lesen erleben

Kimberly McCreight

OUTLIERS
Gefährliche Bestimmung

DIE SUCHE

Band 1

Roman

Deutsch von Karen Gerwig

GOLDMANN

Die amerikanische Originalausgabe erschien 2016 unter dem Titel »The Outliers« bei Harper, an imprint of HarperCollinsPublishers, New York.

Dieses Buch ist auch als E-Book erhältlich.

MIX
Papier aus verantwortungsvollen Quellen
FSC® C083411
FSC www.fsc.org

Verlagsgruppe Random House FSC® N001967

1. Auflage
Deutsche Erstveröffentlichung Oktober 2018

Umschlaggestaltung: UNO Werbeagentur, München
Umschlagmotiv: FinePic®, München
Redaktion: Catherine Beck
KS · Herstellung: kw
Satz: Vornehm Mediengestaltung GmbH, München
Druck und Bindung: CPI books GmbH, Leck
Printed in the Czech Republic
ISBN 978-3-442-20564-6
www.goldmann-verlag.de

Besuchen Sie den Goldmann Verlag im Netz

*Für Harper und Emerson,
die Tapfersten der Tapferen.*

Alles, was in diesem Roman passiert, ist Fiktion.
Die Dinge, die ihr hier lest, sind nicht passiert.
Zumindest noch nicht.

KM

Wir müssen an unsere Berufung glauben und alles daransetzen, unser Ziel zu erreichen.

MARIE CURIE

Prolog

Warum sind die schlimmen Dinge immer so viel leichter zu glauben? So sollte es nicht sein. Aber es ist so, jedes Mal. Du bist zu sensibel und machst dir zu viele Sorgen, sagen sie. Du machst dir zu viele Gedanken über die falschen Dinge. Ein Flüstern in deinem Ohr, und die Worte purzeln in deinem Kopf herum, als hättest du sie selbst als Erste gedacht. Wenn du sie oft genug hörst, sind sie ziemlich schnell in dein Herz eingraviert.

Ich weiß, dass mit mir etwas nicht stimmt, aber das muss ich jetzt vergessen. Während ich hier in diesem kalten, dunklen Raum sitze, tief im pechschwarzen Wald, und dieser Fremden in die Augen blicke, die mich belügt, muss ich das Gegenteil von mir denken. Ich muss glauben, dass ich ein Mensch bin, von dem ich selbst nie geglaubt habe, es zu sein. Dass in meinen tiefsten, dunkelsten, nutzlosesten Ecken ein Geheimnis verborgen liegt. Ein Geheimnis, das mich vielleicht am Ende retten kann. Uns retten kann.

Denn ich verstehe immer noch wenig von dem, was hier passiert. Um ehrlich zu sein, sogar ziemlich wenig. Aber eines weiß ich: Trotz der Furcht im Blick dieser Frau müssen wir sie überreden, uns zu helfen. Denn unser Leben hängt davon ab. Und davon, dass wir hier rauskommen.

1

Das Handy meines Vaters vibriert laut und rutscht dabei über unseren abgenutzten Esszimmertisch. Er streckt die Hand danach aus und schaltet es aus.

»Tut mir leid.« Er lächelt, während er sich über seine dichten grau melierten Haare fährt und die eckige schwarze Brille hochschiebt.

Es ist eine Hipsterbrille, aber deshalb hat er sie nicht gekauft. Bei meinem Dad ist jede Hipness vollkommen zufällig. »Ich dachte, es sei aus. Es hätte nicht einmal auf dem Tisch liegen dürfen.«

Das ist eine Regel: keine Handys im Esszimmer. Die Regel gab es schon immer, auch wenn sie eigentlich keiner je befolgt hat – Mom nicht, nicht mein Zwillingsbruder Gideon, und ich auch nicht. Aber das war davor. Jetzt ist alles aufgeteilt in das *Davor* und das *Danach*. Und in der dunklen und schrecklichen Mitte liegt Moms Unfall vor vier Monaten. Im *Danach* ist Dad die Handyregel viel wichtiger. Vieles ist ihm jetzt wichtiger. Manchmal habe ich das Gefühl, er versucht, unser Leben aus Streichhölzern wieder aufzubauen, und dafür liebe ich ihn. Aber jemanden zu lieben ist nicht dasselbe wie ihn zu verstehen. Das ist schon okay, glaube ich, denn Dad versteht mich auch nicht. Eigentlich hat er das nie. Jetzt, da meine Mom fort ist, denke ich manchmal, niemand wird mich je wieder verstehen.

Dad kann sein Wesen nicht ändern – er ist ein Hardcore-Nerdwissenschaftler, der nur in seinem eigenen Kopf lebt. Seit dem Unfall sagt er zwar viel öfter als früher »Ich hab dich lieb« und tätschelt mir und Gideon ständig den Rücken, als wären wir Soldaten, die in den Krieg ziehen. Aber es ist komisch und unbeholfen. Und es macht alles nur noch schlimmer. Nicht nur für mich, sondern für uns alle.

Das eigentliche Problem ist, dass er nicht viel Übung in Herzenswärme und Kuscheligkeit hat. Das Herz meiner Mom war immer groß genug für sie beide. Nicht dass sie weich war. Sie hätte nicht so eine gute Fotografin sein können – die ganzen Länder, die ganzen Kriege –, wenn sie nicht höllisch zäh gewesen wäre. Aber für Mom gab es Gefühle nur in einer Form: vergrößert. Und das galt auch für ihre eigenen: Sie heulte jedes Mal, wenn sie eines von meinen oder Gideons selbst gemachten Willkommen-zu-Hause-Schildern las. Und wie sie die Gefühle der anderen spürte – sie schien immer zu wissen, wann es Gideon oder mir nicht gut ging, und das noch, bevor wir zur Tür hereinkamen.

Wegen dieses seltsamen sechsten Sinns hat mein Dad so großes Interesse an emotionaler Intelligenz, abgekürzt EI. Er ist Forscher und Professor an der Universität, und so ungefähr alles, was er je studiert hat, ist ein winziger Teil von EI. Reich wird er mit so was nie. Aber Dr. Benjamin Lang interessiert sich für Forschung, nicht für Geld.

Und es hat auch sein Gutes, dass Dad wie der Blechmann aus dem Zauberer von Oz ist: Er ist nach dem Unfall nicht zusammengebrochen. Nur ein einziges Mal hat er ansatzweise die Beherrschung verloren – am Telefon mit Dr. Simons, seinem besten Freund/einzigen Freund/

Mentor/Ersatzvater. Und selbst da riss er sich ziemlich schnell wieder zusammen. Trotzdem frage ich mich, ob es mir nicht lieber wäre, dass er total durchdreht, wenn ich dafür eine so feste Umarmung bekäme, dass mir die Luft wegbleibt. Oder einen Blick, der mir sagt, dass er versteht, dass ich am Ende bin, weil er es auch ist.

»Du kannst an dein Handy gehen«, sage ich. »Es macht mir nichts aus.«

»Dir vielleicht nicht, aber mir.« Dad nimmt seine Brille ab und reibt sich die Augen auf so eine Art, dass er ganz alt aussieht. Das reißt das Loch in mir noch ein bisschen weiter auf. »Irgendwas muss von Bedeutung sein, Wylie, sonst bleibt gar nichts mehr.«

Das sagt er oft.

Ich zucke die Achseln. »Okay, wenn du meinst.«

»Hast du noch mal darüber nachgedacht, was Dr. Shepard heute während eurer Telefonsitzung gesagt hat?« Er versucht, beiläufig zu klingen. »Dass du wieder halbtags anfangen könntest?«

Sicher wartet er schon seit wir uns hingesetzt haben auf den richtigen Moment, das anzusprechen. Dass ich dem Hauslehrer abgesagt habe und ob ich die elfte Klasse an der Newton Regional High School fertig mache, sind die Lieblingsthemen meines Vaters. Wenn wir mal nicht darüber reden, dann nur, weil er sich auf die Zunge beißt, um nicht wieder davon anzufangen.

Dad hat Angst, wenn ich nicht bald wieder normal zur Schule gehe, mache ich es vielleicht nie. Meine Therapeutin Dr. Shepard und er sind sich bei dem Thema vollkommen einig. Das sind sie bei den meisten Dingen, wahrscheinlich, weil sich die beiden E-Mails schreiben. Nach dem Unfall habe ich es ihnen erlaubt. Dad hat sich wirklich Sorgen um mich gemacht, und ich wollte total cool und kooperativ wirken und außerdem besonders zurechnungsfähig. Aber ihr privater Plausch war eigentlich nie wirklich in Ordnung für mich, vor allem nicht jetzt, wo sie beide im Team »Wylie muss wieder normal zur Schule gehen« sind. Ich glaube, es war auch nicht gerade hilfreich, dass Dr. Shepard und ich vor drei Wochen zu Telefonsitzungen übergehen mussten, weil ich es nicht mehr schaffe, das Haus zu verlassen. Das bestätigt schon irgendwie ihr Argument, dass es nur die Spitze eines sehr dunklen Eisbergs ist, wenn ich nicht in die Schule gehe.

Dr. Shepard war anfangs gar nicht mit dem Hauslehrer einverstanden. Sie weiß nämlich, dass meine Probleme mit der Schule nicht an dem Tag vor vier Monaten angefangen haben, als Moms Wagen auf einer Eisplatte zum Rutschen kam und aufgeschlitzt wurde.

»Ich mache mir Sorgen, wohin das führen könnte, Wylie«, sagte Dr. Shepard in unserer letzten persönlichen Sitzung. »Die Schule abbrechen ist kontraproduktiv. Wenn du deiner Angst nachgibst, machst du es nur schlimmer. Das gilt auch jetzt in deiner sehr legitimen Trauer.«

Dr. Shepard setzte sich anders in ihrem großen roten Ohrensessel zurecht, in dem sie immer so makellos und zierlich aussah wie die geschrumpfte Alice im Wunderland. Ich war schon seit fast sechs Jahren, seit der Mittelstufe, immer mal wieder bei ihr in Behandlung. Meistens schon. Manchmal fragte ich mich immer noch, ob sie überhaupt wirklich Therapeutin war, so klein, jung und hübsch, wie sie war. Aber sie hatte es mit ihrem speziellen Therapiecocktail geschafft, dass es mir besser ging – Atemübungen, Gedankenspiele und sehr viele Gespräche. Als die High School losging, war ich ein normales Mädchen, nur ein bisschen nervöser. Das heißt, bis mich der Unfall meiner Mutter aufbrach und mein ganzes scheußliches Innere herausquoll.

»Genau genommen breche ich die Schule gar nicht ab, ich gehe nur nicht mehr ins *Gebäude.*« Ich lächelte gezwungen, woraufhin Dr. Shepard die perfekt gezupften Augenbrauen zusammenzog. »Außerdem ist es ja nicht so, als hätte ich es nicht versucht.«

Tatsächlich hatte ich nur an zwei Schultagen gefehlt – am Tag nach dem Unfall meiner Mutter und am Tag ihrer Beerdigung. Ich ließ meinen Vater sogar vorher anrufen, um sicherzugehen, dass mich niemand komisch behandelte, als ich gleich wieder hinging. Denn das war mein Plan: so zu tun, als wäre nichts passiert. Und eine Weile – eine ganze Woche, glaube ich – funktionierte es. Dann kam dieser Montagmorgen – eine Woche, einen Tag und vierzehn Stunden nach der Beerdigung –, da wurde mir schlecht, und ich konnte gar nicht mehr aufhören, mich zu übergeben. Das ging stundenlang. Ich hörte nicht auf, bis sie mir in der Notaufnahme ein Mittel gegen die Übelkeit gaben. Dad hatte solche Angst, dass er, als wir endlich aus dem Krankenhaus kamen, einem Hauslehrer zustimmte. Ich glaube, er hätte allem zugestimmt, wenn es mir davon nur wieder besser ginge.

Aber wie könnte es mir besser gehen, ohne Mom, die mir half, die guten Seiten zu sehen? *Meine* guten

Seiten. »Du bist nur sensibel, Wylie«, hatte sie immer gesagt. »Die Welt braucht sensible Menschen.« Und irgendwie hatte ich ihr geglaubt.

Vielleicht hatte Mom auch nur die Wahrheit nicht sehen wollen. Schließlich war ihre Mom – meine Großmutter – traurig und allein in einer Psychiatrie gestorben. Vielleicht wollte meine Mutter nicht glauben, dass sich die Geschichte wiederholte. Vielleicht dachte sie auch wirklich, mit mir sei alles in Ordnung. Eines Tages hätte sie es mir vielleicht gesagt. Jetzt werde ich es nie erfahren.

Ich sehe auf meinen Teller und schiebe perfekt gegarten Spargel in einen Couscoushügel, um dem Blick meines Dads auszuweichen. In schwierigen Zeiten verschwindet mein Appetit immer als Erstes. Und seit dem Unfall ist mein Leben im Grunde eine einzige schwierige Zeit. Aber es ist wirklich schade, dass ich keinen Hunger habe. Die Kochkünste meines Dads sind eines der wenigen Dinge, die noch funktionieren – er war immer der Koch in der Familie.

»Du hast gesagt, ich kann selbst entscheiden, wann ich bereit bin, wieder zur Schule zu gehen«, sage ich schließlich, auch wenn ich mir schon sicher bin, dass ich nie bereit, willens und in der Lage sein werde, an die Newton Regional High School zurückzukehren. Aber es gibt keinen Grund, Dad das zu sagen, zumindest jetzt noch nicht.

»Wann du wieder zur Schule gehst, *ist* deine Sache.« Er versucht, entspannt zu klingen, aber er hat sein Essen auch nicht angerührt. Und die kleine Ader auf seiner Stirn steht vor. »Aber ich finde es nicht gut, wenn du Tag für Tag allein hier im Haus herumhängst. Da fühle ich mich … es ist nicht gut für dich, so oft allein zu sein.«

»Ich bin gern allein.« Ich zucke die Achseln. »Das ist gesund, oder nicht? Komm schon, du bist der Psychologe. Gutes Selbstbewusstsein und so.«

Verrückt, wie viel weniger überzeugend sich mein Lächeln immer anfühlt, wenn ich es erzwinge. Vermutlich, weil ein Teil von mir weiß, es wäre besser, wenn ich diese Diskussion endlich verlöre. Wenn ich zappelnd und schreiend wieder in die Schule gezwungen würde.

»Komm schon, Wylie.« Dad mustert mich mit verschränkten Armen. »Nur weil du dich selbst magst, heißt das nicht, dass …«

Da klopft es laut an der Haustür. Wir zucken beide zusammen. *Bitte nicht Gideon* – das denke ich sofort. Das letzte Mal, als es unerwartet klopfte, wurde uns jemand entrissen. Und Gideon – mein entgegengesetzter Zwilling, wie Mom immer scherzte, weil wir so unglaublich unterschiedlich sind – ist als Einziger von uns nicht zu Hause.

»Wer ist das?«, frage ich, während ich versuche, das wilde Hämmern meines Herzens zu ignorieren.

»Sicher kein Grund zur Sorge«, sagt Dad. Aber er hat keine Ahnung, wer an der Tür ist oder ob es einen Grund zur Sorge gäbe. Das ist offensichtlich. »Wahrscheinlich will jemand was verkaufen.«

»Heutzutage verkauft keiner mehr was an der Tür, Dad.« Aber er hat schon seine Serviette auf den Tisch geworfen und geht durchs Wohnzimmer.

Als ich um die Ecke komme, hat er gerade die Tür geöffnet.

»Karen.« Er klingt erleichtert. Aber nur ganz kurz. »Was hast du … was ist los?«

Als ich schließlich an ihm vorbeiblicken kann, sehe ich Cassies Mom Karen auf unserer Eingangsterrasse stehen. Trotz des kränklich-gelben Lichts der Energiespar-Außenbeleuchtung sieht Karen perfekt aus wie immer: Ihre schulterlangen braunen Haare sind makellos glatt, ein leuchtend grüner Schal ist ordentlich über ihrem maßgeschneiderten weißen Wollmantel geknotet. Es ist Anfang Mai, aber wir stecken tief in einer dieser fiesen Bostoner Kältewellen.

»Es tut mir leid, dass ich einfach so auftauche.« Karens Stimme ist hoch und quietschig. Und sie keucht ein bisschen, ihr Atem bildet eine Wolke. »Aber ich habe ein paarmal angerufen, und niemand ist rangegangen, und dann bin ich herumgefahren und habe nach ihr gesucht, als ich bei euch das Licht brennen sah, und ich dachte ... O Gott, ich habe überall gesucht!« Als sie die Arme verschränkt und einen Schritt näher kommt, bemerke ich ihre Füße. Sie sind nackt.

»Wen hast du überall gesucht ...?« Dad hat ihre Füße auch bemerkt. »Karen, was ist mit deinen Schuhen passiert? Komm rein.«

Als sie sich nicht rührt, zieht er sie sanft herein. »Dir muss doch eiskalt sein! Komm, komm!«

»Ich finde Cassie nicht.« Karens Stimme bricht, und sie tritt über die Schwelle. »Kannst du – ich bitte dich wirklich ungern, Ben. Aber kannst du mir helfen?«

2

Im Wohnzimmer führt Dad Karen zu einem Sessel. Sie lässt sich fallen, mit starrem Körper und eingefrorenen Gesichtszügen. So habe ich sie noch nie gesehen. Denn nicht nur Karens Kleidung ist immer perfekt. Sie selbst auch. »Die perfekte Plage«, so nennt Cassie sie tatsächlich – so dünn und hübsch, immer mit einem Lächeln, und nie liegt ein Haar nicht so, wie es soll. Und *dünn*. Das muss man zweimal sagen. Denn laut Cassie ist für Karen das Gewicht der Leute doppelt so wichtig wie alles andere. Und das könnte stimmen. Karen war immer nett zu mir, aber da ist irgendwas an der Art, wie sie mit Cassie spricht, ein scharfer Unterton in ihrer sanften Stimme. Als würde sie ihre Tochter lieben, aber vielleicht nicht besonders mögen.

»Wylie, holst du Karen bitte ein Glas Wasser?« Dad sieht mich an. Er macht sich Sorgen, dass mich das hier – was es auch ist – noch mehr aus dem Tritt bringen könnte. Und das wäre das Letzte, was ich brauche, damit hat er nicht völlig unrecht. Also schickt er mich zu meinem eigenen Besten weg. Als würde ich mir weniger Sorgen um Cassie machen, wenn ich nicht im selben Raum bin. Ich habe schon zu viel gehört.

»Wasser wäre toll«, sagt Karen, aber so, als bräuchte sie alles, nur das nicht. Sie schließt sich nur meinem Dad an. »Danke.«

»Wylie«, drängt mein Vater, als ich bleibe, wo ich bin, und auf den Teppich starre. Ich muss vorsichtig sein. Wenn ich den Eindruck erwecke, dass ich durchdrehe, schickt er mich ganz nach oben. Vielleicht schickt er dann sogar Karen weg, bevor ich herausfinde, was los ist. Und ich muss es wissen. Trotz allem, was zwischen Cassie und mir passiert ist, auch wenn das nicht unbedingt meine erste Ausnahmesituation im Zusammenhang mit ihr ist, ist mir wichtig, was ihr geschieht. Das wird immer so sein.

Aber ich sehe es im Gesicht meines Vaters: Er will das hier so schnell wie möglich hinter sich bringen und Karen wegschicken. Und das wird er tun, egal, wie gern er Karen und Cassie hat. Seit dem Unfall hat er viele neue Grenzen gezogen – bei meinen Großeltern, Lehrern, Ärzten, Nachbarn. Alles, um uns zu schützen. Mehr noch mich, das stimmt. Gideon und ich sind wirklich sehr unterschiedlich, er ist ein Crack in Naturwissenschaften und Geschichte, ich mag vor allem Mathe und Englisch. Und Gideon war schon immer »der Robustere«. Das sagen die Leute, wenn sie glauben, ich höre nicht zu. Und wenn sie meine Großmutter sind – die Mutter meines Dads –, dann sagen sie es mir ins Gesicht. Sie trieb mich direkt nach der Beerdigung meiner Mutter in die Enge und erzählte mir, ich solle wirklich versuchen, mehr wie Gideon zu sein. Gleich danach bat Dad sie, nie wieder zu Besuch zu kommen.

Die Wahrheit ist, dass meine Großmutter mich noch nie mochte. Ich erinnere sie zu sehr an meine Mom, die sie auch nie mochte. Aber was Gideon angeht, hatte sie recht. Er fängt sich wirklich sehr viel leichter wieder als ich. Das war schon immer so. Gefühle, vor allem die schlechten, prallen einfach an ihm ab – vermutlich hat das mit seinem riesigen Computerhirn zu tun –, während sich meine festsetzen, auf ewig gefangen in einem klebrigen, unentrinnbaren Durcheinander. Natürlich ist Gideon traurig. Er vermisst Mom, aber er ist eher stoisch wie mein Dad.

Ich war immer eher wie unsere Mom. Allerdings: Wenn ihre Gefühle auf volle Lautstärke hochgedreht waren, hatten meine schon lange die Lautsprecher zerfetzt.

»Okay, Wasser, mach ich«, sage ich zu Dad, der mich immer noch anstarrt. »Ich gehe.«

Cassie und ich haben uns in einer Toilette angefreundet. Während wir uns in der Toilette der Samuel F. Smith Memorial Middle School *versteckten*, um genau zu sein. Es war der Dezember in der sechsten Klasse, und ich war gerade zur Toilette gegangen und hatte vor, mich zur Not die ganze erste Stunde in einer Kabine einzuschließen. Mir war nicht in den Sinn gekommen, dass jemand anders dieselbe Idee gehabt haben könnte, als ich laut an die Tür der hintersten Kabine hämmerte.

»Au!«, schrie jemand auf, als die unverschlossene Tür aufschwang und jemanden traf. »Was soll das denn?«

»Oh, Entschuldigung.« Ich wurde rot. »Ich habe keine Füße gesehen.«

»Ja, das war ja auch der Sinn der Sache.« Das Mädchen klang sauer. Als sie die Tür endlich öffnete, sah sie auch so aus. Cassie – die Neue, oder einigermaßen Neue – kauerte komplett angezogen auf der Toilette, genau wie ich es auch vorgehabt hatte. Sie starrte mich eine Weile an, dann verdrehte sie die Augen, rückte zur Seite und machte mir Platz auf der Klobrille. »Jetzt steh nicht so rum! Komm schon, bevor dich jemand sieht!«

Cassie und ich kannten uns aus der Ferne – unsere Schule war nicht so groß –, aber wir waren keine Freundinnen. Cassie hatte eigentlich immer noch keine Freunde. Und mir war nicht wohl dabei, wie einige der anderen auf ihr herumhackten. Es lag an ihren gemütlichen Trainingshosen oder ihren kurzen, verknoteten Locken oder daran, dass sie dicker war als die anderen Mädchen – sowohl ihre Brüste als auch ihr Bauch. Nicht mal, dass sie eine Supersportlerin war, verschaffte ihr Ruhe vor den anderen. Sie hätte diesen Herbst unsere Fußballmannschaft zu einem brauchbaren Team machen können, zum ersten Mal und im Alleingang, aber sie interessierten sich nur dafür, dass sie nicht danach aussah. Allerdings konnte ich auch nicht Cassies Verteidigerin sein oder so was. Vor allem jetzt nicht mehr. Ich hielt kaum selbst durch.

»Und was führt dich auf den Topf der Schande?«, fragte Cassie, als sich unsere Knie über dem offenen Wasser der Toilette berührten.

Auf keinen Fall würde ich ihr irgendwas erzählen. Nur dass ich ihr dann plötzlich doch alles erzählen wollte.

»Alle meine Freundinnen hassen mich«, begann ich, »und sie sitzen alle mit mir in der ersten Stunde.«

»Warum hassen sie dich?«, fragte Cassie.

Ich war froh, dass sie es mir nicht sofort ausreden wollte. Die Leute reden einem negative Gefühle nur zu gern aus. (Glaubt mir, ich bin Expertin auf diesem Gebiet.) Stattdessen wirkte sie einfach neugierig. »Was ist passiert?«

Und so erzählte ich ihr alles. Wie Maia, Stephanie, Brooke und ich ein Quartett gewesen waren, seit wir acht waren, ich aber das Gefühl hatte, die anderen machten sich einen Spaß, der meistens gegen mich ging. Ich hatte immer noch gehofft, ich bildete es mir nur ein, bis zu dem Samstagabend bei der Übernachtungsparty, als sie anfingen, mich über meine Therapeutin auszufragen. Maias Mom arbeitete ehrenamtlich im Schulbüro und hatte wohl die Notiz gesehen, dass ich wegen meines ersten Termins bei Dr. Shepard früher gehen musste. Und dann hatte sie anscheinend beschlossen, es Maia zu erzählen, was ich immer noch nicht fassen konnte.

»Komm schon, Wylie. Erzähl es uns!«, hatten sie im Singsangchor gerufen.

Ich schwitzte schon, als der Raum anfing, sich zu drehen. Und dann war es passiert.

»Mir war gar nicht klar, dass ich mich übergeben hatte, bis ich ihr Geschrei hörte«, sagte ich zu Cassie. Und es klang mir immer noch in den Ohren: »O mein Gott!« »Iiiieh!«

»Oh, das ist scheiße«, sagte Cassie. Als wäre das, was ich ihr erzählt hatte, zwar wichtig, aber nicht allzu beunruhigend. »Mein Basketballcoach hat mir gestern sein Ding gezeigt. Du weißt schon, Mr Pritzer. Er hat mich nach dem Training nach Hause gefahren und ihn einfach rausgezogen. Und er ist leider auch mein Klassenlehrer.«

Sie sagte das, als wäre die Tatsache, dass sich jemand vor ihr entblößt hat, auch nicht so schrecklich, nur irgendwie ungünstig.

»Oh«, sagte ich, denn mir fiel sonst nichts ein. Allein

die Vorstellung, wie Mr Pritzer so etwas tat, war mir schon furchtbar peinlich. »Iih.«

»Ja, iih.« Cassie zog ein finsteres Gesicht und nickte. Jetzt sah sie traurig aus.

»Hast du es deinen Eltern erzählt?«

»Meine Mom würde mir nicht glauben.« Cassie zuckte mit den Schultern. »Das passiert, wenn man oft lügt.«

»Ich glaube dir«, sagte ich. Und es stimmte.

»Danke.« Cassie lächelte. »Und es tut mir leid, dass du alle deine Freundinnen verloren hast.« Sie nickte wieder und presste die Lippen aufeinander. »Gut, dass du jetzt eine neue hast.«

Draußen in der Küche beeile ich mich, warte nicht, bis das Wasser richtig kalt ist, bevor ich nachlässig ein Glas für Karen fülle. In Wahrheit warte ich schon lange darauf, dass mit Cassie »etwas Großes« passiert. Sie zu retten war fast normal – menschlichen Schutzschild spielen, damit sie nicht verprügelt wurde, weil sie Mist über einen riesenhaften Achtklässler erzählt hatte, Geld zu *Rite Aid* bringen, damit sie keine Diebstahlsanzeige wegen eines Lippenstifts bekam (Cassie trägt nicht mal Lippenstift). Harmloser *dummer* Kinderkram.

Diesen Herbst nahm das Ganze aber eine düstere Wendung. Cassies Trinkerei war das größte Problem. Und mich beunruhigte nicht nur, wie viel (fünf oder sechs Bier in einer Nacht?) oder wie oft (zwei- oder dreimal die Woche?). Das wäre für jeden ziemlich exzessiv gewesen, aber für jemanden mit Cassies Genen war es eine Katastrophe.

Irgendwann hatte sie selbst mal gesagt, sie sollte niemals trinken. Sie liebte ihren Dad, aber das Letzte, was sie wollte, war, wie er zu enden.

Doch dann war es, als hätte Cassie beschlossen, alle Versprechen zu vergessen, die sie sich selbst gegeben hatte. Und Mann, was ging es ihr gegen den Strich, wenn ich sie daran erinnerte. Nach den ersten paar Monaten der elften Klasse ging es so schnell abwärts mit ihr, dass mir schwindlig wurde. Aber je besorgter ich wurde, desto wütender wurde sie.

Zum Glück redet Karen immer noch, als ich endlich wieder ins Wohnzimmer komme. Vielleicht bekomme ich doch noch die wichtigen Einzelheiten mit.

»Ja, also …« Sie wirft einen Blick zu mir herüber, dann räuspert sie sich, bevor sie weiterspricht. »Ich kam nach Hause, um Cassie nach der Schule zu sehen, und sie war nicht da.«

Das Glas ist eindeutig warm, als ich es Karen gebe. Sie scheint es nicht zu bemerken. Aber sie bemerkt schließlich doch meine Haare. Ich erkenne den Sekundenbruchteil, in dem es passiert. Zu ihrer Verteidigung muss ich sagen, dass sie sich ziemlich gut fängt und ihre Augen zur Ruhe bringt, bevor sie richtig entsetzt aussieht. Stattdessen trinkt sie einen Schluck von ihrem Badewannenwasser und lächelt mich an.

»Könnte es dann nicht einfach sein, dass Cassie noch unterwegs ist?«, fragt Dad. »Es ist erst Abendessenszeit.«

»Sie sollte zu Hause sein«, erwidert Karen fest. »Sie hatte die ganze Woche Hausarrest. Weil sie – na ja, ich möchte euch lieber nicht sagen, wie sie mich genannt hat.« Und da ist er. Der Ton. Dieses *Ich hasse Cassie ein kleines biss-*

chen, vielleicht sogar mehr, als sie mich hasst. »Ich habe ihr gesagt, wenn sie nicht zu Hause sei, würde ich wirklich dieses Internat anrufen, das ich mir angesehen hatte – du weißt schon, eines von diesen therapeutischen. Und nein, ich bin nicht stolz auf diese Drohung. Dass wir so tief gesunken sind, dass ich sie wegschicke. Aber wir sind es; das ist die Realität. Jedenfalls habe ich auch noch das hier gefunden.«

Karen angelt etwas aus ihrer Tasche und gibt es meinem Dad. Es ist Cassies Notfallarmband.

»Sie hat das Armband seit dem Tag vor drei Jahren, als ich es ihr geschenkt habe, nicht abgenommen.« Karens Augen füllen sich mit Tränen. »Ich habe das mit dem dummen Internat nicht mal richtig ernst gemeint. Ich habe mir nur solche Sorgen gemacht. Und ich war wütend. Das ist die Wahrheit. Ich war auch wütend.«

Fragend blickt Dad auf das Armband hinab, das über seinen Fingern hängt, dann wieder zu Karen. »Vielleicht ist es abgefallen«, sagt er; seine Stimme hebt sich, als wäre es eine Frage.

»Ich habe es auf meinem Kissen gefunden, Ben«, antwortet Karen. »Und heute Morgen war es noch nicht da. Also muss Cassie irgendwann nach Hause gekommen und dann wieder gegangen sein. Es war als Zeichen gemeint – wie ein ›Scheiß auf dich, ich bin weg‹. Ich weiß es.« Da wendet sich Karen mir zu. »Du hast nichts von ihr gehört, oder, Wylie?«

Damals, als alles noch okay zwischen uns war, wäre nicht mehr als eine Stunde vergangen, in der wir uns nicht zumindest geschrieben hätten. Aber das ist jetzt anders. Ich schüttle den Kopf. »Ich habe schon eine ganze Weile nicht mehr mit ihr gesprochen.«

Es ist mindestens eine Woche her, vielleicht länger. Wenn man zu Hause bleibt, verliert man leicht das Zeitgefühl.

Aber es ist der längste Zeitraum seit dem Unfall, in dem wir nicht miteinander gesprochen haben. Irgendwann musste es passieren: Wir konnten nicht ewig weiter Freundschaft heucheln. Denn das war eigentlich alles, was wir taten, als Cassie nach dem Unfall wiederkam: so tun, als ob.

Der Unfall passierte im Januar, aber Cassie und ich hatten zum ersten Mal direkt nach Thanksgiving aufgehört, miteinander zu reden. Fast zwei lange Monate, die sich, wenn man sechzehn ist, hinziehen, als wäre es das ganze Leben. Aber am Morgen nach dem Unfall war Cassie einfach auf unserer Schwelle aufgetaucht. Meine Augen hatten vom Weinen so gebrannt, dass ich dachte, ich hätte Halluzinationen. Erst als Cassie mir half, die Kleider zu wechseln, die ich schon seit zwei Tagen trug, fing ich an zu glauben, dass es echt war. Und erst nachdem sie mir die Haare aus dem zerzausten, verdrehten Dutt gelöst hatte, sie weichgekämmt und eng geflochten hatte, als rüste sie mich für den Kampf aus, da wusste ich, wie sehr ich sie brauchte.

Ich weiß nicht, was Cassie Karen über das Ende unserer besten Freundschaft und unsere vorübergehende Wiedervereinigung erzählt hat. Und es war sowieso vor ein paar Wochen vorbei. Aber ich wette, es war nicht viel. Die zwei stehen sich nicht gerade nahe. Und die Gründe, warum wir nicht mehr miteinander reden, werfen auch nicht unbedingt ein gutes Licht auf Cassie.

»Du hast seit einer Weile nicht mit Cassie geredet?«, fragt Dad überrascht.

Mom wusste von meinem Krach mit Cassie, damals, als es zum ersten Mal passierte. Anscheinend hat sie es Dad nie erzählt. Es kann sein, dass ich sie gebeten habe, es nicht zu tun – ich weiß es nicht mehr. Aber ich erinnere mich, was Mom sagte, als ich ihr erzählte, dass Cassie und ich keine Freundinnen mehr seien. Wir lagen nebeneinander auf ihrem Bett, und als ich fertig erzählt hatte, sagte sie: »Ich würde immer deine Freundin sein wollen.«

Ich zucke die Achseln. »Ich glaube, die letzte Nachricht von Cassie habe ich letzte Woche bekommen? Vielleicht am Dienstag.«

»Letzte Woche?«, fragt Dad, die Augenbrauen ganz tief gezogen.

Um ehrlich zu sein, bin ich mir gar nicht sicher. Aber heute war Donnerstag. Und es ist auf jeden Fall mindestens eine Woche her, seit wir uns das letzte Mal gesprochen haben.

»Oh, so lange.« Karen ist eher enttäuscht als überrascht. »Ich habe bemerkt, dass ihr beide nicht mehr so viel geredet habt, mir war nur nicht klar ...« Sie schüttelt den Kopf. »Ich habe die Polizei angerufen, aber weil Cassie sechzehn ist und wir gestritten haben, scheinen sie es natürlich nicht eilig zu haben, sie zu suchen. Sie haben es aufgenommen und fragen in den Krankenhäusern der Umgebung nach, aber sie durchkämmen nicht die Wälder oder so. Sie schicken einen Wagen los, der nach ihr Ausschau hält, aber nicht vor morgen früh.« Karen drückt die Fingerspitzen an die Schläfen und lässt den Kopf vor und zurück wippen. »Morgen früh. Das sind von jetzt an *zwölf* Stunden! Wer weiß, wo Cassie bis dahin ist und in welchem Zustand? Wenn ich an all die schrecklichen ... Ben, ich kann nicht bis morgen warten. Nicht bei der Art, wie wir auseinandergegangen sind.«

Mich überrascht, dass Karen zumindest teilweise zu wissen scheint, wie durchgedreht Cassie in letzter Zeit war. Andererseits war klar, dass sie irgendwann auffliegen würde, wenn ich nicht mehr ihr Alibi spiele. Und dieses Szenario, das Karen im Kopf hat – dass Cassie irgendwo bewusstlos herumliegen könnte –, ist nicht komplett verrückt. Selbst um diese Uhrzeit, kurz vor sieben Uhr am Abend, ist das möglich.

»*Nooners*« nennen es die Jugendlichen am Newton Regional. Anscheinend muss man sich neuerdings, wenn man richtig cool ist, mitten am Tag total abschießen. Das letzte Mal, als ich Cassie zu Hilfe geeilt bin, war im November, und es war erst vier oder fünf Uhr am Nachmittag. Ich fuhr mit dem Taxi, um sie von einer Party bei Max Russel zu Hause abzuholen, weil sie viel zu betrunken war, um allein nach Hause zu kommen. Zu ihrem Glück war meine Mom gerade auf Reisen, mein Dad wie immer im Unilabor und Gideon noch in der Schule, weil er länger an seiner Bewerbung für die Intel Science Competition arbeitete. Ich stahl mich davon, und wir schlichen wieder hinein, ohne dass es jemand merkte. Cassie schwankte so stark, dass sie gegen Wände stieß. Danach hielt ich ihr über der Toilette die Haare, als sie sich wieder und wieder übergab. Und später rief ich Karen an, um ihr zu erzählen, sie habe Migräne und wolle über Nacht hierbleiben.

Am nächsten Morgen sagte ich Cassie, sie müsse mit dem Trinken aufhören, sonst werde noch etwas Schlimmes passieren. Aber zu diesem Zeitpunkt war ich schon nicht mehr ihre einzige Freundin. Ich war nur diejenige, die ihr sagte, was sie nicht hören wollte.

3

»Geht es dir gut, Wylie?« Dad starrt mich an, und das schon wer weiß wie lange. Jetzt wird mir klar, warum. Ich habe mich an die Wohnzimmerwand gedrückt, als versuchte ich, durch die Mauer zu entkommen. »Möchtest du dich nicht hinsetzen?«

»Alles okay«, sage ich. Aber ich klinge nicht so.

»Ach, Schätzchen, das tut mir leid.« Karen schaut mich an und sieht wieder aus, als würde sie gleich weinen. »Das Letzte, was du jetzt gebrauchen kannst, ist mein, ist unser …« Sie zwingt sich zu einem wackligen Lächeln, sieht jetzt noch mehr so aus, als würde sie gleich zerfallen.

Ich senke den Blick. Wenn ich sehe, wie sie wirklich die Fassung verliert, tue ich es auch.

»Cassie kommt schon zurecht, Wylie, da bin ich mir sicher. Die Polizei hat wahrscheinlich recht, ich mache mir zu viele Sorgen. Bei mir brennt manchmal ein bisschen schnell die Sicherung durch bei solchen …«

Sie beendet den Satz nicht. Wegen Cassies Dad, das meint sie eigentlich. Cassies Eltern waren schon geschieden, als wir uns kennenlernten, aber Cassie hat mir alles über das Leben mit Vince erzählt. Er war nie ein stiller Trinker. Streits mit Nachbarn bei Grillfesten im Sommer, zu Hause anrufen, damit man ihn abholte, weil er mal wieder aus einer Kneipe geworfen wurde. Aber was Karen vollends den Rest gab, war seine zweite Alkoholfahrt, bei der er sein Auto in der Stadt gegen einen Briefkasten setzte. Und jetzt hat sie genauso Angst, Vinces Geschichte könnte sich bei ihr wiederholen, wie ich. Als ich den Blick vom Teppich hebe, sieht mich Dad immer noch an.

»Mir geht's gut«, sage ich noch mal, aber zu laut. »Ich will nur helfen, Cassie zu finden.«

»Wylie, natürlich möchtest du helfen«, fängt mein Dad an. »Aber im Moment glaube ich nicht, dass du …«

»Bitte«, sage ich und bemühe mich, meine Stimme entschlossen klingen zu lassen, nicht verzweifelt. Verzweiflung ist nicht gut. »Ich muss das tun.«

Das stimmt. Erst als die Worte meinen Mund verlassen haben, wird mir klar, wie wichtig es mir ist. Teilweise, weil ich mir selbst beweisen will, dass ich es kann. Aber ich fühle mich auch schuldig. Ich war nicht einverstanden mit dem, was Cassie tat, hatte Angst, was ihr passieren könnte, wenn sie nicht aufhört. Aber vielleicht hätte ich ihr deutlicher sagen sollen, dass ich sie immer lieben würde, egal, welche Fehler sie machte.

»Es war so egoistisch von mir herzukommen.« Karen legt die Stirn in die Hand. »Nach allem, was ihr durchgemacht habt … Ich habe nicht richtig nachgedacht.«

Dad sieht mir in die Augen. Seine sind zu Schlitzen verengt, als berechne er irgendeine komplizierte quadratische Gleichung. Schließlich holt er tief Luft.

»Nein, Wylie hat recht. Wir möchten helfen. Wir müssen«, sagt er, und mein Herz wird leicht. Vielleicht kann er mich ja doch hören. Vielleicht versteht er ein kleines bisschen. Er wendet sich wieder an Karen. »Gehen wir es mal durch: Was genau ist heute Morgen zwischen dir und Cassie passiert?«

Karen verschränkt die Arme und wendet den Blick ab. »Na ja, wir hatten es eilig wie jeden Morgen, schnauzten uns wie üblich an, weil sie nicht aus dem Bett kam. Sie hat in den letzten zwei Wochen *fünfmal* den Bus verpasst. Und ich hatte heute Morgen einen Termin und konnte nicht …« Ihr versagt die Stimme, während sie ein zerknülltes Papiertaschentuch herauszieht. »Jedenfalls habe ich total die Geduld verloren. Ich … ich habe sie angeschrien, Ben. Ich habe es ihr richtig gegeben. Und sie hat ein ganz schreckliches Wort zu mir gesagt. Eines, das ich nicht wiederholen möchte. So ein Wort habe ich in meinem ganzen Leben nie laut gesagt. Aber Cassie sagte es zu mir.« Ihre Stimme stockt wieder, und sie schaut auf ihre Finger, die das Taschentuch kneten. »Also sagte ich ihr, ich würde jetzt wirklich in diesem Internat anrufen und sie abtransportieren lassen. Damit sie ihr Verstand einbläuen. So habe ich es auch ausgedrückt: ›abtransportieren lassen‹ und ›einbläuen‹.«

Mein Dad nickt, als wüsste er genau, was Karen meint. Als hätte er mich unzählige Male selbst so angeschrien. Aber ich kann mich nur an ein einziges Mal erinnern, als er mich wegen etwas angeschrien hat, das war an einem 4. Juli auf dem Albermarle Field, als ich während des Feuerwerks barfuß herumlief und fast auf eine zerbrochene Flasche getreten wäre.

»Das Schlimmste ist der Grund, warum es anfing … meine Hektik. Es ging nicht mal um eine Sitzung bei der Arbeit oder einen Tag der offenen Tür oder einen potenziellen Kunden. Nichts, was ich tun musste, um für Essen auf dem Tisch zu sorgen. Nichts wirklich Wichtiges.« Karen blickt zur Decke auf, als suche sie da oben eine Antwort. »Es war ein *Yoga*-Kurs. *Deshalb* habe ich die Beherrschung verloren.« Sie sieht meinen Dad an, als könne er erklären, warum sie so schrecklich ist. »Ich habe die ganze Scheidung über mit Vince darum gekämpft, dass Cassie bei mir wohnt, damit ich für sie da sein kann, und jetzt … Ich bin so selbstsüchtig.«

Karen lässt das Gesicht in die Hände sinken und wiegt sich vor und zurück. Ich weiß nicht, ob sie weint, aber ich wünsche mir sehr, sie täte es nicht, denn ich mache mir Sorgen um Cassie. Aber nicht solche. Lustig, dass ausgerechnet ich jemals *weniger* besorgt sein könnte als alle anderen. Kommt mir vor, als wäre ich in der Leugnungsphase. Egal, was es ist, es könnte auf jeden Fall böse sein. Und würde irgendeiner von den Leuten, mit denen Cassie in letzter Zeit abhängt, wirklich Hilfe rufen, wenn sie welche bräuchte? Würden sie bleiben, um sicherzugehen, dass sie sich nicht im Schlaf erbricht, dass niemand sie missbraucht, während sie ohnmächtig ist? Nein. Die Antwort auf alles ist nein. Sie würden in jeder Lage als Allererstes ihre eigene Haut retten.

»Karen, das darfst du dir nicht antun. Niemand ist perfekt.« Mein Dad macht einen Schritt auf sie zu und beugt sich vor, als würde er ihr tatsächlich die Hand auf den Rücken legen. Stattdessen verschränkt er die Arme. »Hat Cassie in der Schule gefehlt?«

»Es gab keine Nachricht von ihnen auf dem Anrufbeantworter. Aber ich gehe davon aus …« Karen verdreht ihr Taschentuch noch mehr. »Cassie könnte sie gelöscht haben, als sie wiederkam, um das Armband dazulassen. Das hat sie auch schon vor ein paar Wochen gemacht, als sie geschwänzt hatte. Ich wollte der Schule stattdessen meine Handynummer geben, aber ich habe es vergessen.«

Cassie schwänzt die Schule auch? In letzter Zeit weiß ich so vieles von ihr nicht.

»Was hältst du davon, wenn du jetzt versuchst, ihr zu schreiben, Wylie?«, schlägt Dad vor. »Wenn sie was von dir hört, vielleicht … man weiß nie.«

Vielleicht antwortet sie nur Karen nicht. Das sagt er nicht, aber er denkt es. Und nachdem Karen ihr mit diesem Internats-Bootcamp gedroht hat, spricht Cassie vielleicht nie wieder mit ihr. Aber wenn sie ihrer Mutter aus dem Weg geht, tut sie es mit mir vielleicht auch, aus genau demselben Grund: Wir machen ihr beide Vorwürfe.

»Okay, aber ich weiß nicht …« Ich ziehe mein Handy aus der Sweatshirttasche und tippe: **Cassie, wo bist du? Deine Mom flippt aus.** Ich warte und warte, aber sie schreibt nicht zurück. Schließlich halte ich das Gerät hoch. »Manchmal dauert es kurz, bis sie antwortet.«

In Wirklichkeit ist das nie so. Oder war es nie. Die Cassie, die ich kannte, lebte mit ihrem Smartphone in der Hand. Als wäre es eine Frage der Ehre, auf jeden Tweet, jede Nachricht, jedes Foto innerhalb von Sekunden zu antworten. Oder vielleicht war es eher eine Rettungsweste. Denn je dünner und betrunkener und beliebter Cassie wurde, desto verzweifelter schien sie sich über Wasser zu halten.

»Kannst du dir vorstellen, wo Cassie sein könnte, Wylie?«, fragt Karen. »Oder mit wem?«

»Hast du es schon bei Maia und den anderen versucht?«, frage ich. Der Name fühlt sich eklig in meinem Mund an.

Die Regenbogenkoalition: Stephanie, Brooke und Maia – nach all den Jahren immer noch beste Freundinnen. Alle außer mir. Sie haben im ersten Studienjahr angefangen, sich die Regenbogenkoalition zu nennen. Wegen ihrer Haarfarbenpalette. (Und es schien ihnen egal zu sein, dass dieser Spitzname dadurch, dass sie alle weiß sind, total beleidigend ist.) Sie waren schöner als je zuvor und inzwischen auch viel cooler. Bis zum dritten Studienjahr hatten sie sich auf der Beliebtheitsleiter der Newton Regional High School ganz nach oben geboxt. Cassie hatte die Regenbogenkoalition immer dafür gehasst, was sie mir angetan hatten, bis sie die Hand herabstreckten und sie einluden, auf der Leiter nach oben zu kommen.

»Maia und diese Mädchen.« Karen verdreht die Augen. »Ich weiß ehrlich nicht, was Cassie an ihnen findet.«

Mit ihnen fühlt sie sich wichtig, möchte ich sagen. *Auf eine Art, wie du es ihr nie vermittelt hast.* Andererseits muss ich das gerade sagen. Am Anfang versuchte Cassie zu verbergen, wie stolz sie war, dass sie zu einem der »*Hangouts*« der Regenbogenkoalition eingeladen worden war. Keine »Party«, denn das wäre »so *lame*« gewesen. (Und ja, sie reden immer so.) Sie tat so, als ginge sie nur zu Recherchezwecken hin. Auf dem allerersten »Hangout« traf Cassie dann Jasper. Und danach war es ihr schon nicht mehr so wichtig, irgendwas vorzutäuschen.

Es war aufregend für sie. Das konnte ich schon verstehen. Aber ich dachte auch, Cassie würde schnell drüber wegkommen – dass sie wieder zu Vernunft kommen würde. Stattdessen betrank sie sich mehr und mehr auf mehr und mehr Partys. Mehr als einmal spiegelte ich ihr, was sie mir immer über ihren Dad gesagt hatte: dass sie nie so enden wolle wie er. Ich sagte ihr wieder und wieder, dass ich als ihre Freundin mir Sorgen machte. Aber wozu brauchte sie mich noch, wenn ich ihr nur ein schlechtes Gewissen machte? Sie hatte die Regenbogenkoalition für die Tage, und nachts verliebte sie sich. Ich sah es, aber ich versuchte mit aller Macht, so zu tun, als sei nichts.

Denn ich wusste schon, dass Jasper Salt keine Lösung für Cassie war. Er war nur noch ein Problem mehr. Und natürlich dauerte es nicht lange, bis er Cassie bei der Hand nahm und mit ihr den Bach runterging.

»Weißt du, Jasper ist wirklich ein guter Mensch, Wylie«, hatte Cassie am Montag nach Thanksgiving angefangen. »Du musst ihn kennenlernen.«

Wir aßen bei *Naidre's* zu Mittag, im einzigen Café in der Nähe der Schule, wo die Schüler der letzten beiden Jahrgänge auch außerhalb des Campus hindurften. Suppe und Sandwich für mich, ein trockener Bagel für Cassie, den sie zielstrebig in kleine Stücke rupfte und auf ihrem Teller umarrangierte, damit es aussah, als äße sie.

Wir waren erst fünf Minuten zusammen – nachdem wir einander vier Tage nicht gesehen hatten – und stritten schon wieder.

Aber wenn ich ehrlich war, stimmte es bei uns schon nicht mehr so recht, seit Cassie Ende August vom Fitness-Sommercamp zurückgekommen war. »Fettcamp«, hatte Cassie es genannt, als ihre Mutter sie in den Sommerferien vor der achten Klasse dazu gezwungen hatte. Aber diesmal war es Cassies Idee gewesen. Auch wenn schwer erkennbar war, wo sie noch mehr hätte abnehmen sollen. Als sie nach Hause kam, sah sie aus wie ein Skelett, ein Vergleich, der sie entzückte.

Es war nicht nur der Gewichtsverlust. Cassie hatte auch andere Haare: länger und glatt geföhnt, und stylische Klamotten. Schwer zu glauben, dass das dieselbe Person war, die vor all den Jahren mit mir auf der Klobrille gekauert hatte. Ein paar Wochen später war ich nicht überrascht, als die Regenbogenkoalition anklopfte, und auch nicht, dass jemand wie Jasper – beliebt, gut aussehend, Sportler (und Arschloch) – Cassie bemerkt hatte. Ich konnte nur nicht fassen, wie glücklich sie gewesen war, als sie es taten.

»Über Jasper weiß ich alles, was ich wissen muss«, sagte ich, dann verbrannte ich mir den Mund an meiner Tomatensuppe.

Es gab Gerüchte, er hätte in seinem ersten Studienjahr einen aus dem Abschlussjahrgang mit einem einzigen Schlag umgehauen. In einer Version hatte Jasper dem Jungen die Nase gebrochen. Mir war immer noch nicht klar, warum er nicht im Gefängnis saß und vor allem immer noch an der Schule war. Aber ich hatte Jasper auch schon nicht gemocht, bevor ich die Geschichte hörte, und vielleicht waren ein paar der Gründe oberflächlich – seine enganliegenden T-Shirts, seine Angeberei und der dumme, aufgesetzte Surferslang. Aber ich hatte auch Beweise, dass er ein echtes Arschloch war. Ich hatte Tasha.

Tasha war in unserem Alter, wirkte aber viel jünger. Sie umarmte Leute ohne Vorwarnung und lachte viel zu laut, außerdem trug sie immer Pink oder Rot mit einem passenden Haarreif. Wie eine riesige Valentinskarte. Aber niemand war jemals gemein zu Tasha; das wäre grausam gewesen. Niemand außer Jasper. Ein paar Wochen, nachdem er und Cassie angefangen hatten, gemeinsam abzuhängen – Anfang Oktober –, sah ich Jasper am Ende eines leeren Flurs mit Tasha reden. Sie waren zu weit weg, um etwas zu verstehen, aber es war unübersehbar, dass Tasha weinte, als sie auf mich zurannte. Als ich Cassie davon erzählte, sagte sie nur,

Jasper wäre nie gemein zu Tasha. Was wohl heißen sollte, dass ich lüge.

»Jasper mag nicht perfekt sein, aber er hatte ein echt schweres Leben. Lass ihn doch mal in Ruhe«, sprach Cassie jetzt weiter und sortierte ihre Bagelfetzen um. »Er wohnt allein mit seiner Mom, die total egoistisch ist, und mit seinem großen Bruder, ein Riesenarschloch. Und sein Dad ist im *Gefängnis*«, fügte sie defensiv hinzu, aber auch irgendwie selbstgefällig. Als wäre die Tatsache, dass sein Dad ein Krimineller war, irgendwie ein Beweis dafür, dass Jasper ein guter Mensch sei.

»Im Gefängnis? Weshalb?«

»Ich weiß nicht«, schnauzte sie.

»Cassie, was ist, wenn es etwas echt Schlimmes war?«

»Nur weil Jaspers Vater was gemacht hat, heißt das doch nicht, dass mit *ihm* was nicht stimmt. Es ist sogar ziemlich krank, dass du so etwas überhaupt denkst.« Cassie schüttelte den Kopf und verschränkte die Arme.

Das Schlimmste war, sie hatte recht: Es war ziemlich scheußlich von mir, dass meine Gedanken einfach dorthin gesprungen waren.

»Abgesehen davon versteht Jasper mich. Das zählt mehr als sein blöder Dad.«

Mir schoss es heiß durch die Brust. Das war sie also, die ehrliche Wahrheit: *Jasper* verstand sie und ich nicht. Nicht mehr.

»Aber welchen Teil von dir, Cassie?«, schnauzte ich. »Du hast in letzter Zeit so viele Gesichter, wie kommt er da nicht durcheinander?«

Cassie starrte mich mit offenem Mund an. Und dann begann sie, ihre Sachen zusammenzusuchen.

»Was tust du?«, fragte ich mit hämmerndem Herzen. Sie sollte wütend sein. Wir sollten uns streiten. Sie sollte nicht verschwinden.

»Ich gehe«, sagte Cassie ruhig. »Das tun *normale* Leute, wenn jemand scheußlich zu ihnen ist. Und falls du verwirrt bist, Wylie« – sie deutete auf sich –, »ich bin normal. Und *du* bist scheußlich.«

»Jedenfalls habe ich Maia und die anderen Mädchen angerufen«, spricht Karen weiter. »Sie sagten, sie hätten Cassie heute in der Schule das letzte Mal gesehen, nur konnte sich anscheinend keine genau erinnern, wann.«

»Hast du mit Jasper gesprochen?«, frage ich und versuche dabei nicht zu klingen, als hätte ich schon beschlossen, dass er – im Geist, nicht tatsächlich – zu hundert Prozent für alles Schlechte verantwortlich ist, das Cassie je zugestoßen ist.

Karen nickt. »Er hat mit Cassie geschrieben, als sie auf dem Weg zur Schule im Bus saß, aber seitdem hat er nichts mehr von ihr gehört. Angeblich zumindest.« Sie blinzelt mich an. »Du magst Jasper nicht, oder?«

»Ich kenne ihn eigentlich nicht, deshalb weiß ich nicht, ob meine Meinung zählt«, sage ich, obwohl ich genau das Gegenteil denke.

»Du bist Cassies älteste Freundin«, sagt Karen. »Ihre einzige echte Freundin, soweit ich das beurteilen kann. Deine Meinung zählt immer. Du glaubst doch nicht, dass er ihr wehtun würde, oder?«

Glaube ich, Jasper würde Cassie tatsächlich etwas *antun*? Nein. Ich denke viele schlechte Dinge über Jasper, aber dafür habe ich keinen Grund. Das glaube ich nicht.

»Ich weiß nicht«, sage ich absichtlich vage. Aber ich darf Jasper nicht mal halb wegen so etwas Ernstem anklagen, nur weil ich ihn nicht mag. »Nein, meine ich. Ich glaube nicht.«

»Und Vince hat auch nichts von ihr gehört?«, fragt mein Dad.

»Vince«, schnaubt Karen. »Er hängt mit seiner neuen ›Freundin‹ auf den Florida Keys herum. Als Letztes habe ich von ihm gehört, dass er versucht, eine Privatdetektivlizenz zu bekommen. Lächerlich.«

Cassie könnte ihren Dad sogar wirklich anrufen. Sie ist verrückt nach Vince, trotz allem. Sie schreiben sich die ganze Zeit E-Mails und SMS. Ihre Abneigung gegen Karen schweißt sie zusammen.

»Du solltest versuchen, ihn zu erreichen, nur zur Sicherheit«, schlägt Dad vorsichtig vor. Dann geht er zur Ablage hinüber, holt seine Brieftasche und späht zu den kleinen Haken an der Wand, wo wir unsere Schlüssel aufhängen. »Und du und ich können selbst losgehen und nach ihr suchen.«

Karen nickt, ohne den Blick von ihren Fingern zu heben, die sich immer noch um das inzwischen ziemlich zerfetzte Taschentuch öffnen und schließen.

»Vince wird mir die Schuld geben, wisst ihr? Von wegen wenn ich nicht so eine hassenswerte Korinthenkackerin wäre, dann wäre Cassie noch …« Karen hält sich den Mund zu, als ihre Stimme bricht. »Und er hat recht. Das ist das Schlimmste. Vince hat Probleme, aber er und Cassie …« Sie schüttelt den Kopf. »Sie hatten immer eine Verbindung. Wenn ich vielleicht …«

»Nichts ist so einfach. Nicht bei Kindern und auch sonst nicht«, sagt mein Dad, als er endlich seine Schlüssel in einer Schublade findet. »Komm, wir gehen zuerst bei euch zu Hause vorbei. Um sicherzugehen, dass Cassie wirklich nicht dort ist. Vince rufen wir von unterwegs an. Wenn du möchtest, kann ich auch mit ihm sprechen.« Mein Dad geht in Richtung Haustür, bleibt aber stehen, als er Karens Füße bemerkt. »Ach, warte, deine Schuhe.«

»Das macht nichts.« Sie winkt beschämt ab. Selbst jetzt versucht sie noch den letzten Rest ihrer Perfektion zurückzuerobern. »Das geht schon. Ich bin so lächerlich hierhergefahren, dann komme ich auch wieder nach Hause.«

»Was, wenn wir dann doch noch irgendwo anders anhalten müssen? Nein, nein, du brauchst Schuhe. Du kannst ein Paar von Hope leihen.«

Von *Hope*? Und dann noch so beiläufig, als hätte er Karen nicht gerade ein Stück meiner Haut angeboten. Klar, wir können Karen schließlich kein überzähliges Paar Schuhe von mir anbieten. Nach einer panischen Anti-Hoarding-Episode neulich nach der Beerdigung besitze ich nur noch ein Paar Schuhe. Die, die ich trage. Aber es ist die Art, wie mein Dad es sagt: Als wäre es gar nichts, alle Sachen von Mom wegzugeben.

Manchmal frage ich mich, ob mein Dad meine Mom schon nicht mehr liebte, bevor sie starb. Ich habe noch andere Beweise für diese Theorie, und zwar ihre Streits. Nach einem ganzen Leben, in dem es praktisch nie ein böses Wort zwischen ihnen gab, waren sie in den Wochen vor dem Unfall plötzlich ständig aufeinander losgegangen. Und wenn er sie nicht mehr richtig liebte, würde das auf jeden Fall erklären, warum er nicht halb so am Boden zerstört zu sein scheint wie ich.

Tu das nicht, denke ich, als er in Richtung Treppe zu ihren Schuhen geht. *Sonst werde ich dir das nie verzeihen.*

Zum Glück bleibt er stehen, als sein Handy in seiner Hand vibriert.

Er schaut drauf. »Entschuldige, aber das ist Dr. Simons.« Gerettet vom einzigen Freund meines Vaters: Dr. Simons. Der einzige Mensch, für den er jederzeit alles stehen und liegen lassen würde. Vorher hat mich das nie gestört. Aber jetzt kotzt es mich ernsthaft an. »Kannst du mit Karen nach oben gehen, Wylie? Sehen, ob ihr irgendetwas von deiner Mom passt?«

Ich sehe ihn nur böse an.

»Alles in Ordnung?«, fragt er, als ich mich immer noch nicht rühre. Sein Gesicht ist angespannt.

»Ja«, sage ich schließlich, weil er sonst wahrscheinlich meine Wut als weiteren Beweis dafür nehmen würde, dass wir Karen nicht helfen sollten. »Ganz hervorragend.«

Den ganzen Weg nach oben grüble ich über eine Ausrede nach, um Karen die Schuhe nicht geben zu müssen. Eine, die nicht verrückt wirkt. Eine, die meine Mom okay gefunden hätte. Denn meine Mom würde wollen, dass ich Karen gebe, was auch immer sie braucht. *Du kannst das,* würde sie sagen, wenn sie hier wäre. *Ich weiß, dass du es kannst.*

Viel zu schnell steht Karen hinter mir im Schlafzimmer meiner Eltern, während ich erstarrt vor ihrem Kleiderschrank verharre. Wir *leihen* sie ihr nur, ermahne ich mich, während ich die Tür öffne und mich vor die Seite meiner Mom kauere. Ich schließe die Augen und versuche, nicht ihren Duft einzuatmen, während ich blind nach ihren Schuhen taste. Schließlich landen meine Hände auf etwas, das ich für ein Paar flache Businessschuhe halte, die Mom nur ein- oder zweimal getragen hat. Aber als ich die Augen öffne und sehe, was ich stattdessen herausgezogen habe, wird mir schlecht. Die alten Doc Martens meiner Mom, die sie so liebte, dass sie sie zweimal neu besohlen ließ.

»Ich weiß, Cassie vermisst dich«, sagt Karen, während ich immer noch über die Doc Martens gebeugt kauere wie ein Tier, das seine letzte Mahlzeit verteidigt. »Denn ich weiß immer noch, was sie wirklich fühlt. Selbst wenn sie glaubt, es sei nicht so. Und ich weiß, dass Cassie im Moment völlig verloren ist und eine gute Freundin braucht. Eine Freundin wie dich.«

Karen kommt herüber und kniet sich neben mich. Ich spüre ihren Blick, der von mir zu den Stiefeln geht und wieder zurück. Dann beugt sie sich vor und greift selbst in den Schrank. Kurz darauf zieht sie ein Paar strahlend weiße, brandneue Tennisschuhe heraus. Meine Großmutter – die Mutter meines Dads – hat sie meiner Mom vor Jahren geschenkt, wahrscheinlich gerade *weil* meine Mom Tennis immer gehasst hat.

»Wie wäre es stattdessen mit denen hier?«, fragt Karen.

Ja, würde ich sagen, wenn ich nicht solche Angst hätte, dass meine Stimme bricht.

Die wären viel, viel besser.

»Glaubst du, Cassie weiß wenigstens, wie sehr ich sie liebe?«, fragt Karen und lehnt sich wieder auf die Fersen zurück, den Blick immer noch auf die Turnschuhe gerichtet. »Weil wir es in letzter Zeit nicht leicht miteinander hatten. Seien wir ehrlich, es war nie einfach. Und ich weiß, ich habe viele Fehler gemacht. Ich hätte so vieles sehr viel besser machen können. Aber ich habe es immer versucht. Ich liebe sie wirklich. Das weiß sie doch, oder?«

Cassie hat ihre Mom im Lauf der Zeit so viele schreckliche Dinge genannt – egoistisch, egozentrisch, voller Vorurteile gegen Dicke, intolerant, oberflächlich. Aber meistens sagte sie, sie glaube nicht, dass Karen sie liebe. Nicht, wie eine Mom es tun sollte.

»Ja«, sage ich, bevor ich zu lange warte und es nach der Lüge klingt, die es ist. »Das weiß Cassie auf jeden Fall.«

»Gott sei Dank.« Karen klingt so erleichtert, dass es mir irgendwie das Herz bricht. »Das ist wirklich … das ist gut.«

Karen stellt die Tennisschuhe ab, dann nimmt sie meine Hand und reibt meine Knöchel auf so eine mütterliche Art, dass es mir die Kehle zuschnürt. Die andere Hand streckt sie nach den fransigen Überresten meiner welligen braunen Haare aus, aber ihre Finger weichen aus, bevor sie die zerrupften Enden berühren.

Gestern Abend hatte ich einen Blick in den Spiegel im Flur geworfen und eine Sekunde lang – eine verschissene Sekunde lang – gedacht, ich *sei* sie. Mom. Dass sie hier sei, warm und wieder lebendig und wohlauf. Mit längeren Haaren sah ich langsam genauso aus wie sie. Und gestern Nacht musste ich das ändern. Ich musste sichergehen, dass ich mich nie wieder aus Versehen für sie halten würde. Nie wieder würde ich für einen furchtbar schönen Moment glauben, sie sei nach Hause gekommen. Also schnappte ich mir die Schere und beugte mich über das Badezimmerwaschbecken, um mir die Haare abzuschneiden. Damit ich ihr nicht mehr ähnlich sehe. Das mit dem anderen Aussehen habe ich auf jeden Fall geschafft, so viel ist mal sicher. Seitdem meide ich Spiegel, aber wenn ich von Dads erschrockenem Blick ausgehe, als er mich das erste Mal so sah, muss es schlimm sein. Noch schlimmer war, wie Gideon – der nie eine Gelegenheit auslässt, mich runterzumachen – kein Wort sagte.

Als ich zu Karen aufblicke, lächelt sie, und in ihren Augen glitzert es, während sie mir sanft die Hand um den Kopf legt und mich an sich zieht. Und ich bin mir ziemlich sicher, sie tut es, weil sie jemanden umarmen muss. Vielleicht noch mehr, als ich umarmt werden muss. Sie streicht mir über die Haare. *Nicht weinen!*, sage ich mir, als meine Augen zu brennen anfangen. *Bitte nicht weinen.*

»Du schaffst das, weißt du«, flüstert sie. »Nicht sofort, aber eines Tages.«

4

Als Karen und ich wieder nach unten kommen, beendet Dad gerade sein Telefongespräch. Aber statt das Telefon hinzulegen oder in die Tasche zu stecken, hält er es so fest umklammert, dass seine Finger an den Rändern ganz weiß werden. Etwas ist passiert. Etwas Neues. Etwas Schlimmes, zusätzlich zu dem, was mit Cassie los ist.

»Was wollte Dr. Simons?«, frage ich, weil das Gespräch mit ihm Dad so aus der Fassung gebracht hat.

Dr. Simons war der Professor meines Dads in Stanford. Er ist auch Psychologe und Professor, aber er erforscht Gruppendynamik, nicht EI. Halbwegs ähnlich, schätze ich. Und er hat keine eigene Familie mehr, deshalb ist Dad sein Ersatzsohn. Er ist ständig unterwegs und lehrt hier und da – England, Australien, Hongkong –, weshalb wir ihn nicht mehr gesehen haben, seit wir ganz kleine Kinder waren. Die geografische Distanz gehört vermutlich zu dem, was Dad an Dr. Simons mag. Sie sind sich so nahe, wie sich zwei Leute, die auf ewig Tausende Meilen voneinander entfernt sind, nur sein können.

»Er hat nur zurückgerufen, um mir eine Frage zu beantworten, etwas wegen meiner neuen Daten.« Mein Dad winkt ab: *Nichts, worüber du dir Sorgen machen musst.*

Und ich möchte es so gern glauben. Kann ich aber nicht. Dad zwingt sich zu einem breiteren, sogar noch weniger überzeugenden Lächeln, als er sich Karen zuwendet: »Fertig? Wylie, schließ bitte ab, wenn wir weg sind, okay?« Er sagt es beiläufig, als wäre es eine gewöhnliche, alltägliche Bitte.

»Abschließen?«, frage ich.

Mein Dad hat in seinem ganzen Leben noch nie daran gedacht, eine Tür abzuschließen. Wenn Mom nicht gewesen wäre, hätte die Haustür sperrangelweit offen gestanden, wenn wir in unseren alljährlichen zweiwöchigen Urlaub am Kap fuhren.

»Wylie, bitte«, schnauzt mein Dad, als hätte er genug von mir und meinem Reinsteigern, und wahrscheinlich hat er nicht unrecht. »Schließ einfach die Tür ab. Bis wir wissen, was mit Cassie passiert ist, will ich einfach … Wir sollten die gebotene Vorsicht walten lassen.«

Diese Erklärung wäre sehr viel glaubhafter gewesen, wenn er nicht so verängstigt ausgesehen hätte. Er hat schon seit Ewigkeiten nicht mehr so ängstlich ausgesehen. Nicht seit dem Tag, als die erste Puppe kam.

Ein paar Tage nach Halloween saßen wir beim Frühstück, als Mom die erste fand. Sie saß auf unserer Veranda, als sie hinausging, um die Zeitung zu holen.

»Ich finde, das muss Extrapunkte für Kreativität geben«, sagte Mom, als sie mit einer Plastikbabypuppe hereinkam. Sie rümpfte die Nase, während sie das Rote musterte, das darauf verspritzt war und von dem man nur hoffen konnte, dass es Farbe war. »Viel anschaulicher als die üblichen E-Mails. Tja, den Preis muss man wohl für die Titelseite zahlen. Ich sollte vielleicht Elaine anrufen und fragen, ob sie auch eine bekommen hat.«

Elaine war die Journalistin, mit der Mom an einer Story über einen angeblichen Bombenanschlag der Koalition im Nahen Osten gearbeitet hatte. Sie war an diesem Tag auf der Titelseite der *Sunday Times* erschienen, und die Fotos meiner Mom von einer ausgebombten Schule waren das Eindrücklichste gewesen. Sie hatte schon immer mehr als genug Hasspost bekommen. Ein paarmal sogar direkt vor unserem Haus abgelegt. Aber noch nie so was wie eine Plastikbabypuppe.

»Warum rührst du das überhaupt an!«, schrie mein Dad. Und weniger laut: »Bring sie wieder raus!«

»Sie ist nicht ansteckend, Schatz.« Mom lächelte ihr schönes, unbeschwertes Lächeln und zog die Augenbraue hoch. Anscheinend hatte sie vor, sein Geschrei einfach so hinzunehmen. Das hatte sie in der letzten Zeit oft getan – meinem Dad alles durchgehen lassen –, aber ich sah, dass sie langsam ärgerlich wurde.

»Du musst deinen Sinn für Humor behalten, Ben. Das weißt du doch.«

Und Dad *hatte* früher mal Sinn für Humor gehabt. Er war sogar einmal richtig, richtig lustig gewesen. In gewisser Weise war das noch witziger, weil er doch einer von diesen steifen Wissenschaftstypen war.

Aber in letzter Zeit war er so angespannt gewesen. Erstens, weil er rund um die Uhr an der Universität gearbeitet hatte, um seine Studie fertigzubekommen, und dann nehme ich an, seine Ergebnisse waren ein bisschen enttäuschend. Die Studie sollte nicht vor Februar veröffentlicht werden, obwohl sie schon fertig war. Was das Fass zum Überlaufen brachte, war aber, dass er seinen Lieblingspostdoktoranden Dr. Caton entlassen musste, weil er – laut Dad – »sein Urteilsvermögen von persönlicher Voreingenommenheit hatte trüben lassen«. Was auch immer das heißen sollte. Wir hatten Dr. Caton nie kennengelernt – Dad war nicht gerade gut im gesellschaftlichen Umgang –, aber ab dem Tag, an dem er ihn einstellte, hatte er über den sehr jungen Dr. Caton (vierundzwanzig und schon Doktor) gesprochen, als hätte er einen wertvollen Edelstein ausgegraben. Mir war das egal, aber Gideon – unser zweites junges Wissenschaftswunder – trieb es in den Wahnsinn. Er war heilfroh, als Dr. Caton entlassen wurde.

Mom zuckte die Achseln und kam herüber, um ihre halb aufgegessene Scheibe Toast zu holen. Sie biss noch mal ab, die Puppe immer noch in der anderen Hand, dann legte sie den Toast vorsichtig hin, wischte sich die Krümel von den Fingern und ging mit der Puppe wieder zur Tür. Sie öffnete sie und warf die Puppe schweigend hinaus. Wir alle hörten sie *klonk, klonk, klonk* die Treppe hinunterpurzeln. Gideon und ich kicherten. Mom auch. Mein Dad nicht. Stattdessen ging er zum Telefon.

»Wen rufst du an?«, fragte meine Mom.

»Die Polizei«, erwiderte er, als sollte sich das von selbst verstehen.

»Komm schon, Ben«, sagte Mom und ging zu ihm hinüber. »Eines kann ich dir sicher sagen: Wenn du die Polizei rufst, ist das genau das, was sie wollen. Es geht ihnen nur um Aufmerksamkeit.«

»Ich kann damit nicht umgehen, Hope«, sagte Dad

leise, fast traurig, während Mom ihm das Telefon aus der Hand nahm und auflegte. Dann schlang sie die Arme um ihn und flüsterte ihm etwas ins Ohr.

»Du musst nicht damit umgehen«, sagte sie, als sie sich voneinander lösten, aber laut genug, dass es wirkte, als sagte sie es auch zu uns oder vielleicht auch nur zu mir. Und komischerweise schien sie gar nicht sauer zu sein, dass mein Dad etwas, das ihr geschehen war, komplett auf sich bezogen hatte. »Deshalb hast du doch mich.«

Als Dad und Karen weg sind, sitze ich im Dunkeln im Wohnzimmer auf dem Sofa, starre durch unser großes Panoramafenster auf die Walnut Hill Road und warte auf die Lichter, wenn Gideon vom Leichtathletiktraining nach Hause gebracht wird. Keiner von uns hat bis jetzt den Fahranfänger-Führerschein, obwohl wir ihn seit Monaten haben dürften. Nichts verdirbt dir so die Lust an der freien Straße wie der Tod deiner Mom bei einem Autounfall. Gideon wird sich den Schein wahrscheinlich irgendwann holen. Aber ich weiß jetzt schon, dass ich es nie tun werde.

Wieder spähe ich hinaus und suche nach einem Anzeichen von Scheinwerfern. Warum braucht Gideon so lange? Er sollte schon längst zu Hause sein – na ja, seit ein paar Minuten, aber trotzdem. Heute Abend sind ein paar Minuten wie Stunden. Es ist komisch, auf Gideon zu warten. In seiner Gegenwart fühle ich mich in letzter Zeit so gereizt. Aber im Moment wäre mir alles lieber als allein sein.

Ich habe tatsächlich die Türen abgeschlossen, nachdem Dad und Karen gegangen waren, dann habe ich sie zweimal überprüft. Und dann ein drittes Mal. Mir muss man nicht zweimal sagen, dass ich mir Sorgen machen soll. Und dann, als ich mit der Überprüfung der Schlösser fertig war, schaute ich nach allem anderen, das auch nur möglicherweise herausspringen, abbrennen oder sich sonst wie gegen mich wenden könnte.

Mein Handy habe ich auch schon ein Dutzend Mal auf Nachrichten von Cassie überprüft. Bisher habe ich vier geschickt und sie zweimal angerufen. Aber es kam keine Reaktion. Ich hätte noch mehr Nachrichten geschickt, aber mit jeder, die sie nicht beantwortet, geht es mir schlechter, mache ich mir noch mehr Sorgen, dass Cassie diesmal in irgendwas so Dunkles und Tiefes versunken ist, dass ich sie nicht wieder herausziehen kann, egal, wie sehr ich es versuche.

»Warum sind alle Lichter aus?«

Eine Stimme hinter mir. Als ich mit hämmerndem Herzen herumwirble, ist es Gideon, noch im Mantel und mit Rucksack. Er trägt eine weite Jeans, seine blonden wirren Haare kleben ihm feucht an der Stirn, und er kaut auf den Resten eines *Twizzlers.*

»Warum machst du das, Gideon!«

»Als Erstes beruhige dich mal.« Er beißt noch mal ab. »Und zweitens: was überhaupt?«

»Dich anschleichen, du blöder Idiot!«

»Ähm, wow.« Er hebt die Hände, als hätte ich eine Pistole auf ihn gerichtet, der halb zerkaute *Twizzler* hängt ihm schlaff in den Fingern. Er liebt es, darauf herumzureiten, wenn ich mich bescheuert benehme. Was, um ehrlich zu sein, in letzter Zeit ziemlich oft vorkommt.

Und Gideon findet es unfair, dass er weniger Aufmerksamkeit bekommt, weil er sich normaler benimmt. Zum Beispiel bei der Sache mit dem Hauslehrer. Gideon ist ein unglaublich kluger Junge (obwohl selbst er zugeben würde, dass ich ihn jederzeit und in jedem Mathetest *vernichten* könnte), aber er hasst die Schule, sogar nachdem er auf die Stanton Prep gewechselt ist, wo man besser auf seine obergenialen Naturwissenschaftsbedürfnisse eingehen kann. Er findet, er sollte auch aufhören dürfen. Aber Dad hat ihm so schnell eine Abfuhr erteilt, dass *mir* der Kopf davon schwirrte.

»Hat dich Stephen nach Hause gefahren?« Ich sehe wieder aus dem Fenster. Habe ich das Auto irgendwie verpasst? Ich habe doch keine Halluzinationen, oder? »Ich hab ihn nicht gesehen.«

»Wir sind von hinten gekommen. Ich war mit den anderen noch bei *Duffy's* Pommes essen.« Er zuckt die Achseln: *zusammen abhängen, wie es die normalen Jungs mit vielen Freunden tun.* Das sagt mir dieses Achselzucken. Er will unbedingt so ein normaler Junge sein. Aber ich weiß, dass nur Stephen sein Freund ist, irgendwie, und dass sich die anderen Typen im Leichtathletikteam nur mit ihm abgeben, weil er ohne sich zu beschweren das Rennen läuft, das alle am meisten hassen, die zwei Meilen. Gideon hat noch nie leicht Freunde gefunden, wahrscheinlich weil er so schlau ist. Vielleicht auch einfach weil er ist, wie er ist. Punkt. »Ich bin zur Hintertür reingekommen.«

»Du solltest duschen gehen.« Ich drehe mich wieder zum Fenster um.

Ich will, dass er geht, mich allein lässt, keinen Streit anfängt. Nicht heute Abend. »Wer ist gestorben und hat dir das Kommando übergeben?« Als ich zu ihm zurückschaue, reißt er in gespieltem Entsetzen die Augen auf und hält sich die Hand vor den Mund. »Mist. Kapiert? *Wer ist gestorben?* Du musst zugeben, das war ziemlich lustig.« Ich blicke ihn finster an. Gideon versucht immer, Witze darüber zu machen, dass unsere Mom nicht mehr da ist. Dann geht es ihm besser. Und mir schlechter. Mom hatte recht, wir sind wirklich entgegengesetzte Zwillinge. Stoßen uns ewig ab, wie die falschen Seiten von Magneten. »Komm schon, das war wirklich lustig.«

»Nein, war es nicht.«

»Ach, wie du meinst.« Gideon zuckt wieder die Achseln und wendet sich zur Treppe. Sieht er wirklich verletzt aus? Das kann man bei ihm so schwer sagen, aber ich weiß, da drin ist irgendwo ein Herz. Und ich weiß, im Moment versucht er nur zu überleben. Wie ich. »Wann kommt Dad zurück? Ich muss ihn was wegen meiner Chemiehausaufgabe fragen.«

Nachdem er alle Collegekurse ausgereizt hat, die seine High School anbietet, geht Gideon jetzt in Naturwissenschaftskurse am Boston College. Ich weiß nicht, ob er wirklich Naturwissenschaften mag oder ob es nur eine Möglichkeit für ihn ist, Dad näherzukommen.

Falls ja, ist das nicht die schlechteste Entscheidung. Ein idiotensicherer Weg, mehr Aufmerksamkeit von unserem Dad zu bekommen, ist, irgendwie mit seiner Arbeit zu tun zu haben. Ich würde nicht sagen, Dad liebt seine Forschung mehr als uns, aber manchmal kommt es mir trotzdem so vor, als wären wir gleichauf.

»Ich weiß nicht, vielleicht in ein paar Stunden«, sage ich.

Ich hätte unbestimmter bleiben sollen. Seit dem Unfall geht Dad nie so lang weg. Das wird nur zu mehr Fragen führen. Und ich möchte nicht mit Gideon über Cassie reden. Am Ende wird er nur etwas Gemeines sagen. Gideon mochte sie nie. Oder besser gesagt, er mochte sie immer sehr, aber Cassie hat ihn komplett ignoriert. Also beschloss er, sie stattdessen zu hassen. Im Moment würde ich es nicht aushalten, wenn er sie beleidigt. Oder noch schlimmer, wenn er nur zum Spaß versucht, mich dazu zu bringen, mir noch mehr Sorgen zu machen.

»Ein paar Stunden? Wo ist er denn?«

»Karen helfen.«

»Wobei?«

Argh. Zu spät. Sein Interesse ist geweckt. »Sie weiß nicht, wo Cassie ist.« Ich zucke die Achseln. Keine große Sache.

Für einen Sekundenbruchteil sieht Gideon fast ehrlich besorgt aus, doch dann zieht er die Mundwinkel zu einem vorgetäuscht nachdenklichen Blick herunter. »Hm. Jetzt verstehe ich das«, sagt er.

Ich hasse es, aber ich habe keine andere Wahl, als sein Spiel mitzuspielen. »Was, Gideon?«

»Warum sich Cassie so irre aufgeführt hat, als sie hier vorbeikam«, sagt er, als müsste ich wissen, wovon er spricht. »Ich meine, ich weiß nicht *genau*, warum. Aber wenn sie auf dem Sprung war, wird klarer, warum sie sich komisch benommen hat.«

»Warte, Cassie war hier?« Mein Herz setzt einen Schlag aus. »Wann?«

Gideon reibt sich das Kinn, dann blickt er zur Decke auf. »Äh, ich glaube, es war … mal überlegen.« Er zählt an den Fingern ab, als wären es Tage oder sogar Wochen. »Gestern. Yup, das war's, am Nachmittag.«

Idiot.

»Gestern?« Ich versuche, nicht sauer zu werden. Gideon will mich provozieren, nur darum geht es. »Warum hast du mir das nicht erzählt?«

»Sie wollte es nicht.« Er zuckt mit den Schultern. »Sie wollte nur den Zettel abgeben.«

»Was für einen *Zettel*, Gideon?« Ich bin von der Couch aufgesprungen. »Du hast mir keinen Zettel gegeben.«

»Hm«, sagt er nickend. Als wäre er verwirrt, obwohl er es offensichtlich nicht ist. Dann fängt er an, auf seinen Sweatshirttaschen herumzuklopfen und in seiner Jeans zu graben. »Ah, da ist er ja.« Er zieht ein gefaltetes Blatt heraus, hält es in die Luft und zieht es noch weiter weg, als ich danach greifen will. »Ach, warte, jetzt weiß ich wieder, warum ich ihn dir nicht gegeben habe. Ich habe an die Badezimmertür geklopft, um es dir zu erzählen, und du hast geschrien: ›Geh weg, Idiot!‹«

Er hat recht. Das habe ich. Gebrüllt sogar. Seit dem Unfall sind meine Angststörungen mit solcher Wucht wieder da, dass ich jeden Tag kaum mehr tue als überleben. Aber manche Tage sind noch grusliger als andere. Und gestern war einer von den ganz beschissenen. Als ich unter der Dusche stand, weil ich hoffte, es würde mich beruhigen, wollte ich nur noch schreien – mich selbst anschreien und die Welt. Gideon hätte ich auf keinen Fall ertragen. Wenn ich glauben könnte, mich bei ihm zu entschuldigen, würde nicht alles nur noch schlimmer machen, würde ich es tun. Und es tut mir irgendwie auch leid. Tief in seinem Inneren will Gideon kein Idiot sein. Aber seine liebe Seite ist in letzter Zeit ganz tief vergraben. So tief, dass sie es nicht schaffen würde, ihn davon abzuhalten, noch nachzutreten, wenn ich schon am Boden liege.

»Gib mir den Zettel, Gideon. Bitte.«

Er hält die Hand mit dem Zettel nur noch höher. Ich war immer eher groß, aber Gideon ist über eins achtzig. Ich reiche nicht heran. »Vielleicht sollte *ich* lesen, was draufsteht«, sagt er. »Ihr zwei seid ja eigentlich gar keine Freundinnen mehr. Wahrscheinlich weil Cassie langsam die Schnauze voll davon hatte, dass es die ganze Zeit nur um dich und deine *Probleme* ging.«

»Gideon, wenn du mir den Zettel nicht gibst, sage ich Dad, dass ich dich neulich mit Stephen Gras rauchen gesehen habe.«

Es war draußen in unserem kleinen Garten, neben dem Schuppen. Und so, wie es aussah, war es Gideons erstes Mal. Er hat seine Probleme, doch Drogen gehören nicht dazu. Aber selbst wenn es eine einmalige Sache war, benutze ich es, wenn ich muss. Gideon ist die Farbe aus dem Gesicht gewichen, und in seinen Augen liegt dieser Ausdruck. Als würde er mich wirklich, ehrlich hassen. Ich will nicht, dass es mir etwas ausmacht. Tut es aber. Immer.

»Mir doch scheißegal«, sagt er schließlich und wirft mit Cassies Zettel nach mir. Er prallt an die Wand über meinem Kopf und fällt auf den Boden. »Aber wenn ich so eine kaputte beste Freundin hätte wie dich, würde ich auch wegrennen.«

Und damit dreht sich Gideon um und verlässt das Wohnzimmer in Richtung Treppe. Ich warte, bis er weg ist, bevor ich den Zettel aufhebe.

Es tut mir leid, steht da in Cassies runder Schrift, *du hattest recht. Mit allem. Ich war einfach noch nicht bereit, es zu hören. Aber jetzt bin ich bereit. Egal, was kommt. Xoxo C*

Egal, was kommt? Ich umklammere den Zettel und halte ihn zu fest. Das Herz hämmert mir in der Brust. Das klingt nicht gut – als hätte Cassie Frieden mit irgendwas geschlossen. Wie es Leute tun, bevor sie … Cassie würde sich doch nichts antun, oder? Nein, ich glaube nicht. In den letzten Monaten habe *ich* überlegt, allem ein Ende zu setzen, ***mir*** ein Ende zu setzen. Aber Cassie ist nicht wie ich. Sie ist wie ein riesiger Flummi. Sie kommt immer wieder hoch. Das macht sie im Grunde als menschliches Wesen aus. Sie hatte nur wieder einen Smirnoff Wassermelone zu viel. Es darf nicht anders sein.

Als ich die Worte noch mal lese, zieht sich mein Magen enger zusammen. Womit genau hatte ich »recht«? Dass Cassie zu trinken aufhören musste, ein bisschen zunehmen, besser auf sich aufpassen? Dass sie Jasper nicht vertrauen sollte? Dass er ihr irgendwann wehtun würde? Ich will mit nichts davon mehr recht haben. Nicht, wenn es bedeutet, dass Cassie deshalb etwas Schreckliches geschehen ist.

Ich nehme mein Handy, um Cassie noch eine Nachricht zu schicken. Vielleicht sollte ich mich auch entschuldigen. Es war richtig, sie vom Trinken wegbringen zu wollen. Ich hatte guten Grund, mir Sorgen zu machen. Aber vielleicht habe ich das mit anderen Dingen vermischt, die nicht so wichtig waren, wie die Regenbogenkoalition und Jasper.

Habe eben deine Nachricht bekommen. Mir tut's auch leid. Ich hätte eine bessere Freundin sein sollen. Komm nach Hause. Bitte. Egal, was los ist, wir kriegen das hin.

5

Ich starre immer noch auf mein Handy und versuche, eine Reaktion von Cassie herauszutelepathieren, als es an der Tür klopft. Habe ich mir das eingebildet? Ich hoffe es fast, als es wieder klopft. Cassie? Aber das Klopfen ist sogar härter und lauter als das von Karen vorhin. Eine größere Faust vielleicht, eine schwerere Hand? *Lass die Türen abgeschlossen.* Aber ich muss zumindest nachsehen, um sicherzugehen, dass es nicht Cassie ist.

Vorsichtig gehe ich in den Flur hinaus. Oben läuft die Dusche. Gideon wird nichts hören. Nicht mal, wenn ich schreie. Ich hole Luft und schiebe mich seitlich heran, damit ich aus dem Fenster spähen kann, ohne gesehen zu werden.

Dort auf unserer Veranda, die Hände tief in die Taschen geschoben, die breiten Schultern bis an die perfekten Ohren hochgezogen, steht der letzte Mensch, den ich sehen will: Jasper Salt. Er hat eines seiner typischen hautengen T-Shirts an – mit kurzen Ärmeln, trotz der Kälte – und genau richtig tief sitzende Jeans. Er starrt auf seine schwarzen Nikes hinunter, wippt vor und zurück, als wäre ihm eiskalt, obwohl er gleichzeitig sagt: *Alles easy, Mann.* Denn so redet Jasper. Obwohl *niemand so redet,* nicht mal in Long Beach, California, woher Jasper stammt.

Jasper war schon im zweiten Studienjahr, als wir an der Newton Regional High School anfingen, und er fiel von

Anfang an auf. Natürlich war es sein unmenschlich gutes Aussehen, als wäre er gerade einer Gap-Werbung entstiegen, mit strahlender Haut, leuchtend grünen Augen und einem Sixpack, den man sogar irgendwie erkennen konnte, wenn er eines seiner weiten Football- oder Eishockeytrikots trug.

Zum ersten Mal sahen Cassie und ich ihn in der Cafeteria mit den anderen Footballspielern, die alle fürs erste Spiel ihre blöden Trikots trugen. Sie waren riesig und laut und versuchten absichtlich, die Aufmerksamkeit auf sich zu ziehen. Alle bis auf Jasper, schon im zweiten Studienjahr der Quarterback, der sich niemals schnell bewegte oder die Stimme erhob. Er bedrohte oder drangsalierte niemanden. Er war die stille und ruhige Sonne, um die alle anderen kreisten.

Aber da lag eine Energie unter all dieser Ruhe, etwas Angespanntes. Als wäre er im Inneren eine zusammengedrückte Feder, die niemand aufspringen sehen wollte. Oder noch mal aufspringen sehen. Denn natürlich war Jasper schon mindestens einmal explodiert. Mit diesem einen legendären Boxhieb.

Aber keins der Erstsemestermädchen störte Jaspers angebliche Körperverletzung auch nur im Geringsten. Ich glaube sogar, sie liebten ihn deshalb noch mehr. »Er ist aus L. A.«, sagten sie. »Ich habe gehört, er sei Filmagent.« »Ich habe gehört, seine ganze Familie sei hergezogen, damit er Eishockey spielen kann.« »Ich habe gehört, er hat letztes Jahr mit zwölf Mädchen geschlafen. Alle aus der Abschlussklasse.«

Zwölf Mädchen. Ein Schlag. Was für ein Arschloch. Das denke ich, als ich zur Tür gehe. Denn ich weiß schon, dass es kein Zufall ist, dass Jasper hier auftaucht. Für mich ist das Beweis genug, dass er etwas mit dem zu tun hat, was mit Cassie los ist. Wo sie ist. Was sie vorhat. Oder vielleicht, warum sie gegangen ist.

Aber ich zögere mit der Hand auf dem Türknauf. Vielleicht will er herausfinden, was andere Leute wissen. Ich sollte mich dumm stellen. Zuerst sehen, was Jasper sagt, ihn selbst eine Grube graben lassen, in die ich ihn später schubsen kann.

»Oh, hallo!« Jasper sieht überrascht aus, als ich endlich die Tür öffne. Ärgerlicherweise sieht er sogar noch besser aus, als ich es in Erinnerung hatte. Er ist nicht mein Typ, zu hübsch und zu perfekt unperfekt. Aber ich kann mir vorstellen, wie sich Cassie fühlt, wenn er sich auf sie konzentriert: besonders. So wie sie sich immer fühlen wollte. »Ich, äh, dachte nicht, dass jemand da ist.«

Sein Blick flackert zu meinen zerrupften Haaren. Sofort senkt er ihn wieder. Er tut, als hätte er die Katastrophe auf meinem Kopf nicht bemerkt, was vielleicht ein klitzekleines bisschen für ihn spricht.

»Tja, ich bin da«, sage ich. Ich zwinge mich, den Türknauf nicht so fest zu umklammern, und hoffe, es entspannt auch den Rest von mir. »Was ist?«

»Kann ich reinkommen?« Jasper sieht sich um, als könnte jemand da draußen im Dunkeln sein und ihn beobachten. »Ich würde es lieber drinnen erklären.«

Nein. Das möchte ich sagen. Aber ich kann nicht, solange ich nicht weiß, was er hier will.

»Also gut.« Ich trete zur Seite, gebe ihm aber nur den Weg bis in den Flur frei. »Was?«

Ich will ihn nicht weiter in mein Haus oder mein Leben lassen. Ich will nur, dass er mir sagt, was er über Cassie weiß, und dann wieder geht. Denn je länger Jasper bleibt und je mehr es aussieht, als würde er Zeit schinden, desto enger wird es in meiner Brust. Und ich habe wirklich keine Lust, vor ihm einen meiner Anfälle zu bekommen.

Jasper verschränkt die Arme und löst sie wieder, zieht die Schultern sogar noch weiter zu den Ohren hoch. Jetzt sieht er offiziell schuldig aus. Ich presse die Lippen zusammen und schlucke hart. Er hat Cassie doch nichts angetan, oder? Ich bin nicht im Jasper-Salt-Fanclub. Ich glaube, er hat einen schlechten Einfluss und eine boshafte Ader, die aus irgendeinem Grund alle verleugnen. Aber als ich Cassies Mom sagte, ich glaubte nicht, dass er ihr etwas tun würde, meinte ich es ernst.

»Cassie ist verschwunden«, beginnt er schließlich. »Und ich, ähm, habe vor ein paar Stunden einen Anruf von ihrer Mom bekommen, die mich fragte, ob ich mit ihr gesprochen hätte. Habe ich aber seit gestern nicht.« Tja, das ist Lüge Nummer eins: Jasper hat Karen erzählt, er habe heute Morgen mit Cassie geschrieben. »Nein, warte, ich meine, wir haben vielleicht heute Morgen geschrieben.« Okay, gut. Zurück auf null Lügen, von denen ich wüsste. Aber wir fangen gerade erst an.

»Sie war nicht in der Schule?«

Jasper geht ungebeten direkt an mir vorbei ins Wohnzimmer. So ein Typ ist er: überzeugt, dass er überall willkommen ist.

»Ich weiß es nicht sicher. Wir hatten Streit«, sagt er irgendwie defensiv. »Ich habe ihr heute Morgen geschrieben, aber ich war immer noch ziemlich sauer. Also bin ich ihr in der Schule aus dem Weg gegangen. Später hat mir Maia gesagt, Cassie müsse geschwänzt haben, weil sie sie nicht gesehen hatten. Hast du? Ich meine, was von ihr gehört oder so?«

Also hat die Regenbogenkoalition Karen angelogen. Das ist jetzt keine große Überraschung.

»Ich habe seit Tagen nicht mit Cassie geredet«, sage ich. Und er muss das wissen. »Wie kommst du darauf, ich hätte von ihr gehört?«

»Weil ich das hier bekommen habe.« Jasper zieht sein Handy aus der Tasche und gibt es mir. Auf dem Bildschirm steht offen eine Nachricht von Cassie: **Geh zu Wylie nach Hause**. Das ist alles. Das ist die ganze Nachricht. »Du hast keine Ahnung, warum sie mir sagt, ich soll hierherkommen?«

»Ich?« Es klingt tatsächlich, als dächte er, *ich* sei diejenige, die etwas verbirgt. »Ich habe keine Ahnung. Hast du ihrer Mom erzählt, dass du das bekommen hast?«

»Ich wollte, aber dann …« Er bedeutet mir, ihm das Handy zurückzugeben, und bewegt den Finger ein bisschen auf dem Bildschirm nach oben, bevor er es mir wiedergibt. »Dann hab ich das hier bekommen.«

Sag niemandem, dass du von mir gehört hast. Vor allem nicht meiner Mom.

»Okay, aber …«

Er greift wieder nach dem Smartphone und tippt auf der Suche nach einer weiteren Nachricht darauf herum. Dann hält er es ein drittes Mal hoch.

Ich habe es wieder versaut. Wenn du meine Mom anrufst, ruft sie die Polizei. Und du weißt, was dann passiert. Bitte, geh einfach zu Wylie. Später mehr.

»Was ist los, verdammt noch mal?«, frage ich und klinge wütend. Auf Jasper. Aber ich bin mir auch sicher, dass das alles zumindest ein bisschen seine Schuld ist.

»Ich habe keine Ahnung, was los ist. Ich bin hergekommen, weil das hier so steht«, sagt Jasper, und jetzt klingt er wütend auf mich. »Aber wer weiß? Cassie war in letzter Zeit komisch.«

»Was soll das heißen: ›komisch‹?«

»Willst du eine Definition des Wortes ›komisch‹ von mir hören?«

Ich werfe ihm nur einen bösen Blick zu. Wenigstens ist es jetzt offensichtlich. Er mag mich auch nicht.

»Irgendwie distanziert oder so«, spricht er weiter. »Ich weiß nicht, warum.«

»Und was heißt das mit der Polizei: ›Du weißt, was passieren wird‹?«

»Das kann ich dir nicht sagen.«

»Du kannst also herkommen und mich ausquetschen, aber selbst nichts verraten?«

»Es ist einfach – ein paar Sachen, die passiert sind, waren ihr echt peinlich«, sagt er schließlich. »Und sie will vor allem nicht, dass du es erfährst.«

Fick dich, Jasper Salt!, möchte ich schreien. *Du weißt überhaupt nichts über mich. Und du weißt nichts über die wahre Cassie, den tollen Menschen, der sie war, bevor du dazu beigetragen hast, sie zu zerstören.* Aber das geht noch nicht, solange er Dinge weiß, die ich nicht weiß. Dinge, die mir vielleicht helfen könnten, Cassie zu finden.

»Glaub mir, ich weiß massenhaft Peinlichkeiten über Cassie«, sage ich. »Wir sind schon sehr lange befreundet.«

Und ich kenne definitiv Geheimnisse von ihr, die Jasper nicht kennt. Dinge, für die sich Cassie vor ihm viel zu sehr geschämt hätte. Zum Beispiel hatte Cassie wieder ins Bett gemacht, aber diesmal bekam ihre Mom es mit. Einmal war es nach einem ihrer ersten »Hangouts« mit der Regenbogenkoalition passiert, bevor sie und Jasper sich kennenlernten.

Beim ersten Mal war sie deswegen total durch den Wind, vor allem, weil sie auch noch einen Blackout hatte. Konnte sich nicht erinnern, wie sie nach Hause gekommen war. Blackouts waren typisch für ihren Vater gewesen. Cassie war überzeugt, er erinnerte sich nicht mal an die Hälfte des Mists, den er gebaut hatte. So schaffte sie es, ihn nicht zu hassen. Alles, woran er sich nicht erinnerte, wurde ihm nicht vorgehalten. Aber selbst Blackouts machten Cassie nicht genug Angst, wie ich es gehofft hatte. Nein, beim nächsten Mal beschloss sie einfach, es lustig zu finden.

»Ich weiß, dass ihr eng miteinander seid, aber ...« Jasper sieht auf seine Hände hinab und drückt die Fingerspitzen aneinander. »Sie hat extra gesagt, das eine dürftest du nicht erfahren. Sie machte sich Sorgen, dass du auf sie herabschauen könntest, glaube ich. Und das muss ich doch respektieren, oder?«

»Das kann nicht dein Ernst sein.« Ich lache. Oder so was Ähnliches.

Jasper hebt die Hände. »Ich sage nicht, dass du das tun würdest.« Aber an der Art, wie er es sagt, merke ich, dass er das sehr wohl glaubt. »Davor hatte nur Cassie Angst. Sie hat nicht immer die beste Menschenkenntnis.« Dass *er* das zu *mir* sagt – ich könnte kotzen. »Jedenfalls glaube ich, sie hat etwas getan, das ihre Mom richtig, richtig sauer machen würde. Und sie hat ja schon davon gesprochen, Cassie in irgendein abgefahrenes Bootcamp-Internat zu schicken.« Er holt tief Luft. »Jedenfalls glaube ich, dass Cassie etwas falsch gemacht hat, ist immerhin besser, als dass sie entführt wurde oder so.«

»Entführt?« Das ist mir noch nicht mal in den Sinn gekommen. »Was meinst du mit entführt?«

Mein Handy vibriert laut auf dem Couchtisch, bevor Jasper erklären kann, ob er einen echten Grund hat, an Entführung zu denken, oder ob er das nur so gesagt hat. Nicht dass das noch von Bedeutung wäre, denn jetzt kann ich an nichts anderes mehr denken als an Cassie, wie sie von der Straße verschleppt wird. Als ich danach greife, habe ich das Gefühl, als würde das Handy mich gleich beißen.

Bitte, Wylie, ich brauche deine Hilfe, steht in der Nachricht. **Ich hab's total versaut. Du musst mich abholen. Ich hab dir Jasper geschickt, er kann fahren. Aber wen ich am meisten brauche, bist du. Später mehr.**

Ich hole wacklig Luft. Wenigstens geht es ihr gut genug, dass sie schreiben kann. Das ist schon mal was. Und dass sie es total versaut hat, klingt nicht nach einer Entführung. Außerdem muss ich nach allem, was zwischen uns war, trotzdem zugeben, dass sich ein kleiner Teil von mir freut, dass Cassie das Gefühl hat, genau mich zu brauchen.

»Was steht drin?« Jasper späht mir über die Schulter.

»›Ich brauche deine Hilfe. Ich hab's total versaut‹«, sage ich und ziehe mein Handy weg, damit er den Teil über sich nicht lesen kann. Und ich spüre, wie sich eine Traurigkeit über mich legt. Als würde mir endlich bewusst, dass es Cassie vielleicht nie wieder gut gehen wird. »Sie will, dass wir sie abholen. Kannst du fahren? Ich hab keinen Führerschein.«

Natürlich gibt es noch ein anderes, winzig kleines Problem bei diesem Plan. Eines, über das ich lieber nicht nachdenke.

Denn es ist gar nicht wirklich ein Problem – das klingt wie etwas, das man umgehen könnte. Es ist eher eine Mauer. Auf keinen Fall werde ich das Haus verlassen können. Ich war schon seit drei Wochen nicht draußen.

Es fing damit an, dass ich mich nicht überwinden konnte, zur Schule zu gehen. Dann fiel es mir schwer, mit dem

Auto Besorgungen zu machen. Dann wurde ein Spaziergang ziemlich unangenehm. Selbst meine letzten drei Termine mit Dr. Shepard mussten per Telefon stattfinden, was bewies – wie sie befürchtet hatte –, dass der Hauslehrer erst der Anfang war und es schnell mit mir abwärtsgeht. Ich bin offiziell agoraphob. Erst seit drei Wochen, ja. Aber ich kann berichten, dass drei Wochen mehr als genug Zeit sind, damit es einem vorkommt, als sei es immer schon so gewesen. Irgendwann während meines Gesprächs über die Rettungsmission Cassie muss ich diesem problematischen Detail einen Gedanken schenken.

»Wo abholen?«, fragt Jasper. »Was ist passiert?«

»Sie hat es versaut, mehr hat sie nicht gesagt. Wie in deiner Nachricht.«

»Das ist so eine Scheiße«, sagt er. »Woher sollen wir überhaupt wissen, dass wirklich sie schreibt? Es könnte jeder sein. Vielleicht hat jemand ihr Handy geklaut.«

Natürlich hat er recht. Und dass er so misstrauisch ist, gibt einen Punkt auf seiner Nicht-schuldig-Skala. Aber ganz lasse ich ihn nicht vom Haken. Erst wenn ich weiß, was wirklich los ist. Ich wende mich wieder meinem Handy zu.

»Was schreibst du?«, fragt Jasper, während meine Finger über das Display fliegen.

»Eine Frage. Um sicherzugehen, dass es wirklich Cassie ist.«

Soll das ein Janice werden? Das ist der erste Insiderwitz, der mir in den Kopf kommt. Alt, aber immer wieder gut. Wenn ich nur daran denke, vermisse ich Cassie schon.

Jackie Wilson – nicht Janice Wilson – war eine winzige Elfe von Mädchen, das am Anfang unseres ersten Jahres dort an die Newton Regional High School kam. Sie blieb nur drei Monate, bis ihre Eltern wieder weiterzogen, aber

Cassie und ich hatten sie wirklich gemocht. Wir hatten sogar darüber gesprochen, aus unserem Duo mit Jackie ein Trio zu machen. Das war, bevor wir gemerkt haben, dass Jackie bei *allem* log. Inklusive dummer Dinge wie die Farbe der Socken, die sie *anhatte*. Für irgendetwas brauchte sie diese ganzen Lügen offenbar. Jedenfalls begannen Cassie und ich, nachdem sie weg war, »Jackie« als Codewort für Lügen zu benutzen: einen Jackie abziehen. Aber ich habe jetzt absichtlich den falschen Namen – Janice – geschrieben. Ansonsten hätte derjenige am anderen Ende, falls es nicht Cassie ist, immer noch eine 50-prozentige Chance, richtig zu antworten – ja oder nein. Wenn es wirklich Cassie ist, wird sie aber darauf eingehen.

Diesmal braucht die Antwort ein bisschen länger.

Du meinst Jackie? Nein, kein Jackie. Bitte fahrt erst mal auf der 95 nach Norden, dann auf die 93, auch nach Norden. Mehr später. Beeil dich, Wylie. Bitte, ich brauch dich.

»Sie ist es.« Während ich das sage, geht es mir noch viel schlechter. »Auf jeden Fall.«

»Okay«, sagt Jasper. »Was machen wir dann jetzt?«

Ich könnte Karen anrufen, ihr sagen, dass sich Cassie wieder in irgendeine Scheiße geritten hat. Ich könnte der Grund sein, warum Cassie irgendwo hingeschickt wird, wo man sie zwingt, in der brennenden Wüste fünfzig Meilen zu Fuß zu marschieren, damit sie Respekt lernt oder so. Oder ich könnte die Freundin sein, die Cassie jetzt braucht: jemand, dem sie vertrauen kann.

Ich blicke von meinem Handy auf und Jasper in die Augen. »Wir gehen.«

6

Ausrüstung. Daran denke ich als Nächstes. Wir brauchen Ausrüstung. Und ja, das ist meine Art, das Unvermeidliche hinauszuzögern. Aber Ausrüstung kann auch nicht schaden. Als ich nach oben in mein Zimmer gehe, folgt mir Jasper. Schon wieder uneingeladen. Allerdings habe ich ihn auch nicht ausdrücklich gebeten, unten zu warten. Mir ist einfach nicht in den Sinn gekommen, dass er mir folgen würde. Aber dass er mir nicht von der Seite weicht, ist mein kleinstes Problem. Mit jeder Sekunde rückt das Draußen drohend näher. Mit jedem Schritt sind meine Füße schwerer, meine Lungen widerspenstiger.

»Was genau tun wir?«, fragt Jasper, während wir die Treppe hinaufgehen.

Jetzt wird mir bewusst, dass er mir wahrscheinlich folgt, weil ich ohne Erklärung hochgegangen bin.

»Ich muss ein paar Sachen holen. Es könnte kalt werden«, sage ich. »Du musst nicht mitkommen.«

Das stimmt. Es könnte kalt werden. *Auf der 95 nach Norden, dann auf die 93, auch nach Norden.* Das hat Cassie geschrieben. Es ist immer noch kalt in Boston, obwohl Mai ist. Wer weiß, wie viel kälter es noch werden könnte. Oder wie weit nach Norden wir vielleicht fahren müssen.

Klamotten zum Wechseln, warme Sachen – Socken, Stiefel, Pullis. Und dabei bin ich zum Teil nur paranoid. Aber es kann nicht schaden, vorbereitet zu sein. Darin waren sich die Pfadfinder und meine Mom einig.

Als sie endlich einen Marschbefehl von Dr. Shepard hatte – Wylies Selbstvertrauen aufbauen –, war meine Mom voll dabei. Bis dahin war ich in der siebten Klasse und schon fast ein Jahr bei Dr. Shepard. Meine Mom wollte unbedingt helfen, etwas tun, irgendwas.

Und für sie bedeutete Selbstbewusstsein aufzubauen eines: Abenteuer. Mom hatte all ihr Naturwissen und -können in meinem Alter von meinem Großvater geerbt, dem ursprünglichen Wylie. Wylie der Erste – ein echter Forscher, immer in irgendeinem weit entfernten Land auf der Suche nach irgendeinem Relikt – musste zu Hause bleiben, als meine Großmutter in die Psychiatrie kam. Also hatte er stattdessen angefangen, meine Mom mit in den Wald zu nehmen, und ihr beigebracht, wie man Feuer macht und sich am Stand der Sonne orientiert. Und da draußen, umgeben von all der Wildnis, versuchten sie dann beide, den unbezähmbaren Geist meiner Großmutter zu vergessen.

Diese Wildnisabenteuer hatten meiner Mom immer Spaß gemacht. Mir nicht so. Die Ausflüge mit ihr waren zu furchterregend, um sie als Spaß betrachten zu können. Das zweite Mal, dass ich je Felsenklettern war, blieb ich auf halbem Weg nach oben stecken und flehte Mom an, die Nationalgarde mit dem Hubschrauber zu rufen. Sie tat es nicht. Sie eilte mir überhaupt nicht zu Hilfe. Stattdessen sagte sie mir nur immer wieder, ich könne das. Wieder und wieder und wieder. *Du kannst das. Du kannst das.* Kein Rufen oder Schreien oder Anfeuern. Einfach ruhig und sicher. Wie ein Versprechen. *Du. Kannst. Das. Natürlich kannst du.*

Und so schloss ich die Augen und tat so, als würde ich es glauben, bis ich schließlich – zwei endlose Stunden später – oben ankam. Für jemanden, der heulte, fühlte ich mich ziemlich toll. Ich war nicht geheilt, und es war nicht gerade ein Spaß, aber dieser Ausflug und auch die danach gaben mir Hoffnung. Und die brauchte ich mehr als alles andere.

Außerdem liebte ich es, mit Mom allein zu sein. Konnte nicht oft genug hören, wie man am besten im Regen ein Zelt aufbaut oder auf einem steilen Stück Felsen Halt findet. Und ich werde nie vergessen, wie sie im Licht der aufgehenden Sonne da draußen in den Wäldern aussah. Wie eine Göttin. Oder eine Kriegerin. Eine Kriegergöttin. In meiner Erinnerung wird sie das auch immer bleiben.

Als Jasper und ich oben an der Treppe ankommen, wird die Badezimmertür aufgerissen, und aus einer Dampfwolke springt Gideon mit einem Handtuch um die Hüften. Nase an Nase bleibt er vor Jasper stehen.

»Wer bist du?«, fragt Gideon. Im Vergleich zu Jasper sieht er plötzlich klein aus, denn der ist zwar nur wenige Zentimeter größer, hat aber viel mehr Muskeln.

»Jasper.« Er hält ihm die geschlossene Faust hin, aber statt mit den eigenen Knöcheln dagegenzuboxen wie ein normaler Teenager, versucht Gideon unbeholfen und umgekehrt, sie zu schütteln, während er Mühe hat, sein Handtuch festzuhalten.

»Jasper ist Cassies Freund.« Ich winke Jasper, mir in den oberen Flur zu folgen.

Gideon blinzelt Jasper mit zusammengekniffenen Augen an. Natürlich ist er eifersüchtig. Er findet, *er* sollte Cassies Freund sein, auch wenn er das nie im Leben zugeben würde.

»Hey, wartet!«, ruft uns Gideon hinterher. »Heißt das, Dad hat Cassie gefunden?«

Ich zucke innerlich zusammen und gehe weiter, in der Hoffnung, dass Jasper nicht zwei und zwei zusammenzählt und merkt, dass ich gewusst haben muss, dass Cassie verschwunden ist. Dass ich mich dumm gestellt habe, als ich an die Tür ging. Aber sobald wir in meinem Zimmer sind, kann ich an seinem Gesichtsausdruck erkennen, dass ihm gar nichts entgangen ist. Niemand hat je behauptet, er sei dumm.

»Du hast so getan, als wüsstest du nicht, dass Cassie weg ist?« Er klingt nicht wütend, nur ernsthaft verwirrt.

Achselzuckend wende ich den Blick ab. »Ich war mir nicht sicher, was du wusstest.«

Er reißt die Augen auf, dann kneift er sie zusammen. Jetzt ist er nicht mehr verwirrt. Er ist sauer. »Warte mal, glaubst du, *ich* hätte was damit zu tun, was mit ihr passiert ist?«

»Das habe ich nicht gesagt.« Aber ich werde auch nicht sagen, dass ich es *nicht* für möglich halte. Ich werde nicht lügen, damit das hier weniger unangenehm wird. Ich bin unangenehme Situationen gewöhnt. Ich kann gar nicht anders.

»Aber warum sollte sie mir dann schreiben, ich soll sie abholen kommen?«, fragt er.

»Ich habe nicht gesagt, dass du ihr etwas *getan* hast.« Es gibt andere Arten, wie man verantwortlich sein kann. »Und ich kann nicht fahren. Wenn sie wollte, dass ich komme, musste sie sich überlegen, wie ich hinkommen könnte. Jedenfalls ist Cassie ziemlich abgeglitten, seit ihr zusammen seid.«

»Und das ist *meine* Schuld?« Jaspers Augen sind groß und glänzen.

»Das hab ich nicht gesagt.« Auch wenn ich es irgendwie trotzdem so meine. Ich verschränke die Arme. »Also, willst du das wirklich? Zeit verschwenden mit einer Art *Situation* zwischen uns beiden? Du magst mich nicht, und ich mag dich nicht. Aber uns beiden ist Cassie wichtig, oder? Das Wichtigste ist, sie herauszuholen, in was auch immer sie sich da reingeritten hat.«

»Warum sollte ich dich nicht mögen?« Jasper blinzelt mich an. Als wäre der Teil über ihn das einzig Wichtige. »Ich kenne dich doch gar nicht.«

Als mein Handy wieder vibriert, bin ich erleichtert, denn es rettet mich davor, etwas zu sagen, das ich nicht sagen sollte. Aber es ist nicht Cassie. Es ist Dad: **Bin in zehn Minuten zu Hause**.

Mist. Die Zeit zum Hinauszögern ist vorbei. Wir müssen los. Und ich muss es schaffen, das Haus zu verlassen.

Irgendeine Spur von Cassie bei ihr zu Hause?, schreibe ich zurück.

Noch nicht. Aber ich bin sicher, ihr geht's gut. Keine Sorge.

Will ich das wirklich tun? Ihm und Karen nicht sagen, dass ich von ihr gehört habe? Ich will es nicht vor ihnen verheimlichen, aber ich habe auch nicht das Gefühl, genug zu wissen, um mich über Cassie hinwegzusetzen. Wenigstens noch nicht.

Abgesehen davon ist es ja nicht so, als könnten wir es uns nicht noch anders überlegen. Wir warten auf mehr Einzelheiten. Sobald wir sicher wissen, worin Cassie feststeckt und wie tief, können wir entscheiden, wer es wissen muss.

»Wir müssen los. Mein Dad kommt gleich nach Hause.« Ich schnappe mir meinen kleinen Seesack und fange an, Dinge hineinzuwerfen: Klamotten zum Wechseln, Jogginghose, eins meiner Bandanas. Das Bandana erinnert mich an meine abgeschnittenen Haare, die Jasper immer noch ziemlich erfolgreich nicht zu bemerken vorgibt.

»Haben dein Dad oder dein Bruder vielleicht ein Sweatshirt oder so was, das ich mir leihen könnte? Ich bin einfach rausgerannt, als ich Cassies Nachricht bekommen habe.« Jasper blickt auf seine kurzen Ärmel hinab. »Wenn wir noch mal bei mir vorbeifahren, lässt mich mein Bruder auf keinen Fall noch mal mit seinem Auto weg.«

»Ja, klar«, sage ich und fühle mich ein bisschen schuldig, weil ich angenommen hatte, er würde absichtlich mit seinen nackten Armen angeben. »Ich sehe mal, was ich finde.«

Die Doc Martens meiner Mom stehen immer noch mitten auf dem Teppich meiner Eltern. Ich bleibe eine Weile davor stehen und starre sie an. Schließlich schiebe ich die Füße hinein und zerre die Schnürsenkel fest – sie sind eine Nummer zu groß, aber nicht schlimm. Außerdem schnappe ich mir Moms Lieblingssweatshirt hinter der Tür hervor. Wahrscheinlich ist es kein Zufall, dass es schon seit vier Monaten dort hängt, wo sie es gelassen hat. Vielleicht ist es ein Zeichen, dass er auf seine Art doch an meiner Mom festhält. Aber selbst wenn, im Moment brauche ich es mehr als mein Dad. Abgesehen davon war er derjenige, dem ihre Schuhe egal waren.

Das Letzte, was ich mitnehme, kommt von Moms Nachttisch: ihr Schweizer Taschenmesser. Ein Geschenk meines Großvaters, als sie sechzehn war; ihre Initialen sind eingraviert. *Kann man für alles gebrauchen*, sagte sie immer. Ich drehe es zwischen den Fingern und spüre sein Gewicht in meiner Handfläche.

Als meine Hände zu zittern beginnen, stopfe ich es tief in die vordere Hosentasche und gehe zur Tür.

Drüben in meinem Zimmer geht Jasper herum und sieht sich meine Fotos an. Sie sind schwarz-weiß und hängen an einer Schnur, die an der Wand in meinem Zimmer verläuft. Ich habe sie schon so lange nicht mehr bemerkt, wahrscheinlich seit dem Tag des Unfalls. Vor langer Zeit habe ich mit meiner schicken Digitalkamera in den Händen gelebt und sah durch die Linse mehr von der Welt als mit meinen eigenen Augen. Mom sagte immer, ich hätte so eine Art, den wahren Menschen festzuhalten, der sich im Inneren versteckt, das Merkmal einer echten Fotografin, versicherte sie mir. Jetzt kann ich mir nicht mehr vorstellen, jemals wieder ein Foto von jemandem zu machen.

»Sie sind ziemlich …« Jasper sucht nach einem Wort. Er schaut auf das Foto einer alten Frau auf einer Parkbank in der Nähe des Copley Square mit einer karierten Tasche neben sich. Sie blickt direkt in die Kamera, ohne zu lächeln, zwischen ihren Füßen liegt ein Häufchen zerbröselter Salzcracker. »Deprimierend.«

Ich finde es schrecklich, wie nackt ich mich fühle. Denn sie *sind* deprimierend. *Ich* bin deprimierend. Aber Jasper hätte mir das auch nicht sagen müssen. Ich frage mich, ob er nur keine Ahnung hat oder ob er gemein sein wollte. Bei ihm ist das nicht leicht zu sagen. So oder so will ich, dass er aufhört, sich meine Fotos anzusehen. Ich will ihn aus meinem Zimmer haben.

»Komm.« Ich drücke ihm ein langärmliges Shirt und einen Fleecepulli meines Dads in den Arm. »Wir müssen gehen.«

Erstaunlich, wie sicher ich klinge. Als wäre dieses Draußending eine echte, ernsthafte Möglichkeit. Als wäre es nicht drei Wochen her, seit ich vor die Tür gegangen bin. Na klar. Kein Problem.

Als wir unten sind, versuche ich, im Moment zu bleiben, wie es mir Dr. Shepard beigebracht hat. Nicht vorausschauen, dorthin, wo die Furcht liegt. Ich fühle das Kratzen des Stoffs, während ich die schweren Mäntel aus dem Schrank ziehe, das kühle Metall des Türknaufs. Diese Dinge sind echt. Alles andere ist in meinem Kopf. Aber das Panikmonster – *Draußen! Draußen! Draußen!* – kreischt immer noch. Und mein Herz schlägt so schnell, dass es sich anfühlt, als würde es gleich explodieren.

»Hier, nimm den.« Ich drücke Jasper den Parka meines Dads in die Hand.

Er mustert mich schon von der Seite, als ich mich in Richtung Garage wende. Jasper hat bemerkt, dass mit mir etwas nicht stimmt, natürlich hat er das. Er müsste schon ein totaler Idiot sein, um es nicht zu merken. Bestimmt hat ihm Cassie sowieso alles über meine »Probleme« erzählt. Und sie sind noch viel schlimmer geworden, als sie überhaupt ahnt.

Ich hole Luft und ziehe die Tür zur Garage auf. Als ich hinaustrete, ist die Luft ganz dünn und scharf. Es ist, als hätten wir gerade den Weltraum betreten. Dabei ist die Tür nach draußen noch zu. Haltsuchend lege ich die Hand an ein Regal in der Nähe und entdecke Moms Campingausrüstung. Die werde ich niemals hergeben, egal, wer sie für welchen Notfall braucht. Ich werde einen Teil davon auch noch mitnehmen. Plötzlich brauche ich es: eines der Faltzelte, eine Plastikplane, einen Schlafsack, ein paar Gasfackeln, einen Kompass, den Wasserreiniger. Die Hälfte staple ich auf den Boden, den Rest umklammere ich.

Als ich mich umdrehe, starrt Jasper auf all die Sachen.

»Ähm, brauchen wir das alles? Hat Cassie was davon gesagt, dass wir irgendwo zelten?«

Nein, *wir* nicht, möchte ein Teil von mir zugeben. *Ich* schon. Damit ich es aus der Tür schaffe.

»Man weiß nie«, bringe ich heraus, dann bedeute ich Jasper aufzuheben, was noch auf dem Boden liegt. Ich zeige auf den Knopf an der Wand neben ihm. »Kannst du da draufdrücken? Damit geht das Garagentor auf.«

Als sich das Tor laut knirschend öffnet, zucke ich zusammen und drücke meine Ausrüstung so fest an mich, dass sie mir in die Rippen schneidet. Der Schmerz ist aber seltsam tröstlich. Bevor ich ohnmächtig werde, kommen immer die Taubheit und dann der Tunnel in die Schwärze. Und davon spüre ich jetzt nichts, noch nicht. Ich fühle mich nur wie tief unter Wasser, und der Druck zerquetscht mir den Schädel.

Als das Tor klappernd oben ankommt, sagt Jasper vielleicht etwas, vielleicht auch nicht. Ich höre nichts als das Getöse des Tors. Spüre nichts als das Hämmern meines Herzens. Kalte Luft strömt mir ins Gesicht, als der Nachthimmel endlich vor meinen Augen aufgeht. Ich kann das Haus gegenüber sehen, den Vorgarten, in dem ich so oft als Kind gespielt habe. Den seitlichen Garten, der einmal meine Abkürzung zur Schule war. Erinnerungen aus dem Leben einer anderen. Die Luft riecht auch gut, nach Holzfeuer und Schnee. Und doch fühle ich mich nur noch ängstlicher.

Jasper ist schon draußen in der Einfahrt und marschiert auf sein Auto zu wie ein ganz normaler Mensch. Ist er ja auch. Er belädt den Kofferraum mit dem Rest meiner nutzlosen Ausrüstung. Einen Augenblick später ist er wieder da, steht neben mir und starrt. Aber selbst mit dem Schamgefühl wegen Jaspers Blick, der sich in meine Augen bohrt, trotz des schmerzlichen Wissens, dass ich vielleicht Cassies Zeit verschwende, wollen sich meine Füße immer noch nicht rühren.

Es gibt nur einen Weg aus dieser Garage: zu glauben, dass ich es kann. *Du kannst das. Du kannst das.* Ich höre Moms Stimme in meinem Kopf. Ich spüre, wie sie mir die Daumen drückt, während ich mich stundenlang diesen Fels hinaufschiebe. Ihr zu glauben brachte mich nach oben. Dann bringt es mich auch zur Tür hinaus.

»Gib mir deinen Arm«, sage ich zu Jasper, ohne ihn anzusehen. Er zögert, dann streckt er den Bizeps in meine Richtung. Ich lege zwei Finger um seinen nackten Ellbogen, was sich weniger seltsam anfühlen sollte, als tatsächlich seinen muskulösen Arm zu halten. Tut es aber nicht. »Du musst mich nur zum Auto führen. Frag bitte nicht, warum. Ich sage es dir sowieso nicht.«

Und dann schließe ich die Augen. Denn so zu tun, als würde ich das gar nicht wirklich tun, kann auch nicht schaden.

Meine Augen sind fest geschlossen, während wir die Garage durchqueren. Trotzdem spüre ich das Rauschen der Dunkelheit um mich herum, als wir schließlich nach draußen treten. *Atme,* ermahne ich mich, während wir vermutlich die Einfahrt entlanggehen. Ich öffne die Augen nicht, bis ich das kühle Metall des Autos spüre. Dann hole ich Luft, lasse Jaspers Ellbogen los und öffne die Augen nur so lange, dass ich alles ins offene Heck seines alten Jeeps fallen lassen kann. Ich kneife die Augen wieder zu, während ich mich zur Beifahrertür vortaste. Hinter mir höre ich Jasper den Kofferraum schließen.

Mit hämmerndem Herzen steige ich ein. Aber zum ersten Mal ist es etwas Gutes: Ich habe es geschafft. Als ich an mir selbst hinabblicke, wie ich im Jeep sitze, kann ich es fast nicht glauben. Ich wappne mich für die Fragen, die Jasper haben wird, als er endlich neben mir sitzt. Die er mir nicht stellen soll. Und ich spüre, wie er mich wieder von der Seite anstarrt, während er einsteigt, als würde er überlegen.

»Also gut«, mehr sagt er nicht, als er den Zündschlüssel dreht. Als dächte er, ich sei vielleicht ein bisschen verrückt, hätte aber beschlossen, höflich zu sein und es für sich zu behalten. Und ich kann damit leben. Ich werde müssen.

Statt loszufahren, gibt Jaspers Auto ein lautes Husten von sich. »Keine Sorge. Das kommt öfter vor. Irgendwann fängt es sich.«

Ich bin so erleichtert, als der Motor endlich startet. Wenn ich wieder reingehen müsste, gäbe es null Chancen, dass ich je wieder herauskäme.

Einen Moment später fahren wir aus der Einfahrt, noch einen Augenblick, und wir sind schon halb die Straße entlang. Wir sind wirklich unterwegs. *Ich* bin wirklich unterwegs. Und ich fange fast an zu – na ja, nicht zu entspannen. Nein, das wäre eine *sehr* große Übertreibung. Aber nichts wird schlimmer. Ich bin nicht ohnmächtig geworden, habe mich nicht übergeben, was in diesem Fall – in meinem Fall – schon als Sieg zählt. Das heißt, bis ich am Ende unserer Straße Scheinwerfer sehe: Dad kommt nach Hause.

Ich spüre einen unerwarteten schuldbewussten Stich. Er wird sich solche Sorgen machen, wenn ich nicht da bin. Er wollte, dass ich alle Türen abschließe, und stattdessen gehe ich? Und meine Nachricht: **Bin bald wieder da**? Ist nicht so, als würde sie etwas erklären. Und Jasper? Gideon wird ihn natürlich erwähnen. Dad wird durchdrehen.

Und das will ich nicht. Mein Dad ist nicht meine Mom und wird es nie sein. Er versteht mich nicht. Und manchmal habe ich das Gefühl, er vermisst meine Mom nicht genug. Als hätten sie sich schon vor dem Abend, an dem sie starb, voneinander gelöst. Aber er gibt sich Mühe. Daran habe ich keine Zweifel.

Trotzdem ducke ich mich, als wir am Wagen meines Dads vorbeirollen, der schnell in die Gegenrichtung fährt. Ich beschließe, Cassies Geheimnis zu wahren – was immer es auch ist –, statt ihn anzuhalten und ihm alles zu erzählen. Im Moment bin ich zuerst Cassies Freundin und als zweites Tochter. Und ich könnte so tun, als würde ich ein Opfer bringen, aber die düstere Wahrheit ist: Es kommt mir viel egoistischer vor. Als würde ich alles, was ich tue, nur tun, um Cassie zu beweisen, dass es falsch von ihr war, mich gegen alle ihre neuen Freunde einzutauschen.

Wie aufs Stichwort vibriert mein Handy in meiner Hand, und ich wappne mich für Dads Nachricht, in der er mich anfleht, nach Hause zu kommen. Aber sie ist nicht von ihm. Sie ist von Cassie. Und da steht so wenig. Aber auch viel mehr, als ich lesen möchte.

Beeil dich.

7

Wir tun, was Cassie uns gesagt hat. Jasper und ich fahren fast eine Stunde lang erst kurz auf der 95, dann weiter auf der 93 nach Norden. Die Lichter von Boston verblassen schnell hinter uns, und bald verlassen wir Massachusetts und kommen nach New Hampshire. Der Highway ist immer noch breit, aber auf beiden Seiten stockdunkel. Jasper und ich schreiben Cassie jeweils noch mal, mehr als einmal, und hoffen, dass sie uns etwas sagt. **Wie weit nach Norden auf der 93? Was danach? In welcher Stadt bist du?** Alles, worauf wir vielleicht eine Antwort bekommen könnten. **Geht es dir gut? Bitte antworte uns.** Doch das tut Cassie nicht. Kein einziges Mal.

Der Einzige, von dem ich gehört habe, ist Dad. Er hat schon ein halbes Dutzend Nachrichten geschickt, die alle ungefähr genauso klingen wie der Text, der gerade reinkam: **Bitte, Wylie, sag mir, wo du bist. Bitte komm nach Hause. Ich mache mir Sorgen.** Er hat auch ein paarmal angerufen und eine Nachricht hinterlassen, aber ich habe es noch nicht über mich gebracht, sie mir anzuhören.

Es überrascht mich nicht, dass Dad die *Bin-bald-zurück*-Nachricht, die ich in die Küche gelegt habe, ungenügend fand. Aber in seinen Nachrichten gibt er sich die größte Mühe, nicht auszuflippen. Sich sogar zu verhalten, als wäre er irgendwie stolz auf mich, weil ich es nach draußen geschafft habe. Um ehrlich zu sein, fühlte ich mich deswegen auch ziemlich gut. Für ganze zwanzig Minuten, nachdem wir vom Haus weggefahren waren, war ich richtig high.

Jetzt ist dieser Gefängnisausbruch-Rausch vorbei, aber mir geht es immer noch besser als seit Monaten. Als wäre dieser Notfall, in dem ich gerade stecke, das Heilmittel, das ich gesucht habe. Vielleicht kann ich auch die ganzen Alarmsirenen in meinem Kopf nur schwerer hören, jetzt, da sie zur Wirklichkeit passen. Schließlich rase ich gerade aus einem unbekannten Grund an ein unbekanntes Ziel, um eine Freundin zu retten, die ich liebe, von der ich aber auch weiß, dass man ihr nicht trauen kann – und ich bin so ruhig wie seit Monaten nicht mehr.

Jasper und ich reden nicht viel, während die Meilen vorbeifliegen, außer »Ist dir kalt?« und »Können wir den Sender wechseln?«. Ziemlich bald sind alle Sender auf Jaspers altmodischem Autoradio sowieso nur noch Rauschen, bis auf eine Talkradiosendung über die Übel der Psychopharmaka und Teenager, was unter diesen Umständen – meinen Umständen – ziemlich peinlich ist.

Zum Glück versteht man beim Dröhnen von Jaspers Auto nicht allzu viel. In dem altersschwachen Jeep fühle ich mich wie ein blinder Passagier in einem Frachtflugzeug. Als befände ich mich in einem Raum, der nicht für Menschen gedacht ist. Und je weiter wir nach Norden kommen, desto kälter wird es. Bald sind meine Zehen fast taub, obwohl Jasper ständig die Heizung höher dreht. Als ich auf meinem Handy die Uhrzeit checke – fast halb neun abends –, fange ich an, mir Sorgen zu machen, dass die Kälte und der Krach ein Zeichen sein könnten, dass etwas mit dem Jeep nicht stimmt. Ich spähe zu Jaspers Füßen hinüber, von wo das Geräusch und der Wind zu kommen scheinen.

»Da ist ein Loch.« Jasper zeigt nach unten.

»Im Boden?«, frage ich, während ich den Türgriff so fest umklammere, dass meine Hand zu pochen beginnt.

»Keine Sorge. Es ist nicht gefährlich oder so. Es ist weit weg von den Pedalen. Mein Bruder sollte es reparieren. Es ist sein Auto. Aber er denkt an nichts anderes als ans Poppen und Leuteverprügeln.« Jasper sieht aus, als wollte er noch mehr sagen. Stattdessen lächelt er leicht. »Mich zum Beispiel, wenn er merkt, dass ich sein Auto genommen habe.«

»Oh«, sage ich.

»Schon gut. Ist okay. Er ist groß, aber echt langsam. Normalerweise kann ich ihm weglaufen. Nur einmal nicht.« Er zeigt auf eine Narbe neben seinem rechten Auge. »Hat mich gegen die Ecke unseres Couchtischs geworfen. Nur fünf Stiche, aber es hat tierisch geblutet. Zum Glück ist meine Mom Krankenschwester, also war sie ziemlich ruhig. Aber sie musste hinterher das Stück Teppich austauschen.«

Ich verziehe das Gesicht. »Das ist schrecklich. Er hat sicher richtig Ärger bekommen.«

Jasper wirft mir einen Blick zu. »Ja, nicht so sehr. In meinem Haus gilt das Recht des Stärkeren.«

Das muss das »echt harte Leben« sein, von dem mir Cassie erzählt hat. »Oh«, sage ich noch einmal, weil ich keine Ahnung habe, was ich sonst sagen soll.

»Ja, meine Mom mischt sich nur in mein Leben ein, wenn es direkte Auswirkungen auf ihre Brieftasche hat.« Er grinst, als wäre es ihm egal, aber ich sehe, dass es nicht so ist. »Sie hat große Hoffnungen auf meine Zukunft als menschliche Bankkarte.«

»Das ist scheiße.« Ist es wirklich.

»Ja«, sagt Jasper leise. »Aber es gibt Schlimmeres.«

Da vibriert mein Handy wieder. **Wylie, bitte tu das nicht. Antworte mir. Sofort.**

»Cassie?«, fragt Jasper hoffnungsvoll.

Ich schüttle den Kopf. »Wieder mein Dad.«

»Ist er sauer?«

»Hauptsächlich besorgt, glaube ich.«

»Das ist schön«, sagt er, als wäre die Tatsache, dass sich mein Dad Sorgen macht, ein Beweis, dass ich es viel besser habe.

Und vielleicht sollte es sich schön anfühlen, tut es aber nicht. Vielleicht, weil ich, je mehr Nachrichten er schickt, immer mehr das Gefühl habe, es geht ihm darum, dass ich ihm gehorche, und nicht so sehr darum, wie sehr er mich liebt.

»Ja, vielleicht«, sage ich, ohne den Blick zu heben.

Jasper hebt die Hand. »Tut mir leid, ich hasse es, wenn die Leute so einen Mist zu mir sagen. ›Deine Mom liebt dich, da bin ich mir sicher. Sie ist schließlich deine Mutter.‹« Er klingt sauer – ein kleines bisschen wie ein Typ, der jemanden ins Gesicht boxen könnte. »Meine Mom ist der lebende Beweis, dass das Leben voller beschissener Möglichkeiten ist.« Er schüttelt den Kopf. Zuckt die Achseln. »Vielleicht ist dein Dad ein Arschloch. Woher sollte ich das wissen?«

Ich bin mir auch nicht sicher, ob ich das weiß. Aber ich glaube, es wird Zeit, dass ich Dad etwas antworte, das ihn beruhigt.

Cassie hat sich gemeldet. Ihr geht's gut. Sie ist nur in was reingeraten, und wir sollen sie abholen. Wir sind bald wieder da! Xoxo

Ich tippe auf Senden und starre auf mein kein bisschen überzeugendes »Xoxo«. Auch das Ausrufezeichen war viel zu viel. Aber es ist keine Lüge. Nicht direkt.

NEIN, kommt die Antwort meines Dads fast augenblicklich. **Das solltest du NICHT tun. Sag Karen SOFORT, wo sie ist, und sie fährt hin.**

»Er will, dass ich Karen sage, wo Cassie ist«, sage ich und starre auf seine Großbuchstaben, die mir unter die Haut gehen.

»Findest du, wir sollten es ihm sagen?«, fragt Jasper. Ich weiß nicht genau, ob er missbilligend klingt oder ob ich es nur so höre.

»Du nicht?«, frage ich. In Wahrheit weiß ich nicht, was ich finde. Es fühlt sich wirklich ein bisschen verrückt an, dass ich jetzt – ausgerechnet jetzt – plötzlich beschließe, wieder zu tun, was Cassie will, so wie früher. Andererseits ist es kein besonders guter Indikator, wenn ich mir wegen etwas Sorgen mache.

»Genau genommen wissen wir noch gar nicht, wo sie ist«, sagt Jasper. »Können wir nicht warten? Abwarten, was sie als Nächstes sagt? Du könntest so tun, als hättest du seine Nachricht noch nicht gesehen oder so.«

»Lügen.«

»Ich würde sagen: Zeit gewinnen. Aber klar, Lügen könnte man es auch nennen.« Als wäre ich bescheuert. »Hast du eine von diesen Apps auf deinem Handy, du weißt schon, damit man es orten kann? Das wird er wahrscheinlich benutzen, oder?«

Ich schüttle den Kopf. »Ich hab keine.«

Mein Handy ist ganz neu, ein Ersatz ohne Nachfragen, nachdem meines am Tag der Beerdigung in die Toilette gefallen ist – noch eine Ungerechtigkeit, über die Gideon sauer war.

Und seitdem hatte mein Dad schließlich keinen Grund, mich zu orten. Ich war ja immer zu Hause.

»Also gut, ich habe kein Problem mit einer kleinen Fehlinformation, solange er kein Cop ist oder so.«

Mein Magen zieht sich zusammen. Warum macht sich Jasper Sorgen über Cops? »Nein, er ist Wissenschaftler. Warum?«

»Ich war mal mit einem Mädchen zusammen, deren Vater Bewährungshelfer war«, antwortet er. »Das habe ich erst erfahren, als er uns zusammen erwischt hat. Er ließ mich über Nacht von einem seiner Freunde in eine Zelle sperren.« Er schüttelt den Kopf und lacht beinahe. »Sie und ich waren noch Kinder. Es war kein Verbrechen oder so was. Aber Mann, ihr Dad hat mir eine Scheißangst eingejagt. Ich habe wochenlang einen Riesenbogen um alle Mädchen gemacht.«

Ich sehe ihn von der Seite an. Glaubt er wirklich, die beste Freundin seiner Freundin hat Lust, sich seine Sexkapaden anzuhören?

»Egal.« Er räuspert sich und sieht verwirrt aus, als ich ihn weiter finster anstarre. »Was für ein Wissenschaftler ist dein Dad?«

Ich lege das Handy mit dem Display nach unten in den Schoß und versuche, so zu tun, als würde mich dieses Gespräch wirklich interessieren, als würde ich nicht nur Zeit schinden, bevor ich meinem Dad antworte, wie Jasper vorgeschlagen hat. Aber ich habe schon das Gefühl, das Mindeste, was ich für Cassie tun kann, ist noch ein bisschen warten, bevor ich sie verpetze.

»Livegespräche und emotionale Wahrnehmung: Implikationen für die integrative Annäherung an die emotionale Intelligenz«, zitiere ich den Titel der Studie meines Vaters und versuche, es wie etwas klingen zu lassen, das Jasper nie verstehen würde.

»Aha«, sagt er mit nachdenklich gerunzelter Stirn. »Ich meine … ich habe keine Ahnung, was integratives was auch immer Dingens ist. Sollte ich?«

Ich zucke die Achseln. »Ich wüsste es auch nicht, wenn mein Dad nicht pausenlos davon reden würde. Er testet einen kleinen Teil der ›Wahrnehmung‹, was nur ein kleiner Ausschnitt dieser Annäherung an die emotionale Intelligenz ist – das nennt sich ›integrativ‹. Jedenfalls hat mein Dad angefangen, emotionale Intelligenz zu studieren, was im Prinzip wie der IQ ist, aber für die Gefühle. Das war, nachdem er meine Mom kennengelernt hat und total überzeugt war, sie könne hellsehen, weil sie immer wusste, was er gerade dachte. Irgendwie verstand sie alles.«

Ich ging durch den unteren Flur auf dem Weg nach oben und ins Bett, als ich den grünen Flyer auf dem Boden fand. Er lag vor dem Briefschlitz, unter der zigsten Wok&Roll-Speisekarte.

Das Kollektiv stand in großen schwarzen Buchstaben obendrüber, und darunter die Einzelheiten einer Art Vortrag: *Die Spiritualität der Wissenschaft, 18. Dezember, 19 Uhr! Entdecken Sie die Schnittstelle zwischen Freiheit, Glauben und Wissenschaft.*

»Hm«, sagte Mom, die hinter mir auftauchte und es über meine Schulter las. Sie drehte ihre welligen Haare im Nacken zu einem Knoten. »Das Leben in einer Collegestadt – das Gute, das Schlechte, das leicht Fanatische. Manchmal liebe ich es, und manchmal wünsche ich mir, bei den Flyern ginge es nur um Garagenflohmärkte.«

Sie versuchte, es so wirken zu lassen, als wäre der Flyer nur zufällig unter unserer Tür durchgeschoben worden. Das tat sie auch, als ich sie von der Arbeit abholte und ihr jemand eine Collage des Nahen Ostens unter den Scheibenwischer geklemmt hatte. Quer darüber war ein Totenkopf mit gekreuzten Knochen.

»Ist das wegen deiner Geschichte?«, fragte ich und dachte natürlich an die Babypuppen. Fast anderthalb Monate nach der ersten waren noch insgesamt drei andere aufgetaucht.

»Ach nein, ich glaube nicht«, sagte sie, als wäre ihr die Möglichkeit ehrlich noch nicht in den Sinn gekommen.

»Und was ist ›Die Spiritualität der Wissenschaft‹?«

»Wer weiß?«, sagte sie mit dem Anflug eines Lachens in der Stimme, schlang mir den Arm um die Schultern und drückte mich an sich. »Ein Beweis, dass wir in einem freien Land leben. Gott sei Dank tun wir das.«

»Also müssen wir uns deswegen keine Gedanken machen?«

»Nein, bestimmt nicht. Hör zu, du kannst die Welt nicht kontrollieren. Das ist einfach so.« Sie nahm mir den Flyer aus den Händen, faltete ihn zu einem festen, sauberen Quadrat und schob ihn in ihre hintere Hosentasche, dann küsste sie mich auf den Scheitel. »Zum Glück musst du das auch nicht. Dein Dad hat den Flyer nicht gesehen, oder?«

Ich schüttelte den Kopf.

»Dann sagen wir es ihm einfach nicht«, sagte sie. »Nach den Babypuppen und Dr. Catons Sturz vom Olymp …« – sie verdrehte die Augen – »explodiert er womöglich sogar schon von so etwas Harmlosem wie dem hier.«

»Warum hat ihn Dad überhaupt entlassen?« Ich war nicht so neugierig, warum Dr. Caton in Ungnade gefallen war wie Gideon, aber das Ganze war mir, als es ein paar Monate zuvor passiert war, trotzdem seltsam vorgekommen, so aus dem Nichts und dramatisch. Vor allem für meinen Dad, Captain Emotionslos. Mein Dad weigerte sich auch immer noch, darüber zu sprechen.

»Dr. Caton war so daran gewöhnt, seinen Willen zu bekommen, dass er nicht auf deinen Dad hören wollte, der nicht nur ein sehr begabter Wissenschaftler und ein sehr kluger Mensch ist, sondern auch *sein Boss*«, erklärte meine Mom. »Es ist sicher schwer, gut angepasst zu sein, wenn man mit fünfzehn schon mit der High School fertig ist. Demnach, was mir dein Dad erzählt hat, kam Dr. Caton auch noch aus einer extrem wohlhabenden Familie, die sich nicht unbedingt die Zeit nahm, ihn zu einem gesellschaftsfähigen Menschen zu erziehen. Immer zu bekommen, was man will, macht Leute manchmal extrem kurzsichtig. Weshalb ich nur umso froher bin, dass wir Gideon bei seiner Altersgruppe gelassen haben.«

»Ich würde Gideon nicht gerade gesellschaftsfähig nennen.«

»Na ja, wir versuchen es.« Meine Mom lachte. »Manchmal ist nicht das Problem, *was* du glaubst, sondern *wie* du es glaubst.«

»Dann gib mir 'n Briefing«, holt mich Jasper mit seinem Pseudosurferslang in den Jeep und die Dunkelheit zurück. Das erinnert mich wieder daran, warum ich ihn nicht leiden kann.

»Was soll ich dir erklären?«

»Das Ding von deinem Vater.«

»Sein ›Ding‹?«

»Ja, seine Forschung. Wir haben Zeit. Und ich mag Naturwissenschaften – du weißt schon, die Dummer-Sportler-Version.« Jetzt macht sich Jasper über mich lustig. Er glaubt, deshalb mag ich ihn nicht? Weil er ein »dummer Sportler« ist? Ich starre ihn von der Seite an, bis er entschuldigend die Hand hebt. »Zu früh für Scherze, ich merk's gerade.«

Mir ist nicht danach, über Dads Arbeit zu reden, aber wenn ich mich nicht ablenke, wer weiß, wohin meine Gedanken dann wandern werden. Konversation ist gut. Und die Studie meines Vaters ist ganz bestimmt ein sichereres Thema als Cassies und Jaspers Beziehung.

»Er hat viele Studien zu emotionaler Intelligenz gemacht, aber bei dieser untersucht er den Bereich der EI, bei dem die Gefühle anderer gelesen werden – das ist der Teil mit der ›Wahrnehmung‹.«

Er zuckt mit den Schultern. »Ich würde nicht gerade sagen, dass ich krass gut Leute deuten kann. Aber ich kapiere, dass manche so was können.«

»Es ist ein winziger Unterbereich der EI, nicht gerade etwas, worauf die Welt mit angehaltenem Atem wartet. Jedenfalls hat mein Dad diesen Test entworfen, mit dem er rausfinden will, ob Leute Gefühle anders oder besser lesen können, wenn sie ein Livegespräch zwischen zwei anderen Leuten beobachten, statt sich Bilder von Gesichtern anzusehen. Mit Bildern wird das normalerweise getestet.«

»Und?«, fragt Jasper, als warte er auf die große Enthüllung, dass die Studie etwas Unglaubliches ergeben hätte. Er wird enttäuscht sein, genau wie mein Dad.

»So aufregend ist es nicht«, sage ich. »Er hat ein paar Kleinigkeiten herausgefunden. Aber es ist nicht so, als hätte er den Krebs besiegt oder so.«

»Autsch«, sagt Jasper. »So kann man einen Mann auch umhauen.«

Er hat recht. Das war hart. Aber so fühle ich mich auch: genervt. Mehr, als mir klar war. Selbst wenn mein Dad es damals nicht wusste – nicht wissen konnte –, hat er so viel von dem bisschen Zeit, das er noch mit Mom hatte, an diese Studie verschwendet. Statt mit ihr zusammen und glücklich zu sein, war er besessen von einer blöden Studie, die niemanden je interessieren wird. Und jetzt ist sie weg. Und egal, was er tut, er kann diese verlorene Zeit bei ihr nicht wiedergutmachen. Oder bei uns.

Ich hebe die Schultern. »Ihm ist es wohl wichtig.« Ich spüre, dass mich Jasper immer noch anstarrt, und will, dass er aufhört. Ich möchte das Thema wechseln, bevor ich noch anfange, mir die Augen auszuheulen. »Ich wünschte nur, andere Dinge wären genauso wichtig gewesen.«

Da vibriert mein Handy wieder. Ich mache mich auf eine weitere Nachricht von Dad gefasst. Aber es ist endlich Cassie. **Nehmt Ausfahrt 39C, fahrt vom Highway 93 auf die Route 203. Später mehr.**

Mein Herz schlägt schneller, als ich tippe: **Geht es dir gut?? Was ist los?**

Kann jetzt nicht reden. Nicht sicher. Wenigstens ist es eine Antwort. Nur nicht die, auf die ich gehofft hatte.

»Was ist los?«, fragt Jasper.

»Sie will, dass wir die Ausfahrt 39C nehmen.« Ich blicke auf das Handynavi. »Bis dahin sind es noch ungefähr vierzig Minuten.«

»Das ist alles? Sonst hat sie nichts gesagt?« Jetzt liegt da wieder diese Wut in seiner Stimme. Er schreit nicht oder so, aber sie ist da. Unter der Oberfläche. Ich frage mich, wie tief sie geht.

»›Später mehr‹, hat sie gesagt. Und dass es im Moment nicht sicher ist, mehr zu schreiben.«

»Und das war's?«, fragt er. »Wir fahren einfach weiter?«

»Hast du eine bessere Idee?«

Er schweigt eine Weile. »Nein«, sagt er schließlich niedergeschlagen. »Ich habe keine bessere Idee. Ich weiß nicht, was wir tun sollten, Scheiße. Manchmal habe ich das Gefühl, ich kenne sie gar nicht mehr.«

Jetzt klingt er wie ich, was ich gleichzeitig tröstlich und verdächtig finde. »Ja, ich weiß, was du meinst.«

»Ich glaube wirklich, dass Cassie dich vermisst«, sagt er. »Sie will es nicht zugeben. Du weißt ja, wie stur sie ist.« Das weiß ich wirklich, aber es ist komisch, dass Jasper es auch weiß. »Aber sie war ohne dich irgendwie verloren.« Er klingt fast verletzt oder eifersüchtig oder so, und ich versuche, mich deswegen nicht zu freuen.

»Ich war als Freundin in letzter Zeit wohl nicht die Einfachste.« Ich möchte lieber einfach so tun, als wäre das der Grund, warum sie und ich nicht mehr miteinander reden. Alles andere würde direkt wieder zur Wahrheit führen und dazu, wie wenig ich von Jasper halte.

»Ich weiß nicht«, sagt Jasper. »Sind beste Freunde nicht dafür da? Damit sie durchhalten, wenn es schwierig wird?«

Warte, hat Cassie ihm gesagt, *sie* sei nicht mehr mit

mir klargekommen? Hat sie gesagt, deshalb seien wir keine Freundinnen mehr? Denn ich habe die ganze Zeit geglaubt, *ich* hätte wegen Cassies Benehmen den Schlussstrich gezogen. Dass wir *deshalb* keine Freundinnen mehr sind. Aber vielleicht ist die wirkliche Wahrheit, dass Cassie schon lange genug von mir hatte. Als Jasper zu mir herüberschaut, als wollte er meine Seite des Cassie-Debakels hören, werde ich rot. Aber ich bin zu schnell von *selbstgerecht* zu *abgemeldet* übergegangen, um noch mehr darüber sagen zu können.

»Worüber habt ihr überhaupt gestritten?«, wechsle ich das Thema. »Vielleicht hat das ja etwas damit zu tun?«

»Ich hoffe nicht.« Jasper klingt wieder schuldbewusst. »Eigentlich war es gar kein richtiger Streit. Es war mehr, dass ich geschrien habe und Cassie geweint.« Mit finsterer Miene schüttelt er den Kopf. »Sogar währenddessen hatte ich das Gefühl, das muss jemand anderes sein, der da vor der Tankstelle seine Freundin anschreit. Ist dir das mal passiert? Dass du dir selbst dabei zusiehst, wie du etwas machst, also, so von außen?« Jasper wirft mir einen Blick zu. Das ist offenbar eine richtige Frage, auf die er eine richtige Antwort haben möchte.

»Das geht jedem manchmal so«, sage ich, auch wenn ich keine Lust habe, ihm für etwas die Absolution zu erteilen, das so verkorkst klingt. »Aber ich bin auch nicht gerade eine Expertin für Normalität.«

Ich wünschte, den zweiten Teil hätte ich nicht laut gesagt.

»Na ja, nur ein Arschloch schreit weiter, wenn der andere Mensch weinend dasteht – egal, was er getan hat. Das Verrückte ist, dass ich die ganze Zeit, während ich schrie, dachte: ›So etwas macht mein Bruder normalerweise. So etwas macht mein Bruder … *Ich* mache so was nicht.‹«

Er schüttelt den Kopf. »Jedenfalls habe ich das früher nie gemacht.«

Warum gesteht Jasper mir das? Deshalb werde ich ihn bestimmt nicht lieber mögen. Es sei denn, er gibt dieses kleine Schlechte zu, um etwas viel Größeres und Schlechteres zu verbergen.

»Und warum hast du sie angeschrien?«, frage ich. »Du sagtest, sie hätte etwas gemacht?«

»Sie betrügt mich«, sagt er, leise und traurig. »Schon seit einer ganzen Weile. Ich bin mir neunundneunzigprozentig sicher.«

»Das kann nicht sein.« Beinahe lache ich, denn *das* ist lächerlich. Mit Jasper zusammen zu sein war das Größte für Cassie. Die vollkommene Bestätigung ihres Selbstwerts. Und so ungern ich es zugebe, es stimmt. Warum sollte *sie ihn* betrügen? »Wie kommst du darauf?«

»Ist so ein Gefühl.« Er zuckt die Achseln. »Kann sein, dass ich nicht der Beste im Lesen von Leuten bin, aber Cassie hat die ganze Zeit mit jemand anderem geschrieben und es versteckt. Aber das war nicht der einzige Grund, warum ich ausgeflippt bin. Sie ist in letzter Zeit auch völlig abgerutscht. Ich wollte, dass es wieder so wird wie früher. Und sie ist *ausgerastet*. Sagte, ich wollte sie kontrollieren. Und ich dachte: ›Fick dich, ich versuche doch nur, dir zu helfen!‹«

»Was meinst du mit ›abgerutscht‹?«

»Du weißt schon, Party machen und so«, sagt er.

»Party machen?«, frage ich, als hätte ich keine Ahnung, was das heißen könnte. Als hätte ich mir nicht über genau dieselben Dinge Sorgen gemacht.

»Cassie war viel zu oft viel zu dicht.«

»Und du hast moralisch etwas dagegen?« Ich versuche,

nicht schnippisch zu klingen, und versage total. Ich spreche weiter und tue trotzdem so, als hätte ich das nicht so gemeint.

»Ich meine, ihr geht doch die ganze Zeit auf Partys.«

»Ja, ausgehen und *außer Kontrolle sein* sind zwei völlig verschiedene Dinge.«

»Und Cassie war außer Kontrolle?«

Ich will es ihn sagen hören. Als wäre es eine Art Schlüssel. Denn wenn sich Cassie auch gegen Jasper gewandt hat, weil er ihr das genauso sagte wie ich, beweist das dann nicht, dass ich recht hatte?

»Cassie war *völlig* außer Kontrolle«, sagt er. »Und ich hatte eine Scheißangst. Das hast du wahrscheinlich auch gemerkt.«

Er klingt jetzt verwirrt, als hätte er Angst, sich vielleicht nur eingebildet zu haben, dass Cassie abrutscht. Und so sehr es mir in den Kram passt, dass Jasper klar wird, dass ich Cassie besser kenne, als er es je tun wird: Das ist jetzt kein guter Zeitpunkt für eine Lüge.

Ich nicke. »Ich hab's auch gemerkt. Und es hat mir auch eine Scheißangst gemacht.«

8

Schweigend fahren wir gefühlt der Länge nach durch New Hampshire und zählen langsam die Ausfahrten bis zur 39C herunter. Die ganze Zeit versuche ich zu entscheiden, ob es mir noch mehr oder sogar weniger Sorgen macht, weil Jasper mir zustimmt, dass Cassie aus der Spur geraten ist. Gleichzeitig gebe ich mir die größte Mühe, nicht darüber nachzudenken, wie lange es dauern wird, bis mein Notfall-Ausnahme-Fluchtventil plötzlich ausfällt, meine Panikattacken zurückkommen und meine Lunge unter Wasser setzen. Irgendwo läuft die Uhr runter. Die einzig wahre Frage ist, was passieren wird, wenn sie bei null ankommt.

Im schlimmsten Fall kann ich meine Panik nicht mehr für mich behalten. In letzter Zeit ist das Erbrechen mehr oder weniger wie eine Kugel, der auszuweichen ich gelernt habe. Aber die Ohnmacht ist immer noch eine beschissene Alternative.

Das erste Mal passierte es in einem Diner auf einem Familienausflug zum Four Corners Monument im Sommer vor der achten Klasse. In diesem Sommer waren Restaurants mein Panikknopf des Tages. Eines zu betreten war schwierig genug, ganz zu schweigen von essen. In der Sekunde, in der wir das belebte Gloria's Café in Chinle, Arizona, betraten, spürte ich, dass etwas nicht stimmte. Aber erst als ich aufstand, um zur Toilette zu gehen, wurde mir klar, wie schlecht es mir ging. Ich war erst ein paar Schritte weit gekommen, als der Boden urplötzlich nach links kippte und die Welt komplett schwarz wurde. Ich war nicht lange weg. Aber das Bewusstsein zu verlieren war gruslig und peinlich, und ich bemühte mich sehr, eine Wiederholungsvorstellung zu vermeiden. Trotzdem bin ich seitdem mindestens ein halbes Dutzend Mal gescheitert. Ich habe keine Lust auf die Glückszahl sieben, während ich mit Jasper zusammen bin.

Endlich taucht das Ausfahrtschild 39C vor uns auf.

»Und jetzt?«, fragt Jasper.

Wir sind bei Ausfahrt 39C. Wohin jetzt?, tippe ich.

Zum Glück antwortet Cassie sofort.

Fahrt auf die Route 203 runter und wartet. Versuche, die Adresse herauszufinden. Später mehr.

Cassie, du musst uns etwas sagen. Was ist los? Bei wem bist du?

Ich warte. Aber es kommt keine Antwort mehr.

»Was ist los?«, fragt Jasper.

»Ich habe ihr gesagt, sie soll uns etwas sagen.«

»Gut«, sagt er. »Soll sie auch.«

Endlich noch ein Text: **Sie wollen nicht ... muss weg**

»Was hat sie gesagt?«

»›Sie wollen nicht‹«, lese ich vor. »Und ›muss weg‹.«

»Was zum Geier soll das heißen?« Jasper sieht mit zusammengezogenen Augenbrauen zu mir herüber.

»Vielleicht wurde sie wirklich entführt.« Seit ich es laut gesagt habe, fühle ich mich viel schlimmer. »Ich meine, sie ist offensichtlich bei jemandem, und es ist mehr als einer, wenn ich das ›sie‹ richtig verstehe.«

Ich stelle mir eine vagabundierende Bande leicht abgedrehter Hippies vor, mit denen sich Cassie zusammengetan haben könnte. Vielleicht sind sie jetzt, wo sie mit ihnen in ihrer Kommune ist, unheimlicher geworden. Cassie will das Ganze vielleicht freundschaftlich halten. Auf jeden Fall ist sie schlau genug, so zu tun, als würde sie mitmachen, bis sie abhauen kann. Ich versuche, mir das weiterhin vorzustellen, statt der vielen sehr viel schrecklicheren Alternativen wie zum Beispiel eine Gruppe riesiger tätowierter Männer, die Cassie irgendwo festgebunden haben.

»›Sie‹ klingt nicht gut«, sagt Jasper, als wir nach der Ausfahrt anhalten. »Überhaupt nicht gut.«

Die einzige Spur von Leben in der kohlschwarzen Ferne ist die Beleuchtung einer Tankstelle mit Supermarkt rechts den Hügel hinauf: *Clark's Auto and Freshmart.* Wenigstens sieht sie geöffnet aus. Gut, denn es ist fast halb zehn irgendwo im Nirgendwo in New Hampshire. *Falls* wir überhaupt noch in New Hampshire sind. Ich habe kein Schild gesehen, dass wir nach Maine oder sogar Vermont gewechselt sind, aber es könnte sein, dass ich es übersehen habe.

»Lass uns dort warten«, sage ich. »Cassie muss uns irgendwann eine Adresse geben, wenn sie will, dass wir sie finden.«

»*Falls* sie will, dass wir sie finden«, sagt Jasper leise. Er wirft mir einen Blick zu, während er am Stoppschild nach rechts abbiegt.

»Was meinst du damit?«

»Hör mal, inzwischen könnte ich damit umgehen, dass Cassie mich betrügt, solange es ihr gut geht, aber findest du nicht, dass das alles ein kleines bisschen verdächtig ist?«, fragt er. »Vor allem, wo sie doch irgendwie zufällig sauer auf uns *beide* ist? Und jetzt sind wir hier. Gemeinsam mitten im verschissenen Nirgendwo? Vielleicht will sie nur, dass wir sie suchen. Bis wir selbst verloren gehen.«

»So was würde Cassie nicht tun«, sage ich, obwohl mein Herz schneller schlägt. »Und auf *mich* ist sie nicht sauer. Wir haben keinen Streit.«

Wenigstens glaube ich das nicht. Offensichtlich war es zwischen uns auch dann nicht normal, als Cassie nach dem Unfall wiederkam. Wir hatten eine Zombiefreundschaft. Von Weitem sah es richtig aus, aber aus der Nähe war die Falschheit offensichtlich. Und ja, Cassie ist vor ein paar Wochen einfach ohne irgendeine Erklärung weggedriftet. Aber um ehrlich zu sein, war ich erleichtert. Es war eine Menge Druck, nach dem Unfall so zu tun, als würde sie mir helfen. Nicht dass irgendwer das je gekonnt hätte.

»Wir haben keinen Streit«, sage ich noch einmal. Ich weiß nicht mal, warum, außer dass es mir wichtig erscheint, es zu betonen.

»Toll, aber mir wäre es lieber, wenn die Wahrheit wäre, dass sie uns verarscht«, sagt er. »Denn ich habe bei alledem überhaupt kein gutes Gefühl.«

Ich hatte gehofft, das ginge nur mir so, denn meine schlechten Gefühle bedeuten normalerweise nichts.

Als wir die Straße in Richtung Tankstelle fahren, klingelt mein Handy wieder. Als ich den Blick darauf senke, steht da *Dad*. Was, wenn ich meinem Dad das alles antue, nur weil Cassie Spielchen mit uns treibt? Das verdient er nicht. Und wir sind jetzt weit genug weg, jetzt kann er uns nicht mehr aufhalten. Abgesehen davon wird er sich ein bisschen beruhigen, wenn er hört, dass es mir gut geht.

»Hi, Dad.« Ich versuche, normal zu klingen. Ich schaffe es nicht. »Habt ihr in Cassies Haus was gefunden?«

»Wo bist du, Wylie?« Er versucht auch, ruhig zu klingen, aber er bringt es sogar noch schlechter fertig als ich.

»Gideon sagte, Cassies Freund Jasper sei hier gewesen und dass du mit ihm weggefahren bist? In deiner Nachricht stand, ihr hättet von Cassie gehört. Dass sie euch gebeten hat, sie abzuholen?«

Mist. Das habe ich ihm ja erzählt, das habe ich ganz vergessen. Eigentlich sollte ihn das beruhigen, was offensichtlich nicht funktioniert hat. Ich hätte das nie schreiben sollen und auch nicht ans Handy gehen. Natürlich wird er wissen wollen, wo Cassie ist. Und natürlich kann ich ihm nichts sagen, was es besser machen würde. Am wenigsten die Wahrheit, die ich ihm aber sowieso immer noch nicht sagen will.

»Ja, es ist kein Problem. Jasper fährt. Wir sind bald wieder da«, sage ich, als wäre das Ganze vollkommen normal und keine große Sache. Aber wenn er weiter nachbohrt, werde ich auflegen müssen und so tun, als wäre die Verbindung abgebrochen.

»Also bist du rausgegangen? Einfach so?« Er klingt verwirrt und irgendwie misstrauisch, was ich ihm nicht verdenken kann, denn es ist komplett unlogisch, dass ich plötzlich das Haus verlasse, wenn man nicht weiß, dass Cassie sagte, sie bräuchte dringend Hilfe, und zwar ganz speziell meine.

»Ich dachte, du wolltest, dass ich rausgehe.«

»Das wollte ich auch, Wylie. Du hast recht.« Die Stimme meines Dads hat einen neuen, anderen Unterton, den ich nicht erkenne. Nicht direkt wütend, aber ernsthaft eindringlich, vielleicht sogar ein bisschen verletzt. Daran habe ich nicht gedacht. Schließlich gibt er sich solche Mühe, mich dazu zu bewegen, das Haus zu verlassen, zu einer richtigen, persönlichen Sitzung mit Dr. Shepard zu gehen, wieder in die Schule. Und jetzt fahre ich hier mit irgendeinem Jungen herum, den er nie kennengelernt hat, nur weil Cassie mich darum bittet? »Ich mache mir riesige Sorgen, und es würde mir viel besser gehen, wenn du hier wärst und nicht da draußen. Karen und ich können Cassie abholen. Sag uns, wo sie ist, und wir fahren sofort los. Aber ich möchte, dass du umkehrst und nach Hause kommst, Wylie.«

Ich schätze, es würde ihm nicht helfen, wenn er wüsste, dass wir das gar nicht können, weil wir keine Ahnung haben, wo genau Cassie ist. Außerdem ist ihm auf keinen Fall klar, wie weit ich weg bin.

»Ist schon in Ordnung. Wir sind schon halb dort. Cassie wird Karen alles erklären, wenn sie wieder zu Hause ist.« Ich versuche, kooperativ zu klingen, und als ginge es sowieso eigentlich nicht um mich. Es geht um Cassie. »Ich bin bald …«

»Du kommst sofort nach Hause!« Das ist ein Befehl, und zwar ein wütender.

»Dad, das mache ich auch, sobald wir …«

»Sofort, Wylie!«, schreit er diesmal so laut, dass ich das Handy vom Ohr weghalten muss. »Auf der Stelle!«

Mein Herz hämmert, und mein Hals fühlt sich eng an. »Dad, warum schreist du mich an?«

Jasper wirft einen Blick zu mir rüber, während er auf den hell erleuchteten, größtenteils leeren Parkplatz der Tankstelle fährt. Das einzige andere Auto weit und breit steht an den Zapfsäulen. Jasper rollt daran vorbei, der Kies knirscht unter unseren Reifen, bis er im hinteren Teil des Parkplatzes zum Stehen kommt. Als wollte er mir Privatsphäre verschaffen. Nur dass er immer noch direkt neben mir sitzt. Und ich habe das Gefühl, ich fange gleich an zu weinen, während ich auf die Wand aus hohen Kiefern starre, die im Licht unserer Scheinwerfer weiß leuchten.

Mein Dad holt hörbar Luft, als versuche er, sich zu beruhigen. »Es tut mir leid, Wylie. Ich wollte nicht schreien.« Wenigstens klingt er ehrlich. »Aber wir machen uns schon

Sorgen um Cassie, und jetzt mache ich mir auch noch Sorgen um dich. Ich glaube nicht, dass du mit deinem Leiden …«

»Warte, mein was?« Das hat er gerade nicht gesagt, oder? *Leiden*, so als wäre ich krank. Gestört. Glaubt er das? Meine Mom hätte nie so mit mir gesprochen. Sie sah mich nie so. Meine Augen brennen, während ich das Handy umklammert halte und auf die Bäume starre. Ich kann nicht sprechen, ich kann kein Wort mehr sagen. Wenn ich es tue, fange ich auf jeden Fall an zu heulen.

»Es ist zu früh, um dich vermisst zu melden«, redet mein Dad weiter, als hätte die Bombe, die er gerade geworfen hat, nicht die Erde zwischen uns ausgelöscht. »Aber Dr. Shepard kann die Polizei kontaktieren. Und unter diesen Umständen bin ich sicher, sie wird mir zustimmen, dass das eine gute Idee ist, vor allem, wenn ich ihr erzähle, was du mit deinen Haa …«

»Das kann nicht dein Ernst sein.« Meine Wangen brennen vor Wut und Scham.

»Natürlich ist das mein Ernst. Was habe ich denn für eine Wahl, wenn du nicht nach Hause kommst? Und wenn Dr. Shepard meldet, du seist eine Gefahr für dich selbst und für andere, kommt dich die Polizei sofort suchen, Wylie. Und wenn sie dich finden, was sie tun werden, dann bringen sie dich nicht nach Hause. Sie bringen dich direkt in eine Klinik. Das weißt du so gut wie ich.«

Ja, das weiß ich. Und mein Dad weiß, dass eingewiesen zu werden eine meiner größten Ängste ist. Meine Großmutter, wie sie festgeschnallt in einem psychiatrischen Flügel gestorben ist, verfolgt mich, seit ich ein kleines Kind war. Das war auch der Grund, warum ich am Anfang nicht mit einer Therapeutin sprechen wollte: Ich war überzeugt, es sei der erste Schritt auf dem Weg in die Zwangsjacke.

»Dad!«, rufe ich, denn ich weiß nicht mal, wo ich anfangen soll.

Aber er muss aufhören. Aufwachen. Das alles zurücknehmen.

»Glaub mir, ich will Dr. Shepard nicht anrufen, Wylie. Das ist das Letzte, was ich will. Komm nach Hause, sag uns, wo Cassie ist, dann muss ich das nicht tun.«

Das würde er tun – mir das Herz brechen, mich verraten, mich blamieren –, nur damit ich mache, was er will? Plötzlich ist mein Gehirn vor Wut ganz leicht.

»Wenn du Dr. Shepard anrufst, komme ich nie wieder nach Hause«, sage ich. Und ich meine es ernst. Ich werde ihn für immer hassen. Vielleicht tue ich das auch schon, denn jetzt will ich ihm nur noch wehtun, so wie er mir gerade wehgetan hat. »Weißt du noch was, Dad? Weißt du, was ich mir wirklich wünsche? Dass du Milch kaufen gefahren wärst. Dass du an dem Abend in dem Auto gesessen hättest.«

Ich tippe auf den Knopf auf meinem Display und beende den Anruf, bevor er reagieren kann, dann starre ich auf das Handy hinab, wie es in meiner Hand zittert. Ich stelle den Ton ab, und eine Sekunde später vibriert es, und *Dad* blinkt auf dem Bildschirm auf. Ich warte, bis da »unbeantworteter Anruf« steht, dann vibriert es wegen einer Voicemail. Mein Dad ruft noch zweimal an, direkt hintereinander. Ich ignoriere es.

»Das lief ja gut«, sagt Jasper nach einer Minute Schweigen.

Er lächelt ein wenig, um mich aufzumuntern. Es funktioniert nicht.

»Ja.« Meine Stimme klingt hohl, und ich fühle mich leer. Als hätte jemand meine Brust aufgebrochen und mein Inneres herausgeholt. »Es war super.«

»Soll ich was sagen, damit es dir vielleicht ein bisschen besser geht?«, bietet Jasper halbherzig an. »Denn das kann ich, wenn du möchtest.«

Ich schüttle den Kopf, dann drehe ich mich zu ihm um. »Wenn du mich bis jetzt nicht angelogen hast, dann fang jetzt nicht damit an.«

Jasper nickt, legt den Rückwärtsgang ein und rollt langsam auf die Zapfsäulen zu. Er parkt gegenüber von dem anderen besetzten Auto, einem neu aussehenden Subaru-Kombi mit New Yorker Kennzeichen. Er ist schwarz und glänzt und hat sorgfältig angeordnete Linken-Aufkleber hinten: *Hillary for America, One Million Moms for Gun Control, Green and Mainstream* – die Art, wie sie meine Eltern vielleicht gehabt hätten, wenn mein Dad nicht so pingelig mit seiner alten Schrottkarre wäre.

»Ich glaube, ich gehe rein.« Ich zeige auf den Tankstellensupermarkt. Irgendwo muss ich hin, und das ist ein Ziel. Ich brauche Luft, Bewegung. Ich muss raus aus Jaspers Jeep. »Möchtest du was?«

Jasper schüttelt den Kopf. »Nein, danke.«

Als ich aussteige, vibriert mein Handy wieder. Diesmal ist es zum Glück nicht Dad. Es ist Cassie.

Versuche immer noch rauszufinden, wo genau ich bin. Wo seid ihr?

Wir sind die Ausfahrt 39C raus, wie du sagtest. Wir sind an einer Tankstelle an der Route 203.

OK. Könnt ihr da kurz warten? Ich sage euch, wo ihr hinmüsst, sobald ich kann.

Wir warten, schreibe ich zurück, und ich muss andeuten, dass wir bleiben, wo wir sind, solange sie uns nicht mehr sagt. **Aber wer sind die Leute, bei denen du bist?**

Nicht die, die ich dachte.

9

Ein kalter Windstoß erfasst mich, als ich eine Antwort an Cassie schreibe. Ich muss trotzdem noch mehr aus ihr herausbekommen. Irgendetwas Nützliches. **Sind die Leute, bei denen du bist, gefährlich? Wo hast du sie kennengelernt? Wie viele sind es?**

Ich stehe im eiskalten Wind und warte auf eine Antwort. Irgendeine Antwort. Aber nichts kommt. Schließlich stecke ich das Handy weg, schlinge die Arme um mich und ziehe die Schultern hoch, während ich auf die Tür zugehe.

»Brutal, oder?« Als ich mich zu der Stimme umdrehe, sehe ich eine Frau vor dem Subaru stehen. Sie lächelt mich an; im Arm hält sie ein in Decken eingewickeltes Baby. »Es war so viel wärmer, als wir in Brooklyn losgefahren sind.«

Sie ist blass und hat rötliche Haare, die im Nacken lose zusammengebunden sind, und verblüffend blaue Augen. Schön, aber zerbrechlich, wie ein langbeiniger Vogel. Sie bemerkt meine abgehackten Haare, aber im Gegensatz zu allen anderen lässt sie den Blick darauf ruhen, während sie sanft hin und her schwankt. Ohne Angst, ohne stellvertretende Scham. Stattdessen hat sie diesen Blick, als verstünde sie es. Als hätte sie mit ihren Haaren schon oft dasselbe gemacht. Auch wenn das, wenn man sie ansieht, so normal und hübsch, echt schwer zu glauben ist.

Ich lächle sie an und nicke, aber mein Mund fühlt sich an

wie zugeklebt. Es ist die Freundlichkeit in ihren Augen und die ganze mütterliche Liebe, die von ihr abstrahlt. Wenn ich etwas sagen würde, wären meine Worte sicher ein suppiges Durcheinander. Diese schöne blauäugige Baby-Lady erinnert mich natürlich an meine Mom. Wenn Mom hier gewesen wäre, hätte sie nie zugelassen, dass Dad mir droht. Er hätte es gar nicht tun müssen. Ich hätte ihr die ganze Wahrheit anvertraut. Ich hätte ihr gleich von Anfang an gesagt, wohin ich gehe. Ich lächle die Baby-Lady noch mehr an, meine Augen füllen sich mit Tränen, und ich wende mich von ihr ab, der Tankstelle zu.

»Ich muss noch das Baby füttern, Doug«, ruft sie ihrem Mann zu, während ich langsam davongehe. »Vielleicht sollte ich reingehen. Hier ist es zu kalt und im Auto zu eng. Nicht wahr, Baby?«, fragt sie mit höherer Stimme. »Viel zu kalt.«

Während ich weiter über den eiskalten Parkplatz gehe und mich gegen eine weitere furchtbare Windbö stemme, höre ich, wie die grazile Vogelfrau anfängt, ihrem kleinen Baby etwas vorzusingen. Und was von meinem Herzen noch übrig ist, verwandelt sich vollends in Staub und wird vom Wind davongeweht.

Im Inneren des Tankstellensupermarkts ist es merkwürdig warm und fröhlich, mehr wie ein Dorfladen als eine Raststätte am Highway. Auf jeden Fall ganz anders als diese schmierigen Tankstellen in der Nähe von Boston, wo die kugelsichere Scheibe vor der Kasse so voller Handabdrücke ist, dass es aussieht, als hätte es eine Horde Zombies auf den Kassierer abgesehen gehabt. Es gibt sogar eine Pinnwand neben der Kasse voll mit Fotos von glücklichen Kunden und fröhlichen Dankeskarten. Hinter der Kasse steht ein großer Mann mit dichten grauen Haaren und einem makellosen Lächeln, der herzliche Typ, der aussieht, als hätte er den Laden womöglich mit bloßen Händen selbst aufgebaut.

»Kalt genug für Sie?«, ruft er.

Vorsicht. Das ist mein erster Gedanke. Ich darf nicht misstrauisch wirken. Ich versuche immer noch zu glauben, dass es nur eine Drohung von Dad war, Dr. Shepard zu bitten, die Hunde zu rufen, aber das kann ich nicht sicher wissen. Ich komme mir vor, als könnte ich mir bei nichts mehr sicher sein.

»Yep«, sage ich und lächle angestrengt und schuldbewusst, bevor ich schnell im nächsten Gang verschwinde, was natürlich kein bisschen verdächtig ist.

Auf halber Strecke bleibe ich stehen und drehe mich zu all den perfekt präsentierten Snacks um – Pringles, Honigbrezeln, *Beefjerky*.

Twizzlers. Die erinnern mich an Gideon, was mir überraschenderweise den Magen umdreht. Aber es ist wirklich kein schöner Gedanke, wenn ich ihn mir zu Hause vorstelle, während mein Vater sich schon *wieder* meinetwegen den Kopf zerbricht. Und was, wenn Dad sogar recht hat? Was, wenn ich zu verrückt bin, um hier draußen zu versuchen, Cassie zu helfen? Ich balle die Hände zu Fäusten, dann öffne ich sie wieder, als könnte ich meine Zweifel durch die Fingerspitzen hinauspumpen. Denn ich darf nicht an mich heranlassen, was er gesagt hat. Ich muss mich beschäftigen und ihm das Gegenteil beweisen.

Ich höre, wie die Tür noch einmal aufgeht, und erwarte die Frau und ihr Baby.

»Kalt genug für Sie?«, ruft der Mann hinter der Kasse auf dieselbe fröhliche Art wieder. Beim zweiten Mal ist es viel grusliger. Als wäre es nicht ganz menschlich.

»Ja, definitiv«, antwortet Jasper. Ich trete zurück, damit ich ihn an der Tür sehen kann, wie er auf seine Hände pustet. Er hat den schwarzen Mantel meines Dads an. Die dunkle Farbe bringt seine grünen Augen zum Leuchten. »Das kann doch nicht normal sein für Mai?«

»Zu heiß, zu kalt, zu nass, zu windig. Hier ist immer zu viel von irgendwas.«

»Haben Sie eine Toilette?«

»Klar. Ganz nach hinten durch.«

Jasper schiebt die Hände in die Taschen und kommt auf mich zu. Und ich frage mich, ob ich zu schnell die Deckung fallen lassen, mich zu leicht überzeugen lassen habe. Er ist liebenswerter, echter und sogar klüger, als ich erwartet habe. Aber nichts davon bedeutet, dass er auch vertrauenswürdiger ist. Nichts von den schlimmen Dingen, die ich von ihm weiß, geht davon weg: seine Gereiztheit, Tasha, dieser Boxhieb und vor allem die Rolle, die er in dem Schlamassel spielt, in dem Cassie gerade steckt.

»Vielleicht sollten wir eine Landkarte kaufen, falls wir mal kein Netz mehr haben«, sagt er, als er bei mir ankommt. Er zieht drei aus einem Ständer in der Nähe – Maine, New Hampshire und Vermont –, dann zeigt er auf die Snacks, die ich immer noch anstarre. »Willst du was?«

»Ähm, ja.« Ich nehme eine Packung Brezeln, obwohl ich von dem Gedanken an Essen fast würgen muss. »Nur das.«

»Wir treffen uns vorn«, sagt Jasper. »Ich geh auf die Toilette.«

»Große Reise?«, fragt der Mann, als ich die Karten und die Brezeln, die ich eigentlich gar nicht will, auf den Tresen lege.

Mein Körper spannt sich, obwohl ich weiß, dass er nur

freundlich Konversation macht. Ich wünschte nur, er würde weniger davon machen.

Ich zucke die Achseln. »Besuch bei meiner Tante. Sie lebt hier oben.«

Sofort strahlt sein Gesicht auf. Was für eine dumme Lüge.

»Ach ja? Wie heißt sie?« War doch klar, dass er fragt.

»Wir sind hier so wenige, dass wir alle kennen.«

»Ach so, na ja, sie wohnt noch weiter nach Norden, viel weiter«, sage ich und bete, dass er nicht fragt, wo genau. Ich bin mir nicht mal sicher, welcher Staat im Norden liegen müsste.

Zum Glück taucht Jasper direkt neben mir auf, bevor ich ihm noch etwas sagen muss.

»Wir müssen weiter.« Sein Mund ist ganz nah an meinem Ohr. Seine Stimme ein angespanntes, wildes Flüstern. »Sofort.«

Er hat sein Handy in einer Hand, einen unbenutzten, zerquetschten Kaffeebecher in der anderen. Die Augen hat er aufgerissen, ohne zu blinzeln. Er schnappt sich die Karten und meine Brezeln, nimmt dem alten Mann sogar mein Wechselgeld aus der Hand, dann geht er auf die Tür zu.

»Komm jetzt, Wylie!«, ruft er, als ich reglos an der Kasse stehen bleibe.

Er kommt zurück, packt mich am Arm und zerrt mich zur Tür. Ich warte, bis wir draußen sind, weg von den neugierigen Blicken des alten Mannes, und mache mich von ihm los.

»Jasper, lass los!« Mein Herz rast, mein Arm tut weh. »Was ist los? Was ist passiert?«

Er antwortet nicht. Stattdessen wirft er mir sein Handy zu und geht weiter auf sein Auto zu, an der hübschen

Baby-Lady vorbei, die ihn beobachtet. Uns beobachtet. Sie hat jetzt kein Baby mehr im Arm, sondern macht an irgendetwas herum, das auf das Autodach gebunden ist. Ich wende den Blick von ihrem besorgten Gesicht ab und betrachte die Nachricht auf Jaspers Handy, während er wieder in den Jeep steigt. Die Scheinwerfer gehen an, während ich lese.

Ich bin im Camp Colestah in der Nähe einer Stadt namens Seneca. Das ist in Maine. Beeilt euch. Ich glaube, sie wollen mir was tun.

Was auch immer da los ist, Cassie spielt kein Spiel. Selbst sie würde nicht so weit gehen.

»Komm schon!«, schreit Jasper aus dem Fenster. Er macht sich Sorgen und ist kurz vorm Durchdrehen.

»Fahren wir!«

»Ist alles in Ordnung, Schätzchen?«, fragt mich die Baby-Lady. Ihre Stimme ist so sanft und süß, wie ein Schlaflied.

»Ja, schon«, sage ich und wende den Blick ab, als mir schon wieder die Tränen in die Augen steigen. Ich kann nicht anders. Es ist dieses Mütterliche an ihr, davon möchte ich mir am liebsten die Augen ausheulen. »Mir geht's gut.«

»Ehrlich gesagt siehst du nicht so aus«, sagt sie, und als ich mich umdrehe, ist ihr strahlend blauer Blick ernst. »Brauchst du Hilfe?«

Sie wählt ihre Worte vorsichtig. Als wäre es schon mal ihr Job gewesen, Frauen zu helfen, *nicht* wieder mit den falschen Männern ins Auto zu steigen. Und unter diesen Umständen hat sie vielleicht nicht einmal unrecht. »Schätzchen?«, fragt die Frau noch einmal und klingt noch besorgter. »Weiß deine Mutter, wo du bist? Vielleicht solltest du sie anrufen.«

Na klar. Sie anrufen. Wie einfach. Jetzt laufen mir wirklich die Tränen über die Wangen, schnell und warm. Ich wische sie weg und gehe weiter. »Mir geht's gut«, sage ich. »Aber danke.«

Natürlich klinge ich nicht, als würde es mir gut gehen. Weil es nicht so ist.

Ich habe erst ein paar weitere Schritte gemacht, als Jasper den Jeep startet. Er macht dasselbe schreckliche Surrgeräusch wie in unserer Einfahrt. Aber diesmal endet es mit einem Kreischen, von dem sogar die nette Frau zusammenzuckt. Als Jasper den Motor abwürgt, herrscht wieder Stille. Kurz darauf versucht er es noch mal, und das Husten und Surren gehen wieder los. Dann ein zweites Mal dieses furchtbare metallische Kreischen. Ich sehe durch die Windschutzscheibe, wie Jasper die Stirn ans Lenkrad sinken lässt, während er wieder und wieder den Schlüssel dreht. Sein Körper spannt sich immer mehr, als könnte er jeden Moment in die Luft gehen.

Die Frau kommt näher. »Weißt du, du musst nicht wieder mit ihm ins Auto steigen. Wir könnten dich irgendwohin mitnehmen.« Sie sieht sich um. »Oder mit dir warten, während du jemanden anrufst.« Ich schaue wieder zu Jasper, der immer noch über dem Lenkrad zusammengesunken dasitzt.

Er ist schnell gereizt, das ist sicher. Aber er will unbedingt Cassie finden, auch das ist wahr. Niemand ist ein so guter Schauspieler. Und in diesem Moment habe ich zwei total unvereinbare Gedanken: *Etwas Schreckliches wird passieren, wenn du mit ihm gehst. Etwas noch Schlimmeres wird passieren, wenn du es nicht tust.*

»Er macht sich nur Sorgen um unsere Freundin«, sage ich zu der Baby-Lady, und das erscheint mir vollkommen wahr. Trotzdem blicke ich ihr nicht in die Augen. »Wir suchen sie.« War es ein Fehler, so viel zu sagen? *Weiß deine Mutter, wo du bist?* Es könnte sein, dass diese nette Frau selbst die Polizei anruft. Leute wie sie tun das – sie mischen sich ein. »Ich meine, unsere Freundin ist nicht verschwunden oder so. Sie ist in einem Camp in Maine. Wir müssen sie nur abholen, und jetzt ist das Auto …«

»Okay.« Die Frau mustert mich mit einer Mischung aus Sorge und Mitgefühl. Dann tritt sie vor und legt mir die Fingerspitzen an die Schulter. *Ich kenne das,* sagt der Blick. *Ich verurteile dich nicht. Aber ich weiß, dass du lügst.* »Solange du dir sicher bist.«

»Bin ich.« Ich nickte zu eifrig. »Auf jeden Fall.«

Plötzlich hämmert Jasper auf das Steuer. Einmal, zweimal, dreimal, als wollte er es zerschlagen. Dann legt er den Kopf wieder an die Hände. *Wenn du meine schlechte Meinung von dir ändern willst,* denke ich, *dann tust du dir gerade keinen Gefallen.*

»Hey, vielleicht kann euch Doug bei dem Auto helfen. Um den Stresslevel bei allen zu senken. Wie wär's, wenn du in der Zwischenzeit reingehst und fragst, ob sie einen Mechaniker hier haben?«

Als ich wieder zu Jasper hinüberblicke, starrt er mich an, die Zähne zusammengebissen, die Nasenflügel gebläht. Launisch, daran besteht kein Zweifel.

»Okay«, sage ich. »Ich gehe rein und frage nach einem Mechaniker.«

Ich drehe mich zu dem Supermarkt um, und die Baby-Lady öffnet ihre Wagentür und streckt den Kopf hinein. Ich höre nur einen Teil – »Ihnen helfen … springt nicht an … Komm schon, Schatz.« Als ich gehe, antwortet ihr Mann etwas. Ich verstehe nicht, was, aber er klingt verärgert. Als wollte er uns nicht helfen.

Und wenn ich mir Jasper so ansehe, wütend und schwer atmend: Welcher vernünftige Mensch würde das wollen?

»Alles okay da draußen?«, schreit der Mann an der Kasse fast, als ich eintrete. Er setzt sich eine kleine weiße Baseballkappe auf, als wollte er gleich in Aktion treten und zur Rettung eilen. Aber mehr tut er nicht: Er setzt einfach nur die Kappe auf. Er kommt nicht mal hinter seinem Tresen hervor.

»Unser Auto springt nicht an. Könnten Sie es sich mal anschauen?«

Er atmet zischend durch die Zähne ein. »Ich könnte meinen Mechaniker Jimmy anrufen«, sagt er zweifelnd und sieht auf die Uhr. »Aber es ist nach halb zehn. Er spielt bestimmt schon Karten. Das Haus könnte in Flammen stehen, und Jimmy würde drin verbrennen, wenn er mitten in einem Spiel steckt. Auf keinen Fall hört er überhaupt sein Telefon.«

»Und Sie können es nicht vielleicht selbst reparieren?«

»Nachts leider nur Benzin.« Er klingt ein bisschen defensiv.

»Ich bin ein brauchbarer Besitzer, aber ein mieser Mechaniker.« Zum Beweis hebt er die zitternde Hand – Arthritis, vielleicht Parkinson –, aber ich habe das Gefühl, er wäre auch so ein schlechter Mechaniker. »Jimmy kommt aber bei Tagesanbruch. Und es gibt ein Motel ein Stück die Straße runter. Vielleicht könnten euch die netten Leute da draußen dorthin mitnehmen?«

Ein Motel? Cassie hat Angst, dass sie, wer immer sie auch sein mögen, ihr etwas *tun* könnten. Wir können nicht bis morgen warten. Wir können überhaupt nicht warten.

»Nein, nein, Sie verstehen das nicht«, sage ich, als könnte der Mann plötzlich doch etwas tun, was er gar nicht kann. »Wir müssen sofort weiter.«

»Na ja, in der nächsten Stadt gibt es eine Autovermietung.« Er runzelt die Stirn, als er wieder auf die Uhr schaut. »Aber ich glaube auch nicht, dass die um die Uhrzeit noch geöffnet haben.«

Und wir sind sowieso nicht alt genug, um ein Auto zu mieten. Ich blicke zu Jaspers Jeep hinaus. Jetzt steht die Motorhaube offen, und ein Typ, vermutlich der Mann der Baby-Lady, hat sich darübergebeugt. Er ist sogar noch größer als Jasper, und mit seinem Vollbart und dem coolen Holzfällerhemd, das über seine abgetragene Jeans hängt, ist er ein echter Hipster, kein versehentlicher.

»Sieht aus, als bräuchtet ihr vielleicht doch keinen Mechaniker.«

Als ich wieder nach draußen komme, beugt sich der Mann der Baby-Lady immer noch über unser Auto. Jasper hat die Arme fest verschränkt und sieht so eindringlich zu, dass es aussieht, als würde gleich etwas in seinem Kopf platzen. Als er mich kommen sieht, macht er ein paar Schritte vom Auto weg und winkt mich zu sich. »Hör mal, es tut mir leid«, sagt er, als wir halbwegs allein sind. Ich habe jetzt auch die Arme verschränkt. »Ich hätte dich nicht anschreien dürfen, und ganz bestimmt hätte ich dich nicht am Arm packen dürfen. Ich war nur … es tut mir leid.« Er streicht sich mit der Hand über den Kopf, wendet den Blick ab. Verwirrt, besorgt, traurig. Aber die Wut ist weg. »Das Ganze macht mich …« Als er sich mir wieder zuwendet, sind seine Augen glasig. »Weißt du, ich glaube, ich bin wirklich in sie verliebt. Das ist mir erst jetzt klar geworden. Ich war vorher noch nie in jemanden verliebt. Wenn ihr etwas passiert …«

»Wird es nicht«, sage ich, mehr zu meiner eigenen Beruhigung als zu seiner. »Ihr wird nichts passieren.« Jasper und ich sehen einander an, denn wir wissen beide, dass ich keine Ahnung habe, ob das stimmt. Wir wissen gar nichts. »Vielleicht sollten wir jetzt die Polizei anrufen. Ich weiß, Cassie will das nicht. Aber es gibt Schlimmeres als ein Bootcamp-Internat.«

»Zum Beispiel das Gefängnis?«, fragt Jasper. »Denn darüber macht sie sich Sorgen. Deshalb will sie nicht, dass wir die Polizei rufen. Cassie wurde direkt nach Thanksgiving verhaftet.«

»Verhaftet?« Nach Thanksgiving haben Cassie und ich noch miteinander geredet, zumindest ein paar Wochen lang. Sie wurde *verhaftet* und hat es nie erwähnt? »Weshalb?«

»Weil sie mit Stephanie Pot gekauft hat«, sagt er. »Hintenrum bei einem Waffel-Imbisslaster. Ich schätze, man bestellt eine bestimmte Art Waffel, und dann bekommt man ein paar Gramm als Zusatz.« Er zuckt die Achseln, als hätte er von solchen Dingen keine Ahnung. »So dumm. Jedenfalls haben Stephanie und Cassie beide ein CWOF bekommen.«

»Was heißt das?«

»*Continuance Without a Finding*«, sagt er, als würde er sich bestens bei solchen Dingen auskennen. »Im Grunde ist das wie Bewährung. Wenn Cassie ein Jahr lang keinen Ärger macht, wird ihre Verhaftung aus der Akte gelöscht. Aber wenn noch was passiert, kommt es in ihre Strafakte. Vielleicht muss sie sogar in eine offene Anstalt oder so.«

»Oh«, sage ich. Mir ist peinlich, dass Jasper doch mehr Dinge weiß als ich. Und ich mache mir noch mehr Sorgen um Cassie. Verhaftet, Strafakte, offene Anstalt? Es ist noch schlimmer, als ich befürchtet habe.

»Tut mir leid«, sagt Jasper. *Tut mir leid, dass sie es dir nicht selbst erzählt hat,* meint er eigentlich. Er will nett sein, aber dass er sich an Cassies Stelle entschuldigt, macht es für mich nur schlimmer. »Jedenfalls sollten wir sie vielleicht noch mal fragen, ob wir es der Polizei oder ihrer Mom sagen sollen. Sie ein bisschen schubsen, verstehst du? Sichergehen, dass sie klar denkt. Es gibt Wichtigeres als ihre Strafakte.«

»Ja, vielleicht«, sage ich, aber eigentlich bin ich nicht überzeugt, dass Cassie überhaupt klar denkt. Vielleicht hat sie das noch nie.

Ich weiß, wir sollen es nicht der Polizei oder deiner Mom sagen, tippe ich. **Aber Jasper und ich glauben wirklich, wir sollten. Dass du in Sicherheit bist, ist wichtiger als alles andere.**

Cassies Antwort kommt sofort. Und damit ist es ein für alle Mal entschieden. **Ruft nicht meine Mom oder die Polizei an. Sonst bringen die mich um.**

Die Baby-Lady lächelt zu mir herüber, als Jasper und ich zurückgehen. Ihr Mann beugt sich immer noch in den offenen Motorraum, als der Satz *Sie bringen mich um* in meinem Kopf auftaucht. Natürlich hat Cassie nicht geantwortet, als ich wissen wollte, ob sie das wörtlich meinte. Aber das kann doch nicht sein, oder?

»Ich bin übrigens Lexi.« Die Frau streckt die zarte Hand aus. »Wir sind aus Brooklyn, aber wir waren gerade oben in den White Mountains. Und jetzt sind wir auf dem Weg zum Acadia National Park.« Sie verdreht spielerisch die Augen. »Der Umweg über die Berge war für mich. Den Nationalpark machen wir für Doug. Er ist Astronom, und dort wird es einen Sternenregen geben, den wir uns ansehen wollen. Oder besser: den *er* sich ansehen wird. Seien wir ehrlich, das Baby und ich werden wahrscheinlich in irgendeinem Motel tief schlafen.« Lächelnd macht sie eine Kopfbewegung zu ihrem Mann hin. »Und keine Sorge. Doug kriegt es wieder flott. Man würde nicht glauben, dass jemand, der in Manhattan aufgewachsen ist, so gut mit Autos umgehen kann, aber er ist ein echtes Ass.«

»Na ja, diesmal nicht«, sagt Doug, als er unter der Motorhaube auftaucht. Er hält einen Schraubenschlüssel in seiner Pranke und hat die Ärmel über die muskulösen Unterarme hochgekrempelt. Aus der Nähe ist er robuster und ungepflegter. Und älter; definitiv älter als Lexi. Mit dem Bart und dem Karohemd sieht er aus, als sollte er irgendwo Holz hacken. Sehr viel Holz. »Ihr braucht einen neuen Anlasser. Den müsste man in jeder ordentlichen Werkstatt bekommen. Aber ohne das Ersatzteil kann ich nichts für euch tun.«

Verdammt. Mein Herz pumpt fester in meiner Brust. *Diese Leute bringen mich sonst um.* Wir müssen weiter, sofort. Als ich zu Jasper hinüberschaue, sieht er mich mit diesem Ausdruck an: *Sag mir, dass du eine Idee hast.* Ich sehe mich an der Tankstelle um: die ganze Dunkelheit und all die Bäume. Diese nette Frau und ihr kleines Baby und ihr Paul-Bunyan-Astronomen-Ehemann sind unsere einzige Möglichkeit.

»Können Sie uns mitnehmen?«, platze ich heraus. »Bitte.«

»Wohin denn, Schätzchen?«, fragt Lexi. Sie versucht, nicht nervös zu klingen, aber sie hat schützend die Hand an das Fenster hinter sich gelegt, hinter dem wahrscheinlich ihr Baby liegt.

Doug sieht auch nicht glücklich aus. Er hat die dicken Arme verschränkt, lehnt an unserem Auto und blickt seine Frau finster von der Seite an. *Wage es ja nicht*, sagt sein Blick. Mein Dad hat diesen Ausdruck ständig bei meiner Mom aufgesetzt, direkt bevor er dann doch tat, was sie wollte.

»Jemand hat unsere Freundin in ein Camp in der Nähe einer Stadt namens Seneca mitgenommen. Das ist in Maine«, sage ich und versuche, die Lage dringlich darzustellen, aber nicht wirklich gefährlich und auch nicht völlig unangenehm. Ich tippe auf meinem Handy herum, um zu sehen, wie weit entfernt es wirklich ist. »Das liegt in der Richtung des Acadia. Ich meine, das hängt natürlich davon ab, welchen Weg Sie nehmen wollten. Vielleicht könnten Sie uns auch ein Stück mitnehmen, und wir suchen uns eine andere Mitfahrgelegenheit?«

Eine andere Mitfahrgelegenheit? Als wäre das eine total normale Möglichkeit. Lexi sieht immer noch Doug an, jetzt hat sie den Kopf zur Seite geneigt und lächelt wie ein kleines Mädchen, das seinen Eltern eine Süßigkeit abschwatzen will.

Mit dem Blick schaut sie Doug vermutlich oft an, denn er bemüht sich, so gut es geht, ihm auszuweichen. Schließlich atmet er laut hörbar aus und schüttelt den Kopf.

»Das ist Arbeit, Lexi, kein Hobby. Das weißt du, oder? Ich muss einen Bericht schreiben. Mit echter Deadline.«

»Schatz, wir haben zwei ganze Tage, bis du überhaupt erst dort sein musst. Und sieh sie dir an, erinnern sie dich nicht an uns, als wir in ihrem Alter waren? Es ist gutes Karma, wenn wir ihnen helfen. Ich weiß, du planst deine Routen gern im Voraus, aber es klingt nicht mal, als würden wir viel länger brauchen.« Als sie sich vorbeugt, um ihn zu küssen, grinst sie. Sie weiß schon, dass sie gewonnen hat. »Außerdem mache ich es dann die ganze Woche wieder gut.«

Doug atmet resigniert aus, während er auf seinen Wagen zugeht. »Also gut.«

»Wir können eure Sachen mit draufwerfen. Wir haben

massenhaft Platz! Ich helfe euch, sie zu holen«, ruft Lexi fröhlich, während sie um unser Auto herumgeht, um den Kofferraum zu öffnen. »Wow, ihr habt aber eine *Menge* Sachen da drin. Wolltet ihr wirklich zelten bei diesem Wetter?«

»Nein«, sage ich, als wäre die Vorstellung völlig absurd. Trotzdem habe ich insgeheim vor, so viel wie möglich mitzunehmen: Kompass, Streichhölzer, Wasserreinigungstabletten. Verbandszeug natürlich.

»Bist du dir da sicher?«, fragt Jasper, als ich im Kofferraum herumwühle.

»Womit?«

Er deutet auf sie, ihr Auto. Mit diesen Fremden mitfahren, nicht die Polizei anrufen, meint er.

»Mit allem?«

»Nein, bin ich nicht«, sage ich, während ich meine vollgestopfte Tasche herausziehe. »Aber ich bin mir nie bei irgendwas sicher.«

10

Der Wagen von Doug und Lexi ist ganz anders als Jaspers Jeep. Er riecht sauber und sieht ganz neu aus; das Armaturenbrett ist ein computergesteuerter Touchscreen und der Motor so leise, dass man kaum merkt, ob er überhaupt an ist. Er ist auch sehr viel wärmer, die Windschutzscheibe beschlägt nur eine Sekunde lang, bevor die Heizung die klamme Kälte wegbrennt.

»Geht es euch gut da hinten?«, fragt Lexi über die Schulter. Der Babysitz nimmt die ganze Fahrerseite der Rückbank ein, deshalb sitzen Jasper und ich furchtbar eng zusammengequetscht. »Wir haben nicht viel Platz übrig, tut mir leid.«

»Alles gut bei uns hier hinten.« Jasper klingt, als meinte er es ernst. Als fände er es nicht im Geringsten unangenehm, dass unsere Oberschenkel sich auf ganzer Länge berühren. Und warum auch? Das Dutzend Mädchen aus dem Abschlussjahrgang, mit dem er geschlafen hat, mag nur ein Gerücht sein, aber er hatte sicher Sex mit einer Menge Leute (Cassie eingeschlossen). Dicht neben einem Mädchen zu sitzen ist für ihn wahrscheinlich gar nichts. Meine Oberschenkel dagegen haben nur die eines anderen Jungen berührt.

Trevor und ich haben uns in der zehnten Klasse im Jahrbuchclub kennengelernt, und ein paar Monate lang waren wir nach der Schule zusammen unterwegs. Ich mochte Trevor, obwohl er viel zu dünn war und sein Kinn mehr oder weniger nicht existent. Er war lieb und lustig und eigenartig, aber auf eine gute Art. Er liebte Houdini und kannte wahllos alle Statistiken des Ersten Weltkriegs auswendig, was hieß, er übernahm gern den größten Teil des Redens.

Meistens lernten oder redeten wir an diesen Nachmittagen, aber manchmal machten wir auch rum. Manchmal sogar sehr. Es war schön. Und so normal, dass sogar Cassie beeindruckt war. Ich hatte auch das Gefühl, es sei ein Zeichen, dass ich endlich aus dem tiefen, dunklen Wald heraus war.

Aber dann machte Trevor plötzlich Schluss.

»Es liegt nicht daran, dass du keinen Sex willst«, sagte er, obwohl ich es schon ungefähr einen Monat hinausgezögert hatte. »Ich wollte auch warten, was komisch ist, ist mir aufgefallen, weil ich, du weißt schon, ein Mann bin.«

Und die Art, wie er es sagte: als wäre er die ideale Spezies oder so.

»Und dann dachte ich darüber nach, *warum* ich warten wollte, und mir wurde klar: Ich komme nicht mit dem Druck klar. Ich mag dich, Wylie, aber mit dir zusammen zu sein ist zu viel« – er suchte nach einem neuen Wort und fand keines – »Druck. Mir kommt es immer vor, als würdest du womöglich ausflippen, wenn ich etwas falsch mache, oder einen Zusammenbruch haben oder so was.«

Ich nickte und betete, nicht weinen zu müssen. Später würde ich das sicher tun. Und damit konnte ich leben. Nur nicht vor ihm. »Ja, das ist okay. Ich verstehe.«

Das war eigentlich das Schlimmste daran: Ich verstand es vollkommen.

Jetzt versuche ich, ein bisschen näher an den Babysitz heranzurücken, weil ich hoffe, das würde den Druck zwischen meinem Bein und dem von Jasper lindern. Es funktioniert nicht wirklich. Der Sitz zeigt nach hinten, das Dach ist heruntergeklappt, sodass ich nicht mehr sehen kann als die Decken um die Füße des Babys. Ich bete, dass es den ganzen Weg schläft, denn ich weiß nicht, ob ich damit klarkäme, wenn ich aus der Nähe mitbekommen müsste, wie Lex es liebkost. Ich beobachte es noch ein paar Minuten, aber es macht immer noch keinen Mucks.

»Er ist so ruhig«, sage ich und klinge wie eine gruslige Babystalkerin, die man nie in die Nähe eines Kindes lassen sollte.

»Sie«, korrigiert mich Lexi, ohne sich umzudrehen. Natürlich muss es ein Mädchen sein – Mutter und Tochter. Wahrscheinlich gleichen sie sich auch noch wie ein Ei dem anderen, genau, wie es bei Mom und mir war. »Ich hoffe, sie schläft die ganze Fahrt. Seid ihr wirklich sicher, dass das okay ist da hinten, so wie ihr aufeinandersitzt? Nicht dass wir groß andere Möglichkeiten hätten.«

»Alles in Ordnung«, sage ich. Ich werde mich bestimmt nicht beschweren. Wenn wir Doug verärgern, könnte er es sich anders überlegen, Lexi überstimmen und uns hinauswerfen. »Danke noch mal fürs Mitnehmen. Wir sind Ihnen wirklich, wirklich dankbar. Unsere Freundin sicher auch.«

»Kein Problem«, sagt Lexi und legt die Hand auf die von Doug.

Er verschränkt die Finger mit ihren, ohne den Blick von der Straße zu nehmen. Er wird ihr verzeihen, aber noch nicht jetzt. Und da sind sie wieder, meine Eltern. Zumindest so, wie sie immer waren, bis zu diesen wenigen Wochen vor dem Tod meiner Mom, als sie sich nur noch zankten.

Ich wende den Blick von ihren Händen ab zu den Schattenrissen der Gebäude in der Dunkelheit. Ein Verleih für Landwirtschaftsmaschinen, eine Eisdiele mit heruntergelassenen Rollläden, ein Baumarkt, eine Fleischerei. Alle sind um diese Zeit dunkel und verlassen. Ein paar haben ganz geschlossen, oder vielleicht auch nur zu dieser Jahreszeit. Dahinter kommt das Motel, lang und niedrig, der kleine Parkplatz leuchtet unheimlich unter einer einzelnen Straßenlaterne. In einem der Zimmer flackert ein Fernseher, aber die restlichen Fenster sind schwarz. Ich war noch nie in diesem Teil von New Hampshire, aber es ist grusliger, als ich gedacht hätte. Es schüttelt mich, woraufhin sich Jasper zu mir umdreht. Ich meide seinen Blick und starre stattdessen auf mein Handy. Schon fühlt sich meine Brust enger an, genau wie mein Magen.

Gehts?, schreibe ich Cassie. **Hatten Probleme mit dem Auto, sind aber wieder unterwegs. Kommen, so schnell wir können. Keine Polizei.**

Ich warte auf eine Antwort. Aber es kommt nichts.

???, tippe ich.

Wieder warten. Immer noch keine Antwort. Vielleicht hätte ich das Problem mit dem Auto nicht erwähnen sollen. Ich blicke auf, und als ich Jaspers Blick begegne, fühle ich mich noch schlechter. Er macht sich auch Sorgen. Nicht so viele wie ich vielleicht – das wäre auch ein harter Wettbewerb –, aber mehr, als ich möchte. Ich blicke wieder aus dem Fenster. Jetzt gibt es keine Gebäude mehr, also versuche ich, Bäume zu zählen. Konzentriere mich auf die Details, die Kleinigkeiten. Aber bald ist es sogar dafür zu dunkel. Der Wald ist nur eine dichte, formlose Masse. Es gibt nichts mehr, woran man sich festhalten kann. Hatte ich mir wirklich eingeredet, ein echter Notfall hieße, meine Angststörung sei gebannt? Was für ein dummes Wunschdenken. Meine Angst hatte immer ihren eigenen Kopf. Und dieser Kopf ist verdammt willensstark.

»Was ist das für ein Sternenregen, den Sie sich anschauen wollen?«, fragt Jasper.

Gut. Ja, reden. Über etwas anderes nachdenken als über mein Innenleben, das sich gerade verknotet.

Dougs Blick fliegt zum Rückspiegel, dann werden seine Augen schmal. Ärgert er sich über Jaspers Frage? Ich weiß es nicht. »Kennst du dich mit Astronomie aus?«

Sei vorsichtig, möchte ich sagen. *Fordere dein Glück nicht heraus.* Aber Jasper bemerkt es nicht. Sein Blick ist fest auf die Dunkelheit draußen gerichtet.

Jasper zuckt die Achseln. »Zählt es, dass ich mit sieben ein Teleskop hatte?«

»Der Große Wagen?«, fragt Doug.

»Kommen Sie, Mann«, sagt Jasper mit einem ehrlichen Lächeln. »Ein bisschen können Sie mir schon zutrauen. Der Gürtel des Orion. Und Kass-Dingens. Ich weiß nicht mehr.«

»Kassiopeia«, sagt Doug mit etwas sanfterer Stimme. »Nicht schlecht für einen Siebenjährigen.«

»Wir wohnten auf einem Hügel nicht weit vom Strand.« Jasper klingt, als würde es ihm fehlen. Sehr. »Der Himmel war unendlich.«

»Wir werden die Eta-Aquariiden sehen«, sagt Lexi und legt Doug die Hand in den Nacken. »Wenn du nicht an Gott glaubst, wenn du so etwas gesehen hast, tust du es nie.«

»Also fahren Sie nur da hin und … was? Sehen es sich an?«, fragt Jasper.

»*Nur?*«, fragt Doug zurück, wieder mit einem harten Unterton.

Halt die Klappe, Jasper, möchte ich sagen. Das ist nicht der richtige Zeitpunkt für seine stereotypenverachtende Neugier.

»Ich meine, was suchen Sie?«

»Du wolltest doch immer jemanden, dem du etwas beibringen kannst, Doug«, neckt ihn Lexi. »Klingt, als hättest du da hinten einen angehenden Astronomen sitzen.«

»Nicht direkt. Ich mag Astronomie, aber ich will Jura studieren. Strafverteidiger werden«, sagt Jasper, denn er kann offenbar nicht einfach mal höflich sein und mitmachen. »Mein Dad sitzt für etwas im Gefängnis, das er nicht getan hat, weil er einen schlechten Anwalt hatte.«

»Oh, wow«, sagt Doug und wirft Lexi einen Blick zu, der sagt: *Was haben wir uns da eingebrockt?* Schließlich sitzen wir mit seinem Baby auf dem Rücksitz.

»Wofür wurde er verurteilt?«

»Das darfst du nicht fragen.« Lexi gibt ihm einen Klaps. »Das geht uns nichts an.«

»Ist schon okay«, antwortet Jasper. »Schwere Körperverletzung. Wie ich schon sagte, er hat's nicht getan. Sein Anwalt hat nicht halb so viele Zeugen aufgerufen, wie er hätte sollen. Die Grundlagen eigentlich.«

»Also dann tut es mir besonders leid«, sagt Lexi lieb, aber ein wenig unbehaglich. »Ich denke an ihn.«

»Willst du damit sagen, du willst für ihn beten, Lexi?«, fragt Doug scharf. »Klingt, als bräuchte er einen guten Berufungsanwalt, keine Ave Marias.«

»Ein Aufklärer, wie immer«, sagt Lexi.

Das ist ihr Ding. Sie ist die Mystikerin. Er ist der Wissenschaftler. Als wollten sie damit angeben, wie toll ihre Beziehung ist, obwohl sie so verschieden sind. Fast, als wäre es doch nicht ganz so toll. Aber wenn sie Publikum wollen, spiele ich mit. Ich tue, was immer sie wollen, solange sie uns näher zu Cassie bringen.

»Ich habe eine Religion«, sagt Doug. »Sie nennt sich Wissenschaft.«

»Auch bekannt als dem Leben die Freude nehmen.« Lexi droht ihm mit dem Finger. »Die unüberschaubaren Komplexitäten des menschlichen Erlebens, reduziert auf Punkte in einem Diagramm.«

»Mein Dad ist auch so«, sage ich, ohne es ganz ernst zu meinen. »Er glaubt ohne Beweis auch an gar nichts.«

»Klingt, als wäre er was für mich.« Doug blickt mich im Rückspiegel an. Er wirkt ehrlich erfreut. »Wissenschaftler?«

»Psychologe.« Kurz denke ich darüber nach, die Studie meines Dads zu erwähnen, aber ich habe das Gefühl, das würde ihn in Dougs Augen herabsetzen.

Ich hasse es, dass ich überhaupt an Dad gedacht habe. Denn mein *Leiden* ist das Nächste, was mir einfällt. Und ich fühle mich wieder so verlegen und allein. Ich kann nicht fassen, dass er das alles wirklich gesagt hat. Solche Drohungen kann man nicht vergessen, egal, wie sehr man es versucht.

Als ich aus dem Fenster schaue, ist es sogar noch dunkler. Als wären wir über eine Klippe gestürzt. Und es fühlt sich auch so an. Denn wie sieht eigentlich unser Plan genau aus, jetzt, da wir nicht einmal mehr ein Auto haben? Wir wollten plötzlich dort auftauchen und Cassie retten. Und jetzt gehen wir zu Fuß rein? Wir werden ein Auto brauchen, das ist das Entscheidende. Ich sehe Lexi auf dem Vordersitz an und überlege, wie weit sie wohl gehen würde, um uns zu helfen. Würde sie ein Auto für uns mieten? Dann betrachte ich Doug. Auf keinen Fall wird er seinen Namen für ein Auto hergeben, das wir womöglich nie zurückbringen.

Ich muss aufhören, darüber nachzudenken, denn dass ich keine Lösung habe, macht mich noch nervöser. Also wandert mein Blick zu dem Babysitz und den Füßen dieses kleinen Wesens, die so behaglich und sicher in die blassgrüne Decke gewickelt sind.

Seltsam, dass sich ihre Füße nicht *einmal* bewegt haben, seit wir eingestiegen sind. Oder? Lexi sagte, es solle den ganzen Weg schlafen. Okay, gut. Aber bewegen sich Babys nicht auch ein bisschen, wenn sie schlafen? Vielleicht ist die Kleine zu fest eingewickelt, mit zu vielen Decken zugedeckt? Erwartet man von mir, auf so etwas zu achten? Denn manchmal erwarten Leute ohne Vorwarnung etwas von einem. Was, wenn sie nicht mehr atmet oder so? Lexi ist so locker, aber keiner kann sicher sein, dass es allen immer gut geht. Und ich denke über so etwas vielleicht mehr nach als ein Durchschnittsmensch, aber das macht es nicht weniger wahr.

»Wie wäre es mit ein bisschen Musik? Wir haben Satellit – eine Million Möglichkeiten, sogar mitten im Nichts«, sagt Lexi, aber so, als würde sie das ein klein wenig empören. Sie beugt sich vor und dreht am Radio herum. »Wir kennen das, was ihr heutzutage so hört, wahrscheinlich nicht. So alt sind wir jetzt, Schatz, dass wir nicht einmal wissen, was für eine Musik die jungen Leute hören.«

Mein Herz hämmert, als Lexi das Radio an einem Song nach dem anderen vorbeidreht und alle ablehnt. Egal, wie sehr ich mich abzulenken versuche, ich kann jetzt nur noch an das Baby und seine Atmung denken, oder daran, dass es womöglich nicht mehr atmet. Denn irgendetwas stimmt nicht. Das spüre ich. In diesem Autositz neben mir ist eine Leere. Eine riesige, alles einsaugende Leere.

»Hey, schließ nicht von dir auf andere«, sagt Doug. »Ich

bin nicht alt. *Und* ich habe auf jeden Fall einen guten Musikgeschmack. Nimm eine von meinen Spotify-Playlists.«

»Puh, du zwingst mich aber nicht, Wilco zu hören, oder?«, fragt Lexi, aber sie klingt jetzt so weit weg. Als würde ihre Stimme durch eine Mauer gedämpft. »Du weißt, dabei stirbt jedes Mal ein kleines Stück von mir.«

Mein Herz schlägt jetzt lauter. Ich versuche, mich *in der Gegenwart zu verankern*, wie Dr. Shepard sagt. Der Sitz ist unter meinen Beinen. Meine Hände liegen auf meinen Beinen, aber meine Handflächen schwitzen so, und ich kann an nichts anderes denken als daran, dass Babys manchmal wirklich einfach plötzlich aufhören zu atmen. Sie sterben unerklärlich am plötzlichen Kindstod. Ohne Vorwarnung. Das passiert ständig.

Trotzdem traue ich mich nicht, noch einmal nach dem Baby zu fragen. Lexi hat schon gesagt, dass es ihm gut geht. Es noch mal zu erwähnen würde klingen, als hielte ich Lexi für eine schlechte Mutter. Stattdessen könnte ich selbst nach dem Baby sehen. Ich muss nur seine Wärme fühlen oder seine Zehen ein bisschen drücken und sichergehen, dass sie sich bewegen. Wenn es anfängt zu weinen, Gott bewahre, ziehe ich die Hand schnell zurück, bevor jemand merkt, was passiert ist. Ja, das werde ich tun. Auch wenn es vielleicht eine ganz blöde Idee ist. Obwohl ich weiß, dass das Baby nicht der wahre Grund ist, warum ich so viel Druck in der Brust habe. Trotzdem glaube ich, wenn ich weiß, dass alles mit ihm in Ordnung ist, geht es mir ein bisschen besser.

Ich halte den Blick auf den Rückspiegel gerichtet, während ich die Hand langsam über den Kindersitz schiebe. Lexi und Doug reden immer noch über Dougs Playlists – Lexi kann sich nicht entscheiden, welche die am wenigsten schlimme ist.

»Ich weiß nicht, ich mag Wilco irgendwie«, sagt Jasper, den Blick immer noch nach draußen gerichtet.

Und meine Hand ist jetzt so nahe, nur noch wenige Zentimeter, und ich habe meine Antwort. Die Erleichterung. Denn das Verrückte daran, dass ich mir die ganze Zeit solche Sorgen mache und so viele Jahre mit Dr. Shepard gearbeitet habe, ist: Ein großer Teil von mir weiß, dass es gar nicht um die Kleine geht. Eigentlich drehe ich gar nicht ihretwegen so durch. Ich mache mir Sorgen um Cassie und darum, was aus meinem Dad geworden ist, wie ich diese ganze Geschichte durchstehe und vor allem, wie ich überleben will, dass Mom fort ist. Denn so funktioniert die Angst. Sie ist ein Ersatz. Ich kann nichts an diesen großen Dingen ändern, also mache ich mir stattdessen um etwas anderes Sorgen. Ich sorge mich um das Baby neben mir, dem es bestens geht. Aber vielleicht, nur vielleicht auch nicht.

Schon sind meine Finger auf dem Rand des Sitzes, dann am Deckensaum. Kriechen über die Falten. Aber die Zehen zu finden ist nicht so leicht, wie ich mir das vorgestellt habe. Überhaupt nicht leicht. Als ich die Hand herumbewege, spüre ich nur Decken und noch mehr Decken.

Zu viele Decken eigentlich, je länger ich darüber nachdenke. So viele, dass es mir nicht richtig vorkommt. *Bumm, bumm, bumm* macht mein Herz, während ich die Hand ein letztes Mal tief in die Mitte des Kindersitzes schiebe.

Darin finde ich nicht den warmen Körper eines Babys. Aber ich finde auch kein kaltes Baby. Ich finde überhaupt nichts.

11

Stopp! Ihr Baby ist weg! **Die Worte schießen an meine Lippen,** aber mein Mund bleibt zu, während mein Puls rast und mein Gehirn von dem Sturm, der darin tobt, ganz vernebelt.

Nein, sag das nicht, denke ich. *Sag kein Wort.*

Stattdessen blicke ich zu Jasper hinüber. Er hat die Augen geschlossen, sein Kopf ruht am Fenster. Kurz frage ich mich, ob er schläft. Aber als ich einen meiner Fingerknöchel fest gegen seinen Schenkel drücke, hebt er den Kopf und dreht sich zu mir um.

Ich schüttle fast unmerklich den Kopf und reiße die Augen auf, bevor er mich fragen kann, was los ist. Ich zeige mit tiefem Finger auf den Kindersitz, dann forme ich mit den Lippen die Worte: »Kein Baby«. Ich hoffe, das wird genügen, damit er kapiert, was ich meine, aber keine Fragen stellt.

Denn sobald Doug und Lexi wissen, dass wir es wissen, haben wir das Einzige verloren, was wir noch haben: das Überraschungselement. Und was glaube ich überhaupt zu wissen? In dem Sitz liegt kein Baby, aber ich weiß nicht, warum oder was das bedeutet. *Wir* haben *sie* gebeten, uns mitzunehmen, ermahne ich mich. Doug wollte nicht einmal.

Vielleicht sind das nur die Leute, denen man mitten in

der Nacht mitten im Nirgendwo begegnet. Leute, die vor etwas davonlaufen. Leute, die etwas zu verbergen haben. Denn sie könnten dieses Auto mit all seinen wohlig-warmen Aufklebern und seinem leeren Kindersitz auch gestohlen haben. Ich will es gar nicht wissen. Lexi und Doug können ihre Geheimnisse behalten, vielen Dank auch. Wir müssen nur sehen, dass wir aus ihrem Auto herauskommen.

Lautlos hole ich Luft, aber mir ist schon schwindlig. Sehen kann ich auch nicht mehr richtig, so als hätte der Filter zu *antik* gewechselt, alles ein bisschen zu weich und ein klein wenig gelblich. Wenigstens ist da noch kein dunkler Tunnel, und ich werde nicht noch taub. Aber wenn ich mich nicht zusammenreiße, ist es nur eine Frage der Zeit, bis die Lichter ausgehen.

Lexi wirft mir einen Blick über die Schulter zu, dann lächelt sie, wie sie es so viele Male getan hat, seit ich sie sich neben ihrem Wagen habe hin und her wiegen sehen. Eben wirkte dieses Lächeln noch so liebevoll und warm. Jetzt stellt es mir die Nackenhaare auf. Ich drücke die Finger an die Oberschenkel. Grabe meine Nägel hinein, während ich zurückläch le.

Aber was auch immer Doug und Lexi im Schilde führen, es hat nichts mit uns zu tun. Es hatte angefangen, bevor wir überhaupt an der Tankstelle angehalten haben. Vielleicht sind sie freundliche gesetzlose Normalbürger, Umweltterroristen oder politische Demonstranten, die wegen irgendeines Regelbruchs aus Gewissensgründen auf der Flucht sind, und das vorgebliche Baby ist ihre Tarnung. Wenn man nicht gefunden werden will, ist man nicht unbedingt ein schlechter Mensch. Das weiß ich aus eigener Erfahrung. Und doch habe ich ein ganz, ganz schlechtes Gefühl.

»Und eure Freundin …«, fragt Lexi, die sich endlich für

einen Song entschieden hat. »Warte, was hast du noch mal gesagt, wie war ihr Name?«

Ich drehe mich zu Jasper und schüttle wieder den Kopf. *Verrat ihr nichts mehr. Kein bisschen,* versuche ich mit den Augen zu sagen.

Jasper blinzelt mich kurz an.

»Victoria«, antwortet er schließlich. Seine Lüge ist der Beweis. Er hat es kapiert. »Ihr Name ist Victoria.«

Ich öffne die Karte auf meinem Handy, um zu sehen, ob wir von der Strecke abgekommen sind. Aber der kleine blaue Punkt, der uns darstellt, ist immer noch auf der Route 203 in Richtung Seneca unterwegs. Lexi und Doug haben vielleicht etwas zu verbergen, aber sie tun uns trotzdem einen Gefallen. Es könnte sein, dass das hier eher ein unglücklicher Zufall ist als eine gefährliche Katastrophe. In meiner Brust wird es ein klein wenig leichter. Ja, vielleicht. Aber wir müssen trotzdem aus dem Auto raus.

Als ich nach unten sehe, habe ich nur noch einen Balken Netz. Bald könnte auch der weg sein. Ich bin natürlich wütend auf meinen Dad. Vielleicht hat er unser Verhältnis für immer zerstört. Aber ich habe trotzdem viel mehr Angst vor Lexi und Doug, als ich wütend bin.

Ich öffne meine Nachrichten und tippe eine schnelle Botschaft an Dad: **Jaspers Auto ist in der Nähe der 93, hinter der Ausfahrt 39C in New Hampshire liegen geblieben. Sind auf der Route 203 auf dem Weg nach Maine. In einem schwarzen Subaru Kombi mit New Yorker Kennzeichen und Hillary-Aufkleber. Wir brauchen Hilfe. Vielleicht in Gefahr. Ich vertraue dir. Versau es nicht.**

»Victoria, das ist ein hübscher Name«, spricht Lexi weiter, mit diesem Unterton – als kenne sie selbst auch ziemlich viele Victorias. Als sage der Name alles, was man über unsere Freundin wissen müsse. »Bringt sie sich öfter mal in solche Situationen?«

»Manchmal«, sage ich, aber viel zu hoch und laut. *Sei normal. Rede einfach über Cassie. Sie ist keine Lüge.* »Sie lässt sich in Sachen hineinziehen, und dann führt eines zum anderen, und es wächst ihr über den Kopf.« *Wie bei euch, Leute. Seht ihr, wir verstehen das. Nichts für ungut.* »Das ist nicht das erste Mal, dass sie mich bittet, sie abzuholen. Wir wollen sie nur nach Hause zu ihrer Mom bringen.«

Sie hat ein Zuhause. Sie hat eine Mom. Sie sind gute Menschen. Wir sind gute Menschen. Und ihr solltet uns gehen lassen.

»Das ist lieb von dir, vor allem mehr als einmal.« Lexi klingt wehmütig und dreht sich zum Fenster. »Ihr beide steht euch bestimmt nahe.«

»Ja«, antworte ich. »Wir sind richtig, richtig enge Freundinnen.«

Da entdecke ich ein kleines blaues Schild weiter vorn, und Magensäure will in meinem Hals nach oben kriechen: eine Zapfsäule neben gekreuzten Messer und Gabel. Eine Raststätte, ein Vorwand, um anzuhalten, auszusteigen. Wegzulaufen. Ich reibe die Handflächen an meiner Jeans, dann quetsche ich die Finger zusammen.

»Es tut mir leid, aber ich muss mal.« Ich zeige auf das Schild. »Könnten wir vielleicht anhalten? Ich mache auch ganz schnell, versprochen.« Ich drehe mich zu Jasper. Er nickt. Er mag nicht genau wissen, was los ist, aber er wird mir folgen.

»Klar, kein Problem«, sagt Doug, so locker, als hätte ich mir die Gefahr nur eingebildet. Oder als wäre es noch schlimmer, als ich dachte.

Der Blinker tickt wie ein Metronom, das Licht blitzt gleichmäßig in der Dunkelheit. Die Welt ist langsamer geworden. Alle Geräusche sind verstärkt, jede Bewegung überzeichnet. Doug hält den Blick auf die Straße gerichtet. Lexi ihren auf ihr Handy. Es sieht alles so normal aus, was mich nur noch mehr davon überzeugt, dass es nicht so ist.

»Wow, das kann man wirklich nicht übersehen, was?«, sagt Lexi und zeigt mit dem Finger. Hoch am Himmel schwebt ein riesiges Neonschild, auf dem steht: *Trinity's Diner*, dazu zwei rote Rennautos und eine karierte Fahne. Es ist viel zu groß, hier mitten im Wald eine Beleidigung für die Augen. Vor allem, weil das Restaurant selbst ein eher kleiner, rechteckiger Metallanhänger ist. Nichts, worin man Doug und Lexi leicht abschütteln könnte. Das könnte jetzt ziemlich schnell unschön werden. Ich muss Cassie schreiben, sie warnen, dass wir vielleicht eine Weile nicht erreichbar sind.

Sind in Schwierigkeiten. Du solltest deiner Mom schreiben, nur zur Sicherheit. Wichtiger ist, dass du außer Gefahr bist. Sag ihr einfach, sie soll nicht die Polizei rufen. Sie wird auf dich hören. Ich weiß es. Zumindest hoffe ich das.

Erst als ich auf Senden tippe und aus der Nachricht herausgehe, sehe ich das rote Ausrufezeichen neben der Nachricht an meinen Dad. *Senden fehlgeschlagen*, steht rot daneben. Alle diese Grübeleien, wem ich was über Cassie sagen soll, lagen nicht in meiner Hand.

Als wir auf den Parkplatz fahren, drehe ich mich zu Jasper und halte mein Handy hoch. Ich schüttle den Kopf. *Kein Empfang*. Er schaut sofort auf seins. Ganz kurz leuchtet sein Gesicht auf, dann schüttelt er den Kopf. Er hat auch keinen.

»Ich gehe am besten zur Sicherheit auch rein«, sagt Jasper. *Zur Sicherheit?* »Ich meine, damit wir nicht später noch mal anhalten müssen.«

Drinnen werden Jasper und ich entscheiden, was wir tun. Wir können es jemandem im Diner sagen oder darum bitten, das Festnetztelefon benutzen zu dürfen. Zu mehreren ist man sicherer. Und wenn wir nach einer Weile nicht wieder herauskommen, werden Doug und Lexi vermutlich mit ihren Geheimnissen und ohne uns wegfahren. Froh, davonzukommen und uns los zu sein. Wir sind eine Komplikation, um die sie nicht gebeten haben. Erleichtert, ja. Es gibt keinen Grund zu glauben, dass es anders sein sollte. Nur dass ich das nicht glaube, während der Kies laut unter unseren Reifen knirscht. Überhaupt nicht.

Doug parkt auf einem Parkplatz unter dem Lichtschein der Dinerfenster, neben einem brandneuen Pick-up mit getönten Scheiben, glänzenden Radkappen und einer Art Gestell auf dem Dach. Wahrscheinlich für Gewehre, angesichts der ganzen Aufkleber: *Maine trägt Waffen, Terroristen-Jagdschein,* das Logo der *National Rifle Association.* An der Heckablage ist eine grüne Plane befestigt, darunter schaut die Spitze eines Hufs heraus. Nicht gerade jemand, den ich gern um Hilfe bitten möchte.

Aber als ich zu dem Tisch hinter dem Fenster hinaufschaue, sitzen da drei Mädchen ungefähr in meinem Alter, die einen Jungen anhimmeln. Sie sitzen ganz vorn an der Kante ihrer Bank und lächeln, während er redet und mit den Armen große Kreise beschreibt. Als er plötzlich erstarrt – wahrscheinlich bei der Pointe –, brechen sie alle in Gelächter aus. Total normale Jugendliche, die total normale Dinge tun. Sie werden uns helfen. Ich weiß es.

»Ach, eigentlich könnte ich auch einen Kaffee gebrauchen«, sagt Doug, während er den Motor abstellt. »Seid mir nicht böse, aber dieser kleine Umweg macht die Fahrt ein bisschen länger.« Es klingt fast, als könnte es die Wahrheit sein, als wollte er wirklich nur einen Kaffee. Aber Wahrheit oder nicht, es wird viel schwieriger, mit Jasper zu reden, wenn wir nicht allein sind.

»Also, ich bleibe nicht allein hier draußen«, sagt Lexi, schnallt sich ab und macht Anstalten auszusteigen. Sie hat ihr angebliches Baby vergessen. Ich sehe, wie Doug ihren Blick auffängt, sehe sie zögern, als es ihr wieder einfällt. »Ich hole nur schnell das Baby raus.«

Meine Füße fühlen sich ganz schwer an, während ich die wackligen Metallstufen zum Diner hinaufgehe. Als ich fast oben bin, schwingt die Tür auf, und es wird gerufen und gerempelt, während die Jugendlichen herausquellen.

»Ups!«, sagt das erste Mädchen, als sie aneinanderstoßen. Sie senken höflich die Stimmen, während sie versuchen, uns vorbeizulassen. »Entschuldigung.«

Als ich vom letzten Mädchen die Tür übernehme, fühlt sie sich seltsam leicht an. Als wäre nichts von allem hier echt. Als wäre es ein Traum, aus dem ich aufwachen werde. *Hilfe*, möchte ich zu ihr sagen. Aber mit Doug und Lexi direkt neben mir kann ich das nicht.

»Bitte schön!«, ruft das Mädchen fröhlich, als ich zu lange zögere. Sie ist hübsch und zierlich, mit langen schwarzen Haaren. Ich starre sie an und denke: *Bitte, geh nicht.* Aber sie lächelt nur noch ein bisschen strahlender und folgt dann eilig ihren Freunden. Unten an der Treppe lachen sie wieder, bevor sie verschwinden. Und so geht sie dahin, unsere Gelegenheit.

»Jetzt will ich auch einen Burger.« Doug klingt jetzt richtig fröhlich.

»Bäh.« Lexi dagegen wirkt angewidert, während sie die Stufen hinaufsteigt. Sie hat den Kindersitz in einer Hand, die Haube ist tief heruntergezogen, damit niemand sehen kann, dass nichts darin ist. Sie schauspielert sogar ganz gut, indem sie sich am Geländer festhält, als wäre der Sitz tatsächlich schwer. »Ein Burger in so einem Laden?«

Im Vorraum des Diners trifft mich eine Welle warmer, feuchter Luft, die laut aus einem Heizstrahler neben einem M&M-Automaten gepustet wird. Dann gehe ich durch die zweite Tür ins Diner, das viel sauberer und voller ist, als ich um kurz vor zehn Uhr abends erwartet hätte. Das halbe Dutzend Sitzecken an der Fensterfront ist besetzt – Teenager, ältere Leute, eine Familie mit zwei kleinen, müden Jungen –, die Wände sind in einem fröhlichen Knallrot gestrichen, und es riecht nach Speck und Apfelkuchen.

Aber nicht alle hier sind glücklich. Ein Paar mit langen Gesichtern sitzt mitten im Raum, umgeben von einem Kreis aus leeren Tischen, und hier ist alles grau: ihre Gesichter, ihre Kleidung, und sogar die Luft um sie herum scheint mit Ruß überzogen zu sein. Sie sind vollkommen still, beinahe reglos, die Blicke auf die Tischplatte gesenkt. Die Frau hat einen vollen Teller vor sich stehen, den sie nicht angerührt hat, und der Mann kaut langsam und schwer, als müsste er sich durch Gummi beißen. Sie erscheinen mir wie ein ganz, ganz schreckliches Omen.

Ich beobachte sie immer noch, als eine Kellnerin vor uns erscheint. Sie hat einen schmutzig blonden Pferdeschwanz und ist trotz ihrer zu großen Augen und der schiefen Zähne hübsch. Auf ihrem roten T-Shirt steht in großen schwarzen Buchstaben *Trinity*, umrahmt von zwei Fahnen.

»Zu viert?«, fragt sie lächelnd und nimmt ein paar Speisekarten in die Hand.

»Eigentlich wollen wir nur was zum Mitnehmen«, sagt Doug.

Hat er das ein bisschen zu gezwungen gesagt? Als wüsste er, dass etwas nicht stimmt? Mein Herz hämmert so, dass ich das Gefühl habe, mein Körper schwankt, obwohl ich stehe. Ich hoffe inständig, Doug und Lexi sehen es nicht.

»Wo sind hier die Toiletten?«, frage ich die Kellnerin und hoffe, Jasper folgt mir, damit er und ich bei den Toiletten ungestört reden können. Wir müssen uns über das austauschen, was wir gesehen haben, uns einen Plan überlegen. Vielleicht wird er sogar vorschlagen, wir könnten ruhig ehrlich mit Lexi und Doug sein. Ihnen sagen, dass wir wissen, dass es kein Baby gibt. Vielleicht wird Jasper sagen, ich sei paranoid. Und vielleicht werde ich mich dazu durchringen können, ihm zu glauben.

»Klar, Schätzchen, die Toiletten sind gleich da hinten.« Die Kellnerin zeigt auf eine Tür am anderen Ende der Bar. »Die Damentoilette ist am Ende des Flurs.«

»Okay, danke.« Ich meide Dougs und Lexis Blick, während ich in die Richtung gehe. »Bin gleich wieder da.«

Lexi lächelt. »Lass dir Zeit, Süße.«

Klang ihre Stimme komisch? Lag ein leichtes Zittern darin, als hätte sie Angst, versuchte aber, es zu verbergen? Natürlich hat mein rasendes Herz den Boden schwammig gemacht, während ich mich in Richtung Toilette vorarbeite. Als ich die Tür endlich erreiche, fühlt sich mein Körper taub an. Ich sehe meine Hand auf dem Türknauf, die Tür kommt auf mich zu, als ich an ihr ziehe, aber ich spüre es nicht. Ich spüre gar nichts.

Hinter der Tür liegt ein kurzer holzgetäfelter Flur, links

die Herrentoilette, die Damentoilette geradeaus. Hier draußen ist es kälter, so als wären die Wände papierdünn. Als ich mich an einer abstütze, hoffe ich, meine Hand stößt nicht einfach durch. Bis ich an der Damentoilette ankomme, ist Jasper immer noch nicht da, wie ich eigentlich gehofft hatte. Aber falls Lexi oder Doug stattdessen herauskommen, kann ich hier auch nicht einfach herumstehen, als würde ich auf ihn warten. Es würde aussehen, als führte ich etwas im Schilde. Ich habe keine Wahl, ich muss in die Damentoilette gehen. Jasper wird klopfen, wenn er kommt, oder? Er wird wissen, dass ich hier bin. Er ist kein Idiot.

Die Toilette selbst ist schmutzig – Haare überall im Waschbecken, Flecken auf dem Boden, kein Toilettenpapier. Als hätte das ansonsten blitzsaubere Diner all seinen Dreck für diesen einen Raum aufgespart. Hier drin ist es auch noch mal zehn Grad kälter. Der Laminatboden löst sich auf, die Ecken sind nach oben gebogen. Ich schließe hinter mir ab, dann drücke ich das Ohr an die Tür. Ich kann den Gastraum hören: Stimmen, Besteckklappern. Wenn Jasper kommt, werde ich es auf jeden Fall hören. *Falls* er kommt. Ich warte noch eine Minute. Immer noch nichts. Aber er muss kommen. Er muss.

Und wenn er hier ist, brauchen wir einen Fluchtweg nach hintenraus. Hoch über der Toilette gibt es ein Fenster, ich klettere hinauf, und es lässt sich leicht öffnen. Groß genug für Jasper und mich. Aber als ich den Kopf hinausstrecke, sehe ich, bis zum Boden ist es tief. Wie hoch es ist, kann man in der Dunkelheit nicht genau sehen. Wahrscheinlich nicht so hoch, dass wir uns ernsthaft verletzen würden, aber selbst leicht verletzt wären wir zu langsam.

Ich lehne mich immer noch aus dem Fenster, als ich endlich höre, wie die Tür zum Flur aufgeht. Jasper. Endlich.

Gott sei Dank. Ich springe von der Toilette und gehe zur Tür, ich hoffe immer noch, er wird nicht der Meinung sein, wir müssten fliehen.

Als ich schon die Hand am Türknauf habe, höre ich noch ein zweites Geräusch. Die Tür zum Flur geht wieder auf und zu. Ein zweites Paar Schritte, diesmal schnell. Dann Jaspers Stimme.

»Dou …«

Ein harter Knall gegen die Wand. Doug. Das war Jasper, der versucht hat, *Doug* zu sagen. Oder? Ich drücke die Hände an die Tür, mein Herz rast. Soll ich sie öffnen? Jetzt höre ich noch andere Geräusche, lauter, ein Kratzen an der Tür, dann tritt jemand gegen die Wand. Ein Kampf. Kämpft Jasper mit Doug?

Ich taste in meinen Taschen nach meinem Handy und bete, dass ich irgendwie plötzlich wieder Netz habe. Dann kann ich die Polizei anrufen, denn jetzt habe ich keine Wahl mehr. Aber natürlich habe ich nicht auf wundersame Weise doch wieder Empfang. Als ich das Handy wieder in die vordere Hosentasche schiebe, bleibt es an etwas hängen. Das Taschenmesser meiner Mom.

Ich ziehe es heraus, und es liegt kühl und schwer in meiner Hand, steif, während ich die kurze Klinge ausklappe. Ich höre meinen Herzschlag in den Ohren, als ich auf das schimmernde Metall starre.

»Auf …hören.« Eindeutig Jasper diesmal. Als bekäme er keine Luft.

Ich muss etwas tun. Und dieses dumme kleine Messer ist meine einzige Möglichkeit. Ich werde es schwingen müssen, wie Mom mir früher beigebracht hat, einen Holzklotz zu spalten: mit meinem ganzen Gewicht.

Als ich die Tür aufreiße, stockt mir der Atem. Denn da

sind sie. Was ich erwartet habe und doch nicht glauben kann. Doug hat Jasper gegen die Wand gedrückt. Den Arm an Jaspers Hals. Jaspers Gesicht ist rot. Seine Augen sind aufgerissen, während er voller Angst gegen die Wand tritt.

Die andere Hand hat Doug als Hebel flach an die Wand gestützt. Als Ziel groß genug. Dorthin kann ich zielen. Er würgt Jasper. Er muss loslassen. Sofort. Ich muss ihn dazu bringen, dass er loslässt.

Ich stürze los und hole aus. Als das Messer schließlich herabsaust, erschreckt mich der Schmerz – *mein* Schmerz –, als das Messer und meine darum geschlossene Faust auf Dougs Fingerknöchel treffen. Ich hätte geschworen, ich hätte die Wand getroffen, wenn ich nicht voller Blut gewesen wäre.

»Fuck!«, brüllt Doug, krümmt sich und umklammert seine Hand.

Jasper hustet fürchterlich und stürzt zur Tür. Aber ich bin wie erstarrt. Ich kann nur das Blut anstarren. Auf meiner Hand, an Doug. Auf dem Boden. Es ist schon so viel. So viel mehr Blut, als ich je erwartet hätte. Und es leuchtet so rot.

»Komm schon!« Jasper zieht mich an Doug vorbei zur Tür.

Mit einem zu lauten Knall landen wir wieder im Speiseraum. Der Krach, unsere Geschwindigkeit, das reicht, um den ganzen Raum verstummen und zu uns herschauen zu lassen. Die Kellnerin, die eben noch so nett war, dreht sich misstrauisch um. Ich sehe Lexi nicht. Sie ist nicht in der Nähe der Tür. Nicht an einem Tisch. Sie ist überhaupt nirgends zu sehen, genauso wenig wie der Kindersitz.

Jasper und ich schlängeln uns durch das Restaurant zur Tür. Zügig, aber nicht rennend. Wir tun so, als wären wir nicht zwei Leute auf der Flucht.

»Hey, Mann, ist das Blut?« Eine Stimme hinter uns. Als ich mich umdrehe, lehnt Doug im Türrahmen. Neben ihm steht ein älterer Mann und hat ihm die Hand auf die Schulter gelegt. Ich sehe, wie Doug etwas zu ihm sagt. »Hey, diese Kids haben gerade versucht, ihn auszurauben!«

Er zeigt auf uns, während eine Kellnerin mit einem Handtuch zu Doug eilt. Aber Doug lässt uns nicht aus den Augen. Oder mich. Er blinzelt nicht mal. Und dieser Blick. Als wollte er mich umbringen. Als werde er es tun. Die Frage ist nur, wann.

»Vorsicht!« Das ist wieder der alte Mann. »Sie hat ein Messer!«

Erst da blicke ich auf meine Hand hinunter. Natürlich halte ich das Taschenmesser immer noch umklammert. An der kurzen Klinge und an meinen Fingern klebt Blut. Jetzt bin ich nicht mehr nur das verrückte Mädchen mit den abgeschnittenen Haaren. Ich bin ein verrücktes Mädchen mit abgeschnittenen Haaren und einem Messer. Ein Mädchen, das schon bewiesen hat, dass es eine Gefahr für andere ist.

Bin ich das? Musste ich wirklich auf Doug einstechen? Warum habe ich nicht erst geschrien, er solle aufhören? Warum habe ich nicht wenigstens versucht, um Hilfe zu rufen?

Jasper zerrt mich weiter. Jetzt laufen wir durchs Restaurant, aber es kommt mir langsam und sinnlos vor. Als würde sich der Ausgang mit jedem Schritt, den wir machen, weiter entfernen.

»Ihr da! Halt!« Das ist unsere Kellnerin. Sie steht mit einem Telefon in der Hand vor der Tür. »Ich rufe die Polizei. Ihr bleibt hier.« Sie winkt zwei großen Kerlen in einer Sitzecke weiter hinten. »Los, kommt! Wir können sie nicht einfach gehen lassen!«

»Sorry, aber wir müssen weg.« Jasper schiebt sie höflich, aber bestimmt beiseite.

Wir platzen durch die erste Schwingtür, dann durch die zweite. Fliegen die wacklige Treppe hinunter. Als ich einen Blick zurückwerfe, sehe ich, wie sich kurz vor der Tür eine Meute bildet, vielleicht um Doug herum. Ich sehe ihn nicht. Aber wer weiß, was er ihnen erzählen wird? Er ist ein wirklich guter Lügner.

»Schau«, sagt Jasper, als wir auf dem Kies des Parkplatzes ankommen. »Da drüben.«

Der Wagen von Lexi und Doug steht jetzt auf der anderen Seite des Parkplatzes. Mit laufendem Motor und der Schnauze in Richtung Ausfahrt. Was auch immer Dougs Plan war, Lexi sollte das Fluchtauto fahren. Langsam dreht sie sich zu uns um.

»Sie sieht uns an«, sage ich.

Aber sie springt nicht aus dem Auto, wie ich es erwarte. Sie starrt uns nur lange an, dann lässt sie das Gesicht in die Hände sinken. Warum? Das ist sehr, sehr seltsam. Versteckt sie sich? Weint sie? Nicht wegen dem, was ich Doug angetan habe. Wenn sie es wüsste, würde sie hineinlaufen und ihm helfen.

»Gehen wir«, sagt Jasper und sprintet zur Rückseite des Diners in Richtung Wald. »Sie werden uns holen kommen.«

12

Äste peitschen mir ins Gesicht und schnalzen mir an die Arme, während wir in blinder Flucht durch die Dunkelheit laufen. Bald ist der Wald so dicht, dass wir langsamer machen müssen. Viel schneller als im Schritttempo geht es nicht, wir müssen über umgestürzte Bäume steigen und stolpern in kleine Gräben. Auf jeden Fall nicht schnell genug, um jemandem zu entkommen.

Mit jedem großen Schritt weiter in den rabenschwarzen Wald, tiefer in die Stille, fühle ich mich verlorener. Die Äste kommen mir verknoteter vor, unser Weg weniger deutlich. Und doch können wir nichts tun außer weitergehen. Irgendwann lasse ich das Messer aus den Fingern gleiten und unter mir in der Dunkelheit verschwinden. Ich habe keine Wahl. Für uns gibt es kein Zurück. Jetzt nicht mehr.

Nach fünf, zehn Minuten – ich weiß nicht, wie lange – öffnet sich der Wald ein wenig. Aber gerade, als das Gehen ein wenig leichter wird, strahlen vor uns Lichter flackernd von den hohen Bäumen ab. Wie angewurzelt bleiben wir stehen. Aber das Licht kommt nicht von vorn. Es kommt von hinten.

Taschenlampen. Jemand folgt uns. Wir wussten, dass sie es tun würden. Vermutlich nicht die Polizei, nicht so schnell. Sicher Doug, wenn wir mal davon ausgehen, dass er nicht verblutet. Vielleicht mit ein paar Leuten aus dem

Diner. Ich denke an den Truck mit dem NRA-Aufkleber und dem toten Hirsch. In dem Diner waren Leute mit Gewehren. Ich frage mich, ob es legal wäre, uns in den Rücken zu schießen. Ich war schließlich diejenige mit dem Messer. Diejenige, die zuerst jemanden verletzt hat. Ich bin die Gefahr für andere.

Selbst in der Dunkelheit kann ich Dougs Blut an meinen Fingern sehen. Und ich spüre immer noch, wie Moms kleines Messer zurückgeprallt ist, als es auf Muskeln und Knochen traf. Wild schüttle ich den Kopf. Ich muss mich konzentrieren. Sie, wer auch immer, kommen jetzt näher, ihre Stimmen hallen zwischen den Bäumen wider.

Wir werden auf keinen Fall schneller sein. Ich bin schon viel gewandert, klar. Aber auch so viel Erfahrung macht das Vorankommen nicht leichter. Der Wald ist zu dicht. Wir brauchen einen anderen Plan. Alternativen. Klettern? Das könnte unsere Chance sein. Eigentlich unsere einzige.

Ich gehe zu einem Baumstamm, der an einem anderen Baum mit ein paar dicken, tief hängenden Ästen lehnt. Ich sehe daran hinauf; in dem dunklen Himmel scheint er nicht enden zu wollen. Das Einzige, was meine Mom mir je übers Bäumeklettern beigebracht hat, war: Tu es *nicht*, um einem Bären zu entkommen. Aber ich weiß, wie man das Gleichgewicht hält. Wie man sicher Fuß fasst. Ich weiß, dass meine Arme viel stärker sind, als ich denke.

»Hey«, rufe ich leise zu Jasper hinüber. »Rauf?«

Es ist so dunkel, dass ich sein Gesicht nicht sehen kann. Ein Teil von mir hofft, er werde Nein sagen. Dass er eine andere Idee hat.

»Scheiße, echt?«, flüstert er.

»Hast du eine bessere Idee?«

»Nein. Ich weiß überhaupt nichts.«

Auf den Baum zu klettern ist viel schwieriger, als ich dachte. Überhaupt nicht wie das Felsenklettern mit meiner Mom. Da schoben wir uns immer rüber und rauf, rüber und rauf. Hier ist es nur rauf, rauf, rauf. Wir sind noch nicht weit gekommen, und schon zittern mir die Arme. Jasper scheint aber kein Problem zu haben, und dass er direkt hinter mir ist, treibt mich noch höher, bis er schließlich den Arm ausstreckt und mir eine Hand an die Wade legt.

Hör auf zu klettern, sagt die Berührung. *Mach kein Geräusch.*

Und natürlich sind da unten Stimmen zu hören. Knackende Äste und knirschendes Laub. Ich bete, dass der Baum hält, als ich Dougs Stimme höre, ganz eindeutig.

»Gibt es hier irgendwo einen Weg?«

Ich bin erleichtert, ihn nicht so schwer verletzt zu haben, dass sie einen Krankenwagen rufen mussten. Und ich habe Angst, weil ich ihn heil genug gelassen habe, dass er uns verfolgen kann.

»Da gibt's Wege weiter hinten, da rechts«, sagt ein anderer Mann. »Die nehmen wir, wenn wir Bären jagen. In die Richtung sind sie bestimmt. Wir sollten ihnen den Weg abschneiden, bevor sie hinkommen. Auf den Wegen sind sie in Nullkommanix weg.«

»Aber sie können nicht wissen, dass es die Wege überhaupt gibt«, sagt Doug ruhig. Jetzt steht er fast direkt unter unserem Baum. »Sie sind nicht von hier.«

»Wir brauchen 'nen Warnschuss«, sagt ein dritter Mann. Jünger, aufgedrehter. Als suchte er nur nach einer Entschuldigung, um herumzuballern.

»Der Sheriff versohlt dir den Arsch, wenn er dich erwischt, wenn du wieder außerhalb …«

Peng! Peng! Peng! So laut, so nah an meinem Kopf. Ich lasse beinahe den Baum los.

»Scheiß auf den Sheriff!« Der junge Kerl lacht dumm.

»Du dummer, beschissener …«, schreit Doug. »Wenn ich die Polizei hier oben haben wollte, würde ich sie selbst rufen.«

Keine Polizei. Weil Lexi und Doug wirklich etwas zu verbergen haben. Natürlich. Meine Arme zittern noch mehr, ich kneife die Augen zu. Jetzt umklammere ich den Baum so fest, dass ich das Gefühl habe, meine Hände bluten gleich. Und so, wie mein Herz rast – wenn Doug mich nicht umbringt, dann bringt es mich sicher um, wenn ich aus dieser Höhe ohnmächtig runterfalle.

»Hey, Arschloch.« Der junge Kerl lacht Doug aus. Er klingt wie auf Drogen. »Du wolltest doch unsere Hilfe.«

»Sie finden. Nicht umbringen, du Idiot!«

»Hör mal zu, du Scheiß …«

»Er hat recht«, knurrt der ältere Jäger. »Hör auf damit. Ich lass mich nicht deinetwegen einbuchten.«

»Kommt jetzt«, schnauzt Doug. »Wir gehen zu diesem Weg. Vielleicht kennen sie die Gegend besser, als ich dachte.«

Als die Lichtkegel davonhüpfen und die Stimmen sich in der Ferne verlieren, klettert Jasper nach unten. Mein ganzer Körper ist zittrig und schwach, als meine Füße wieder den Boden berühren.

»Gut gemacht auf dem Baum«, sagt Jasper, während er sich abklopft. »Und danke, du weißt schon, da drin. Im Diner. Das war …« Ihm fehlen die Worte. »Sei mir nicht böse, aber ich hätte nicht gedacht, dass du so was kannst.«

Als wäre jemanden abzustechen etwas, worauf man stolz sein kann.

»Ich möchte nicht darüber reden.« Das stimmt. »Ich möchte gern so tun, als wäre es nie passiert.«

»Okay, aber er hätte mich umgebracht. Das weißt du, oder? Du hattest keine Wahl.«

»Jeder hat immer eine Wahl.« Alle normalen Leute jedenfalls. »Okay, von mir aus, dann fühl dich schlecht deswegen.« Jasper klingt ärgerlich und erschöpft. Meinetwegen. Und wie sollte er es auch verstehen? Er weiß nicht, was Dad zu mir gesagt hat. Weiß nicht, wie schlimm es sein könnte, wenn ich erwiesenermaßen eine Gefahr für andere darstelle, auch wenn dieser »andere« Doug ist. Jasper verschwindet in die Dunkelheit. Als hätten wir schon beschlossen, in welche Richtung wir gehen. »Als wir da oben waren, hab ich da drüben ein Licht gesehen. Vielleicht lassen sie uns ihr Telefon benutzen.«

Wir schrammen und rutschen weiter. In der Dunkelheit verliere ich jedes Zeitgefühl. Jedes Gefühl für alles, bis auf den Rhythmus des knirschenden Laubs und meiner rutschenden Füße. Ab und zu schaltet Jasper seine Taschenlampen-App ein, nur lang genug, um sicherzugehen, dass kein Abgrund vor uns liegt. Dass ich mich so fest darauf konzentrieren muss, nicht hinzufallen, nicht zu stolpern, nicht von einem Ast im Auge getroffen zu werden, hat mich beruhigt. Mitten in der schlimmsten Lage geht es mir wieder am besten. So pervers und so jämmerlich wahr.

»Hey«, ruft Jasper nach einer Weile. »Wir sollten uns mehr nach rechts halten.«

Als ich aufblicke, sehe ich, dass wir inzwischen links von den Lichtern sind. Oder *dem Licht*. Ein einzelnes Haus, wie es jetzt aussieht. Ich weiß nicht, was ich erwartet hatte, eine kleine Stadt vielleicht, aber ich bin enttäuscht. Wir müssen einfach hoffen, dass die Leute dort, wer immer sie sind, diesmal wirklich gute Menschen sind. Und nicht nur so tun.

Ich komme nicht weit, bis es vor mir nach unten geht. Eine breite, dunkle Schneise, die ein richtiger Graben sein könnte, tief. »Kannst du mal hierher leuchten? Da geht's runter. Ich weiß nicht, wie weit.«

Jasper schaltet sein Handy ein und lässt den metallisch-gelben Lichtschein über die Äste schweifen, bevor er ihn auf den Fleck vor mir richtet.

Und da fallen sie mir ins Auge. Am Rand des Lichtscheins. Stiefel. Mit jemandes Füßen drin. Einer von ihnen ist direkt hier. Nahe genug, um mich zu packen.

»Lauf, Jasper!«, schreie ich, während ich mich nach vorn in die Schatten werfe und mit einem Ruck den Abhang hinunterstolpere.

Genauso schnell bin ich auf der anderen Seite wieder oben, es ist eine Böschung, keine Grube. Und dann laufe ich, so schnell ich kann, über all diese Stöcke und Blätter. Ich warte darauf, dass sich mein Fuß in irgendwas verfängt. Auf irgendeinen Schmerz.

Aber nichts passiert, und die Lichter in der Ferne kommen näher. Jasper ist direkt hinter mir. Wenigstens hoffe ich das. Auf flinken Beinen, sein Atem geht kräftig und gleichmäßig. Welcher war das in den Stiefeln? Kann nicht der junge Verrückte gewesen sein. Ich bin mir ziemlich sicher, dass er uns sofort erschossen hätte. Und nicht Doug. Er hatte Turnschuhe an oder hippe Stadtschuhe. Oder? Dann vielleicht der Dritte. Wenigstens schien der am wenigsten blutrünstig zu sein.

Wir werden nicht langsamer, bis wir an der Rückseite einer heruntergekommenen Hütte auf einer kleinen Lichtung ankommen. Sie sieht aus, als würde es hier spuken, aber sie ist anscheinend nicht verlassen. Das Licht brennt. Jasper marschiert die Stufen hinauf und klopft an die Tür. Als niemand reagiert, späht er durch die Fenster.

»Ich glaube nicht, dass jemand zu Hause ist«, sagt er und geht wieder zur Tür, um die Klinke zu versuchen. Kopfschüttelnd dreht er sich um. Abgeschlossen. »Wir könnten ein Fenster einschlagen, aber ich hab sowieso kein Telefon gesehen.«

In der Nähe parkt ein rostiger Pick-up. Vielleicht steckt der Schlüssel. Erstaunlich, wie einfach es sich darüber nachdenken lässt, einen Pick-up zu klauen, wenn man schon mit dem Messer auf jemanden losgegangen ist.

Ich gehe hinüber und stelle mich auf die Zehenspitzen, um durch das offene Fahrerfenster hineinzublicken. Im schwachen Licht aus der Hütte kann ich gerade so das Zündschloss ausmachen. Kein Schlüssel. Ich sollte unter der Fußmatte und im Handschuhfach nachsehen. Leute, die im Wald leben, lassen immer ihre Schlüssel im Auto, oder nicht? Ich drücke den schwergängigen Knopf am Türgriff, muss aber ein paarmal ziehen, bis ich die schwere, rostige Tür endlich aufbekomme. Als ich ins Handschuhfach sehe, ruft mich Jasper.

Seine Stimme klingt seltsam. Er hat doch kein Problem damit, dass ich versuche, den Pick-up zu stehlen, oder? Denn darüber, dass uns das etwas ausmachen sollte, sind wir weit hinaus. *Ignorier ihn, such weiter die Schlüssel.* »Wylie, komm aus dem Auto raus.«

Diesmal klingt Jasper verängstigt. Und nicht wegen des Wagens. »Wylie«, sagt er noch mal. »Du solltest rauskommen. Sofort.«

Als ich wieder hinausgleite, sehe ich zuerst die Stiefel. Wieder steht jemand nahe genug, um mich packen zu können. Und auch noch zwischen mir und Jasper. Ich hole Luft und blicke hoch. Aber der Mann selbst ist nicht annähernd so furchterregend, wie ich erwartet habe. Unheimlich, das schon. Er ist superdürr und echt alt mit wilden weißen Haaren und einem knotigen Bart. Aber keiner von den Typen im Wald. Wenigstens glaube ich das nicht. Er ist viel älter, als sie klangen. Vielleicht der Besitzer der Hütte? Das würde erklären, warum er eine Hand am Kinn hat und die andere im Nacken, als dächte er darüber nach, was er mit einem Eindringling anstellen solle. Er atmet auch schwer; eindeutig der, der uns verfolgt hat. Wenigstens ist er klein. Jasper könnte mit ihm fertigwerden. Wahrscheinlich könnte *ich* sogar mit ihm fertigwerden.

Aber warum sieht Jasper dann so besorgt aus? Die Augen aufgerissen, total blass. Da bewegt der Mann eine Hand. Die, von der ich dachte, er hätte sie im Nacken. Hat er nicht. Das sehe ich jetzt. Er hat sich etwas über die Schulter gelegt. Etwas Langes, Dünnes mit einem Griff und einer breiten, gebogenen Klinge.

»Touristenfallen sind immer noch illegal hier in der Gegend«, bellt mich der Mann schließlich an, als wäre es das schlagende Argument in einem langen Streitgespräch. »Unbefugtes Eindringen auch.«

»Touristenfallen?«, frage ich. Besser, ich konzentriere mich auf den Teil, von dem ich sicher weiß, dass wir es nicht verbrochen haben. Vielleicht denkt er dann weniger über unser Eindringen nach.

»Die verdammten Hunde? Die Doughnuts? Ich weiß, wie ihr Leute das macht.« Der Mann deutet mit seinem riesigen Messer in Richtung Wald, dann schwingt er es herum und richtet es direkt auf mich. Die lange Klinge ist so nahe, ich könnte mich vorbeugen und mit der Nase die Spitze berühren. »Das ist wie Fische in einem verdammten Fass zu schießen.«

Ich habe keine Ahnung, wovon er spricht. Überhaupt keine. Es ist mir aber auch weniger wichtig als sein großes Messer.

»Wir suchen nur unsere Freundin.« Ich hebe die Hände. »Wir wollten Sie nicht stören.«

Ich schaue zu Jasper hinüber, und er nickt. *Gut, sprich weiter*, sagt der Blick. Aber der Mann hört nicht mal zu.

»Mich haben diese verdammten Tiere vorher einen Scheißdreck interessiert. Das ist die reine Wahrheit! Sie umbringen oder nicht, das macht für mich keinen Unterschied. Mir war auch völlig egal, wie sie es gemacht haben.« Er führt sein eigenes Gespräch. Und nicht einmal mit mir. »Aber wenn die gottverdammten Doughnuts nicht gewesen wären, gäbe es hier überhaupt keine Bären. ›Oh, das tut mir leid‹, das hat Sarah gesagt, als sie ihnen begegnet ist. Als hätte sie einfach jemanden beim Pissen ertappt. Weißt du, wie jemand klingt, wenn er lebendig gefressen wird?« Er schüttelt den Kopf, Wut verzerrt sein Gesicht.

»Wir sind keine Bärenjäger. Schauen Sie uns an«, sage ich. »Wir sind Jugendliche aus Boston. Wir verstehen nichts von der Jagd oder von Gewehren. Aber jetzt im Moment sind ein paar Bärenjäger im Wald.«

Ich habe keine Ahnung, ob diese Männer Bären jagen, ganz zu schweigen davon, ob sie sie mit Doughnuts anlocken. Aber sie hätten uns fast erschossen. Scheint mir nicht total unfair zu sein, ihnen diesen Typen hier auf den Hals zu hetzen. Und ich bin überzeugt, er wird auch ohne Schusswaffe die Oberhand haben.

»Wo?«, blafft er, und sein Blick huscht in Richtung Wald.

»Hinter dem Diner«, sage ich. »Sie waren auf dem Weg zu den Hetzjagdwegen.«

»Gottverdammte Arschlöcher«, murmelt er wütend, während er auf den Wald zustapft, das Messer fest an der Seite.

»Warten Sie«, rufe ich ihm nach.

»Warten?«, faucht mich Jasper an. »Bist du verrückt?«

»Können wir Ihr Telefon benutzen?«

»Kein Telefon«, ruft der wilde Mann zurück, ohne langsamer zu werden.

»Dann Ihren Pick-up, bitte. Können wir ihn benutzen?«

Jetzt bleibt er stehen.

»Ha!«, bellt er, dann schüttelt er wütend den Kopf, bevor er weiter in Richtung Wald stapft. »Mein Truck. Verpisst euch.«

»Wylie«, zischt Jasper. »Lass ihn einfach gehen.«

Aber wir brauchen den Wagen, und aus irgendeinem irren Grund habe ich das Gefühl, es besteht eine Chance, dass er ihn uns gibt, vielleicht weil er so verrückt und paranoid ist und ich schließlich weiß, wie das ist.

»Hören Sie zu, meine Mom ist tot, und jetzt ist meine beste Freundin … Diese Leute haben sie und tun ihr vielleicht etwas an. Ich habe unser Haus drei Wochen nicht verlassen, weil ich so verkorkst bin, aber ich bin so weit bis hierher gekommen, weil meine beste Freundin alles ist, was ich noch habe. Wenn ich sie verliere, weiß ich nicht, was mit mir passiert.«

Der alte Mann bleibt wieder stehen, aber diesmal dreht er auf dem Absatz um und kommt wieder auf mich zu. Schnell und mit gesenktem Kopf, wie ein angreifender Bulle. Nicht die Reaktion, auf die ich gehofft hatte. Überhaupt nicht. Das Messer hat er fest in der Hand, als machte er sich bereit, es heftig zu schwingen. Die einzige kleine Gnade ist, dass er auf mich zukommt und nicht auf Jasper. Wenn jemand für mein Pokern bezahlen muss, dann sollte ich das sein. Ich drücke mich rücklings an den kalten Pick-up, während er näher kommt. Ziehe das Kinn ein, als er das Gesicht dicht vor meines reckt. Sein Atem riecht sauer, seine Kleidung faulig. *So endet es also?*, denke ich, während ich die Augen schließe und auf den Schmerz warte. *Nein. Tut es nicht.*

»Hey«, bellt er mir direkt ins Gesicht. Und als ich schließlich vorsichtig die Augen öffne, sehe ich das Messer nicht. Nur seine schmutzigen Fingernägel, die einen Schlüsselbund halten. »Und jetzt verschwindet verdammt noch mal von hier, bevor ich es mir anders überlege.«

13

Jasper fährt so schnell weg von der Hütte, den dunklen und holprigen Feldweg entlang, der den Wald vor der Hütte durchschneidet, dass es mir vorkommt, als könnte der alte Truck des alten Mannes jeden Moment auseinanderfliegen. Als wir in sicherer Entfernung sind, bremst Jasper schließlich so abrupt, dass ich mich am Armaturenbrett abstützen muss.

»Okay, was jetzt, Scheiße?«, fragt er, als wäre ich diejenige, die sich alle bisherigen Wendungen ausgedacht hätte.

»Was fragst du *mich*? Woher soll ich das wissen?«

Ich ziehe mein Handy heraus, hoffe auf Empfang, aber wen ich anrufen möchte, weiß ich nicht recht – meinen Dad, Karen, die Polizei? Sie alle und keinen von ihnen. Einfach weiterfahren können wir jedenfalls nicht mehr. Aber können wir anhalten? Nach Hause fahren? Und was wird mich überhaupt zu Hause erwarten? Was wird passieren, wenn mein Dad und Dr. Shepard – und wer weiß, vielleicht auch die Polizei – herausfinden, dass ich jemanden mit einem Messer verletzt habe? Wie kann ich erwarten, dass mir jemand glaubt, es sei nötig gewesen, wenn ich mir nicht mal selbst sicher bin?

»Ich meine, wer zum Geier war das?«, fragt Jasper.

»Ein verrückter, trauriger alter Kerl, dessen Frau oder Freundin oder sonst jemand von einem Bär gefressen wurde.« Erstaunlich, wie normal mir das vorkommt. »Aber ich wette, er war auch davor schon ein echter Arsch.«

»Der doch nicht!«, ruft Jasper aus. »Doug. Wer zum Henker war er? Er hat versucht, mich *umzubringen*! Glaubst du ernsthaft, das hat nichts mit Cassie zu tun?«

»*Wir* haben sie doch gebeten, uns mitzunehmen«, sage ich, denn darauf habe ich mich verlassen, damit ich Doug und Lexi nicht mit Cassie in Verbindung bringen muss. Das wäre noch schlimmer, als wenn wir ihnen nur aus Pech über den Weg gelaufen wären.

»Also ist es nur Zufall, dass wir Cassie suchen und diesen Typen treffen, der mich vor den Toiletten ohne Grund erwürgen will?«

»Nein«, sage ich leise, während es in meinem Magen zu grummeln beginnt. »Wahrscheinlich kein Zufall. Jemand möchte nicht, dass wir sie finden, aber warum?« Ich starre Jasper von der Seite an, und er starrt hinaus auf den hellen Streifen felsigen Feldweg in unserem Scheinwerferkegel. »Gibt es noch etwas über Cassie, das du mir nicht gesagt hast? Irgendwas, worin sie verwickelt war?«

»Ich weiß es nicht.« Jasper dreht sich um und sieht mir direkt in die Augen. »Ich schwöre es. Sie wurde verhaftet, das ist das Einzige, wovon ich weiß, und das war vor Monaten.« Er sagt die Wahrheit, wenigstens sieht es so aus. Sonst kann ich unmöglich wissen, ob er lügt. »Aber wie ich schon sagte, ich glaube, da lief noch etwas anderes, das sie mir verschwiegen hat. Oder vielleicht hat sie wirklich jemand entführt und will nicht, dass wir herausfinden, wo sie sie gefangen halten.«

»Sie entführen?« Es klingt einfach lächerlich. »Weshalb? Ihre Eltern sind schließlich nicht reich oder so.«

»Menschenhandel. Zwangsprostitution.« Jasper zuckt

die Achseln. »Sie verkaufen Mädchen in die Prostitution. Das hab ich auf NPR gehört.« Er wirft mir einen finsteren Blick zu. »Und ja, ich höre NPR. *All Things Considered*. Und nein, nicht absichtlich. Einer der Köche bei *IHOP* ist so was wie ein Schriftsteller.«

»Das könnte es sein«, sage ich, obwohl ich ein ganz schlechtes Gefühl davon bekomme. Außerdem will ich nicht, dass es wahr ist. »Hör zu, wir müssen jemanden anrufen, oder?« Mir geht es schon ein winziges bisschen besser, nur weil ich es zugebe. Es ist ein Anfang. »Die Polizei, Cassies Mom, irgendwen. Oder wir können Cassie schreiben, und sie soll sie anrufen. So oder so brauchen wir Netz. Wie wäre es, wenn wir damit anfangen? Wir fahren, bis wir Netz haben.«

Jasper starrt noch eine Weile auf den Weg, dann nickt er endlich.

»Okay«, sagt er, ohne mich anzusehen. Als versuchte er, sich selbst zu überzeugen. Er legt die Hand auf den langen Ganghebel des Trucks und legt den Gang ein. »Okay.«

Wir fahren weiter, bis der Feldweg wieder auf die Route 203 trifft; das Diner und Seneca zu unserer Linken, nach Hause geht es nach rechts. Rechts wissen wir sicher, wir werden Empfang haben, sogar bald. Wenn wir nach links fahren, kommen wir Cassie näher, aber wer weiß, wie weit wir fahren müssen, bis wir telefonieren können. Ganz zu schweigen davon, was uns dort sonst noch alles erwarten könnte.

»Also?«, fragt Jasper, und er weiß, dass die Frage viel, viel größer ist, als sie klingt. »Welche Richtung?«

Keine kommt mir richtig oder gut vor. Jasper starrt aufs Lenkrad, als dächte er nach. *Wir sollten nach Hause fahren,* denke ich. Selbst wenn die Polizei dort auf mich wartet. Selbst wenn sie mich einweisen. Zu viel Schlimmes ist schon passiert. Bisher hatten wir noch Glück. Wir sollten aufgeben, solange wir einen Vorsprung haben oder zumindest noch leben.

Das will ich gerade aussprechen – lass uns nach Hause fahren –, als Jasper losfährt und nach links abbiegt. Weiter in Richtung Cassie.

»Nur, bis wir Netz haben«, sagt er, als hätten wir uns darauf geeinigt.

Und ich nicke, obwohl ich immer noch das Gefühl habe, wir sollten eigentlich das Gegenteil tun. Denn die Wahrheit ist: Jetzt sind alle Entscheidungen falsch.

Weiter in Richtung Cassie und Seneca zu fahren heißt, wir müssen am Diner vorbei. Als wir wieder auf der Route 203 sind und ich das riesige Schild des *Trinity's Diner* viel zu hoch in der Ferne schweben sehe, halte ich den Atem an. Ich mache mich auf Polizeiautos gefasst. Rutsche tiefer in den Sitz, damit man mich nicht sieht. Aber da ist kein Blaulicht. Wie Doug gesagt hat, keine Polizei. Vielleicht sollte es eine Erleichterung sein. Keine Polizei bedeutet, sie suchen mich nicht.

Aber es ist keine Erleichterung. Im Gegenteil.

»Siehst du Lexi oder Doug?«, frage ich.

»Nein, ich glaube nicht.« Jasper sieht sich um. »Ich sehe nicht mal ihr Auto.«

Das macht mir ein noch schlechteres Gefühl. Und so, wie er es sagt, geht es Jasper nicht anders. Denn wenn Lexi und Doug nicht auf diesem Parkplatz sind, könnten sie überall sein.

»Glaubst du wirklich, Doug wollte uns von Cassie fernhalten?«, frage ich, als wir vorbeigefahren sind und ich mich wieder aufrecht hinsetze.

»Ja«, sagt Jasper ohne Zögern.

»Und glaubst du wirklich, es hat etwas mit einem Zwangsprostitutionsring zu tun?«

»Nein«, sagt er genauso schnell.

»Und was glaubst du dann, womit es zu tun hat?«

Jasper hält den Blick auf die Straße gerichtet. »Ich habe keine Ahnung.«

Schweigend fahren wir weiter, als versuchten wir beide, uns eine bessere, weniger beängstigende Erklärung dafür einfallen zu lassen, was mit Cassie passiert ist und wie es mit Lexi und Doug zu tun haben könnte. Aber uns fällt nichts ein.

»Ich hätte dich vorhin ja am liebsten umgebracht, als du hinter dem alten Kerl hergerufen hast«, sagt Jasper schließlich. »Ziemlich verrückt, dass du ihn dazu gebracht hast, uns den Schlüssel zu geben.«

»Ja, verrückt«, sage ich, denn darauf liegt die Betonung. »Wahrscheinlich erkennen sich Irre untereinander.«

»Ich weiß nicht«, widerspricht Jasper. »Bei Lexi und Doug hattest du auch das richtige Gefühl. Hätte ich den leeren Kindersitz entdeckt, wäre ich vielleicht auch misstrauisch geworden, aber nicht genug, um aus dem Auto rauszuwollen. Stell dir vor, was passiert wäre, wenn Doug uns in die Pampa verschleppt hätte. Ich bin mir ziemlich sicher, dann wäre ich jetzt tot. Du hast beide Male richtiggelegen.«

»Wenn man vor allem Angst hat, liegt man auch irgendwann mal richtig«, sage ich, ärgere mich aber. Glaubt Jasper wirklich, ein paar aufmunternde Worte von ihm würden reichen, damit ich wieder normal bin?

»Vielleicht solltest du versuchen, positiver zu sein.« Jetzt ist Jasper derjenige, der verärgert klingt. Vielleicht soll ich mich geehrt fühlen oder so, weil er versucht, mir zu helfen. »Dann wärst du wahrscheinlich nicht ständig so gestresst.«

Meine Nasenflügel blähen sich. Und ich hatte schon fast vergessen, warum ich ihn nicht mochte. So viel dazu.

»Ach, wieso bin ich nur nicht darauf gekommen, dir ein kleines hilfreiches Feedback zu geben, als du vorhin an der Tankstelle fast das Lenkrad abgerissen hast?«, gebe ich zurück. »Wie wäre es damit: Ich lerne, ›positiver zu sein‹, wenn du ein bisschen Aggressionsbewältigung lernst.«

Jasper wirft mir einen Blick zu und wirkt ärgerlicherweise tatsächlich verletzt. »Ich will nur helfen.«

»Tja, ich brauche deine Hilfe nicht«, sage ich. »Cassie aber.«

Betreten blicke ich auf mein Handy. Warum lasse ich mich überhaupt darauf ein? Ist es mir wirklich wichtig, was Jasper denkt? Während das Diner hinter uns in der Ferne verschwindet, checke ich den Empfang.

»Immer noch nichts?«, fragt Jasper. Seine Stimme klingt jetzt anders, kühl.

Und vielleicht bin ich sogar froh. Wir müssen keine Freunde sein.

»Nein«, sage ich und überlege, ob ich wirklich die Frage stellen will, die mir nicht aus dem Kopf geht. Will ich nicht. Aber ich habe keine Wahl. »Glaubst du, es geht ihr gut?«

»Ja«, sagt er, aber zu schnell, als dass ich es glauben könnte.

»Warum?«

»Weil es nicht anders sein darf, oder?« Und als er mich diesmal ansieht, glänzen seine Augen in der Dunkelheit.

»Ja«, sage ich. Mein eigener Hals brennt auch, und ich drehe mich in Richtung Fenster und der Dunkelheit dahinter zu.

Erst in diesem Moment wird mir voll bewusst, dass das, was ich zu dem verrückten alten Mann gesagt habe, komplett stimmt: Ich weiß nicht, was ich mache, wenn ich Cassie auch noch verliere. Wie soll ich ohne sie und ihre verrückte manische Energie überleben, die mich dazu bringt, über den Rand meiner engen kleinen Sorgenwelt hinauszuschauen?

»Und, hast du nun deinen Dad gefragt oder nicht?« Cassie spähte über den Rand ihres Buchs über die westliche Zivilisation zu mir herüber. In der letzten Stunde hatte sie auf dem Sitzsack in der Ecke meines Zimmers gefläzt und getan, als würde sie lernen.

Aber mir war klar, dass sie hinter ihrem Schulbuch hauptsächlich Nachrichten schrieb. Vielleicht an Jasper. Es war erst Anfang Oktober, und sie waren nicht offiziell zusammen – noch nicht. Ich hoffte immer noch, dass aus irgendeinem Grund nichts daraus werden würde. Also tat ich meistens so, als wäre nichts.

»Was gefragt?« Ich stellte mich dumm.

Zum Teil, weil ich nichts damit zu tun haben wollte, aber auch, weil ich keine Lust hatte, Cassie irgendwelche Gefallen zu tun. Allerdings wusste ich, dass sie unbedingt den Test meines Dads machen wollte. Cassie hatte einen Aschenputtelkomplex – ewig hoffte sie, irgendwann zu entdecken, dass sie eigentlich eine verloren geglaubte Prinzessin war.

»Nach dem *Test.*« Cassie verdrehte die Augen.

»Er wird Nein sagen«, sagte ich. »Diese Woche ist er besonders schlecht gelaunt. Er musste diesen Assistenztypen feuern, den er so toll findet.«

»Ich dachte, er liebt den Kerl«, sagte Cassie, denn selbst sie hatte sich schon eine der endlosen Reden meines Dads darüber anhören müssen, dass jeder auf der Welt versuchen sollte, mehr wie der einfühlsame und engagierte Dr. Caton zu sein.

»Schmaler Grat zwischen Liebe und Hass.« Ich zuckte mit den Schultern. »Warum liegt dir überhaupt so viel an diesem blöden Test?«

»Ich habe das Gefühl, es muss noch mehr geben.«

»Im Leben?«

Ich sah zu, wie Cassie die Mundwinkel hängen ließ. »An mir.«

Und jetzt tat es mir leid. Ich hatte sie nicht traurig machen wollen.

»Du brauchst keinen blöden Test, um zu beweisen, dass du wichtig bist«, sagte ich. »Mir bist du wichtig.«

»Ja, danke, und netter Versuch«, sagte sie mit einem Augenzwinkern. »Aber ich möchte den Test trotzdem machen.«

Eine Viertelstunde später, als meine ganze Familie um den Esstisch versammelt war, fragte Cassie meinen Dad einfach selbst. Sie war hartnäckig, das musste ich ihr lassen.

»Könnten Wylie und ich vielleicht nach dem Abendessen Ihren Test machen, Dr. Lang? Oder wenigstens einen kleinen Teil davon?«, fragte Cassie. Ihre Stimme war absichtlich hoch und quietschig wie bei einem kleinen Mädchen.

Dad blickte stirnrunzelnd in seinen Rote-Bete-Salat. »Ich glaube nicht, dass …«

»Bitte, bitte, bitte«, flehte Cassie, und irgendwie

liebte ich sie dafür, dass es ihr völlig schnuppe war, dass mein Dad so unmutig wirkte. »Ich weiß, unsere Ergebnisse könnten supernützlich sein, Sie wissen schon, in der Schule.«

»In der Schule?«, fragte Gideon und starrte Cassie auf seine übliche Art an, als liebte und hasste er sie gleichzeitig.

Cassie verdrehte die Augen, als wäre er auch ihr Bruder. »Oder na gut, nur für unseren Eigengebrauch. Oder wie auch immer.«

Aus Dads Blick konnte ich herauslesen, dass er auf keinen Fall Ja sagen würde.

»Ja, na ja, so gern ich …«

»Ach, lass sie doch, Ben«, schaltete sich meine Mom mit ihrem typischen Lächeln ein. Das Lächeln, bei dem mein Vater immer einknickte. »Sie haben dich seit Monaten nicht gesehen. So können sie ein bisschen daran teilhaben, was dich so lange so sehr beschäftigt hat. Es ist schließlich ein Teil von dir.«

»Ein Teil von mir?« Mein Dad blinzelte sie an, als hätte er keine Ahnung, wovon sie sprach. Er wurde wirklich von Tag zu Tag mehr wie ein Roboter.

»Ja, Schatz, lass deine Kinder ein bisschen an dir teilhaben.« Mom sagte es neckend, aber fest. »Du weißt schon, eine Verbindung zu dir haben. Vielleicht verstehen sie dann besser, warum dir deine Arbeit so wichtig ist.«

»Er sagt niemals Ja«, sagte Gideon zu Cassie. »Ich habe ihn schon hundertmal gefragt.«

»Ach, komm schon. Das Leben ist kurz, Ben.« Meine Mom stand auf und schlang meinem Dad die Arme um den Hals, dann beugte sie sich vor und küsste ihn aufs Ohr. »Lass sie einen kleinen Blick auf das erhaschen, was du liebst. Das wird ein Spaß. Früher hattest du ständig Spaß mit ihnen, weißt du noch?«

Wir hatten früher wirklich Spaß zusammen. Er war immer der Beste darin, sich Rätsel auszudenken oder Familien-Schatzsuchen zu erfinden, wenn wir auf Reisen waren, und ganz früher einmal war er ein Lego-Jedi-Meister gewesen. Er war nie der warmherzige, kuschelige Typ wie meine Mom, aber er hatte sein eigenes Verhältnis zu uns, und das liebte ich auch. Bis aus irgendeinem Grund diese Studie den kleinen Teil von ihm verschlang, der immer uns gehört hatte.

Als meine Mom die Stirn an seine lehnte, wurde sein ganzer Körper weicher.

»Also gut.« Er lehnte sich auf seinem Stuhl zurück und warf die Serviette auf den Tisch. »Ich gebe auf. Wir machen es.«

»Was?«, fragte ich mit mulmigem Gefühl. Mir war nicht in den Sinn gekommen, dass er wirklich Ja sagen könnte. Jede Art von psychischer Beurteilung mochte ich überhaupt nicht. Ich wusste schon alles über mein Gedankenkarussell, was ich wissen musste. »Im Ernst?«

»Juhu!« Cassie reckte die Arme in die Luft.

»Was meinst du mit ›also gut‹?« Gideon sah aus, als wäre er gerade geschlagen worden. »Cassie muss nur fragen, und plötzlich sagst du Ja?«

»Ich sage nicht Ja zu Cassie, Gideon. Ich kann nur deiner Mutter nichts abschlagen. Eines Tages wirst du das verstehen.« Mein Dad stand vom Tisch auf; so fröhlich hatte er schon lange nicht mehr gewirkt. »Pass auf, ich mache es wieder gut – was hältst du davon, wenn du anfängst?«

Unten im Keller – in Dads Heimlabor – saßen Gideon, Cassie und ich steif auf der knallroten Couch und sahen ihm beim Aufbauen zu. Es sah gar nicht schlecht aus da unten, seit meine Mom auf ein paar Verschönerungen bestanden hatte: ein zotteliger cremefarbener Teppich, ein paar Poster an den Wänden, das leuchtende Ikea-Sofa. Weil Dad so viele Stunden hier unten verbrachte, hatte sie sich Sorgen gemacht, er könnte depressiv werden.

»Ich hänge euch an die Elektroden, um euren Puls, die Atmung und das alles zu überwachen«, sagte er. »Wir machen den Test paarweise, zwei von euch sprechen miteinander, während der Dritte das Lesen übernimmt. Das ist der Hauptteil der Studie. Wir halten das Ganze kürzer als normalerweise, machen es aber auch mit der Augenbinde und den lärmstoppenden Kopfhörern und dann mit beidem, damit ihr für diesen Teil auch ein Gefühl bekommt.«

»Ein Gespräch worüber?«, fragte Gideon, vermutlich nervös, dass seine Gefühle für Cassie irgendwie enthüllt werden könnten.

Und ich war auch ein bisschen nervös, was passieren würde, wenn der Test meines Vaters ergäbe, dass ich ganz besonders verrückt war.

»Keine Sorge, ich gebe euch die Themen vor. Sie sollen Empfindungen hervorrufen – damit der Leser etwas zu erahnen hat. Aber nichts zu Persönliches.« Mein Dad zog drei Stühle in eine Dreiecksformation. »Cassie und Wylie können zuerst ein Gespräch führen, und Gideon ist der Leser.« Er machte sich daran, Gideon zu verkabeln – Elektroden, ein Pulsmesser. Und jetzt wirkte er, als hätte er Spaß daran. »Die

Ausrüstung, die ich hier habe, ist nicht annähernd so hochentwickelt wie das, was ich im Labor an der Uni habe. Die Stühle dort lesen die kleinste Veränderung der Körpertemperatur oder Muskelreaktionen, denn zum Teil geht es ja darum, dass jemand nicht liest, was du *glaubst*, wie du dich fühlst, sondern natürlich, wie du dich *wirklich* fühlst.«

Als Nächstes hängte er mich an den gleichen Satz Kabel. Aber ich war jetzt schon so angespannt (ich bin immer angespannt), dass ich mich fragte, ob ich womöglich einen Kurzschluss verursachen könnte. Am liebsten hätte ich Cassie umgebracht, weil sie mich hier hineingeritten hatte.

Doch als ich zu ihr hinüberschaute, lächelte sie und formte ein tonloses »Danke« mit den Lippen. Und sie hatte diesen Blick, der sich anfühlte wie Liebe.

Und zum ersten Mal seit langer Zeit dachte ich, dass es mit uns vielleicht wieder normal werden könnte. Musste es nicht schließlich so sein?

Mein Handy vibriert und erschreckt mich. Wieder Empfang, endlich. Wahrscheinlich nicht lange. Alle Benachrichtigungen, die ich verpasst habe, kommen auf einmal durch. Vier Anrufe und eine SMS von meinem Dad. Drei neue Nachrichten von Cassie. Mein Mund fühlt sich trocken an.

Zuerst lese ich die Nachrichten von Cassie. **Wo seid ihr, Leute?** Und dann, als ich nicht antwortete: **Ist alles okay? Wie lange noch? Ich habe Angst.** Und dann die letzte, erst vor ein paar Minuten: **Vergesst, was ich gesagt habe. Geht zur Polizei in Seneca. Jetzt ist niemand mehr sicher.**

Es tut mir leid, dass ich euch da reingezogen habe. Aber schreibt bitte nicht meiner Mom. Sie macht es nur schlimmer.

Ich hätte schwören können, ich wollte nur, dass Cassie uns die Erlaubnis gibt, diesen Notfall an jemand anderen zu übergeben. Wie viel mehr Sorgen es mir jetzt macht, hätte ich nicht gedacht.

»Cassie sagt, wir können zur Polizei in Seneca gehen.« Eilig tippe ich den Namen in Google Maps ein und hoffe, die Route angezeigt zu bekommen oder zumindest zu erfahren, wie weit es ist, bevor das Netz wieder weg ist. Erleichterung durchströmt mich, als die Nadel ins Zentrum von Seneca sinkt. »Es ist nicht weit, noch zehn Minuten auf dieser Straße, dann dreißig Meilen auf der Route 4, dann noch mal zehn auf der Route 151.«

»Geht es ihr gut?«, fragt Jasper.

»Hat sie nicht gesagt. Aber vor einer halben Stunde hat sie noch geschrieben. Das ist ein gutes Zeichen.«

»Aber dass sie uns zur Polizei schickt, ist keins«, sagt Jasper. »Oder?«

Ich antworte nicht. Natürlich hat er recht. Irgendwas ist schlimmer geworden, schlimm genug, dass Cassie ihre Polizeiakte egal ist. Falls das überhaupt der Grund ist, warum sie ursprünglich keine Polizei wollte.

Wir kommen, Cassie, schreibe ich zurück. **Halt einfach durch.**

Schnell, solange es noch geht, schicke ich die Nachricht ab, dann blicke ich hinab auf die kleine Vier neben meinen Voicemails. Vier Nachrichten, alle von Dad. Aber ich kann den Klang seiner Stimme jetzt nicht ertragen. Vor allem, weil ich wette, dass er nicht angerufen hat, um sich zu entschuldigen. Wenigstens kamen alle Anrufe von unserer

Festnetznummer, was heißt, dass er mich noch nicht suchen gekommen ist. Und seine letzte SMS kam sowieso nach den Anrufen. Das ist das Allerletzte, was er mir zu sagen hatte, das Einzige, das ich wirklich wissen muss.

Paradoxerweise steht da seine Handynummer und nicht *Dad* aus meinen Kontakten, vermutlich wegen des schlechten Netzes. Vielleicht hat ihm aber auch mein Handy den Rücken gekehrt, nachdem er gedroht hat, mich einweisen zu lassen. Ich hole tief Luft und öffne die Nachricht.

Die Polizei sucht nach dir. Dr. Shepard hat sie angerufen. Du hast uns keine andere Wahl gelassen. Sie werden dich einweisen, wenn sie dich finden. Nach dem, was im Diner passiert ist, werde ich sie nicht aufhalten können. Es sei denn, ich schaffe es vor ihnen zu dir. Sag mir, wo du bist, Wylie. Dann komme ich. Wir finden irgendeine Lösung.

14

Auf dem Weg nach Seneca fragt mich Jasper zweimal, ob alles okay sei. Aber ich schäme mich zu sehr, um ihm Einzelheiten zu verraten. Ihm zu erzählen, dass mein Dad findet, man sollte mich einweisen. Allerdings hat er ein Recht darauf zu wissen, dass mein Dad irgendwie schon erfahren hat, was im Diner passiert ist. Was heißt, sie haben mich identifiziert. Vielleicht auch Jasper. Es könnte sein, dass wir jetzt offiziell auf der Flucht sind.

»Mein Dad ist einfach nur wie immer«, sage ich und verspreche im Stillen, Jasper den Rest zu erzählen, bevor wir bei der Polizei ankommen. »Er benimmt sich immer noch blöd, weil ich gegangen bin.«

»Du kannst dich drüber auskotzen, wenn du möchtest. Ich verstehe was von beschissenen Eltern, glaub mir.«

»Danke«, antworte ich. »Aber ich möchte lieber so tun, als wäre es nicht passiert.«

Jasper nickt irgendwie traurig. »Das verstehe ich auch.«

Als Jasper und ich endlich nach Seneca kommen, ist es idyllisch, wie gemalt. Alle Häuser in der kleinen Stadtmitte sind weiß mit passenden grünen Fensterläden und um einen kleinen Marktplatz angeordnet. Es gibt sogar einen sorgfältig gestutzten Rasen mit einer weißen Pagode in der Mitte, vielleicht für Konzerte. Außerdem gibt es eine dunkle Kirche mit einem spitzen Kirchturm und eine Reihe von Geschäften, deren Namen in Bögen mit der gleichen Schrift über die Schaufenster graviert sind. Inzwischen ist es nach elf Uhr abends, deshalb ist alles geschlossen, bis auf eine Bar, die zum *Fiddler's Inn* gehört. Davor hängt ein kleines Holzschild, auf dem steht: *The Pub*. Das einzige andere Gebäude, das noch beleuchtet ist, gehört, wie es aussieht, zum Rathaus oder so. Es ist das größte Gebäude in Sicht, gekennzeichnet mit drei Flaggen: die amerikanische, die des Staates Maine und eine dritte, bei der es vielleicht nur um Bären geht.

»Vielleicht ist das die Polizeiwache«, sage ich und deute hin.

Ich bin erleichtert, dass wir Cassie vielleicht bald richtige Hilfe besorgen können. Aber es ist riskant für mich hineinzugehen. Schließlich bin ich das verrückte Mädchen, das einen Mann vor einer Dinertoilette mit dem Messer angegriffen hat. Das Mädchen, deren Therapeutin es schon als Gefahr für sich selbst und andere gemeldet hat.

»Was wollen wir ihnen erzählen?«, fragt Jasper, während er auf dem Platz parkt, ein Stück von der Wache entfernt. Als glaubte er immer noch, wir könnten Cassies Geheimnisse irgendwie wahren.

»Alles«, sage ich. Meine Zeit ist abgelaufen. Ich kann Jasper nicht vorenthalten, was mit mir los ist, nur weil ich mich schäme. Es könnte ihn schließlich auch betreffen. »Aber da ist noch was. Sie wissen schon von der Sache im Diner. Das Messer. Doug. Alles.«

»Wer weiß es?«, fragt Jasper. »Woher?«

»Ich weiß es nicht genau, aber mein Dad hat es in seiner SMS erwähnt. Ich schätze, die Polizei muss die Verbindung hergestellt haben. Er hatte sie schon auf die Suche nach mir geschickt, weil er glaubt, ich sei ›labil‹.« Dabei kann ich es vielleicht einfach belassen. »Jedenfalls könnte es sein, dass du darin verwickelt wirst, in mein … Vielleicht solltest du nicht mit reinkommen. Nur für den Fall, dass die Polizisten hier es auch schon wissen. Ich könnte ihnen allein von Cassie erzählen, wenn du möchtest.«

»Labil?« Jasper sieht völlig verwirrt aus. Beinahe beleidigt. Er stellt den Motor ab. »Nein, ich gehe das Risiko ein. Du warst schließlich nicht allein in dem Diner.«

Die Polizeiwache ist hell erleuchtet, aber klein – nur sechs Metallschreibtische in einem einzigen offenen Raum. Darin sitzen drei Männer und spielen Karten. Zwei sehen eher jünger aus, vielleicht Ende zwanzig. Einer ist älter als mein Dad, ungefähr Mitte fünfzig. Sie drehen sich zu uns um, als wir hereinkommen, weder erschrocken noch überrascht. Aber auch nicht besonders interessiert, auch wenn man das eigentlich annehmen könnte, wenn um elf Uhr nachts zwei Teenager hereinkommen.

»Können wir helfen?«, ruft der Ältere herüber, ohne Anstalten zu machen, von seinem Kartenspiel aufzustehen. Er hat grau melierte Haare und sieht aufgedunsen auf, wie ein Footballspieler, dessen Muskeln weich geworden sind. Demonstrativ sieht er auf die Uhr an der Wand. »Habt ihr euch verirrt?«

In seiner Stimme liegt noch ein Unterton. Als wollte er, dass wir verschwinden. »Nein, ähm, wir haben uns nicht verirrt«, sage ich, während Jasper und ich auf den Empfangstresen zugehen. Ich klinge nervös und schuldbewusst. Mühsam schlucke ich und hoffe, den Hals damit freizubekommen. »Wir, ähm, suchen unsere Freundin?« Als wäre es eine Frage.

»Verschwundene Freundin, was?«, sagt der jüngere Officer, der uns zugewandt sitzt. Er hat Knopfaugen und ein pockennarbiges Gesicht, und jetzt, da er redet, kann ich sehen, dass er *echt* jung ist – nicht viel älter als Jasper und ich. Ein leichtes Lächeln umspielt seine Lippen. »Habt ihr sie irgendwo verloren?«

Diesmal lächelt er breiter, wie ein Wolf. Ich erwarte, dass ihm der ältere Typ einen Blick zuwirft, um ihn zum Schweigen zu bringen. Aber der Einzige, der etwas tut, ist der dritte Officer, und der fängt nur an, die Karten einzusammeln. Er hat nicht einmal zu uns herübergeschaut.

»Sie hat uns geschrieben, sie bräuchte unsere Hilfe«, sagt Jasper. »Wir sind von Boston hergefahren.«

Ich glaube, das fügt er hinzu, damit wir wie gute, fürsorgliche Kids wirken. Loyal. Um das Chaos, in das sich Cassie manövriert hat und für das sie vielleicht zumindest zum Teil selbst verantwortlich ist, ein bisschen wiedergutzumachen.

Der ältere Cop hievt sich endlich grunzend aus seinem Sessel und sieht amtlich verärgert aus, während er zu uns herüberkommt. Ganz sicher macht er sich keine Sorgen, was unserer Freundin passiert sein könnte. Es ist, als hätte er schon beschlossen, dass es nichts ist. Dann sehe ich sein Namensschild: Sergeant Randolph Sternbuck. Als ich zu ihm aufblicke, starrt er mich an. Oder meine Haare, um genau zu sein. Mit zusammengezogenen Augenbrauen. Sein Blick ist angewidert.

»Lasst mich raten, eure Freundin ist zum Partymachen hier raufgekommen?«, fragt er, immer noch auf meine Haare starrend und ohne auch nur den Versuch zu machen, es zu verbergen. Ich hebe die Hand zu meinen Haaren, als könnte das verstecken, wie irre zerfranst sie sind.

»Party machen?«, frage ich. Es klingt wie ein Quieken. Mir gefällt jetzt schon nicht, wohin das führt.

Der Sergeant holt entnervt Luft und reißt den Blick von meinen Haaren los, während er nach einem Papierblock greift. Er knallt ihn vor uns auf den Tresen. »Ja, ihr wisst schon, Meth.« Mit schmalen Augen sieht er mir ins Gesicht. »Und ich weiß, sie hat es in ihrem ganzen Leben noch nie gemacht, und sie wird es auch ganz bestimmt nie wieder tun.«

Er verdreht sogar ein bisschen die Augen. *Bla, bla, bla.* Das sagt er zwar nicht, aber er meint es. Ich kann ihn nur anstarren. Das ist nicht sehr polizistenhaft.

»Meth?«, fragt Jasper, als hätte er sich verhört.

»Ihr wisst schon, Chrystal, Ice, Hitler-Speed, Yaba, Panzerschokolade«, sagt der Pockennarbige, Frettchenartige, während er herüberschnürt und sich neben seinen Boss stellt. Im Gegensatz zum Sergeant scheint er gern darüber zu reden. Fast schon mit Begeisterung. Als wollte er uns verhöhnen.

»Sie machen Witze, oder?«, fragt Jasper. »Wir sind auf der High School. Wir setzen uns keinen Schuss.«

Ich drehe mich zu ihm um. Die Art, wie Jasper »Schuss setzen« sagt, klingt so unbehaglich. *Zu* unbehaglich. Als wollte er betonen, wie wenig er darüber weiß.

»Gibt viele Wege, Meth zu nehmen, Junge. Für die meisten braucht man keine Nadel«, sagt der Sergeant, und zwar, als sei er verdammt sicher, dass Jasper das schon weiß. »Glaubt mir, ihr seid nicht die Ersten, die hier reinkommen und nach einer verschwundenen Freundin suchen. Wir haben eine ganze verschissene Heimindustrie aus verkorksten Kids, die in dieser früher mal schönen Stadt – und das sollte sie eigentlich auch wieder werden – Schweinereien anrichten.«

»Die sind wirklich Schweine«, sagt der verschlagene Typ, aber mit einem Glitzern in den Augen, als machte es ihn auch ein bisschen scharf. »Man muss sich ja nur die Speedjunkies von neulich ansehen.«

»Mhm«, sagt der Sergeant, ohne den anderen Officer anzuschauen. Als sei er nicht ganz damit einverstanden, wohin das Gespräch führt, aber auch nicht genug dagegen, um es zu beenden.

»Der eine hat dem anderen eine beschissene Gabel direkt ins *Auge* gerammt!« Das Frettchen zeigt mit zwei Fingern auf sein eigenes Auge, dann sticht er damit nach unseren. »Irgendein blöder Streit wegen Peeps. Kennt ihr diese kleinen Hasen aus Schaumzucker? Eine Gabel im Auge für einen beschissenen Marshmallow. Die Rettungssanitäter sagten, der Typ sei so high gewesen, der wusste nicht mal, dass er eine Gabel im Gesicht stecken hat.« Er lacht laut heraus, als wäre das unglaublich lustig. »Der Typ hat die ganze Zeit weitergeredet.«

Jetzt wirft ihm der Sergeant endlich einen bösen Blick zu. »Müssen Sie nicht noch etwas erledigen, Officer O'Connell?«

»Eigentlich nicht«, sagt das Frettchen, den Blick immer noch auf uns gerichtet. »Es sei denn, ich kann Ihnen wieder beim Kartenspielen in den Hintern treten.«

»Dann tun Sie so, als hätten Sie Arbeit«, sagt der Sergeant.

»Okay, Boss.« Officer O'Connell hebt die Hände und grinst noch mehr. Und ich frage mich, ob er vielleicht selbst high ist. Er hat ziemlichen Spaß. Immer noch mit erhobenen Händen stößt er einen langen, leisen Pfeifton aus, dann dreht er sich auf dem Absatz um und geht auf eine Tür an der Hinterseite der Wache zu. Kurz bevor er sie erreicht, bleibt er stehen und nimmt ein Blatt Papier von einem Schreibtisch. Er zerknüllt es und wirft es dem anderen Officer an den Kopf; dem, der immer noch mit dem Rücken zu uns sitzt.

»Zwei Punkte!«, ruft Officer O'Connell.

Die Papierkugel prallt vom Kopf des anderen Officers ab, aber der fängt sie mit Leichtigkeit auf und wirft sie in den Papierkorb zu seinen Füßen. Als wäre ihm das schon tausendmal passiert.

Der Sergeant atmet hörbar verärgert aus. »Ihr müsst Officer O'Connell entschuldigen. Er ist, na ja, er.« Er schüttelt den Kopf, als bräuchten wir keine weitere Erklärung. »Aber das mit der Gabel hat er sich nicht ausgedacht. Ihr wollt es vielleicht nicht hören, aber falls eure Freundin hier ist, dann liegt es fast sicher am Meth. Das heißt nicht mal, dass sie kein nettes Mädchen ist. Dieser Müll hat eine Menge brauchbare Leute ruiniert.«

Meth. Dieses Mal kommt das Wort bei mir an. Ich wusste von der Trinkerei, und auch dass Cassie verhaftet wurde, weil sie Gras kaufen wollte, schockt mich nicht groß. Aber Meth? Das ist, als würde man einen abgefahrenen Seitenspiegel mit einer Massenkarambolage vergleichen. Nur dass mir das auch nicht völlig unmöglich erscheint. Nicht annähernd so unmöglich, wie ich es mir wünschen würde. Es würde auf jeden Fall erklären, warum sie uns nicht sagen wollte, was los ist. Würde erklären, warum uns jemand wie Doug aufhalten wollte, damit wir die Drogenhöhle nicht finden, in der sie sie festhalten. Und Meth könnte natürlich auch ein Grund sein, warum Cassie so dünn geblieben ist.

»Es könnte vielleicht auch Meth sein«, sage ich leise.

»Was?« Jasper starrt mich mit aufgerissenen Augen an. »Cassie nimmt doch kein *Meth!* Was ist los mit dir?«

»Ich sage nicht, dass es das *ist.* Aber ich kann nicht schwören, dass es das *nicht* ist. Kannst du's?«

In diesem Moment will ich nur, dass Jasper mir sagt, er wisse ganz sicher, dass es *nicht* Meth ist. Dass er Beweise hat. Aber stattdessen schließt er die Augen und schüttelt den Kopf, lässt die Faust auf dem Tresen ruhen.

»Ich kann nichts mehr mit Sicherheit sagen«, erklärt er leise.

Der andere jüngere Officer – der, den das Frettchen am Kopf getroffen hat – ist endlich aufgestanden und kommt herüber. Er ist überraschend gut aussehend, mit dichten schwarzen Haaren und tief liegenden braunen Augen. Aber es ist auch etwas leicht Verwundetes an ihm. Merkwürdig bei jemandem, der so attraktiv und groß ist. Seltsam bei einem Polizisten.

»Das ist Officer Kendall«, sagt der Sergeant. »Er verbringt einen großen Teil seiner Zeit damit, die Drogensüchtigen auszuputzen, und filzt die Schweinerei, die sie hinterlassen.« Irgendwie klingt es so wie eine Beleidigung – als sei die Aufgabe von Officer Kendall tatsächlich, Müll einzusammeln. »Hat eure Freundin gesagt, wo sie ist? Es gibt Orte, die wir abklappern können, aber das sind viele. Es würde Zeit sparen, wenn wir wüssten, wo wir anfangen sollen.«

»Camp Colestah?«, sage ich.

Der Sergeant wirft einen Blick zu Officer Kendall hinüber, der immer noch nichts gesagt hat. Die beiden nicken einander wissend zu. »Colestah ist ein beliebter Ort«, fährt der Sergeant fort. »Ein Dach überm Kopf, ungestört – was könnte ein Junkie mehr wollen? Die sind wie Ratten. Wir jagen sie weg, und sie kommen nur immer wieder. Aber Sie und O'Connell sind doch heute schon dort Streife gegangen, oder? War's sauber?«

Officer Kendall nickt mit finsterer Miene und wirft einen Blick zur Tür, durch die O'Connell verschwunden ist. *Ja, aber bei ihm weiß man nie,* sagt der Blick. »Könnte einen zweiten Blick wert sein«, spricht der Sergeant weiter. »Die meisten anderen Lager sind ziemlich gut gesichert. Sie haben schnell gelernt, haben Leute angestellt, die außerhalb der Saison dort wohnen. So 'ne Art Hausmeisterding. Aber die Wynns, denen Camp Colestah gehört, sind schon so lange weg – ich habe ihren Anwalt schon gewarnt, dass das Gelände bald zerstört sein wird. Die verkaufen das nie. Anscheinend interessiert sie nicht mal ihre Brieftasche.« Der Sergeant sieht auf die Uhr. »Ich muss los. Aber Officer Kendall hier fährt noch mal dort rauf und schaut sich nach eurer Freundin um.«

Auch diesmal ist wieder etwas komisch daran, wie er es Officer Kendall sagt. Als läge ein *Sie wissen, was zu tun ist* unter seinen beiläufigen Worten. Ratten oder nicht, warum sind die Methsüchtigen so sicher, dass Seneca sicher genug ist, um die Zelte aufzuschlagen? Bezahlt vielleicht jemand – zum Beispiel die Meth-*Dealer* – die Polizei dafür, dass sie wegschaut?

Ich blicke Officer Kendall nach, als er zu seinem Schreibtisch geht, um seine Schlüssel zu holen. Und ich denke schon daran, wie ich mich hinterher fühlen werde, wenn er wiederkommt und sagt, da sei nichts in Camp Colestah. Ich werde ihm nicht glauben, dass er überhaupt nachgesehen hat. Ich traue diesen Polizisten nicht – Punkt.

»Wir möchten mitkommen und sie suchen«, sage ich mit rasendem Puls.

Aber der Sergeant schüttelt schon den Kopf. »Auf gar keinen Fall …«

»Bitte.« Ich klinge verzweifelt und ein bisschen verrückt,

aber was macht das schon? »Wir stören auch nicht. Wir tun alles, was Sie sagen, und …«

»Auf gar keinen Fall, nei-hein.« Der Sergeant mustert mich mit festem Blick. »Hört mal, ihr wirkt mir wie vernünftige Kids. Ich sehe, dass ihr euch echte Sorgen um eure Freundin macht, aber wir können keine Zivilisten zum Einsatz mitnehmen. Ganz zu schweigen von zwei Kindern.«

Der gesunde Menschenverstand gibt ihm recht. Die Polizei lässt normalerweise keine gewöhnlichen Leute mitkommen. Das weiß sogar ich. Ich brauche ein besseres Argument.

»Wenn da mehrere Leute sind, wie wollen Sie dann wissen, welche davon sie ist?«

Der Sergeant beißt die Zähne zusammen. Er ist sauer, vielleicht, weil er darauf keine einfache Antwort hat. Da stellt sich mir noch mehr die Frage, ob er nicht glaubt, dass Cassie dort oben ist, oder ob er nur nicht will, dass wir es erfahren.

»Habt ihr ein Bild von ihr auf dem Handy?«

»Nein, haben wir nicht«, sage ich, vielleicht zu schnell. »Wir können im Auto bleiben, wenn wir dort sind. Wir tun alles, was …«

Der Sergeant unterbricht mich mit erhobener Hand. »Spar dir die Worte, Kleine.« Sein *Übertreib's-nicht*-Blick ist ziemlich überzeugend, und wenn ich zu sehr dränge, will er womöglich noch meinen Ausweis sehen. Oder macht vielleicht irgendeine Untersuchung und erfährt alles, was im Diner passiert ist oder dass Dr. Shepard die Polizei auf mich gehetzt hat. Wenigstens davon scheint er bisher keine Ahnung zu haben. »Wenn da oben jemand ist, nehmen wir sie alle wegen Landfriedensbruch mit, Minimum. Dann könnt ihr selbst sehen, ob eine davon eure Freundin ist.«

Er nickt, als wäre es damit erledigt. Wobei ich nicht so recht erkennen kann, wie Officer Kendall einen Haufen Leute in seinem einen Auto mitbringen soll. Wahrscheinlich, weil der Sergeant ihm schon befohlen hat, nichts dergleichen zu tun. »Also, drei Meilen außerhalb der Stadt ist ein Dunkin' Donuts an einer Tankstelle. Das ist eine der wenigen Stellen, wo es ordentliches Netz gibt. Ich bin mir sicher, Officer Kendall ruft euch gern an, nachdem er das Lager überprüft hat.«

Der Sergeant sieht Officer Kendall zur Bestätigung an. Kendall zieht ein noch finstereres Gesicht, dann nickt er.

»Also komm«, höre ich Jasper sagen. »Wir holen uns einen Doughnut.«

»Ich will keinen Doughnut«, sage ich mit zusammengebissenen Zähnen.

Er legt mir fest die Hand auf die Schulter. »Doch, willst du.«

Als wir draußen die Stufen hinuntergehen, kommt es mir viel kälter vor. Außerdem geht es mir viel schlechter als vorher. Ich glaube, am meisten macht mir zu schaffen, dass ich nichts tun kann außer warten. Auf Nachrichten von Cassie warten, darauf warten, dass die Polizei von Seneca merkt, wer ich bin, und darauf, dass sich herausstellt, ob doch noch alles in Ordnung kommt. Als wir schließlich beim Truck des alten Mannes ankommen, schaue ich zu Jasper hinüber. Er lässt die Schlüssel in der Hand baumeln, die Schultern locker, und sieht entspannter aus, als ich ihn je gesehen habe.

»Warum bist du so fröhlich?«, schnauze ich ihn an.

»Fröhlich?« Er sieht verwirrt aus. »Was meinst du?«

Gute Frage. Was meine ich denn eigentlich wirklich?

Und warum interessiert es mich überhaupt, ob es Jasper besser geht? Ich weiß nicht, warum es mich interessiert. Tut es aber. Und es kotzt mich echt an.

»Du warst da drin ganz schön still«, sage ich über die Ladefläche des Trucks hinweg.

Jasper zieht die Augenbraue hoch. »Was hätte ich sagen sollen?«

»Irgendwas, egal, was«, erwidere ich. »Es war fast, als wärst du auf ihrer Seite.« Das stimmt nicht und war auch nicht so, zumindest nicht bis ganz zum Schluss, als ich tatsächlich das Gefühl hatte, Jasper sei zu schnell gegangen, nur weil man es uns sagte.

»Auf *ihrer* Seite?«, fragt er, immer noch mit diesem verletzten Gesichtsausdruck.

»Und jetzt wiederholst du auch nur, was *ich* sage!«, schreie ich so laut, dass die Worte in der Stille widerhallen. »Fällt dir auch manchmal selbst was ein?«

Jasper wendet mit zusammengebissenen Zähnen den Blick ab und schaut ins dunkle Stadtzentrum hinüber. Mission erfüllt: Jetzt ist er sauer, versucht aber, seine Wut zu zügeln. »Ich habe nichts gesagt, weil du anscheinend wusstest, was du tust, und ich wollte dir nicht in die Quere kommen. Bis zum Schluss, als du die Krise bekommen hast und ich dachte, du würdest dich und uns beide in die Scheiße reiten. Also entschuldige bitte, wenn ich versucht habe, ein bisschen Scheißrespekt zu haben. Wenn mich das zum Arsch macht – von mir aus.« Jasper reißt die Wagentür auf. »Und ich bin nicht fröhlich, glaub mir. Aber ja, es geht mir besser, verdammt. Dass wir zur Polizei gegangen sind, kommt mir wie unsere erste gute Entscheidung vor.«

»Ja, na schön, mir geht es dafür schlechter.«

»Vielleicht liegt das daran, dass du so unglaublich pessimistisch bist«, sagt er, und nicht auf die nette Art. »Dir geht es immer schlecht.«

Ich verdrehe die Augen. »Soll ich mich damit jetzt besser fühlen?«

»Nein.« Er starrt mich böse an.

Bevor ich reagieren kann, sehe ich, dass ihm hinter mir etwas ins Auge fällt. Als ich mich umdrehe, sehe ich Officer Kendall auf uns zukommen. Er sieht sich nach links und rechts um, als wollte er sichergehen, dass die Luft rein ist. Haben sie doch von mir gehört? Ist er hier, um mich festzuhalten, bis jemand kommt?

»K-k-kommt n-n-nach h-h-hinten rum«, sagt er, als er bei uns ankommt. »W-w-wir t-t-treffen uns an der E-e-ecke.«

Das ist ein schlimmes Stottern. Hat er deshalb die ganze Zeit nichts gesagt? Aber ein Stottern bedeutet sicherlich nicht, dass er mich nicht verhaften kann.

»Warum?« Ich versuche, beiläufig zu klingen. (Tue ich nicht. Nicht im Geringsten.)

»Ihr k-k-könnt m-m-mitfahren«, sagt er. »Ich h-h-hatte einen guten F-f-freund, der an einer Ü-ü-überdosis gestorben ist. Ich v-v-verstehe das. V-v-verratet nur m-m-meinem B-b-boss nichts.«

15

Ich bin noch nie in einem Polizeiauto mitgefahren, aber ich schätze mal, das hier ist um einiges netter als die meisten anderen. Es ist ein nagelneuer Ford Explorer mit weichen Ledersitzen. Er hat sogar diesen typischen Neuwagengeruch, was mich leider wieder an das Auto von Doug und Lexi erinnert. Das Methproblem richtet vielleicht Seneca zugrunde, aber sicher nicht seine Polizeiautos. Das ist vielleicht ein Beweis mehr, dass sie es mit dem Kampf gegen die Drogen nicht allzu ernst nehmen.

Die Fahrt nach Camp Colestah hinauf dauert eine Viertelstunde, und wir schweigen die meiste Zeit. Jasper sieht ein paarmal zu mir rüber, als warte er auf ein Zeichen von mir, damit er das Wort ergreift. Irgendwann macht er sogar eine Bewegung zu Officer Kendall hin, so wie: *Willst du, dass ich etwas sage?* Natürlich bringt unser stummes Geflüster Officer Kendall dazu, in den Rückspiegel zu schauen. Ich schüttle den Kopf und drehe mich schweigend zum Fenster.

Je weiter wir fahren, desto dunkler wird es, und desto mehr verkrampft sich alles in mir. Aber als wir endlich in eine gekieste Einfahrt abbiegen, fühle ich mich ein winziges bisschen besser. Bald werden wir wenigstens irgendetwas wissen.

»D-d-das ist es«, sagt Officer Kendall, als wir an zerbröckelnden Steinsäulen und einem schiefen Holzschild vorbeikommen, auf dem die Aufschrift *Camp Colestah* kaum noch sichtbar ist. »F-f-früher mal war das hier w-w-wirklich nett. R-r-reiche Kids aus Boston.«

»Warum wurde es geschlossen?«, frage ich und spüre jetzt schon, dass hier etwas Schreckliches geschehen ist. Ich hoffe, es ist schon lange her.

»Der S-s-sohn des Besitzers ist im P-p-pool ertrunken«, sagt er. »Hat sich am tiefen E-e-ende im A-a-abfluss verfangen. Ich kannte ihn. N-n-netter Junge. Danach haben die E-e-eltern das Lager geschlossen und sind w-w-weggezogen.«

Der Kies knirscht unter unseren Reifen, während wir weiterrollen, unsere Scheinwerfer streifen die hohen, nackten Bäume, als der ungepflegte Zufahrtsweg einen Bogen nach rechts macht und dann wieder nach links. Wir fahren noch ein Stück, dann hält Officer Kendall endlich an.

»B-b-bleibt hier«, sagt er, während er den Wagen parkt, dann zeigt er auf den dunklen Wald. »M-m-muss alle H-h-hütten überprüfen. Die ä-ä-ältesten sind hier unten. D-d-die mögen sie.«

Ich hätte gedacht, ich würde verlangen, mitkommen zu dürfen, aber ich bin nur zu gern bereit, im Auto in Sicherheit zu bleiben. Offensichtlich findet Jasper es hier nicht so unheimlich wie ich.

»Sind Sie sicher, dass wir nicht …«

»I-i-ihr bleibt hier!«, befiehlt uns Officer Kendall, diesmal mit mehr Nachdruck. »Seid f-f-froh, dass ich euch m-m-mitgenommen habe.«

Schweigend sehen wir vom Rücksitz aus zu, wie der Lichtstrahl von Officer Kendalls Taschenlampe über die Bäume tanzt, einen Abhang hinunter, dann wieder hinauf. Als sich meine Augen erst mal an die Dunkelheit gewöhnt haben, kann ich erkennen, wohin er will: vier kleine Hütten oben auf dem Hügel. Officer Kendall – oder zumindest seine Taschenlampe – scheint zuerst auf die ganz rechts zuzusteuern.

»Das ist echt richtig scheiße«, sagt Jasper, als Officer Kendalls Taschenlampenkegel in der ersten Hütte verschwindet. Es ist das erste wirklich Negative, was er bisher gesagt hat.

»Ich dachte, du hättest es so mit dem Optimismus«, sage ich, weil er mich vorhin pessimistisch genannt hat. Dabei weiß ich, dass er mich noch viel schlimmere Dinge hätte nennen können. »Was ist aus deinem halb vollen Glas geworden?«

»Vielleicht hast du es ausgetrunken.« Jasper lächelt leicht, als er sich mir zuwendet. Aber das Lächeln schwindet, als er die Hand nach vorn streckt und den Türgriff ausprobiert. Die Tür geht nicht auf. »Wir sind hier drin eingeschlossen, das weißt du, oder?«

»Das ist schließlich ein Polizeiauto«, sage ich, als wäre mir das schon klar gewesen. War es nicht, und ich wünschte mir, Jasper hätte es nicht erwähnt. Jetzt kann ich nur noch daran denken, was aus uns wird, wenn Officer Kendall da draußen etwas passiert. Was, wenn sie uns holen kommen, hier in der Falle mitten im Nichts?

Mein Herz schlägt schneller, während ich beobachte, wie Officer Kendalls Licht in der zweiten kleinen Hütte herumtanzt. Als der Lichtkegel vorn herausscheint, sehe ich etwas aus dem Fenster hängen. Fliegengitter vielleicht? Wir sind zu weit weg, um es genau erkennen zu können, aber so sieht es aus. Als hätte sie jemand zerrissen, weil er fliehen wollte. Mir war nicht klar, wie angespannt ich bin, bis

Officer Kendall mit der Durchsuchung der letzten beiden Hütten fertig ist und sein Taschenlampenstrahl endlich wieder auf uns zuhüpft. »Wir hätten nicht herkommen sollen«, sage ich, bevor er den Wagen erreicht.

»Was meinst du?«, fragt Jasper. »In dieses Camp?«

»Ich weiß nicht.« Und das ist die Wahrheit. Ich weiß nicht, was ich meine. Aber ich habe ohne jeden Zweifel genau dieses Gefühl.

»Hey.« Jasper nimmt meine Hand und drückt sie kurz, aber lang genug, damit ich bemerke, wie steif und kalt meine eigenen Finger sind. »Das wird schon. Ihr geht es bestimmt gut.«

»Das weißt du nicht.«

»Vielleicht nicht. Aber ich werde trotzdem weiter dran glauben.«

»N-n-nichts«, sagt Officer Kendall, als er schließlich die Tür öffnet und auf den Fahrersitz gleitet. »Nur M-m-müll, leere P-p-packungen, Bierdosen.«

»Das heißt, jemand war hier«, sage ich.

»Hier ist i-i-immer w-w-wieder jemand«, erwidert er. »Sie b-b-benutzen es und ziehen weiter.«

So machen wir weiter. Hütte um Hütte. Fahren ein Stück, bleiben stehen. Fahren, stehen. Officer Kendall steigt aus. Officer Kendall überprüft die Hütte. Officer Kendall kommt zurück. Schüttelt den Kopf: *nichts.* Weiterfahren, anhalten. Weiterfahren, anhalten. Er berichtet nur von unterschiedlichen Arten Müll: in einigen Hütten Süßigkeitenverpackungen, in anderen leere Bierdosen und Zigarettenstummel. In einer war ein riesiger Haufen abgerollte Klarsichtfolie, was Officer Kendall nicht erklären konnte. Ich will auch gar nicht, dass er es versucht.

Je weiter wir fahren, desto zerfallener sehen die Hütten aus; manche sind so eingefallen, dass er nicht hineingehen kann, eine ist kaum mehr als ein Haufen Bretter. Officer Kendall leuchtet mit der Taschenlampe sogar darüber, als könnte Cassie womöglich irgendwo darunter vergraben sein. Wenigstens scheint er kompetent und gründlich zu sein. Seine Ernsthaftigkeit bringt mich auf den Gedanken, dass ich von der Stadt aus Karen hätte anrufen sollen. Ich hätte ihr sagen sollen, was wir wissen, wenigstens den Namen der Stadt. Ich habe es nicht getan, weil Cassie uns ausdrücklich gebeten hat, es nicht ihrer Mom zu sagen, und das sogar, nachdem sie uns erlaubt hat, zur Polizei zu gehen. Aber die Wahrheit ist: Ich habe Karen auch deshalb nicht aus Seneca angerufen, weil ich nicht wollte, dass ich am Ende noch mit meinem Dad sprechen muss. Jetzt, da er versucht hat, mich einweisen zu lassen – was ich immer noch nicht ganz glauben kann –, bin ich mir nicht sicher, ob ich je wieder mit ihm reden werde. Jetzt ist es sowieso zu spät, es mir anders zu überlegen und Karen doch anzurufen. Hier draußen, so tief im Wald, ist mein Netz längst wieder weg.

Endlich kommen wir oben auf einem weiteren Hügel an, wo der Zufahrtsweg mit einem runden Parkbereich endet. Hier gibt es drei etwas größere Hütten und ein viertes, viel größeres Gebäude, so groß wie zwei oder drei Hütten zusammen. Sie sind alle so dunkel wie die anderen, aber leichter zu erkennen, weil hier weniger Bäume stehen. Aus der Ferne sehen sie auch viel besser erhalten aus.

»Das sind die H-h-hauptgebäude«, sagt Officer Kendall. »Aber die L-l-leute bleiben meistens u-u-unten bei den anderen – da kommt man l-l-leichter rein. S-s-steigt aus.«

Ich höre Jasper scharf ausatmen. Er schüttelt den Kopf und wendet sich wieder mir zu. »Das sieht nicht gut aus.«

Er hat recht. Was sollen wir tun, wenn Officer Kendall Cassie auch in keinem dieser Gebäude findet? Ich habe keine Antwort darauf. Wieder blicke ich zu den Gebäuden hinüber. Ich bin nicht auf Meth, aber wenn ich in diesem Camp irgendwo hinwollte, wäre es dort; die Häuser fallen wenigstens nicht völlig auseinander. Es ist noch nicht vorbei, solange wir nicht in jeden Winkel geschaut haben. Es könnte immer noch sein, dass Cassie hier ist.

»Ich sch-sch-schaue trotzdem nach«, sagt Officer Kendall. »Es gibt auch noch die a-a-anderen Camps. D-d-dahin fahren wir als N-n-nächstes. Vielleicht hat sie die N-n-namen durcheinandergebracht.«

Er ist einfach nett und hofft weiter. Und ich bin froh, weil jetzt, da sich Jasper nicht mehr dazu aufraffen kann, jemand anderes das Positive sehen muss.

Officer Kendall parkt in Richtung der offenen Wiese zwischen den Gebäuden. Es ist sogar recht hell, wenn der fast volle Mond an einem offenen Stück Himmel zu sehen ist. Officer Kendall lässt diesmal auch die Scheinwerfer an und geht durch die zwei Lichtstrahlen zum ersten Gebäude hinüber. Wenn er golden beleuchtet wird, sieht Officer Kendall sogar noch besser und ehrlich tapfer aus. Und ich versuche, das als ermutigendes Zeichen zu werten, bis er plötzlich mitten auf dem Rasen stehen bleibt, um sich etwas anzuschauen. Seine Hand geht zur Pistole.

»Was hat er da gefunden?«, frage ich. Doch selbst mit zusammengekniffenen Augen kann ich es von hier aus nicht erkennen.

»Ich weiß nicht.« Jasper drückt das Gesicht an das Gitter, das uns vom Vordersitz trennt. Was es auch ist: Officer Kendall tritt mit dem Fuß dagegen. »Irgendein Haufen, vielleicht Holzscheite – warte, ist das Rauch?«

»Wo?« Mein Herz hämmert, während ich weiter versuche, etwas zu erkennen. Und dann, als Officer Kendall noch einmal zutritt, sehe ich es: Rauch kräuselt sich in Richtung Himmel.

»Ach du Scheiße«, sagt Jasper. »Hier ist jemand.«

»Oder *war*. Hier *war* jemand«, sage ich und versuche, nicht allzu erleichtert zu sein. Oder zu besorgt. Denn der Gedanke, dass wirklich jemand in diesem Camp ist, erfüllt mich mit viel Hoffnung und noch viel mehr Schrecken. Ich schnappe nach Luft, aber mir wird jetzt schon schwindlig.

Einen Augenblick später ist Officer Kendall wieder da und beugt sich herein, um sein Funkgerät zu holen.

»Dreinullsechs, brauche V-v-verstärkung«, sagt er. »Camp Colestah. Möglicher 207.« Es kommt keine Antwort. Vielleicht ist das immer so, vielleicht heißt das aber auch, dass der Sergeant und Officer O'Connell Feierabend gemacht haben. Ich habe das Gefühl, an einem Ort wie Seneca könnte es gut passieren, dass sie die Polizeistation schließen. Und was ist ein 207? Ich traue mich nicht zu fragen. Officer Kendall sieht zu uns nach hinten. »Ich nehme an, wer auch immer hier war, ist schon w-w-weg. Aber ich d-d-durchsuche t-t-trotzdem die Gebäude, um sicherzugehen.«

Als Officer Kendall diesmal geht, ist es viel schlimmer, auf dem Rücksitz eingeschlossen zu sein. Wenigstens braucht er in den ersten Gebäuden nicht lange, aber in der letzten der kleinen Hütten dauert es ziemlich. Wir sehen den Lichtschein seiner Taschenlampe durchs Fenster, wie er sich hierhin und dorthin bewegt, als spielte er mit einer Katze.

Kurz darauf kommt er zurück, aber diesmal bewegt er sich schnell. Er hat etwas gefunden. Und es ist nicht gut.

»Ihr m-m-müsst beide mit mir kommen«, sagt Officer

Kendall, als er meine Tür öffnet. Und ich möchte sie am liebsten nur wieder zuknallen. »Da ist etwas, ihr m-m-müsst schauen, ob ihr es identifizieren könnt.«

Cassies Leichnam? Etwas anderes kann ich nicht denken. »Was identifizieren?«

»Nur ein paar K-k-kleider und eine T-t-tasche. Neu und teuer, so was hat kein Junkie. Ich muss wissen, ob die Sachen eurer F-f-freundin gehören. Ich würde sie ja herbringen, aber ich will den T-t-tatort nicht verändern, falls …« Er beendet seinen Gedanken nicht. Falls Cassie etwas Schreckliches passiert ist, meint er. Das da drin könnten Beweise für eine Straftat sein. Officer Kendall blickt den Weg entlang und zum Waldrand hinüber, als dächte er nach. »Würde lieber auf V-v-verstärkung warten, aber das könnte d-d-dauern.«

Die Zeit haben wir aber vielleicht nicht. *Cassie* hat sie vielleicht nicht.

Als wir aus dem Auto steigen, ist die Luft bitterkalt. Die Kälte brennt in meiner Lunge, und als ich ausatme, bildet sich eine weiße Dampfwolke um mein Gesicht. Officer Kendall geht zügig über die Wiese voraus und winkt uns schweigend, ihm zu folgen. Er dreht den Kopf nach rechts und links, hält nach Gefahren Ausschau, checkt die Umgebung, während wir auf die Hütte ganz rechts zugehen. Als wir an den anderen Hütten vorbeikommen, sehe ich, dass die Fliegenfenster intakt sind, und die Türen hängen fest in ihren Angeln. Aber das macht es nur schlimmer, es beruhigt mich nicht. Natürlich würde man hierher zu diesen Hütten kommen, wenn man etwas oder jemanden verstecken will. Ich balle die Fäuste, als könnte es ein wenig von dem Druck in meinem Inneren lösen, wenn sich meine Fingernägel schmerzhaft in die Handflächen bohren. Aber was ich wirklich tun muss, ist atmen. Das weiß ich. Ernsthaft, das muss ich. Wenn das nur nicht leichter gesagt als getan wäre.

»Ich habe Angst«, flüstere ich Jasper zu.

»Ich auch«, sagt er.

»Wir s-s-sollten schneller gehen«, sagt Officer Kendall, als wir mitten auf der Wiese sind. Als wäre das eine Gefahr, wir hier draußen auf dem freien Feld. »Hat euch eure F-f-freundin nichts über die Leute gesagt, bei denen sie ist? Überhaupt keine E-e-einzelheiten?«

Jetzt hört er uns wirklich zu. Vorher war das nicht so, das ist jetzt offensichtlich. Sie hatten Cassie als einen Junkie von vielen abgeschrieben. Vielleicht sogar als eine von denen, bei denen sie absichtlich wegschauen.

»Nur dass sie in etwas hineingeraten ist und ihre Mom sauer sein wird«, sagt Jasper, während er sich ebenfalls nervös umsieht. »Dann sagte sie plötzlich, sie hätte Angst, dass sie ihr etwas tun könnten.«

Was natürlich heißt, sie hatte ihr Handy. Das wusste ich die ganze Zeit, aber bis jetzt habe ich nicht groß darüber nachgedacht. Warum sollten sie ihr das Handy lassen? Vielleicht ist sie wirklich zum »Partymachen« hergekommen, wie der Sergeant sagte. Und es ist ausgeartet.

»Haltet euch da drin links«, sagt Officer Kendall, als wir endlich an der Treppe vor der Hüttentür ankommen. »Rechts ist ein großes Loch im Boden. Und überall stehen Kartons und Möbel. Die Taschenlampe wird nicht weit reichen.«

Als wir hinter ihm die Treppe hinaufgehen, ist mir noch schwindliger. Ich halte mich am Geländer fest. *Atmen.* Jetzt fühlt sich aber etwas anderes falsch an. Noch mehr als alles, das ohnehin schon schlimm ist – Lexi und Doug, die Männer, die uns durch den Wald gejagt haben, dass vielleicht Cassies Sachen auf dem Boden irgendeiner Crackhütte liegen. Mir ist, als hätte ich etwas Wichtiges zurückgelassen – meinen Rucksack, mein Handy, einen Körperteil – und hätte es noch nicht richtig gemerkt.

Atmen, bis vier zählen und dabei ein- und ausatmen. Officer Kendall steht rechts und hält uns die Tür auf, die Taschenlampe zielt nach links.

Als ich zitternd über die Schwelle trete, erhasche ich einen Blick auf den Umriss eines Schreibtischs an der Wand und einen Aktenschrank in der Ecke. Wahrscheinlich das Lagerbüro. Es riecht staubig und ein bisschen schimmlig, aber nicht schlimm. Nicht nach Tod. Und das erscheint mir wichtig. Aber da liegt immer noch dieses andere Etwas in der Luft, und es kommt mir besonders falsch vor. Etwas, das ich nicht so recht greifen kann.

»Es ist dort auf dem Boden, unterm Fenster«, sagt Officer Kendall und zeichnet mit dem Strahl seiner Taschenlampe einen Kreis auf den Boden ein Stück weiter vorn.

Als ich es endlich sehe, setzt mein Herzschlag aus. Cassies schlaffe Hobo-Tasche. Die, die sie immer dabeihat. Dort auf dem Boden liegt auch ihr Sweatshirt – das rote Boston-Shirt mit dem Loch im rechten Ärmel. Ich stürze darauf zu, denn wenn es kein Loch hat, ist es doch nicht ihres. Und diese Taschen, die sind in letzter Zeit ziemlich beliebt. Sie könnte jedem gehören.

»Nichts anfassen!«, ruft Officer Kendall mir nach.

Und so verschränke ich die Hände, während ich neben dem Sweatshirt in die Hocke gehe. Natürlich ist das dumme Loch da. Es ist ihr Sweatshirt. Cassie war hier in dieser Hütte, und jetzt ist sie weg. Jemand hat sie mitgenommen. Hat sie gezwungen, ihre Sachen zurückzulassen.

Denn Cassie liebte dieses Sweatshirt, und die Tasche hat sie sich selbst gekauft – fast hundert Dollar, die sie als Eisverkäuferin im *Holy Cow* verdient hat. Dann fällt mir noch etwas anderes ins Auge, ein paar Zentimeter weiter: rosa Tarnfleckmuster. Ich schaue genauer hin: Natürlich ist es ein Slip im Boyfriend-Stil, auf dem quer über dem Hintern *Schlaf mit mir* steht. Cassies Unterwäsche.

Ich stemme mich hoch. Zu schnell. Viel zu schnell. Vor meinen Augen regnet ein Feuerwerk aus Lichtpunkten herab. Schwindel. Aber das ist okay. Nur ein bisschen niedriger Blutdruck. Die Ränder der Hütte dehnen sich noch nicht aus. Das Kribbeln in meinen Händen bilde ich mir nur ein.

»Erkennst du etwas davon?«, fragt Officer Kendall. Kein Schluckauf, kein Zucken. Kein einziges Stottern. Officer Kendall spricht vollkommen gleichmäßig. Schon länger? Wie lange schon? Vorhin im Auto hat er definitiv noch gestottert. Und als wir vor diesen Gebäuden anhielten, auch noch, oder? Jetzt stottert er auf jeden Fall nicht mehr. Das war es. Das stimmte nicht. Das war zurückgeblieben.

Ich blicke von Cassies Unterwäsche zu Jaspers Spiegelung im Fenster auf. *Kein Stottern,* denke ich, habe aber zu viel Angst, um es zu sagen. *Wir sind in Gefahr.* Mein Herzschlag rauscht in meinen Ohren. Der Klang hallt wider, als wären wir unter Wasser. Und jetzt ist der Raum so schmal und dunkel, als würde ich durch eine Pappröhre blicken.

Dann höre ich ein Geräusch. Laut. In der Nähe der Tür. Ein Knall? Dann Dunkelheit zu meiner Linken und ein Brennen und ein Kippen und dann …

16

»Wylie? Geht es dir gut?«

Eine Stimme. Ich weiß nicht, wessen. Ich versuche, die Augen zu öffnen, aber sie sind wie zugeklebt. Mein Mund auch. Ist mein Kiefer gebrochen? Nein, nur die Innenseiten meines Munds sind zusammengeklebt. Wasser. Ich brauche Wasser. Als ich mich bewege, sticht mir der Schmerz seitlich durch den Kopf. Blinzelnd die Augen zu öffnen macht es noch schlimmer.

Es ist noch dunkel. Nacht, aber nicht rabenschwarz. Blassgraues Licht strömt durchs Fenster. Mondlicht vielleicht. Kratziger Stoff unter meinen Händen. Ich liege auf einem Sofa – staubig, stockig, uneben. Die Hütte, Camp Colestah, Cassie – alles ist plötzlich wieder da. Ihre Unterwäsche hier. Sie irgendwo anders.

»Du bist ohnmächtig geworden.« Es ist Jasper. Als ich mich auf den Ellbogen stütze, wird mir schwindelig. Jasper sitzt nicht weit von mir entfernt mit dem Rücken an die Wand gelehnt auf dem Boden. Er starrt mich an. Besorgt. Nein, schlimmer als besorgt. Er sieht ängstlich aus. »Du hast dir den Kopf an der Schreibtischkante angeschlagen.« Er zeigt auf ein großes Möbelstück in der Nähe der Tür. »Ich habe versucht, dich aufzufangen, war aber nicht schnell genug. Geht es dir gut?«

»Ich werde manchmal ohnmächtig, wenn ich richtig

gestresst bin«, sage ich und versuche, es ganz normal klingen zu lassen. »Es ist schon länger nicht mehr passiert. Tut mir leid, ich wollte dir keine Angst machen.«

»Oh.« Er senkt den Blick. »Ich glaube nicht, dass du eine Platzwunde hast oder so.« Er zeigt auf seinen eigenen Schopf. »Ich, ähm, habe nachgesehen. Aber du hast eine große Beule.«

Meine Wangen werden heiß, als ich daran denke, wie Jasper mich aufs Sofa gehoben hat und seine Hände meinen Kopf untersuchten. Es ist beschämend. Und ja, auch süß.

»Okay, danke«, sage ich und verziehe schmerzlich das Gesicht, als es in meinem Kopf hämmert, während ich mich herumwälze, um mich aufzusetzen. »Warte, wo ist …« Ich sehe mich um. Sein Name fällt mir nicht ein. Einen Moment lang frage ich mich, wie schlimm ich mich am Kopf verletzt habe. »Der Polizist.«

»Ich weiß nicht«, sagt Jasper leise. In dem schwachen Licht sehe ich, wie er sich zur Tür dreht. »Als ich zu dir gerannt bin, war hinter uns ein lautes Geräusch. Und dann knallte die Tür zu. Vielleicht hat ihn jemand geschnappt oder …«

»Ihn geschnappt?« Mein Kopfschmerz wird mit jedem Wort schlimmer. »Er ist Polizist.« Als hieße das, dass ihm nichts Schlimmes passieren könnte. Dann fällt mir wieder Officer Kendalls Stottern ein, oder vielmehr, wie es verschwunden ist. Ich denke daran, es Jasper zu sagen, aber wenn ich es laut sage, rege ich mich vielleicht wieder zu sehr auf. Und vielleicht war es der Adrenalinstoß, der seine Stimme geglättet hat. Officer Kendall könnte sein wie ich: in echten Notlagen plötzlich besser. Nur dass mir das ziemlich unwahrscheinlich vorkommt.

»Vielleicht sind sie so high, dass sie nicht kapiert haben,

dass er ein Cop ist?«, versucht es Jasper, aber nicht so, als glaubte er es wirklich. Es ist auch beängstigend, dass das unsere beste Alternative ist: Leute, die so high sind, dass sie nicht mehr geradeaus gucken können.

»Ich glaube, sein Stottern könnte nur gespielt gewesen sein«, sage ich. »Hast du es bemerkt? Es hat aufgehört, kurz bevor wir in die Hütte kamen.«

»Bist du sicher?« Jasper klingt, als glaubte er, ich hätte mir das nur eingebildet. Ich frage mich, ob das jetzt immer so ist, jetzt, da ich ihm vom Anruf meines Dads bei der Polizei erzählt habe. Wird Jasper alles anzweifeln, was ich sage? »Warum sollte er das tun?«

»Ich habe keine Ahnung.«

Er sieht mich immer noch ungläubig an. »Ich glaube, wir haben im Moment sowieso ein größeres Problem.«

»Was?« Ich schlucke den Kloß, der sich in meinem Hals verfangen hat.

»Die Tür ist abgeschlossen.«

»Abgeschlossen?«

Ich stemme mich auf die Beine und stürze zur Tür. *Nein, nein, nein.* Es kann nicht sein, dass wir an diesem dunklen, schrecklichen Ort eingesperrt sind. Der Knauf lässt sich ein Stückchen drehen, und eine Sekunde lang glaube ich, ich werde Jasper beweisen, dass er unrecht hat. Aber die Tür bewegt sich nicht, als ich dagegendrücke, so als wäre außen ein Riegel vorgelegt. *Bumm, bumm, bumm* macht mein Herz, als ich zum Fenster neben Jasper gehe, der immer noch auf dem Boden sitzt. Klare Glasscheiben füllen den Fensterrahmen aus. Ich denke an all die herunterhängenden Fliegengitter an den anderen Hütten, während ich die Hand flach ans kühle Glas lege. Weder rissig noch staubig. Tatsächlich sieht das Fenster nagelneu aus.

Jasper blickt zu mir hoch. Meine Hand ruht immer noch an der Scheibe, sein Gesicht ist halb im Schatten versunken. Ich versuche, das Fenster hochzuschieben, aber es rührt sich nicht. »Das ist abgeschlossen«, sagt Jasper, während er aufsteht, um zum anderen Fenster auf der gegenüberliegenden Seite zu gehen. Es rührt sich auch nicht, als er es zu öffnen versucht. Die beiden an der Rückseite ebenso wenig. Er sieht sich das letzte genauer an. »Ich glaube, sie haben sie von außen zugenagelt.«

»Dann sollten wir eines einschlagen«, sage ich, als Jasper sich neben mich stellt.

Ich glaube, so etwas würde mein Notfall-Ich tun: Scheiben einschlagen, über Scherben kriechen. Wieder durch den dunklen wilden Wald laufen.

Aber Jasper schüttelt schon den Kopf. »Schau.«

Was ich für ein dünnes, leicht zerreißbares Fliegengitter außen am Fenster gehalten habe, ist, wie ich jetzt sehe, aus viel dickerem Draht. Wie ein Maschendrahtzaun. Wir sind nicht nur in einer Hütte eingeschlossen.

»Was zum Henker ist das?«, flüstere ich.

Jasper holt tief Luft, als müsste er sich wappnen. »Okay, es muss noch einen anderen Weg hinaus geben«, sagt er, ohne meine Frage zu beantworten. Vielleicht versucht er wieder, positiv zu denken. Und ich hoffe es, denn alle Gedanken, die ich habe, sind dunkel und schrecklich und enden mit Verderben. Unserem Verderben.

Jasper geht zur Rückseite der Hütte, dort steht so etwas wie ein Wandschrank, und streckt den Kopf hinein. Als er an einer Schnur zieht, die von oben herunterhängt, geht eine einzelne Glühbirne an. Sie wirft ein schräges goldenes Rechteck auf den Boden um seine Füße und erhellt die Hütte ein winziges bisschen. Ich bin erleichtert, aber nur ganz kurz.

»Es gibt hier Strom?«, frage ich. Sollte mich das beruhigen? Tut es nämlich nicht. »Ich dachte, das Gelände hier sei verlassen.«

»Ja, das ist auf jeden Fall seltsam.« Jasper winkt mich zum Wandschrank herüber. »Aber nicht so seltsam wie das hier.«

Als ich bei ihm ankomme, sehe ich, was er meint. Auf dem Boden des Wandschranks steht ein Eimer mit einer Rolle Toilettenpapier daneben. Es gibt sogar Handdesinfektionsmittel. Eine improvisierte Toilette.

»Sie wussten, dass wir kommen«, sage ich.

»Oder dass irgendwer kommt«, ergänzt Jasper, während er zum vorderen Fenster geht. Ich starre ihn an, aber er dreht sich nicht zu mir um.

»Wer sind diese Leute?«, frage ich, obwohl ich schon weiß, dass Jasper keine Ahnung hat.

»Wahrscheinlich keine, die sich wegen Marshmallow-Hasen gegenseitig die Augen ausstechen.« Als ich mich zu ihm ans Fenster stelle, wendet er sich mir zu. »Oder?«

Natürlich hat er recht. Das ist viel zu geplant und gut durchdacht, als dass es von einem Haufen Übergeschnappter auf Drogen stammen könnte.

»Warte, ist das da drüben ein Mensch?« Jasper zeigt zu der Hütte gegenüber, aber ich erkenne nur Schatten. »Da hat sich gerade was bewegt.«

Ich beuge mich vor und blinzle, kann aber nichts sehen. Stattdessen fällt mir etwas in der entgegengesetzten Richtung auf.

»Schau.« Ich spüre ein klein wenig Hoffnung. »Das Polizeiauto ist noch da.«

»Ja, aber jemand hat die Scheinwerfer ausgemacht«, sagt Jasper, und aus seiner Stimme kann ich heraushören, dass er das für nichts Gutes hält. Wir betrachten es eine Weile schweigend. »Glaubst du wirklich, dass Cassie vielleicht Meth nimmt?«, fragt er, den Blick immer noch auf Officer Kendalls Auto gerichtet. »Dass es hier nur um Meth geht?«

»Ich habe keine Ahnung.« Ich drehe mich um und lasse mich an der Wand herunterrutschen, bis ich Jaspers Platz auf dem kalten, schmutzigen Boden eingenommen habe. »Cassie hat in letzter Zeit so einiges gemacht, das ich nie von ihr erwartet hätte.« Jetzt ärgere ich mich wieder über Jasper. Die Regenbogenkoalition mag der Grund gewesen sein, warum Cassie mit dem Partymachen anfing. Aber Jasper ist schuld, dass sie dabei blieb. »Ich meine, diese ganzen Partys, auf denen sie war – vielleicht hat sie wirklich Meth probiert. Das musst du doch wissen, du warst schließlich mit ihr dort.«

»Warte mal, du glaubst, auf einer Party, bei der ich war, gab es Meth?«, fragt er, dann schüttelt er angewidert den Kopf. »Du glaubst ernsthaft, ich sei der Grund, warum Cassie Drogen nahm, oder?«

»Ich habe nicht gesagt, dass es deine Schuld ist.« Ich verdrehe die Augen. Ganz schön lächerlich, wie unschuldig er tut. »Ich sage nur, vielleicht konntest du besser damit umgehen als sie, das ist alles.«

»Und mit ›damit‹ meinst du Drogen?« Jasper wartet nicht auf meine Antwort. »Hör mal zu, ich weiß, du glaubst, du wüsstest alles über mich. Du weißt ja eh über alles Bescheid. Aber ich trinke nicht mal Alkohol. Habe ich nie. Auch keine Drogen. Und damit meine ich: nie probiert«, schnauzt er. »Mein Dad war völlig drauf, als er den Typen verprügelt hat. Hätte ihn fast umgebracht. Und ja, er hat es getan. War auch nicht das erste Mal. Nur das erste Mal, dass er jemanden so schlimm verletzt hat, dass er deswegen im Gefängnis gelandet ist. Und ja, ich habe es Lexi und Doug anders erzählt, weil die Leute manchmal glauben, der Apfel fällt nicht weit vom Stamm.« Dann mustert er mich, als wüsste er, dass ich eine von diesen Apfelleuten bin. »Und manchmal mache ich mir Sorgen, dass sie recht haben könnten. Also bin ich vorsichtig. Halte mich zum Beispiel von Drogen fern. Ich war nie drauf und werde es auch nie sein. Und ich habe Cassie auch nie Drogen nehmen sehen. Sie wusste, wie ich dazu stehe, also hat sie es nicht getan, wenn ich dabei war. Aber ja, ich wusste, dass sie Gras raucht, und es hat mir nicht gepasst.«

»Okay.« Ich hebe beschwichtigend die Hände. »Schon gut, tut mir leid.«

Ich fühle mich wirklich wie eine Idiotin. Denn vielleicht bin ich wirklich eine von diesen Apfelleuten. Jasper hat recht, es ist schlimm, so zu denken.

»Aber sie hat sich in letzter Zeit wirklich komisch verhalten.« Jasper verschränkt die Arme, den Blick immer noch aufs Fenster gerichtet. »Wie ich schon sagte, ich dachte, sie betrügt mich. Aber vielleicht hat sie auch irgendeine Drogensache versteckt. Womöglich sogar Meth. Scheiße, ich weiß es nicht. Sie hätte es mir jedenfalls sicher nicht gesagt. Sie hätte gewusst, dass ich nicht damit einverstanden gewesen wäre. Aber ist ja auch egal. Wenn du glaubst, ich lüge, kann ich nichts dagegen tun.«

»Das tue ich nicht. Ich wollte nicht …«

»Ach ja, übrigens, wenn wir schon von deiner miesen Meinung von mir reden«, fährt Jasper fort, jetzt wieder richtig wütend. »Cassie hat mir erzählt, dass du glaubst, ich hätte Tasha was getan. Nicht dass es dich irgendwas angehen würde, aber Tasha und ich waren Freunde. Manchmal tat sie gern so, als wären wir ein Paar, und ich dachte, von mir aus, was stört es mich?« Er schüttelt den Kopf. »Aber ich war zu blöd, um daran zu denken, wie es ihr gehen würde, wenn ich eine echte Freundin hätte. Und es war wirklich schlimm.«

»Hast du das Cassie erzählt?«, frage ich. Das hätte sie mir sicher um die Ohren gehauen.

»Nein. Sie hat nach Tasha gefragt, aber ich fand nicht, dass das irgendwen was angeht. Hör zu, ich behaupte nicht, dass ich perfekt bin. Und falls du dich fragst: Ja, ich habe dem Jungen die Nase gebrochen. Hab ihn mit einem Schlag ausgeknockt. Ob ich ihn wirklich so hart schlagen wollte – keine Ahnung, vielleicht. Er hat Mist über meinen Dad erzählt, und ich bin einfach ausgerastet. Darauf bin ich nicht stolz. Es war ein Fehler. Man macht Fehler, weißt du?« Jasper dreht sich wieder mit verschränkten Armen zum Fenster. »Wenn du dir das klarmachen würdest, wärst du vielleicht ein glücklicherer Mensch.«

Meine Wangen fühlen sich heiß an, und ich starre von der Seite auf sein hübsches Jungengesicht. Er hat so recht, ich hasse es.

»Schau, da!« Jasper deutet wieder aus dem Fenster.

Ich springe schnell genug auf und sehe … etwas oder jemanden im Schatten der großen Hütte gegenüber. Dann geht eine Taschenlampe an, und das Licht hüpft über das dunkle Gras auf uns zu. Officer Kendall. Glaube ich zumindest – dasselbe Licht, dieselbe Größe. Vielleicht auf dem Weg zurück zu uns? Es könnte sein, dass er rausgelaufen ist, um etwas zu untersuchen, und die Tür schlug hinter ihm zu. Es könnte sogar sein, dass sie nur klemmt und nicht mal abgeschlossen ist. Unsere Lage könnte trotzdem schlimm sein – denn wir haben Cassie nicht gefunden –, aber vielleicht nicht *so* schlimm.

Statt weiter zu unserer Hütte herüberzukommen, dreht

der Taschenlampenstrahl in Richtung Auto ab. Nicht Officer Kendall? Aber eine Sekunde später, als das Licht nicht mehr in unsere Richtung scheint, können wir sehen, wer dahintersteht. Officer Kendall, definitiv. Auf dem Weg zu seinem Auto. Und weg von uns.

Ich schließe die Augen. Hoffe, dass ich mir das nur einbilde. Halluzinationen, das muss es sein. Aber als ich sie wieder öffne, geht Officer Kendall immer noch ruhig auf sein Auto zu.

Jasper klopft mit zwei Fingerknöcheln ans Fenster. »Hey!«, schreit er. »Wo gehen Sie hin?«

Falls Officer Kendall es hört, zuckt er nicht mal.

»Er lässt uns hier«, flüstere ich; ich bekomme die Worte kaum heraus. Mein Herzschlag hämmert in meinem Kopf.

»Hey!«, schreit Jasper noch mal, als Officer Kendall in seinen SUV steigt. Diesmal hämmert er mit der ganzen Faust ans Fenster. So fest, dass ich Angst habe, er tut sich weh, wenn das Glas splittert.

»Jasper, hör auf.« Ich lege ihm die Hand auf den Arm.

Er lässt die Faust an der Scheibe ruhen, während Officer Kendall zurücksetzt und wegfährt. Schweigend stehen wir da, bis seine Rücklichter verschwunden sind.

»Fuck«, sagt Jasper leise. Dann setzt er sich wieder auf den Boden.

Ich betrachte ihn da eine Weile, er sieht so niedergeschlagen aus. Wenn Jasper keine Hoffnung mehr hat, sind wir wirklich verloren. Aber er wird sich wieder fangen. Er muss. Ich muss ihm nur Zeit lassen. Ich wende mich von ihm ab zum Fenster.

Und da ist ein Gesicht. Direkt vor mir auf der anderen Seite der Scheibe, nur Zentimeter entfernt. Ein Mann mit schrecklichen toten Augen, der mir ins Gesicht blickt.

»O Scheiße!«

Jasper springt auf. »Was ist los?«

Der schreckliche Mann, bärtig und dürr, mit fleckiger Haut, sieht zu Jasper hinüber und hebt den schmutzigen Finger. *Pssst,* ist das Geräusch, das er machen würde, könnten wir ihn hören. Mein Herz rast, als er etwas vor sich hochhält. Ich brauche einen Moment, bis mir klar wird, was es ist: ein Gewehr. Als er es senkt, schwindet sein Lächeln und wird zu einem furchtbar finsteren Blick, bevor er schließlich verschwindet.

»Fuck«, sagt Jasper noch einmal, die aufgerissenen Augen immer noch auf das Fenster gerichtet. »Wir müssen hier weg! Sofort!«

Wir teilen die Hütte in Abschnitte auf und suchen nach einem Ausweg. Irgendwann verschiebt Jasper ein paar Kartons und schafft einen kleinen Zaun um Cassies Sachen, und ich bin froh darüber, denn ich habe Angst, wenn ich zu genau hinschaue, könnte ich vielleicht etwas Schreckliches darauf sehen. Blut zum Beispiel.

Ich checke noch mal die Fenster, aber sie sind alle zugenagelt und alle mit demselben Maschendraht überzogen. Jasper tastet die Wände nach einem losen Brett, einem Riss in den Dichtungen ab. Wir suchen den Boden nach irgendeinem Anzeichen von Schwäche ab, nach irgendeinem Winkel, von dem aus wir uns einen Weg hinausgraben könnten. Ich finde nur das Loch im Boden, das Officer Kendall erwähnt hat, aber es ist nicht groß genug, um uns zu nützen.

Das alles tun wir schweigend. Keiner von uns entwirft Theorien, wer genau diese Leute sind oder warum sie uns hier eingeschlossen haben. Warum Officer Kendall weg ist.

Denn wir haben keine Erklärungen, die unsere Lage und die von Cassie nicht noch viel, viel schlimmer machen.

»Glaubst du, ihr geht es gut?«, fragt Jasper dann doch irgendwann. *Dass sie noch lebt,* meint er, das ist mir klar.

Ich möchte nicht, dass er mich das fragt. Ich möchte, dass er weiß, dass es ihr gut geht, dass alles gut wird, so wie er anfangs überzeugt war.

»Sie ist okay«, sage ich schließlich, so wie er es mir vor Stunden gesagt hat. »Es muss so sein.«

Ich trage einen Stuhl hinüber, um einen Lüftungsschlitz unter der Decke zu untersuchen, der sowieso zu schmal wäre, um durchzukriechen.

»Hey, ich glaube, dahinter ist vielleicht was«, ruft Jasper von hinten. »Hilf mir, den Schreibtisch vorzuziehen.«

Der Schreibtisch ist so schwer, dass er auch aus Beton sein könnte. Obwohl Jasper seine ganze Kraft einsetzt, bekommen wir ihn nicht weit von der Wand weg, nur ungefähr dreißig Zentimeter. Aber es reicht, um zu sehen, dass dahinter etwas ist. Ein großes Stück Sperrholz – gut einen halben auf einen Meter – wurde an der Wand angebracht, als sollte es ein Loch verdecken. Ein Loch, das vielleicht gerade groß genug ist, damit wir entkommen können. Jasper kauert sich hin und untersucht die Ränder der Sperrholzplatte. In jeder Ecke ist eine Schraube, und an den Seiten entlang gibt es noch ein paar mehr.

»Wir müssen die rausdrehen.« Er macht eine Geste in den Raum hinein. *Such ein Werkzeug, um sie zu lösen.* Und er hat auch recht damit, dass wir leise sein müssen. Schließlich wollen wir nicht die Aufmerksamkeit des Mannes an der Tür wecken.

Sachte und vorsichtig ziehen wir eine Schublade nach der anderen auf. Ich finde einen kaputten Kuli und vier

Pennys in einer, ein paar schmutzige Aktenordner in der nächsten. Jasper durchsucht einen hohen Aktenschrank und hat Mühe, die klappernden Metallschubladen leise zu öffnen und zu schließen. Irgendwas in der zweiten scheint ihn anzuekeln, und er sieht genauer hin. Einen Augenblick später zieht er eine riesige ausgestopfte Eule heraus und stellt sie so auf den Aktenschrank, dass sie mich direkt anstarrt.

»Für dich.« Er lächelt leicht, und ich bin froh, dass wenigstens einer von uns noch Scherze machen kann.

»Hey«, flüstert Jasper kurz darauf wieder. Ich drehe mich um und erwarte eine weitere skurrile Entdeckung. Aber er hält ein Metalllineal in der Hand. Mit so etwas könnte man Schrauben herausdrehen.

Jasper probiert das Lineal aus, und ich bin fassungslos, denn die erste Schraube dreht sich tatsächlich. Als er zu mir aufblickt, ist die Hoffnung wieder in seine Augen zurückgekehrt. Und ich bete, dass er recht hat. Dass wir so gut wie frei sind.

Zehn Minuten später wird aber klar, dass es eher langsam vorangehen wird. An einem Ende hat er drei Schrauben draußen und noch ein paar weitere gelöst, aber er hat noch ein Dutzend vor sich.

»Lass mich«, biete ich an, als es aussieht, als würden Jaspers Hände langsam versagen. Selbst im trüben Licht der Glühbirne in unserer Eimertoilette sehen seine Handflächen knallrot aus.

»Ich schaff das schon«, sagt er und schiebt mich weg, obwohl das Lineal abzurutschen beginnt.

Ich lasse ihn noch ein paar Minuten kämpfen, bis es wirklich aussieht, als würde er langsamer. Das können wir uns nicht leisten, so oder so. Wir haben die Zeit nicht, und Cassie auch nicht. Wo auch immer sie steckt.

Ich lege die Hand auf seine. »Komm. Mach mal kurz Pause.«

Endlich nickt Jasper und geht aus dem Weg. Als ich mich selbst an die Schrauben mache, merke ich, es ist noch schwieriger, als ich dachte. Trotzdem – es funktioniert. Ich bekomme noch eine heraus und fange mit der zweiten an. Da fällt mir ein: Für Leute, die sich diese ganze Mühe gemacht haben – neue Scheiben in den Fenstern und Draht dahinter, eine improvisierte Toilette, ein versiegeltes Loch –, war es ein ziemlich dummer Fehler, dieses Lineal zurückzulassen.

»Zum Glück haben wir das gefunden, was?«, frage ich.

Vielleicht hat mein ungutes Gefühl nichts zu bedeuten. Normalerweise heißt es nichts. Aber wenn man sich über alles Sorgen macht, hat man auch irgendwann einmal damit recht.

»Ja, schon«, sagt Jasper, aber er hört nicht zu. Er macht sich keine Sorgen, dass wir zu viel Glück damit hatten, ein Lineal zu finden. Sein Blick ist auf meine Hände konzentriert, als wollte er es mir gleich wieder entreißen.

»Ich meine, ist das nicht verdächtig?« Ich höre auf, an der Schraube zu arbeiten, und blicke zu ihm auf.

Jasper nickt, zuckt die Achseln, starrt jetzt auf die Sperrholzplatte. Als er die Hand ausstreckt, denke ich, er ist vielleicht meiner Meinung, dass wir kurz warten und es durchdenken sollten. Aber stattdessen nimmt er nur das Lineal und macht sich wieder an die Arbeit. Diesmal noch schneller.

Erfrischt von seiner kurzen Pause holt Jasper die nächsten Schrauben schneller heraus. Als an einem Ende alle draußen sind, kann er das Sperrholz sogar ein bisschen wegziehen.

Nicht viel, nur zehn, fünfzehn Zentimeter. Er nickt zu der Lücke hin.

»Schau mal, ob es ganz durchgeht«, flüstert er. Was bedeutet, er will, dass ich meine Hand rausstrecke.

Das will ich nicht. Aus zahllosen Gründen. Hauptsächlich, weil ich überzeugt bin, dass dann etwas Schreckliches passiert. Im optimistischsten Fall wird jemand nach mir schnappen. Aber Jasper wartet. Und er hat sich so viel Mühe gegeben, uns so weit zu bringen. Ich kann wenigstens helfen. Er zieht das Holz zurück. *Du schaffst das, Wylie,* versuche ich mich zu überzeugen. *Tu es.*

Schließlich nicke ich und trete vor. Ich hole noch einmal Luft, bevor ich meine Hand hineinramme. Dann halte ich die Luft an, warte auf Zähne in meiner Haut, darauf, dass meine Hand zerteilt wird. Aber da sind nur die Kälte und der Dunst und etwas Strähniges, das sich in meinen Fingern verfängt. Ich brauche einen Moment, bis mir klar wird, dass es wahrscheinlich hohes Gras ist, das an der Hütte entlangwächst.

»Es geht ganz durch«, sage ich erleichtert.

Da ertönt vorn an der Hütte ein Geräusch – der Riegel gleitet zur Seite, die Tür geht auf. Ich will den Arm zurückreißen, aber mein hochgerutschter Ärmel verhakt sich genau in dem Moment, in dem Jasper das Sperrholzbrett loslässt. Es schnappt hart zurück, während ich meinen Arm vollends herausziehe, und Jasper und ich stürzen in die Raummitte, so weit von dem Sperrholz weg wie möglich.

Mein Arm brennt, als die Tür aufschwingt, meine Augen füllen sich mit Tränen. So viele Tränen, dass ich kaum etwas sehen kann. Dass ich kaum meinen Augen trauen kann, als schließlich jemand eintritt. Ich blinzle angestrengt und bete, dass ich es mir nicht einbilde.

Denn da ist sie. Am Stück und am Leben. Cassie.

17

Cassie schlurft herein, und die Tür knallt hinter ihr zu. Sie sieht furchtbar aus. Ihre Haut ist kalkweiß, die dunkelbraunen Locken verfilzt und voller Zweige und Blätter. Als hätte man sie an den Füßen über den Boden geschleift. Ihre Hände sind schmutzig, die Knie unter dem kurzen Rock auch. Aber das Schlimmste ist, wie verblüfft sie wirkt. Und sie bewegt sich so steif und ungelenk, als wäre ihr ganzer Körper verbrannt.

Aber sie lebt. Sie lebt. Erst in diesem Augenblick merke ich, welche Angst ich hatte, dass es nicht so sein könnte.

»Cassie!« Jasper eilt zu ihr und nimmt sie in die Arme. »Gott sei Dank, es geht dir gut.«

Sie wehrt sich nicht, schreit nicht auf, als er sie berührt. Aber sie bleibt starr, die Arme ausgestreckt wie bei einem Kruzifix. Ich denke an Cassies Unterwäsche auf dem Boden, daran, wie sie wohl dorthin gelangt ist. An Orten wie diesen gibt es keine guten Gründe, warum ein Mädchen und seine Unterwäsche getrennt sein könnten.

»Geht es dir gut?«, fragt Jasper und löst sich von ihr, um ihr in die Augen zu sehen.

Ich rücke näher heran, um selbst nachzuschauen. Cassie hat keine sichtbaren Schrammen oder Wunden. Aber ich wünsche mir, sie würde sprechen. Etwas sagen, irgendwas. Sie schüttelt nur den Kopf. Nein, nicht gut? Oder nein, nicht verletzt? Plötzlich dreht sie sich um und klammert sich an mich.

»Schschsch.« Ich streiche ihr über den Kopf, während sie so sehr schluchzt, dass es klingt, als würde ein Tier in meinen Armen sterben. »Du bist jetzt okay. Alles wird gut.«

Aber ich schäme mich sehr, dass ich so etwas sage. Denn ich weiß, es ist gelogen.

»Cassie, was ist passiert?«, fragt Jasper, als ihr Schluchzen zu einem Schniefen abebbt. »Was ist das hier?«

»Ich weiß nicht«, sagt sie und lässt mich endlich los. Sie lässt sich auf das Sofa fallen.

Jasper und ich sehen einander an. Sie weiß es nicht? Vielleicht hat man ihr auf einer Party oder in einer Bar, wo sie schon mal überhaupt nicht hätte sein sollen, etwas in den Drink gemischt. Vielleicht ist sie ohnmächtig geworden und hier aufgewacht.

Ich gehe hinüber und schiebe die Kartons aus dem Weg, damit Cassies Unterwäsche wieder sichtbar wird.

»Bist du verletzt?«, frage ich und deute darauf, als sie mich anschaut. »Hat jemand etwas mit dir angestellt?«

»Nein, nein.« Sie schnieft noch ein bisschen und wischt sich das Gesicht mit dem Handrücken ab. »Sie haben mir nichts getan, sie lassen mich nur nicht weg.«

Sie. Es gefällt mir nicht, wie sie das sagt. Als wären wir in der Unterzahl. Ich setze mich neben ihr aufs Sofa. »Karen ist zu uns nach Hause gekommen. Sie sagte, ihr hättet furchtbar gestritten, und dann wärst du zur Schule gegangen. Wie bist du hierhergekommen?«

Cassie starrt auf ihre Hände und nickt.

»Sie hat wieder davon geredet, mich in dieses ›therapeutische Internat‹ – sprich: ins Gefängnis – zu schicken, und ich bin ausgerastet und habe das F-Wort zu ihr gesagt.«

Cassie nickt wieder. »Und dann ist sie ausgeflippt. Sie hat mich nur noch angeschrien. Und ich hatte einfach die Schnauze voll. Ich bin mit dem Bus zur Schule gefahren, aber nicht reingegangen. Stattdessen bin ich in die Stadt gegangen. Ich saß da einfach auf einer Bank und dachte mir nichts, da kam dieser Typ und sagte, meine Mom hätte ihn geschickt. Er war nicht angezogen wie ein Cop, aber er hat mir irgendeine Marke gezeigt, und ich dachte, vielleicht ist er eine Art Undercover-Schulschwänzer-Polizei.« Sie sieht Jasper an. »Jedenfalls musste ich mit ihm gehen, denn ich konnte nicht riskieren, na ja, du weißt schon …«

Sie schaut von Jasper zu mir herüber. *Und du weißt ja von mir und der Polizei, Jasper,* sagt ihr Blick.

»Ich habe Wylie erzählt, dass du verhaftet wurdest«, sagt Jasper und verschränkt die Arme. Er sagt es schnell und nüchtern, so wie man ein Pflaster abreißt. »Tut mir leid, aber bei allem, was passiert ist – ich musste es ihr sagen.«

»Oh.« Cassies Blick schnellt zu mir herüber, dann wieder auf ihren Schoß. »Na ja, als wir in seinem Auto saßen, sagte er, er sei eigentlich von der Schule, in die meine Mom mich stecken wollte, und ich müsse mitgehen, sonst würde er mich bei der Polizei abliefern.« Wieder fangen die Tränen an zu fließen. Sie blinzelt sie weg und blickt zur Decke auf. »Solche Organisationen lassen kein Nein gelten. Wenn es sein muss, ziehen sie dir einen Sack über den Kopf. Und ich dachte ans Weglaufen, hatte aber Angst, das würde alles nur schlimmer für mich machen.«

»Also ist es das?«, fragt Jasper und sieht sich skeptisch in dem heruntergekommenen Käfig von einer Hütte um. »Eine Art Besserungsanstalt?«

Das kommt mir auch nicht richtig vor, überhaupt nicht.

»Ja, ich meine, das dachte ich, bis wir hier ankamen und sie mich in eine von diesen Dreckshütten gesperrt haben.« Sie klingt wütend, nicht traurig, das ist besser. »Ich meine, offensichtlich ist das hier keine Schule, nicht mal eine für Cracksüchtige. Also bin ich durchgedreht und habe mir die Lunge rausgebrüllt.«

Cracksüchtige. Ziemlicher Zufall nach dem ganzen Gerede von Meth. Und diese Geschichte klingt immer noch nicht nach der Wahrheit. Cassie lässt etwas aus. Zum Beispiel, dass sie nicht nur ganz unschuldig auf der Bank saß, als der Typ zu ihr kam.

»Also hat das hier nichts mit Drogen zu tun?«, frage ich. Ich kann es mir nicht verkneifen.

»Drogen?« Jetzt schießt Cassie einen Blick auf Jasper ab: *Siehst du, das meinte ich; sie ist voreingenommen.* »Warum? Weil ich einmal Gras gekauft habe?«

»Nicht deshalb«, verteidigt mich Jasper, aber ein bisschen widerstrebend. »Die Polizei in der Stadt sagte, der einzige Grund, warum Leute hier raufkommen, sei Meth.«

»Meth?« Cassie lacht zornig, während sie den Blick zwischen Jasper und mir hin und her wandern lässt. »Ihr beide glaubt also, dass ich …«

»Die Polizei dachte das«, sage ich. Aber im Gegensatz zu Jasper klinge ich nur defensiv. »Und du wolltest uns nichts sagen. Was hätten wir denn denken sollen?«

»Wie wäre es nicht mit dem Schlimmsten?« Cassies Stimme bricht. »Manchmal bist du genau wie meine Mom, Wylie.«

Autsch. Das Schlimmste daran ist: Sie hat nicht mal völlig unrecht. Bin ich wirklich eher bereit, eine Version der

Ereignisse zu glauben, in der Cassie Meth nimmt, als diese Geschichte von dem Internat oder Bootcamp?

»Und das ist alles?«, fragt Jasper. »Sonst haben sie dir nichts gesagt?«

»Da ist noch so ein Typ … nicht der Idiot, der mich gefahren hat, und nicht der Freak an der Tür«, sagt Cassie. »Er war ganz nett. Er sagte, ich soll mir keine Sorgen machen. Dass ich hier bin, weil ich in irgendeiner Gefahr bin, aber nicht ihretwegen, sondern wegen jemand anderem. Ich verstehe nicht, was das damit zu tun hat, dass das hier eine Therapieschule sein soll …« Offensichtlich weiß sie, dass das nicht viel Sinn ergibt. »Aber ich glaube, sie beschützen mich.«

»Dich beschützen?«, frage ich. »Vor wem?«

»Vor mir selbst vielleicht? Alles andere ergibt keinen Sinn, oder?« Sie zuckt die Achseln. »Ich habe keine Ahnung. Er sagte, mehr könne er mir nicht sagen.«

»Warum sollte deine Mom uns das nicht sagen?«, frage ich.

»Ich bin mir sicher, sie fühlt sich wie ein Arschloch. Sie hat auf keinen Fall erwartet, dass es hier so sein würde. Ich habe die Prospekte gesehen.«

Falls Karen Cassie wirklich in diese Lage gebracht hat, weil irgendetwas mit einer Therapieschule schiefgelaufen ist, könnte es sein, dass sie gelogen hat, als sie uns um Hilfe gebeten hat. Das erscheint mir mehr als möglich.

»Und warum hast du uns in deinen Nachrichten nichts davon gesagt?«, frage ich.

»Ich hatte Angst, ihr würdet nicht kommen.«

Ich möchte sagen, dass ich auf jeden Fall gekommen wäre, aber das wäre eine Lüge.

»Außerdem hatte ich nicht groß Zeit, etwas zu erklären.

Sie wussten nicht, dass ich mein Handy dabeihatte.« Cassie macht eine Handbewegung zu ihrem BH. Sie hat da schon immer Zeug reingesteckt – Bargeld, Lippenstift, sogar ihr Handy –, davon konnte ich mit meiner flachen Brust nur träumen. »Und ich musste mich auf einen Stuhl stellen, um Empfang zu haben. Ich wollte nicht, dass ihr es meiner Mom erzählt. Falls sie womöglich doch schon wusste, was das für ein Ort ist, dachte ich mir, sie würde ihnen verraten, dass ich mein Handy bei mir habe. Du weißt ja, sie würde nie zugeben, dass sie einen Fehler gemacht hat. Irgendwann haben sie mich sowieso erwischt. Sie sagten, ich brächte mich und alle anderen ›in Gefahr‹, wenn ich Nachrichten schicke. Danach haben sie mir mein Handy weggenommen.«

»Haben sie wirklich gesagt, sie würden dich umbringen?«, frage ich, als mir die Nachricht wieder einfällt, die wir im Supermarkt von Cassie bekommen haben.

»Was meinst du damit?« Sie sieht verwirrt aus.

»Die Nachricht, die du geschickt hast«, sage ich. »Du sagtest, wir sollen nicht die Polizei rufen, sonst würden sie dich umbringen.«

Cassie schüttelt den Kopf und senkt den Blick. »Das müssen sie geschickt haben, nachdem sie mir das Handy weggenommen hatten.«

»Und du hast uns nicht gesagt, wir sollen nach Seneca oder zur Polizei gehen?«

Wieder schüttelt sie den Kopf. »Nein.«

»Du sagst immer ›sie‹«, sagt Jasper. »Wie viele sind es?«

Cassie schaut nach oben, als dächte sie nach, dann zählt sie an den Fingern ab. »Vielleicht zehn, zwölf?«

»Zwölf?« Jasper sieht nervös zur Tür. Bei so einem Verhältnis kann nicht einmal er etwas tun.

»Vielleicht auch mehr. Die meisten habe ich nur durchs Fenster gesehen. Ein paar sind Frauen. Sie sehen alle so normal aus, das ist vielleicht sogar noch unheimlicher.«

Danach schweigen wir alle eine Weile, die sich wie eine hoffnungslose Ewigkeit hinzieht.

»Also gut.« Jasper klatscht in die Hände, wie um sein Team anzufeuern. »Wir kommen hier raus, und zwar sofort, verdammt.«

Mit großen Schritten geht er zu Cassie auf dem Sofa hinüber und streckt ihr die Hand hin. Als sie schließlich die Hand hebt, wirkt sie so traurig und schuldbewusst.

»Na komm«, sagt er leise. »Das wird schon wieder. Alles wird gut.« Endlich lockert sich Cassies Körper. Sie lächelt sogar ein bisschen.

Und ich bin verblüfft, wie er das macht: wie er es schafft, dass sie sich besser fühlt, ohne wirklich etwas zu tun. Das ist Liebe, nehme ich an. Und das kenne ich nicht.

Kurz darauf stehen Cassie und ich hinter Jasper, während er mit mehr Nachdruck als je zuvor an den letzten Schrauben arbeitet.

»Was ist das?«, fragt Cassie.

»Ein Weg nach draußen.« Jasper klingt jetzt so zuversichtlich, dass ich fast selbst überzeugt bin.

»Und was dann?« Cassie sieht besorgt zu den Fenstern hinüber.

»Dann rennen wir«, sagt Jasper.

»Aber was, wenn sie uns schnappen?«, fragt Cassie, jetzt klingt sie richtig ängstlich. »Da draußen ist ein Typ mit Gewehr, schon vergessen? Oder was, wenn sie wirklich die Wahrheit sagen und mich vor irgendwas beschützen wollen? Vielleicht sind wir hier drin sicherer.«

»Dich beschützen, vor was?«, frage ich sie mit eindringlichem Blick. »Es klang, als wärst du der Meinung, sie hätten das nur behauptet.«

»Das weiß ich nicht sicher«, erwidert sie, den Blick immer noch aufs Fenster gerichtet. »Was, wenn da draußen jemand oder etwas ist? Diese Leute haben mir eigentlich nichts getan. Vielleicht sind sie gar nicht so schlecht.«

Während ich in die Dunkelheit hinausblicke, zieht sich mein Magen zusammen. Da draußen ist es unheimlich, das ist sicher.

»Wer auch immer diese Leute sind, die Polizei oder zumindest ein Polizist hilft ihnen«, sagt Jasper. »Sie haben dich von der Straße geholt und uns alle hier eingesperrt. Mehr muss ich nicht wissen. Wir müssen weg.«

Cassie sieht mich lange an, als dächte sie darüber nach, ob sie ihm zustimmen soll oder nicht. Stattdessen senkt sie den Blick und nimmt mein Handgelenk in ihre kalten Finger. »Wylie, was ist passiert?«

Mein Unterarm ist blutverschmiert von drei tiefen Schnitten in meiner Ellbogenbeuge unter meinem hochgerollten Ärmel und ein paar breiteren rosa Kratzern. Als ich den Arm aus dem Loch gezogen habe, habe ich den Schmerz gespürt, aber danach: nichts. Ich lege die Finger eng um den Arm, wie einen Druckverband. Dadurch wacht er nur auf und fängt an zu pochen.

»Es war das Holz.« Ich zeige auf die Wand. »Ich habe den Arm zu schnell herausgezogen. Ist nicht so schlimm.«

Cassie starrt immer noch meinen Arm an. »Danke, dass du gekommen bist«, sagt sie. »Vor allem nach all unseren …« Sie lässt die Hand sinken und verschränkt die Finger mit meinen. »Nach allem.«

»Natürlich bin ich gekommen«, sage ich und schaue zu

Jasper hinüber, der immer noch arbeitet. »Wofür sind beste Freundinnen da?«

Cassie und ich lagen mit Kissen im Rücken Zeh an Zeh auf der Couch und machten Hausaufgaben wie jeden Tag in den fast zwei Monaten seit der Beerdigung. Und jeden Tag wollte ich ihr sagen, dass sie nicht weiter herkommen und so tun müsse, als wären wir noch Freundinnen. Aber ein größerer Teil von mir hatte zu viel Angst vor dem, was passieren würde, wenn sie nicht mehr käme.

Beim ersten Mal ignorierten wir die Türklingel beide. Ich wäre jedenfalls nie aufmachen gegangen. Auch nicht, wenn tausendmal geklingelt wurde. Nicht mal, wenn es noch mehr Blumen oder noch ein Auflauf war, den die freundlichen Nachbarn vor die Tür stellten. Denn es konnte auch sein, dass es wieder ein Reporter war. Ich weiß nicht, was es war: die grausame Ironie, dass meine Mom posthum für den Pulitzerpreis nominiert wurde, die Tatsache, dass sie so viele Gefahren überlebt hatte, nur um dann eine Meile von zu Hause entfernt zu sterben. Oder dass sie so schön war. Aber die Reporter kamen immer noch, egal, wie oft wir ihnen sagten, sie sollten weggehen.

Cassie wusste das auch. Und als es zum dritten Mal klingelte, hielt sie es nicht mehr aus. Die Leute, die Essen brachten, waren nie so hartnäckig.

»Ich wimmle sie ab«, sagte sie, während sie sich von der Couch hochstemmte. Kurz darauf hörte ich knarrend die Haustür aufgehen, eine kurze Stille, gefolgt von Cassies leiser Stimme: »Was soll das denn?« Dann ihre stampfenden Schritte auf der Treppe vor der Haustür: »Hey! Komm her, du beschissenes Arschloch!«

Widerstrebend zwang ich mich, aufzustehen und nachsehen zu gehen. Als ich hinkam, stand unsere Haustür weit offen, und Cassie war nirgends zu sehen. Ich trat auf die Schwelle, vom kalten Märzwind tränten mir die Augen. Schließlich entdeckte ich Cassie draußen auf der Straße. Sie stand in ihrem abgeschnittenen Pulli, dem kurzen Rock und der bunten Karostrumpfhose vor einer dunkelgrauen Limousine. Ihre lockigen braunen Haare wurden ihr von dem starken Wind im Bogen um den Kopf geweht, wodurch sie aussah wie eine stinksaure Medusa. Sie hatte eine Hand auf die Motorhaube gelegt, die andere angehoben. Ich brauchte eine Weile, bis ich erkannte, was sie in der Faust hielt: eine Plastikbabypuppe. Wir hatten insgesamt ein halbes Dutzend bekommen, aber seit dem Unfall meiner Mom keine einzige.

»Aber sie ist tot«, flüsterte ich in dem leeren Hausflur. »Ihr habt doch, was ihr wolltet.«

Cassie schüttelte die Puppe jetzt über ihrem Kopf.

»Steig aus, du Arschloch!«, schrie sie. »Glaubst du, du kannst ihnen das immer noch antun, Scheiße noch mal?«

Ich hatte die Babypuppen schon fast vergessen. Und ich wollte nichts anderes, als dass meine Mom neben mir erschien. Dass sie mit den Schultern zuckte und den Kopf schüttelte: *Du kannst die Welt nicht kontrollieren.* Ich wollte es so unbedingt, dass es sich anfühlte, als würde mein Herz bersten. Eigentlich wünschte ich mir genau das. So depressiv ich auch war, ich hatte noch nicht daran gedacht, mich umzubringen, jedenfalls nicht ernsthaft. Aber eigentlich wollte ich sterben. Jede verdammte Sekunde.

Wer immer in dem Auto saß – ich dachte mir, es sei ein Er, aber ich konnte es nicht erkennen –, sagte jetzt anscheinend etwas völlig Krankes. Denn Cassie spielte verrückt. »Komm da raus, du Stück Scheiße!«, brüllte sie, kletterte auf die Motorhaube und hämmerte mit der Puppe darauf.

Und ich war froh. Ich wollte, dass sie seine Windschutzscheibe einschlug. Dass sie hineingriff und ihn am Hals packte. Plötzlich hatte ich das Gefühl, der Typ im Auto – irgendein Idiot, der ein Problem damit hatte, was Moms Fotos seiner Meinung nach aussagten – sei dafür verantwortlich, dass sie tot war. Und als ich Cassie da draußen beobachtete, wie sie mit dieser Puppe herumwedelte wie eine Irre, flatterte in mir ein winziger Fetzen Hoffnung. Als könnte eines Tages die ganze Traurigkeit, die mein Inneres überflutete, so aufleuchten – und zu einem unaufhaltsamen Feuer werden.

Als mein Dad angefahren kam, war Cassie immer noch auf der Motorhaube. Er bremste mit quietschenden Reifen, sprang aus dem Auto und sah kurz aus, als wolle er den Typ mit den Babypuppen verprügeln. Gott, wie sehr ich das wollte. Aber er sah den Fahrer nicht einmal an. Stattdessen redete er ruhig auf Cassie ein, damit sie herunterkam. Sobald sie vom Auto herunter war, raste der Fahrer davon. Und mein Dad warf die Puppe in den Rinnstein, wo sie lag, bis sie wahrscheinlich irgendwer – der Müllmann, ein Nachbar, ein Passant – aufhob und wegtrug.

»Was hat der Typ gesagt?«, fragte ich Cassie später, als wir wieder auf der Couch saßen.

»Dein Dad hat recht, es ist nicht wichtig«, sagte sie und winkte ab. »Der Typ war ein Bekloppter.«

»Es *ist* wichtig.« Ich starrte sie unverwandt an.

»Okay«, gab sie schließlich nach. »Er sagte: ›Hütet euch vor falschen Propheten‹.« Sie verdrehte die Augen. »Ich weiß nicht, wie deine Mom mit diesen Leuten klarkam. Aber glaub mir, dieser spezielle schildkrötenartige Typ kommt nicht wieder. Ich glaube, als ich auf sein Auto gesprungen bin, hat er sich in die Hose gemacht.«

Und ich wusste, Cassie und mein Dad hatten recht. Dieser Mann – wer immer er war – war nicht wichtig. Keiner von denen, die meine Mom und ihre Bilder hassten, war von Bedeutung. Vielleicht hätte ich sogar dankbar sein sollen. Denn in gewisser Weise hielt es sie am Leben, dass sie sie immer noch hassten.

»Wir haben's gleich«, flüstert Jasper. Er ist schon an den letzten Schrauben – jetzt bleibt nur noch eine in einer Ecke und zwei an einer Seite. »Haltet das Brett fest, damit es nicht herunterfällt und Krach macht, wenn wir alle draußen haben. Und wir müssen schnell sein. Da lang, glaube ich.« Er deutet auf die andere Seite der Kabine, die zum Wald hin zeigt. »Nicht stehen bleiben, egal, was passiert. Selbst wenn wir getrennt werden. Wir müssen einfach weiterlaufen.«

Tun wir das wirklich? Mein Herz hämmert. Mein Körper ist fluchtbereit gespannt. Ja. Ja, wir tun es. Und ich weiß, ich kann das. Jasper und ich haben das erst vor ein paar Stunden noch gemacht. Ich nicke, bereit, vorzutreten und das Brett zu halten. Aber Cassie bleibt nur stehen und schüttelt den Kopf.

»Ich weiß immer noch nicht, ob wir …« Ihre Stimme stockt.

»Cassie, komm schon. Du hast nur Angst«, sagt Jasper. »Du denkst nicht klar.«

In diesem Augenblick ertönt vorn an der Kabine ein lautes Geräusch. Wieder das Schloss, die Tür öffnet sich einen Spalt.

»Weg hier«, sagt Jasper.

Wir spritzen in verschiedene Richtungen auseinander, weg von der Wand und dem Brett. Dem Schauplatz unserer Fluchtvorbereitung. Wenigstens hält das Brett noch. Unsere einzige Chance ist, dass sie nicht merken, dass wir einen Fluchtweg gefunden haben.

Während wir darauf warten, wer hereinkommen wird, halte ich den Atem an. Ich bete, dass es nicht der schreckliche Mann vom Fenster ist. Ich will ihn nicht aus der Nähe sehen. Aber nicht er tritt schließlich zögernd ein. Dieser Typ ist relativ jung und sieht normal aus, ein paar Jahre älter als wir vielleicht, mit zotteligen schwarzen Haaren und warmen Augen hinter einer eckigen schwarzen Brille. Er trägt eine dunkle Jeans, Schnürstiefel und eine orangefarbene Daunenweste über einem Flanellhemd, aber selbst in diesen Klamotten sieht er mehr nach Großstadt aus als nach den Wäldern in Maine.

»Hi«, sagt er unbehaglich, fast nervös. Vielleicht ist er sich dessen bewusst, dass diese Situation vollkommen krank ist. Das könnte ein gutes Zeichen sein. »Ich bin Quentin.«

Er hat ein paar Flaschen Wasser und Müsliriegel ungleichmäßig auf seine Arme verteilt. Als er sie auf dem

Tisch abstellen will, fallen die Wasserflaschen sofort auf den Boden. Unbeholfen beeilt er sich, sie einzusammeln.

»Egal, was Cassies Mom unterschrieben hat, das hier war es sicher nicht, das wissen Sie.« Jasper tritt vor. Er lässt die Arme hängen, hat aber die Fäuste geballt. »Und Wylies und meine Eltern haben überhaupt nichts erlaubt. Uns hierzubehalten ist Freiheitsberaubung.«

Jasper wird eines Tages ein hervorragender Anwalt sein. Er ist tatsächlich ziemlich überzeugend. Wenn wir doch nur in der Position wären, jemandem mit irgendetwas zu drohen. Der Typ hebt mit großen Augen die Hände.

»Ihr seid verwirrt, das ist ganz normal. Und ich wollte gerade …« Das Licht in der Toilette geht aus und lässt uns alle zusammenzucken. »Und schon wieder ist der Generator ausgefallen. Wartet kurz.« Er streckt den Kopf zur immer noch offenen Tür hinaus und kehrt mit zwei Petroleumlampen zurück. Sie tauchen die Hütte in warmes, gelbes Licht. »Okay, das ist besser. In der Dunkelheit festzusitzen hilft auch nichts. Hört zu, um das klarzustellen: Dass ihr hier drin seid, ist zu eurer eigenen Sicherheit. Wenn ihr einfach Vertrauen …«

»Sie machen Witze, oder?« Jasper macht noch einen Schritt nach vorn, seine Stimme wird lauter. Er ist viel größer als dieser Quentin. »Wir haben nicht mal eine Ahnung, wer Sie sind. Warum um alles in der Welt sollten wir Ihnen vertrauen?«

»Alles klar da drin, Quentin?« Die nasale Stimme da draußen zieht seinen Namen lang wie ein Schulhofschläger. Sicher der zahnlose Typ, der uns daran erinnert, dass er da ist. Mit einem Gewehr.

Quentin verdreht kopfschüttelnd die Augen. »Ja, Stuart, uns geht es gut.«

»Das hier ist kein Internat, oder?«, frage ich.

»Nein«, sagt Quentin leise, presst die Lippen zusammen und schüttelt wieder den Kopf. »Und allen tut die Täuschung auch wirklich leid. Wir hatten ehrlich gehofft, er wäre inzwischen hier, damit er es selbst erklären kann.«

»Wer, er?«, frage ich. »Von wem sprechen Sie?«

»Oh.« Jetzt sieht Quentin verwirrt aus, sein Blick geht von mir zu Jasper zu Cassie und wieder zurück. »Dein Dad, Wylie.«

18

»Mein Dad«, höre ich mich selbst sagen. Es ist keine Frage. Nur ein Wort, das keinen Sinn ergibt.

»Keine Sorge, ihm geht es gut«, fügt Quentin eilig hinzu. »Ich wollte nicht, dass es klingt, als gäbe es ein Problem. Ich nehme an, er nimmt nur den langen Weg.«

»Warum kommt mein Dad her?« Mein Puls pocht wieder in meinem Kopf. »Woher kennen Sie ihn überhaupt?«

»Oh«, sagt Quentin, jetzt sieht er noch verwirrter aus und ziemlich nervös. »Ihr habt keine Ahnung, wovon ich spreche, oder?«

»Was ist hier los?«, schreie ich so laut, dass ich mir fast selbst Angst mache.

»Okay, okay.« Quentin hebt beschwichtigend die Hände. »Deinem Dad wäre es natürlich lieber gewesen, wenn du zu Hause geblieben wärst. Aber als Cassie« – er macht eine Handbewegung in ihre Richtung und lächelt unbehaglich – »ich meine, als wir wussten, dass du schon – dein Dad hat gesagt, wir sollen dich hierherbringen, damit du in Sicherheit bist. Das ist das Wichtigste.«

»Nein, hat er nicht.« Meine Stimme ist leise und zittrig. Ich bekomme kaum einen Laut heraus.

Und es kann nicht stimmen. Denn das würde bedeuten, dass mein Dad die ganze Zeit wusste, was mit Cassie passiert war. Dass er da in unserem Wohnzimmer stand, während Karen vor Angst durchdrehte. Während *ich* vor Angst durchdrehte. Und dass er so tat, als hätte er keine Ahnung. Als wollte er helfen, während er in Wirklichkeit etwas damit zu tun hatte. Was für ein Monster tut so etwas? Und warum?

Aber es ist ein Gefühl, als wäre gerade eine Art entsetzlicher Schlüssel im richtigen Schloss gelandet. Ich habe fürchterliche Angst vor dem, was passieren wird, wenn jemand aufschließt.

»Hast du schon entschieden, was du tun willst, Ben?«, fragte meine Mom meinen Dad an diesem letzten Abend beim Essen, an *ihrem* letzten Abend.

Ich wusste nicht, wovon sie sprach, nur dass sie wieder einmal zu streiten anfingen – sie stritten damals ständig vor uns, ohne je zu verraten, worüber. Aber so, wie Dad das Gesicht verzog, wusste er, was sie meinte. Und es passte ihm nicht.

»Was tun?«, fragte ich. Es konnte nicht um die Studie meines Dads gehen. Die war endlich beendet und kurz vor der Veröffentlichung. »Was ist passiert?«

Mein Dad beäugte meine Mom: *Siehst du, was du angefangen hast?* »Es gab auf dem ganzen Campus ein paar Cybersicherheitsverstöße«, sagte er mit einem Blick zu mir. »Aber Dr. Simons hat einen Kollegen von der Informatikabteilung aus Stanford kommen lassen, der die Daten meiner Studie sichert, bis unsere Universität das Problem gelöst hat.«

Mom verschränkte die Arme. »Und das ist alles?«, fragte sie ihn. »Mehr hast du nicht zu sagen?«

»Ja, Hope, das ist alles.« Jetzt starrte er sie böse an.

Ich hatte aufgehört zu essen. Worüber auch immer sie stritten, es ging nicht um die Datensicherheit der Universität. Ich sah zu Gideon hinüber, aber der hatte sich in seine Chemiehausaufgaben versenkt. Ich war mir nie sicher, ob er es nicht merkte, wenn unsere Eltern stritten, oder ob es ihm nur egal war.

»Dann heißt das wohl, du hast mit Dr. Simons immer noch nicht über die Outliers gesprochen?« Meine Mom ließ nicht locker. »Hast du nicht gesagt, du würdest es beim nächsten Mal erwähnen, wenn du mit ihm sprichst?«

Mein Dad holte tief Luft, legte sein Besteck hin und schaute sie an.

»Was sind Outliers?«, fragte ich in der Hoffnung, durch seine Erklärung würde ich mir weniger Sorgen machen, dass sie sich scheiden lassen.

»Das sind diejenigen, die Dads Test blind und mit Kopfhörern machen können«, sagte Gideon, ohne von seinen Hausaufgaben aufzublicken. Er war Experte in der Arbeit meines Dads, hatte jede seiner Abhandlungen gelesen, löcherte ihn ständig mit Fragen. Zum Teil hatte das damit zu tun, dass sich Gideon für Wissenschaft interessierte, und zum Teil damit, dass er wollte, dass sich Dad mehr für ihn interessierte. »Du weißt schon, die mit übersinnlicher Wahrnehmung.«

»Es ist keine übersinnliche Wahrnehmung, Gideon!«, schrie Dad.

Gideon fuhr zusammen und wurde rot. Einen Moment lang dachte ich, er würde anfangen zu weinen.

Mein Dad schloss die Augen, holte Luft. »Es tut mir leid, Gideon, aber du weißt, wie ich diesen Vergleich hasse. Er ist polemisch und mindert das wahre Potenzial meiner Studie.« Er streckte die Hand aus, berührte Gideon aber nicht. »Ich hätte dich nicht anschreien dürfen. Es tut mir leid.«

Zur Verteidigung meines Vaters muss ich sagen: Sogar ich wusste, dass der Ausdruck »übersinnliche Wahrnehmung« in unserem Haus nicht benutzt werden sollte. Unzählige Male habe ich gehört, wie mein Dad jemandem zu erklären versuchte, dass es bei seiner Studie *nicht* um übersinnliche Wahrnehmung gehe. Und jedes Mal, wenn er das tun musste, hörte ich die Niedergeschlagenheit in seiner Stimme. »Und wer *sind* die Outliers dann?«, fragte ich wieder, denn ich musste es jetzt wissen.

»In der Fachsprache sagt man auch Ausreißer dazu. Das sind die Versuchspersonen bei Studien, deren Ergebnisse außerhalb der normalen Bandbreite liegen. Das ist alles«, erklärte Dad. »Solche Ausreißer kommen in allen Studien vor.«

»Aber nicht alle sind gleich«, sagte meine Mom. »Nicht wahr, Ben?«

Und irgendwas lag darin, wie sie seinen Namen sagte: als wäre Ausreißer oder Outlier vielleicht ein anderes Wort für Geliebte oder Prostituierte.

»Übersinnliche Wahrnehmung ist *buchstäblich* jemandes Gedanken lesen, Gideon«, sagte mein Dad, ohne auf sie einzugehen. »In den alten Tests für übersinnliche Wahrnehmung gaben sie der Versuchsperson ein Bild einer Form, auf die sie sich genau konzentrieren sollten, um nur an dieses Ding zu denken – blaues Dreieck, blaues Dreieck, immer wieder. Und dann sollte die andere Versuchsperson erraten, an welche

Form die erste Person dachte. Das kann niemand. Dieser Test hat nichts mit emotionaler Intelligenz zu tun. Bis zu einem gewissen Grad sind übersinnliche Wahrnehmung und der Wahrnehmungsaspekt der emotionalen Intelligenz verwandt: Bei beiden geht es darum, Menschen zu lesen. Die Versuchspersonen in meiner Studie wiesen verschieden ausgeprägte Fähigkeiten aus, Emotionen wahrzunehmen, die stärker ausgeprägt zu sein schienen, wenn sie Livegespräche beobachteten, und weniger stark bei statischen Bildern. Die Outliers zeigten eine außergewöhnliche Fähigkeit, unabhängig vom jeweiligen Schwerpunkt meiner Studie – sie konnten auch dann Emotionen wahrnehmen, wenn sie verbundene Augen hatten und lärmschluckende Kopfhörer trugen. Das muss auf jeden Fall weiter untersucht werden.«

»Also musst du forschen und forschen und forschen, bevor du jemandem etwas sagst? Ist das alles, Ben?«

Wieder ignorierte mein Dad meine Mom. Aber ich sah, wie sein Gesichtsausdruck härter wurde.

»Wenn ich du wäre, würde ich nur die Outliers studieren wollen«, sagte Gideon, der immer noch keine Ahnung von der Spannung zwischen ihnen hatte. »Ich würde wissen wollen, wie sie es machen, damit ich es auch lernen kann. Und dann könnte ich die Welt beherrschen.« Er schaufelte sich noch mehr Essen in den Mund und grinste.

»Outlier zu sein kann man nicht lernen, Gideon. Das ist wie beim IQ. Du kannst deine Fähigkeit, Emotionen wahrzunehmen, verbessern, aber nur in sehr kleinem Umfang.« Mein Dad sprach jetzt leise. Fast traurig. »Und dich selbst in die wissenschaftliche

Studie einzubringen ist gefährlich und unethisch. Ich habe Dr. Caton gekündigt, weil es ihm persönlich zu nahe ging. Was ein Wissenschaftler *will*, ist irrelevant. Das Einzige, was zählt, ist die Wahrheit.«

»Au Mann«, sagte Gideon leise und stach mit seiner Gabel nach den Nudeln. »Das war doch nur ein Witz.«

»Das Einzige, was zählt, ist die Wahrheit?«, fragte meine Mom scharf. Sie stand auf, um ihr Wasserglas zu füllen, und sprach mit dem Rücken zu uns weiter. »Interessant, findest du nicht, Ben?«

»Moment mal, dann hat uns Wylies Dad hierherbringen lassen, damit wir in Sicherheit sind?«, höre ich Jasper fragen, aber er klingt sehr weit weg. »Sicher wovor?«

Konzentrier dich. Ich muss mich zusammenreißen und konzentrieren. Diese Antwort ist wichtig. Ich bin die Einzige, die wissen kann, ob sie stimmen kann.

Quentin sah jetzt noch unbehaglicher drein. »Es gibt da Leute von einer Firma, ich glaube, einem Rüstungskonzern?« Seine Stimme geht am Ende nach oben, als wäre es eine Frage. »Ehrlich, ich kenne nicht alle Einzelheiten. Aber ich weiß, dass sie die Studie deines Dads wollen oder seine Hilfe oder so. Sie sind wohl bereit, ziemlich viele schlimme Dinge zu tun, um zu bekommen, was sie wollen. Sogar Leuten wehtun, so richtig mit den Händen.« Er blickt auf seine eigenen Hände hinab, als könnte er sich so etwas nicht vorstellen. »Oder vielleicht mit Waffen. Leute von einem Rüstungskonzern müssen Waffen haben, oder? Wie ich schon sagte, ich bin eigentlich kein Experte.«

Wusste Mom davon, was auch immer es ist? Haben sie

und mein Dad *darüber* gestritten? Lustig, wie man denken kann, dass man nichts weiter will als eine Antwort. Bis einem klar wird, dass man, wenn man etwas auf den Grund gehen will, viel tiefer und in viel größere Dunkelheit gehen muss, als man sich je vorstellen konnte.

»Aber er hat so getan, als wollte er, dass ich nach Hause komme«, sage ich.

»Das wollte er auch, sehr sogar. Sein ursprünglicher Plan war nicht, euch hierherkommen zu lassen. Zumindest nicht euch alle«, sagt er mit einem kurzen Seitenblick zu Cassie. »Aber dann wart ihr, du und Jasper, schon auf dem Weg. Und es erschien uns nicht sicher, dass ihr da draußen allein unterwegs wart.«

»Moment mal kurz«, schaltet sich Jasper ein. »Was meinen Sie mit ›ihr alle‹? Und warum haben Sie nur Cassie angeschaut?«

Ich bin froh, dass ich es mir nicht nur eingebildet habe, dass Quentin Cassie angesehen hat, auch wenn ich Angst vor seiner Antwort habe. Als ich sie jetzt ansehe, hat sie einen ganz sonderbaren leeren Blick.

»Hört zu, das ist kompliziert, und ich bin hier völlig überfordert. Ich bin eigentlich niemand.« Quentin wedelt mit den Händen und scheint froh zu sein, das sagen zu können. »Eigentlich ist Dr. Simons derjenige …«

»Dr. Simons ist hier?«, frage ich.

»Ja, er ist im Moment oben im Haupthaus.« Quentin sieht so erleichtert aus, dass er mir das sagen kann. Aber ich bin nicht erleichtert. Denn wenn Dr. Simons hier ist, gibt es keine Hoffnung mehr, dass das alles ein Missverständnis ist und Dad nichts damit zu tun hat.

»Du kennst ihn?«, fragt Jasper und klingt jetzt, als würde er mir misstrauen. »Diesen Dr. Simons.«

Ich nicke. »Er ist ein Freund meines Dads.«

»Dann bringen Sie uns da rauf, damit uns dieser Doktor erklären kann, was verdammt noch mal hier los ist«, sagt Jasper und macht ein paar Schritte zur Tür.

»Auf jeden Fall«, sagt Quentin, wirkt dann aber verlegen. »Und ich weiß, das klingt lächerlich, aber jetzt, wo der Strom weg ist … darf ich euch nicht alle auf einmal mitnehmen. Die Leute von dieser Firma, die ich erwähnt habe – na ja, zu viele von uns gemeinsam auf einer offenen Rasenfläche. Dann sind wir ein größeres Ziel?«

Alles, was er sagt, klingt wie eine Frage.

»Ein Ziel?«, fragt Jasper. Er klingt hauptsächlich wütend, aber auch ein bisschen ängstlich. »Soll das ein Witz sein?«

Quentin schüttelt den Kopf. »Ich meine, wir wissen nicht, ob sie schon hier sind, aber sie suchen uns. Das wissen wir. Wylie, ich kann dich jetzt allein hinbringen, dann kannst du mit Dr. Simons sprechen. Dann komme ich sofort zurück und hole die anderen?«

Ich schüttle schon den Kopf. *Nein, nein, nein.* Und ich kann nicht damit aufhören, obwohl ich spüre, dass mich alle anstarren. Aber ich will nicht zu Dr. Simons. Ich habe zu große Angst vor dem, was er mir über meinen Dad sagen könnte.

»Nein?«, fragt Jasper, als verstünde er mich nicht. Und wie könnte er auch?

»Nein«, sage ich schließlich laut. Ein Teil von mir hofft wirklich, ich würde davonkommen, bevor ich überhaupt erfahren muss, was wirklich los ist.

»Dann gehe ich«, bietet Jasper an.

»Nein«, sagt Cassie sehr laut. »Ich meine, nehmen Sie mich. Ich bin diejenige, die Sie absichtlich hergebracht haben. Ich sollte mit Dr. Simons sprechen.«

»Ich gehe lieber als Erster«, sagt Jasper und kommt zurück, um Cassies Finger zu drücken, bevor er wieder auf die Tür zugeht. Für den Fall, dass er beim Überqueren der Wiese geschnappt wird, meint er damit. Oder falls es eine Falle ist. »Keine Sorge, ich schaffe das schon.«

Cassie und ich starren lange die geschlossene Tür an.

»Die Studie meines Dads?«, frage ich schließlich. »Mein ganzes Leben lang hat sich nie einer für seine Forschung interessiert. Und hast du bemerkt, wie er der Frage ausgewichen ist? Ich habe das Gefühl, eigentlich wollten sie dich. Warum?«

Cassie zuckt die Schultern, schüttelt den Kopf. »Schau nicht mich an«, sagt sie. Aber sie klingt nicht wütend auf meinen Dad. Nicht annähernd so wütend, wie ich es gern hätte.

Denn ich bin stinksauer. *Dein Leiden.* Wie kann er es wagen, Scheiße noch mal?

Vor allem, weil seine schwachsinnige Forschung die ganze Zeit der Grund für das alles hier war. Ich möchte ihn nur noch ans Handy kriegen und ihm noch mal sagen, wie sehr ich mir *wirklich* wünsche, *er* hätte an dem Abend im Auto gesessen. Wie kann es sein, dass von meinen Eltern ausgerechnet er übrig ist? Ein Lügner, so besessen von seiner blöden Arbeit, dass er uns nicht mal davor warnt, dass wir mit hineingezogen werden könnten.

»Weißt du eigentlich, dass deine Mom völlig durch den Wind war, als sie zu uns kam? Mein Dad hat die ganze Zeit so getan, als hätte er keine Ahnung, was los ist«, sage ich, für den Fall, dass Cassie nicht ganz versteht, warum er ein totales Monster ist.

»Ist doch egal, meine Mom verdient es, sich Sorgen

zu machen.« Cassie zuckt wieder die Schultern. »Meinst du nicht, wir sollten wenigstens warten, bis du die ganze Geschichte kennst? Vielleicht kann es dein Dad erklären.«

»Das ist furchtbar großzügig von dir«, sage ich, denn sie ist auf nerviges Terrain geraten. Cassie würde bei Karen nie die Unschuldsvermutung gelten lassen, egal, worum es geht.

»Ich will einfach nur nicht, dass du dir Sorgen machst, okay?«

Und sie meint *Sorgen*-Sorgen. Wie nur ich sie haben kann. Dann wandert ihr Blick zu meinen Haaren. Als würden die ihr Argument stützen, was sie natürlich auch irgendwie tun.

»Was hast du denn da gemacht, du meine Güte?«, fragt sie.

»Ich hab ausgesehen wie sie«, erkläre ich. Und es ist eine Erleichterung, jemandem diese erbärmliche Wahrheit zu sagen. »Im Spiegel habe ich immer nur sie gesehen. Und ich … ich habe es einfach nicht mehr ausgehalten.«

Cassie nickt, ihr Blick ruht immer noch auf meinen Haaren, mehr sachlich als besorgt. »Warte mal, ich habe eine Idee«, sagt sie und geht zu ihrer Tasche hinüber.

Ich sehe Cassie zu, wie sie ihre Unterwäsche aufhebt und diskret hineinsteckt. Als sie aufsteht, lächelt sie und hält zwei Haargummis in die Höhe, während sie wieder zu mir herüberkommt. »Die sind deine einzige Hoffnung. Setz dich hin.«

Ich mache, was mir gesagt wird, während sich Cassies Hände über meine zerfransten Strähnen bewegen, als suchten sie nach Halt.

»Was hatte deine Unterwäsche auf deiner Tasche zu suchen?«, frage ich, weil ich das Bild nicht aus dem Kopf bekomme. Ich meine, trägt sie keine?

Und selbst wenn das Ganze etwas mit der Studie meines Dads zu tun hat, ist da trotzdem noch dieser eklige Typ draußen und bewacht die Tür. Hat er ihre Sachen durchwühlt? Unter denen aus irgendeinem Grund anscheinend eine Ersatzunterhose war. Als Cassie meine Frage nicht beantwortet, mache ich mir nur noch mehr Sorgen. Sie bleibt still und fuhrwerkt an meinen Haaren herum. Ich blicke zu ihr hoch und lege die Hand auf ihre. »Cassie, ehrlich?«

Eine Weile kaut sie auf ihrer Unterlippe herum. Als sie mich schließlich ansieht, sind ihre Augen glasig. »Ich war nicht nur in der Stadt, um meiner Mom zu entkommen, als sie mich mitgenommen haben. Ich bin dort hingegangen, um einen Kerl zu treffen. Einen anderen. Ich wollte ein paar Tage bei ihm bleiben, damit meine Mom ausflippt. Also hatte ich ein paar Klamotten dabei. Wahrscheinlich wurde die Unterwäsche mit rausgezogen, als ich vorhin mein Sweatshirt geholt habe.«

»Oh.« Ich versuche, nicht enttäuscht zu klingen, weil sie Jasper offenbar wirklich betrogen hat.

»Wir waren nicht lange zusammen«, sagt sie. »Ein paar Monate, schätze ich.«

Ein paar Monate? Selbst sie und Jasper waren nicht viel länger zusammen.

»Willst du wissen, was das Kränkste daran ist?«

Nein, denke ich. »Klar«, sage ich, als könnte für mich, ihre supertolle, tolerante beste Freundin, nichts zu krank sein.

»Ich glaube, ich habe es getan, gerade *weil* Jasper so toll ist. Am Anfang dachte ich wie du, er sei ein ziemliches Arschloch. Und selbst *ich* verdiene ein Arschloch.«

»Aber er ist kein Arschloch«, sage ich. Und selbst ich bin mir dessen jetzt sicher.

»Nö, er ist so ein besonders *guter* Mensch. Mit Prinzipien.« Cassie wischt sich die Tränen weg, die ihr in die Augen gestiegen sind. »Wusstest du, dass er *immer* noch das Geld, das er beim Spülen in diesem Restaurant verdient, an den Typen schickt, den sein Dad fast totgeschlagen hätte? Kannst du dir vorstellen, bei *IHOP* zu spülen und nicht mal das Geld zu behalten?«

»Nein«, sage ich. »Kann ich nicht.«

»Ja, ich auch nicht.« Cassie schweigt wieder und sieht auf ihre Finger. »Und was sollte so ein Kerl, ein wirklich guter Typ, in mir sehen? Außer, du weißt schon.« Sie zeigt auf ihren Körper. Ihr Aussehen, meint sie. »Aber ich musste ihn praktisch zwingen, Sex mit mir zu haben; er war total ›kein Druck, kein Druck‹. Es war einfach zu – perfekt. Also was habe ich getan?« Ihre Hände machen eine Explosionsgeste.

»Jeder macht Fehler«, sage ich, was mich an Jasper erinnert. Und jetzt tut er mir noch viel mehr leid.

»Ich habe es aber nicht drauf angelegt, jemanden kennenzulernen«, fährt sie fort, als würde das irgendetwas besser machen. »Ich habe eines Tages einfach meine Schicht im *Holy Cow* gearbeitet und dachte mir nichts Böses, als dieser Typ reinkam.«

»Es macht dich nicht zu einem schlechten Menschen, wenn du jemanden kennengelernt hast, den du lieber magst als Jasper«, sage ich, und das stimmt ja auch, es wäre nur *viel* besser gewesen, wenn Cassie mit Jasper Schluss gemacht hätte, bevor sie etwas mit diesem anderen Typen anfing.

Sie schüttelt den Kopf und starrt auf ihre geballten Fäuste. »Jetzt ist es sowieso vorbei. Ich habe mich total in ihm getäuscht.« Ihr laufen Tränen übers Gesicht. »In Wirklichkeit ist er ein ganz, ganz schlimmer Mensch. Das sehe ich jetzt.« Sie lächelt dieses traurige Lächeln, dann schüttelt sie den Kopf. Angewidert von sich selbst.

»Alles okay?«, frage ich, denn das klingt schlimm, selbst wenn man mit einberechnet, wie Cassie übertreibt. Sie tut nicht nur so, als wäre sie aufgebracht. Sie ist richtig aufgelöst. »Ich meine, was ist passiert?«

Ihre Augen suchen in meinen nach etwas, das sie nicht zu finden scheint. Sie presst die Lippen zusammen und starrt auf den Boden.

»Ich erzähle es dir, aber ich … im Moment kann ich nicht«, sagt sie und zeigt auf die Hütte, als wollte sie sagen: *bei allem anderen, was los ist.* Aber in ihrer Stimme liegt auch ein eigenartiger Unterton. Als hätte ich das Falsche gesagt oder verstünde es nicht ganz. Sie reibt sich über die feuchten Wangen. »Jedenfalls hätte ich dir von ihm erzählt, als es anfing, aber wir haben damals nicht miteinander geredet. Und ich glaube, ein Teil von mir war froh, dass ich deinen Blick nicht noch mal sehen musste. Diese Enttäuschung.«

»Ich hätte nicht …«

»Komm schon, du siehst mich ja sogar jetzt so an.«

Sie hat recht. Ich spüre den Ausdruck auf meinem Gesicht. Ich kann es nicht verhindern.

»Wen interessiert, was ich denke?«, frage ich. »Ich meine, sieh mich an: Ich bin ein Wrack. Was weiß ich schon?«

»Mehr, als du denkst, Wylie«, sagt sie leise. Dann lächelt sie gezwungen. »Aber offensichtlich verstehst du nichts vom Haareschneiden.«

Als sie sich wie eine Glucke und summend wieder an meinem Kopf zu schaffen macht, erinnert mich das so sehr daran, wie sie kam und mir die Haare geflochten hat, nachdem Mom gestorben war. Dass sie es jetzt wieder tut, bringt mich fast zum Weinen.

»Perfekt«, sagt sie schließlich und tritt zurück, um ihr Werk abzuschätzen. »Komm, schau es dir an.«

Sie winkt mich zum Fenster hinüber, dann hält sie die Laterne so hoch, dass ich mein Spiegelbild sehen kann. Es waren kaum genug Haare zum Flechten da, so wenig, mit dem sie mich diesmal für die Schlacht rüsten konnte. Aber sie hat es getan. Meine Haare sind immer noch *sehr* kurz und total ausgefranst, aber Cassie hat mir diagonal einen kleinen französischen Zopf geflochten und die ungleichsten Strähnen zusammengefasst. Es sieht nach Boho Chic und fast schmeichelhaft aus. Vielleicht sogar schmeichelhafter als vor dem Moment, in dem ich mir alle Haare abgeschnitten habe.

»Nicht schlecht«, sagt Cassie, auch wenn ihre Stimme traurig klingt.

»Danke.« Ich fühle mich wirklich besser, jetzt, da ich normal aussehe. Obwohl ich schon weiß, dass ich mich trotzdem nicht normal fühlen werde. Das wird wohl niemals so sein.

»Nein. Ich danke *dir*«, sagt Cassie und umarmt mich fest von hinten. »Weil du mich immer retten kommst.«

19

Cassie hält immer noch das Gesicht an meins gedrückt, als sich die Tür wieder öffnet. Quentin sieht aus, als wäre es ihm peinlich, dass er uns unterbrochen hat.

»Oh, tut mir leid, ich …« In diesem Moment geht im Bad wieder das Licht an. Quentin sieht erleichtert aus. »Sehr gut, jetzt kann ich euch beide zusammen hinaufbringen. Seid ihr bereit, Leute?«

Ich spüre, wie die Säure in meinem Hals aufsteigt, während ich Luft zu holen versuche.

Nein, nicht bereit.

»Ja«, sagt Cassie.

Und wer weiß? Vielleicht hat Cassie recht. Vielleicht muss ich nur abwarten und dann entscheiden, woran mein Vater schuld ist. Zögernd trete ich neben sie. »Wir sind bereit.«

Schweigend folgen wir Quentin. Es ist immer noch mitten in der Nacht – nach Mitternacht auf jeden Fall, vielleicht sogar später –, aber heller, weil in der Haupthütte in der Ferne warmes Licht leuchtet. Trotzdem habe ich, während wir die Wiese überqueren, das unbehagliche Gefühl, beobachtet zu werden. Gefährliche Leute von einer Militärfirma, die im Wald lauern, erscheinen mir gleichzeitig total lächerlich und vollkommen plausibel. Das könnte vielleicht sogar Lexi und Doug erklären. Doug vor allem könnte auf jeden

Fall ein Profi sein. Wenn noch mehr von Dougs Art auf dem Weg sind, kann ich mir nicht vorstellen, was Dr. Simons und seine Freunde gegen sie ausrichten sollten.

Aber als ich einen Blick über die Schulter werfe, um zu sehen, ob eine Armee auf dem Weg zu uns ist, sehe ich nur Stuart, der mit seinem einzelnen Gewehr vor der Hütte auf und ab wandert, aus der wir gerade gekommen sind.

»Tut mir leid wegen Stuart«, sagt Quentin, der meinen Blick bemerkt hat. »Unsere Sicherheitsmaßnahmen sind … na ja, es gab hier oben nicht viele Möglichkeiten. Deinem Dad wird das jedenfalls nicht gefallen, wenn er ihn kennenlernt.«

Mein Dad weiß nichts von dem zahnlosen Typ mit dem Gewehr?

Vielleicht weiß er auch noch andere Dinge nicht. Vielleicht wusste er, als Karen an unsere Tür klopfte, noch nicht, dass seine Freunde Cassie schon hatten. Oder vielleicht suche ich auch nur verzweifelt nach etwas, irgendwas, das ihn weniger zum Lügner macht.

»Was ist mit dem Typen von der Polizei?«, frage ich.

»Officer Kendall? Ja, er ist hier mit jemandem befreundet. Ich weiß nicht genau, mit wem. Aber er ist ein guter Kerl. Er hat uns geholfen, das Lager zu räumen, sagte, er würde die Leute ein paar Tage lang fernhalten. Wir brauchten einen abgelegenen Ort. Bis wir wissen, was los ist.«

»Und warum hat er uns das nicht einfach gesagt, als wir bei ihm im Polizeiauto saßen?«, frage ich, als wir schon fast an der Treppe zur Haupthütte sind.

Bevor Quentin antworten kann, schwingt die Tür auf, und zwei junge Kerle in tief sitzenden Jeans kommen heraus. Der Erste ist klein und hat weißblonde, sehr kurze Haare, eine Hakennase und dunkle Ringe unter den Augen.

An der Innenseite des Unterarms hat er ein Tattoo, ein kleines, viereckiges Raster mit ein paar Kreisen darin – wie ein Brettspiel. Der Zweite, viel größer mit dicken Backen, hat dasselbe Tattoo, aber seitlich am Hals. Beide tragen Laptops unterm Arm. Sie sind relativ jung, aber älter als Cassie und ich. Älter als Quentin.

»Oh, hi«, sagt Quentin erschrocken und irgendwie nervös zu ihnen. Aber auch so, als versuchte er, cool zu wirken, worin er nicht sehr gut ist. »Danke noch mal, dass ihr den ganzen Weg hier raufgekommen seid, Jungs. Ich weiß, das macht ihr normalerweise nicht.«

»Mhm, ja«, knurrt der Blonde, ohne langsamer zu werden. »Eher das Scheißgegenteil.«

»Bis dann«, murmelt der andere; seine Wangen wabbeln, während er die restlichen Stufen hinunterjoggt.

Wir blicken ihnen nach, wie sie zu Fuß den Zufahrtsweg hinuntergehen, sich dabei Zigaretten anzünden und schließlich verschwinden.

»Wer sind die?«, frage ich.

»Ähm, Hacktivisten?« Quentins Stimme geht am Ende noch stärker nach oben als sonst. »Aber ich glaube nicht, dass sie gern so genannt werden. Anscheinend mögen sie vieles nicht.«

»Hacktivisten?« Cassie schnaubt höhnisch. Wobei ich nicht so recht weiß, warum ihr ausgerechnet das von allen verrückten Dingen, die man uns erzählt hat, plötzlich so absurd vorkommen sollte.

»Level99«, fährt Quentin fort. »Nicht dass sie das zugeben würden, aber das sind sie. Sie sind so was wie die CIA, nur mit Tattoos.« Er zuckt die Achseln. »Aber sie waren einverstanden, extra herzukommen, um herauszufinden, wer die Daten deines Dads gehackt hat – das Ganze ist so ausgeufert, dass wir nicht riskieren konnten, sie von außerhalb zugreifen zu lassen –, und unsere Smartphones zu sichern. Sie hatten vorübergehend alle Textnachrichten und alles blockiert, deshalb konnte Officer Kendall uns nicht erreichen, um zu fragen, was er euch sagen soll, als ihr hier angekommen seid – um deine Frage zu beantworten. Und weil der Generator ausgefallen war, wussten wir nicht mal, dass es Officer Kendall war, bis er zur Haupthütte raufkam, deshalb haben wir uns bedeckt gehalten. Nur zur Sicherheit.«

»Mein Dad hat wirklich gesagt, jemand sei an seine Daten herangekommen.« Ich bin ein bisschen erleichtert, zwei winzige Punkte zu haben, die ich verbinden kann, selbst wenn das erst recht heißt, dass mein Dad in alles verwickelt ist. »Aber er sagte, der ganze Campus sei betroffen.«

»Das wäre möglich, denke ich«, sagt Quentin, obwohl offensichtlich ist, dass er das nicht denkt. »Wir wissen vieles noch nicht.«

Von innen sieht die Haupthütte ganz anders aus als die, in der wir gefangen waren. Die Möbel sind alt, aber der Raum ist hell erleuchtet und blitzsauber, und ein Dutzend lange Biertische und -bänke stehen in zwei perfekten Reihen. Die Fenster sehen neu aus, aber mehr als eines steht offen, und die hauchdünnen, verblassten Vorhänge flattern im kalten Wind. Nirgendwo ist ein Kabel in Sicht. Ein größerer Tisch im hinteren Teil ist mit einer grünen Tischdecke abgedeckt, darauf zwei Kaffeespender aus Stahl, daneben ein Stapel weiße Tassen. Wie für eine größere Gruppe, aber es ist keine Menschenseele zu sehen.

Quentin, Cassie und ich stehen immer noch an der Tür, als eine alte Frau, zerbrechlich, aber entschlossen, mit einem Stapel gefalteter Handtücher auf den adrigen Armen aus dem hinteren Bereich kommt.

»Hi, Miriam«, ruft Quentin, aber vorsichtig. Als wollte er sie nicht erschrecken.

»Ach du meine Güte!« Sie fährt trotzdem zusammen und drückt die Hand an die knochige Brust. »Ich habe dich gar nicht gesehen!«

»Tut mir leid, ich wollte dich nicht erschrecken. Hast du Dr. Simons irgendwo gesehen? Vielleicht mit einem Jungen?«

»Sie waren eben noch hier.« Mit gerunzelter Stirn sieht sie sich um. Als sie sie nicht entdeckt, späht sie unter den nächsten Tisch, als könnten sie sich darunter verstecken. »Warte, jetzt fällt es mir wieder ein. Dr. Simons sollte dem Jungen im Büro etwas auf einem der Computer zeigen.«

»Okay, danke, Miriam«, sagt Quentin und lächelt freundlich, als sie zur Tür geht. »Miriam war Feldschwester im Vietnamkrieg. Sie hat verrückte Geschichten zu erzählen.«

»Und sie kennt meinen Dad?« Denn Dad hat keine Freunde.

Andererseits ist es vielleicht auch nur eine seiner Lügen, dass er all diese Leute kennt.

»Entweder er oder Dr. Simons, das weiß ich nicht genau. Jeder hier kennt einen von ihnen oder jemanden, der sie kennt. Heute ist Miriam Archivarin in der Universitätsbibliothek. Vielleicht kennt sie deinen Dad daher?«

Die Bibliothek. Der Lieblingsort meines Dads auf dem Campus.

»Fast alle hier sind Professor oder Forscher, bis auf Miriam und mich. Dr. Simons war mein Professor in Stanford, bevor sie mich rausgeworfen haben.«

»Oh«, sage ich und versuche, nicht mein enttäuschtes Gesicht zu machen.

»Ja, anscheinend mögen sie es lieber, wenn man tatsächlich in den Unterricht geht. Aber Dr. Simons hat dafür gesorgt, dass ich wenigstens freiwillig gehen konnte. Ich studiere jetzt hier an der University of Massachusetts weiter. Nicht so renommiert, aber ich bekomme einen Abschluss.«

Cassie, die an der Tür zurückgeblieben ist, kommt zu uns herüber. »Können wir jetzt Jasper suchen gehen?«, fragt sie; sie klingt ungeduldig. »Ich muss wirklich mit ihm reden.«

Sie will doch nicht mitten in diesem Durcheinander ihre Affäre beichten, oder? Es war eine Sache, es mir zu sagen, aber Jasper ist eine ganz andere Geschichte. »Vielleicht solltest du warten, bis wir zu Hause sind, bevor du mit Jasper redest?«

»Ist schon okay«, sagt Quentin, der natürlich nicht ahnt, worum es geht. »Kommt, wir können hinten durchgehen und ihn suchen.«

In diesem Moment kommt ein kleiner älterer Mann mit einem lockigen grauen Haarkranz aus dem hinteren Bereich. Er trägt eine Khakihose und einen weinroten Pulli mit Zopfmuster, der sich über einem dicken, sehr runden Bauch spannt. Dr. Simons. Alle Fotos, die ich von ihm gesehen habe, sind ziemlich alt, aber dieser Bauch und der Haarkranz haben sich kein bisschen verändert.

»Dr. Simon, das ist Wylie«, sagt Quentin und präsentiert mich wie ein Geschenk.

»Wylie!«, ruft Dr. Simons. Sein Gesicht leuchtet auf, als er herüberkommt. »Du meine Güte, dein Vater sagte, du seist groß, aber du bist ja größer als ich!«

Mein Dad spricht sehr gern über meine Größe, obwohl ich nur ein bisschen größer bin als der Durchschnitt. Wahrscheinlich, weil es das Einzige ist, worüber er gefahrlos berichten kann, damit es klingt, als würde ich gut gedeihen.

Dr. Simons' Handschlag ist warm und fest. »Bitte setz dich doch.« Er deutet zu einem Tisch in der Nähe. »Ich entschuldige mich für diesen ganzen Mantel-und-Degen-Unsinn. Dein Dad und ich haben uns größte Mühe gegeben, diese, na ja« – er holt Luft und blickt zur Tür – »im Grunde unüberschaubare Lage zu beherrschen.«

»Ist Jasper hinten im Büro?«, fragt Quentin. »Cassie wollte ihn sehen.«

»Oh, ja, natürlich«, sagt Dr. Simons nach kurzem Zögern, als wüsste er nicht so genau, wo er Jasper gelassen hat. Ich frage mich, ob er vielleicht ein bisschen senil ist, so wie Miriam. »Adam zeigt ihm gerade das Testmaterial.«

»Komm mit, ich bringe dich hin«, sagt Quentin zu Cassie.

Cassie dreht sich mit feuchten Augen und besorgtem Blick zu mir um. »Es sei denn, du möchtest, dass ich bleibe, Cassie. Ich kann, wenn du möchtest.«

»Nein, ist schon gut. Du kannst gehen«, antworte ich, obwohl es mir eigentlich wirklich lieber wäre, wenn sie bliebe. Meinetwegen und um ihretwillen. Jasper wird es nicht gut aufnehmen, wenn er erfährt, dass er recht hatte, was den anderen Kerl angeht. »Aber denk darüber nach, es ihm später zu sagen, wenn du kannst, Cassie. Die Wahrheit ist auch noch da, wenn wir nach Hause kommen.«

»Okay«, sagt sie, und Tränen glitzern in ihren Augen, als sie meine Hand drückt. »Ich denke darüber nach.«

Aber ich sehe schon, wie sie auf der Unterlippe kaut, als sie nach hinten geht. Sie wird kein bisschen auf mich hören.

»Ich habe gerade mit deinem Vater gesprochen. Er ist immer noch ein ganzes Stück weg«, sagt Dr. Simons und sieht eindringlich auf seine Armbanduhr, während er sich setzt. Falls er zu verbergen versucht, dass er besorgt ist, gelingt es ihm nicht. Die Uhr an der Wand zeigt halb vier Uhr morgens an. Später, als mir bewusst war. Ich traue mich nicht zu fragen, wann er hätte hier sein sollen. »Er musste aus naheliegenden Gründen einen kleinen Umweg machen.«

»Nein, nicht naheliegend«, sage ich, während ich mich ihm gegenüber an den langen Tisch setze. »Hören Sie, ich möchte nicht unhöflich sein, aber an alledem ist nichts naheliegend für mich.«

»Nein, natürlich nicht. Du kannst ihn anrufen, wenn du möchtest«, sagt Dr. Simons und sieht sich um, als suchte er nach einem Telefon. »Hier drin müsstest du Empfang haben. Er wird verstärkt. Du musst wissen, dass es ihm furchtbar leidtut, dass er dich angelogen hat, als Karen da war. Das Timing des Ganzen – es hat ihn unvorbereitet erwischt. Und was dann seine späteren Nachrichten angeht: Er wollte ehrlich sichergehen, dass du nicht in das alles verwickelt wirst.«

»Deshalb hat er Sie so tun lassen, als wäre es Cassie, die mir schreibt, dass sie Angst hätte, jemand würde sie *umbringen*?«

»Zu seiner Verteidigung muss ich sagen, dein Vater war für diese spezielle Nachricht nicht verantwortlich; das war ich.« Dr. Simons holt tief Luft und reibt sich die Stirn. »Ich merke jetzt, dass es unnötig beängstigend war. Aber in dem Moment warst du unterwegs, und wir mussten dich schnell hierherbekommen – damit du in Sicherheit bist. Ich hätte es auf eine andere Art tun können; das ist mir jetzt klar. Du solltest deinen Vater danach fragen. Als er von der Nachricht gehört hat, war er ganz und gar nicht glücklich.«

Als ich mein Handy heraushole, habe ich tatsächlich Netz und schon eine neue Nachricht von Dad.

Es tut mir leid, steht da. **Alles.**

Und ich spüre, wie mein dummes Herz einen Schlag aussetzt. Könnte es sein, dass ich Dad doch nicht für immer hasse? Irgendwie hoffe ich das wohl. Mehr, als ich je erwartet hätte.

Wo bist du?, schreibe ich zurück, statt anzurufen. Ich habe Angst, wenn ich wirklich mit ihm spreche, macht mich Dad wieder wütend. Dass er irgendwie die ganzen Entschuldigungen über den Haufen werfen wird, die Dr. Simons so sorgfältig zu seiner Verteidigung aufgebaut hat. **Wie lange brauchst du, bis du hier bist?**

Noch ein paar Stunden, kommt die rasche Antwort. **Ich musste noch etwas erledigen. Ich verspreche, ich erkläre dir alles, wenn ich da bin. Aber du kannst Dr. Simons alles fragen. Du kannst ihm vertrauen. Später mehr. Ich bin so froh, dass es dir gut geht. Ich liebe dich, Scat. xo Dad**

Scat. Ein Spitzname aus den Büchern, die ich als Kind geliebt habe, über eine ängstliche Katze, die ihre Ängste beherzt und mithilfe ihrer treuen Freunde überwindet. Mein Dad hat mich schon seit Jahren nicht mehr so genannt. Es tut ihm wohl *wirklich* leid.

OK, schreibe ich zurück. Und das ist alles. Denn egal, was für niedliche Spitznamen er mir gibt, ich bin nicht bereit, ihm irgendetwas zu verzeihen.

»Konntest du ihn erreichen?«, fragt Dr. Simons.

Ich nicke.

»In den letzten Wochen hat dein Vater überlegt, ob er dich und deinen Bruder vor diesen Leuten von North Point warnen soll. Aber er hatte keinen Anlass zu glauben, dass sie – zumindest für euch beide – eine ernsthafte oder unmittelbare Bedrohung darstellen. Und wegen deines Leidens wollte er dich nicht unnötig beunruhigen.«

Dein Leiden. Die Worte meines Vaters. Denn anscheinend spricht er so mit seinen Freunden über mich. Gerade als ich dachte, es gäbe eine Chance, dass ich ihm vergeben kann, beweist er schon wieder, was für ein Riesenarschloch er ist.

Ich verschränke die Arme und versuche, nicht angepisst zu klingen, denn eigentlich bin ich sauer auf meinen Dad und nicht auf Dr. Simons. Und ihn anzufauchen bringt mir nicht, was ich will: Informationen. »Und wer zum Geier *ist* North Point?«

»Das ist ein Rüstungskonzern. Tiefgehende Verbindungen zum Militär, noch tiefere Taschen. Und anscheinend grenzenlose Entschlossenheit. Sie wollen uneingeschränkten Zugang zu gewissen Aspekten der Studie deines Vaters.«

»Dann sind sie also die ›Bedrohung‹, von der alle ständig reden?«, frage ich.

Dr. Simons nickt. »Aber um das klarzustellen: Wir haben keinen Grund zu glauben, dass sie wissen, wo wir sind. Wir sind einfach nur besonders vorsichtig bei allem, was wir tun.«

Vor meinem geistigen Auge taucht Dougs rotes Gesicht auf: wie er mich in dem Diner ansah, als wollte er mich töten, wie er uns mühelos im Wald jagte, obwohl er so stark blutete. Dass jetzt Dr. Simons und Quentin bei uns sind, gibt mir nicht das Gefühl, weniger schlimm dran zu sein, wenn sie uns doch finden. Außerdem haben sie uns ja anscheinend schon einmal gefunden. Wer sagt denn, dass sie es nicht noch mal schaffen?

»Ja, ich glaube, sie könnten näher sein, als Sie denken.«

Dr. Simons reißt die Augen auf. »Was meinst du damit?«

»Unser Auto ist liegen geblieben, deshalb haben wir ein Ehepaar gefragt, ob sie uns mitnehmen können.« Ich werde schnell sprechen müssen, wenn ich die Geschichte herausbringen möchte. »Sie gaben vor, ein Baby zu haben, aber als wir merkten, dass das nicht stimmte, haben wir versucht wegzulaufen. Der Typ, sein Name war Doug, zumindest hat er das gesagt, hat Jasper angegriffen, deshalb musste ich … am Ende sind wir entkommen, aber nur knapp.« Ich bringe es nicht über mich zu erzählen, dass ich zugestochen habe. Vor allem, weil Dr. Simons ja offenbar schon glaubt, ich hätte ein »Leiden«.

»Das klingt auf jeden Fall nach ihnen. Wir wussten, wenn sie die Gelegenheit bekommen, würden sie sich möglicherweise dich schnappen, um deinen Vater zur Zusammenarbeit zu zwingen. Deshalb war es so wichtig, dass wir dich herbringen«, sagt Dr. Simons leise, dann blickt er mit seinen traurigen braunen Augen zu mir auf. »Und ich wäre mir nicht so sicher, dass ihr sie ganz freiwillig um eine Mitfahrgelegenheit gebeten habt. Diese Leute sind furchtbar schlau. Und gut ausgebildet.«

Als es mir plötzlich wieder einfällt, schließe ich die Augen. »Wir waren beide ein paar Minuten in dem Laden, und sie waren zusammen eine Weile allein beim Auto«, sage ich. Sie hätten ganz einfach etwas tun können, damit es nicht anspringt. »Aber sie waren vor uns an der Tankstelle. Woher konnten sie wissen, dass wir dort anhalten würden?«

»Wahrscheinlich haben sie Cassies Nachrichten abgefangen. Dank Level99 wird das nicht wieder vorkommen. Ihre Anweisungen an euch haben ihnen vielleicht genug Informationen verschafft, dass sie vorhersagen konnten, wo ihr anhalten würdet. Vielleicht hatten sie Kollegen an mehreren möglichen Orten postiert.«

Sieht aus, als hätten sie recht damit gehabt, Cassie das Handy abzunehmen. Es brachte tatsächlich jemanden in Gefahr: uns.

»Aber warum haben Sie Cassie hergebracht? Und warum hat mein Dad am Telefon so getan, als hätte er keine Ahnung, wo Cassie war? Er erweckte den Eindruck, als sei *ich* die Einzige, die es wusste. Dass ich es ihm sagen sollte.«

»Ich kann dir versichern, dass alles, was dein Dad getan hat, der Versuch war, dich zu beschützen, dich aus der ganzen Sache herauszuhalten – weil es sehr gefährlich werden könnte. Ich nehme an, er dachte, du würdest falsche Nachrichten von jemand anderem bekommen. Weißt du noch, wir wussten nicht mal, dass sie ihr Handy dabeihatte. Wir hatten keinen Grund zu vermuten, dass sie euch Nachrichten schicken würde. Außerdem hat er sich sicher Sorgen gemacht, du könntest übers Telefon zu viel verraten. Wir wussten, dass sich jemand in unsere Kommunikation eingehackt hatte. Sie ist erst jetzt wieder sicher. Dein Dad konnte nicht riskieren, zu viele Informationen über eine ungesicherte Leitung herauszugeben.«

»Das ist immer noch nicht logisch«, sage ich. Ein paar Teile davon vielleicht schon, aber das Ganze zusammen kein bisschen. »Und warum die Forschung meines Dads? Niemand hat sich je dafür interessiert.«

Dr. Simons runzelt die Stirn. »Hatte dein Dad Gelegenheit, dir von den Outliers zu erzählen?«

»Ja, ich meine nein, nicht direkt.« Eigentlich hatte Gideon sie erklärt. Warum sollte ich Dad zugutehalten, dass er bei etwas ehrlich war? »Das sind die nicht Normalen.«

Dr. Simons nickt. »Das ist eine gute Beschreibung. Die Outliers sind eine Handvoll Testpersonen, die simultane nonvisuelle und nonauditive emotionale Wahrnehmung gezeigt haben«, erklärt er. »Anders ausgedrückt, sie konnten die Gefühle anderer Leute lesen, obwohl sie die Augen verbunden hatten *und* Kopfhörer trugen. Es waren nicht viele. Eigentlich waren sie ein unbeabsichtigtes Nebenprodukt der Studie deines Vaters. Der kombinierte nonauditive und nonvisuelle Teilbereich des Tests sollte eine Kontrollgrundlinie bilden. Dein Vater hat sich die Auswirkungen von Livegesprächen auf die emotionale Wahrnehmung angeschaut. Er wäre nie auf die Idee gekommen, es könnte Einzelne geben, die ohne visuelle oder auditive Hinweise Emotionen wahrnehmen können. Aber ihre Entdeckung könnte tiefgehende Konsequenzen haben.«

»Inwiefern?« Ich schlucke trocken und versuche, die Magensäure zurückzudrängen.

»Na ja, das Amt für Marineaufklärung versucht zum Beispiel schon seit Jahren, Intuition im Kampfeinsatz zu nutzen, und so eine Entdeckung könnte für diese Forschung entscheidend sein«, sagt er. »Ich nehme an, das Interesse von North Point an den Outliers ist ähnlich. Ihr Ziel wird sein, die Fähigkeiten der Outliers zu nutzen, um irgendeine innovative militärische Strategie oder Technologie zu entwickeln.«

»Und warum machen diese Leute die Studie nicht noch mal selbst und finden ihre eigenen Outliers?«

»Das konnten sie nicht. Weil die Outliers ein unabsichtliches, unpassendes Nebenprodukt der Studie deines Vaters waren, wird ihre Existenz nur in einer Fußnote in seinem Datenmaterial erwähnt.«

»Was heißt …?«, frage ich.

»Sie waren ein Zufall«, sagt er. »Wir wissen bisher nur von drei Outliers. Und vor allem waren sie alle jünger als das Mindestalter für Studienteilnehmer. Alle unter achtzehn. Zwei der drei wurden mit hineingenommen, weil die Studienparameter vom Forschungsassistenten deines Vaters nicht richtig angewendet wurden.«

Das alles ist Dr. Catons Schuld, weil er einen Fehler gemacht hat? Das würde erklären, warum mein Vater so wütend auf ihn war.

»Dr. Caton, meinen Sie?«, frage ich.

»Ganz genau.« Dr. Simons holt Luft und legt die Hände flach auf den Tisch, als wollte er versuchen, das Folgende ganz deutlich zu machen. »Und weil North Point die Studie nicht wiederholen konnte, glauben sie anscheinend, ihre einzige Möglichkeit sei, deinen Vater zu finden. Er weiß nicht nur, dass das Alter der Probanden der Schlüsselfaktor ist, der die Outliers vereint – das wissen mehrere Leute, unter anderem ich –, sondern dein Vater ist der Einzige, der die Namen der Outliers kennt.«

Und ich erkenne an seinem Gesichtsausdruck, dass das der Teil ist, für den er sich gewappnet hat. Das ist das entscheidende Detail.

»Moment mal, sie wollen also buchstäblich meinen Dad?«

Er nickt. »Ja, das glauben wir. Aber wie ich schon sagte, wir treffen alle möglichen Vorsichtsmaßnahmen. Das ist uns jetzt erst bewusst geworden. Und sobald uns das klar war, hat er euer Haus verlassen.«

»Unglaublich«, sage ich leise und bin kein bisschen beruhigt. »Und was ist mit Gideon? Wenn sie meinen Dad wollen und hinter mir her waren – sitzt er dann einfach ganz allein zu Hause herum?«

»Dank der Arbeit von Level99 und ihrer Unterbrechung der Kommunikation von North Point haben wir keinen Grund zur Annahme, dass jemand zu euch nach Hause kommt«, sagt Dr. Simons. »Aber als zusätzliche Vorsichtsmaßnahme hat Officer Kendall auch noch einen Freund bei der Bostoner Polizei, der ein Auge auf euer Haus hat, während dein Dad weg ist. Nur zur Sicherheit.«

»Oh.« Jetzt tut es mir noch mehr leid, dass ich gegangen bin. Dad hatte recht damit, mich wieder nach Hause holen zu wollen.

»Weißt du eigentlich, dass wir uns schon begegnet sind, du und ich?«, wechselt Dr. Simons das Thema, wahrscheinlich, weil ich total panisch aussehe. »Du und Gideon könnt nicht älter als fünf gewesen sein. Deine Eltern kamen zu Besuch nach Kalifornien, und ich glaube, ihr seid hinterher nach Disneyland gefahren?« Als ich aufblicke, lächelt er leicht. »Allerdings schätze ich, falls du dich überhaupt an die Reise erinnerst, dann wahrscheinlich an Micky Maus und nicht an mich.«

Ich erinnere mich nicht, Dr. Simons kennengelernt zu haben. Aber mein Lieblingsfoto von meiner Mom stammt von dieser Reise, so jung und glücklich, die Haare zu zwei Zöpfen geflochten, die Hände in den Overall gesteckt. Ich habe auch noch eine richtige Erinnerung: meine Mom und ich in der Nähe der Felsen von Carmel, mitten in einem Meer von Präriehunden. Meine sonst so ruhige und coole Mom quietschte und rannte davon, als die kleinen Tiere anfingen, ihre Köpfe aus ihren Dutzenden Löchern zu strecken. Und ich stand da und konnte mich nicht losreißen.

»Siehst du, Wylie«, sagte Mom hinterher atemlos und keuchend vor Lachen. »Es gibt lauter verschiedene Arten von Mut.«

Erinnere ich mich überhaupt wirklich daran? Oder ist das nur eine Geschichte, die ich mir so oft von ihr habe erzählen lassen, dass die Worte meine eigenen wurden? In letzter Zeit kommt mir alles Wichtige von Mom vor wie eine Erinnerung an eine Erinnerung, die kurz davor ist, in sich zusammenzufallen und zu verschwinden.

»Ich erinnere mich nicht mal an Disneyland«, sage ich, als ich merke, dass Dr. Simons auf eine Antwort zu warten scheint.

»Na ja, es ist so lang her, und ihr wart noch so klein.«

Aber er wirkt ein bisschen enttäuscht. Er holt tief Luft und schüttelt es ab, dann legt er die Hände auf den Tisch. Seine Finger sind geschwollen wie eine Reihe aufgedunsener Würstchen. »Ich möchte sicher sein, dass du weißt, dass du hier wirklich in Sicherheit bist, Wylie. Voll und ganz. Ich möchte nicht, dass du dir deshalb Sorgen machst.«

Er meint: in Panik verfallen – hyperventiliere nicht, übergib dich nicht, werde nicht ohnmächtig. »Wie ich schon sagte, unsere Vorkehrungen sind umfangreich. Cassie ist hier auch in Sicherheit.«

Cassie. Richtig, das hatte ich ganz vergessen. Sie haben sie absichtlich hergebracht. »Was meinen Sie damit, Cassie ist in Sicherheit?« Er sagte, es gäbe *drei* Outliers, nicht wahr? Woher zwei von ihnen kamen, hat er ausdrücklich erklärt: durch Dr. Catons falsche Anleitung. Das heißt, der dritte ist noch ungeklärt.

»Wer ist der dritte?«, frage ich, und mein Herz schlägt lauter.

Dieser dumme Test im Kellerlabor meines Dads. Dass mein Dad es hinterher so eilig hatte, uns zu sagen, wir hätten alle Ergebnisse unter dem Durchschnitt gehabt. Wie er ärgerlich wurde, als Cassie ihn nach Einzelheiten ausquetschte und immer noch an der unwirklichen Hoffnung festhielt, es gäbe doch irgendwo einen Glasschuh für sie.

»Ja, Cassie ist der andere Outlier. Aber unter diesen Umständen müssen wir vorsichtig sein, wie wir es ihr erklären, Wylie«, sagt Dr. Simons, und es wird klar, dass er dieses Geständnis gefürchtet hat. »Ich möchte ihr keine Angst machen. Es war schlimm genug, dass wir sie auf diese Art herbringen mussten. Es wäre viel besser gewesen, wenn dein Dad sie einfach selbst hergefahren hätte, aber es gab Hinweise, dass er überwacht wurde und dann, dass Cassies Handy gehackt wurde. Aber ich mache mir Gedanken, wie es Cassie damit gehen wird. Das gesagt zu bekommen wäre für jeden überraschend, aber dann noch zu erfahren, dass man dadurch in Gefahr ist … Es könnte extrem aufwühlend sein.«

»In Gefahr?«, frage ich, nicht viel lauter als ein Flüstern. »Ich dachte, sie wollten meinen Dad.«

»Ja, aber wenn sie einen der Outliers direkt isolieren könnten, wäre das noch besser.«

Isolieren. Wie eine Krankheit. Oder das schwächste Tier in der Herde. »Wylie, ich sehe, dass du aufgebracht bist, und du hast jedes Recht dazu. Das wäre für jeden anderen auch eine Menge zu verarbeiten«, spricht Dr. Simons weiter und sieht mir tief in die Augen. »Aber du bist in Sicherheit. Cassie ist in Sicherheit. Und dein Dad auch. Nach dem, was mit deiner Mom passiert ist … ich kann dir versichern, niemand geht irgendwelche Risiken ein.«

Nach dem, was mit deiner Mom passiert ist. Hitze schießt mir in die Wangen. Ein eiskalter Schauder läuft mir über den Rücken. *Bumm, bumm, bumm* macht mein Herz.

»Meine Mom?«

Es ist so weit. Alle Alarmglocken in meinem Kopf schrillen gleichzeitig los, so laut, dass ich mir am liebsten die Ohren zuhalten möchte.

»Wylie, setz dich wieder hin«, sagt Dr. Simons. »Alles wird gut. Aber du musst ruhig bleiben.«

Wann bin ich aufgestanden? Denn das bin ich. Als ich hinunterblicke, stehe ich auf der anderen Seite der Bank. Und jetzt sind Quentin und Cassie hinter mir aufgetaucht. Cassie ist nur ein paar Schritte entfernt, die Arme fest verschränkt. Es sieht aus, als hätte sie noch mal zwei Kilo abgenommen. Als würde sie verschwinden. Bald wird sie nur noch Dunst sein, eine Erinnerung. Genau wie Mom.

»Was ist mit meiner Mom passiert?« Meine Stimme zittert. Oder ich? Meine Füße stehen immer noch fest auf dem Boden, aber ich habe angefangen, mit dem Hämmern meines eigenen Herzens zu schwanken.

»Diese Leute werden dafür zur Verantwortung gezogen werden, was sie ihr angetan haben, Wylie«, sagt Dr. Simons. »Dein Dad wird dafür sorgen.«

20

Was sie ihr angetan haben. Was sie ihr angetan haben. Was *sie ihr angetan haben,* gellt es schrill in meinem Kopf. Und schon bin ich in Bewegung und versuche, davor davonzulaufen.

Luft. Ich brauche Luft. Und ich muss weg von diesen Leuten. Weg von diesen Worten in meinem Kopf. Worte, die niemand tatsächlich ausgesprochen hat, von denen ich aber schon weiß, dass sie wahr sind: *Der Tod meiner Mutter war kein Unfall.*

Einen Augenblick später bin ich draußen in der Dunkelheit. Renne über das klamme Gras auf den Wald zu.

»Hey!«, schreit Stuart links von mir, als ich an der Hütte vorbeikomme, mit der wir anfingen. »Wo willst du hin, verdammt noch mal?«

Stuart. Stuart mit seinem Gewehr. Aber er wird mich nicht aufhalten, wird nicht auf mich schießen. Das weiß ich jetzt. Denn ich bin die Tochter meines Vaters. Und egal, wie sehr ich ihn gerade hasse, diese Leute sind seine Freunde. Sie werden mich beschützen. Sie müssen. Sie müssen mich beschützen vor diesem Chaos, das er angerichtet hat. *Was sie ihr angetan haben.* Was *er* ihr angetan hat. Das ist die Wahrheit. Denn wenn das, was Mom passiert ist, mit alledem zu tun hat – mit seiner Forschung –, dann ist ihr Tod genau genommen die Schuld meines Vaters.

Meine Füße bewegen sich so schnell, dass sie kaum den Boden berühren. So schnell, dass es sich anfühlt, als könnte ich fliegen.

»Hey!«, ruft Stuart noch einmal, aber seine Stimme ist nur ein Echo im Wind.

Selbst wenn mich niemand aufhält, wohin will ich? Ich kann Cassie nicht zurücklassen, kann Jasper nicht im Stich lassen. Es ist sowieso nirgends sicher. Kein Ort ohne Lügen. *Kein Unfall. Kein Unfall.*

Aber als ich endlich den Waldrand erreiche, kann ich darüber nicht weiter nachdenken. Ich möchte an nichts denken außer ans Davonlaufen, das Einzige, was sich gut und richtig anfühlt. *Kein Unfall.* Ich denke an nichts anderes, während meine Füße auf den feuchtkalten Blättern stampfen, auf den heruntergefallenen Zweigen knacken. Aber ich kann immer noch die Stimme meines Dads hören: *Großartigen Menschen passieren manchmal tragische Dinge.* Das hat er wirklich einmal gesagt, da saß er auf meiner Bettkante, ein paar Wochen, nachdem meine Mom gestorben war. Als wäre nichts und niemand verantwortlich für den Tod meiner Mom. Nur dass es sehr wohl Schuldige gab: ihn und seine Arbeit.

Als ich tiefer in den Wald renne, rutschen meine Füße ab und verfangen sich an Wurzeln, Ästen und Steinen. So wie es war, als Jasper und ich vor Doug davonliefen. Aber irgendwie fühlt es sich noch schlimmer an, noch hoffnungsloser – denn egal, wohin ich gehe, die Wahrheit wird mich irgendwann einholen.

Trotzdem laufe ich weiter, versuche, vor den Gedanken an das Auto meiner Mom wegzulaufen, das auf diesem dunklen Eisfleck schleuderte. War da überhaupt Eis? Oder wurde sie von einem anderen Auto in die Leitplanke geschoben? Ging ihr Auto nach dem Aufprall wirklich einfach in Flammen auf, oder wurde es angezündet, um die Aufgabe zu Ende zu bringen? Hat sie es kommen sehen? Hatte sie Angst?

Ich möchte durch die Luft fliegen, wie sie es tat. Ich möchte fallen und mir den Kopf anschlagen. Die Erinnerungen herausschlagen. Nichts mehr wissen oder denken. Damit ich nicht jede Sekunde ständig wieder abspielen muss, obwohl ich weiß, dass sie hätte gerettet werden können.

»Das ist lächerlich«, sagte Mom. Es war an diesem letzten Abend, und sie war halb die Treppe vom Kellerlabor meines Dads hinaufgekommen. »Den Kopf in den Sand stecken ist diesmal keine Option, Ben.«

Da war es neun Uhr abends, aber nur eine Stunde, nachdem sie den letzten Streit beendet hatten. Nach dem Abendessen hatten sie sich kurz in ihre jeweiligen Ecken zurückgezogen. Aber jetzt waren sie wieder voll dabei. Viel schneller als sonst. Als würde das, was schon seit Wochen unter der Oberfläche gebrodelt hatte, endlich ausbrechen.

Gideon und ich waren gemeinsam in der Küche, aber wie immer hörte er ihrem Streit nicht zu. Während ich atemlos dastand, in einer Hand einen Chocolate Chip Cookie meiner Mom – die sie immer als Erstes machte, wenn sie von einer beruflichen Reise zurückkam –, die Milchpackung in der anderen Hand. Ich hielt den Atem an, aus Angst, dass meine Eltern diesmal vollends auseinanderbrechen würden. Es folgte Stille, und dann musste Dad etwas zu Mom gesagt haben. Er war zu weit unten, ich konnte es nicht hören.

»Alle nötigen Vorsichtsmaßnahmen?«, rief sie die Treppe hinunter. »Hörst du dir eigentlich manchmal selbst zu, Ben? Hast du gehört, wie du klingst? Du bist kein Wissenschaftler, du bist ein Roboter.« Noch ein langes Schweigen. »Nein, es ist nicht so einfach, nicht mehr. Und mir ist egal, dass es deine Studie ist und dass du der Einzige bist, der alles weiß. Was ich denke, ist immer noch von Bedeutung.«

Als ich hörte, wie meine Mutter die letzten Stufen heraufstapfte, neigte ich die Milchpackung über meinem Glas und versuchte, beschäftigt auszusehen. Eine kleine Pfütze Milch platschte auf den Boden meiner Tasse, dann war die Packung leer.

»O Mann, das ist scheiße«, sagte Gideon, der mit einem vollen Glas Milch in einer Hand und einem Cookie in der anderen neben mir aufgetaucht war. »Sieht aus, als müsste jemand noch Milch kaufen gehen.«

»Ich gehe«, sagte Mom, die jetzt mit einem komplett künstlichen Lächeln durch die Küche sauste. Sie war stinkwütend auf meinen Dad. Das konnte ich in ihren Augen sehen.

»Ist schon gut«, sagte ich. »Ich möchte eigentlich gar keine Milch.«

»Es macht mir nichts aus«, erwiderte sie und legte mir mit einem Lächeln die Hand auf den Arm. Aus der Nähe konnte ich aber sehen, dass darin auch Traurigkeit lag. »Ich kann ein bisschen frische Luft gebrauchen. Und ein paar Minuten für mich allein.«

Eine Stunde später sollte sie für immer allein sein.

»Wylie!«

Ich laufe immer noch, aber jetzt höre ich eine Stimme hinter mir. Gar nicht weit weg. Ich habe meine Gedanken abschweifen lassen und bin dadurch langsamer geworden. So konnte jemand zu mir aufschließen.

Ich versuche, schneller zu laufen. Aber sobald ich Geschwindigkeit aufnehme, verhakt sich mein Fuß in etwas – einer Wurzel, einem Zweig. Er bleibt stehen, während der Rest meines Körpers abhebt. Einen Augenblick später spüre ich einen stechenden Schmerz in den Handflächen, und mein linkes Knie brennt.

»Wylie! Alles in Ordnung?«

Ich umklammere mein Knie, beuge mich über den Schmerz. Verdammt. So dumm. Jetzt kann ich nicht weiter. Immer noch am Leben. Immer noch wach. Immer noch hier. Jetzt werde ich die Antworten nie einholen, denen ich hinterhergelaufen bin. Ich werde Mom niemals einholen.

»Geht es dir gut?« Es ist Quentin. Er kauert neben mir.

»Alles okay«, sage ich mit zusammengebissenen Zähnen. Zum Glück blute ich nicht, nur Kratzer und viel Dreck. Und meine Scham. Wie kann ich einen Vater haben, der mich so oft anlügt? »Ich brauchte nur Luft.«

»Und einen guten Sprint«, sagt er leise, aber nicht, als wollte oder bräuchte er eine Erklärung. »Bist du verletzt?«

Meine Hände brennen noch mehr, und mein Knie pocht, aber ich blute immer noch nicht. »Mir geht's gut«, sage ich wieder, trotz Schmerzen und Peinlichkeit.

»Ich habe dich gerufen«, sagt Quentin, der immer noch neben mir auf dem Boden kauert. »Es ist wirklich nicht ungefährlich hier draußen im Wald. Wir schicken alle paar

Stunden Leute raus, um nachzusehen, ob jemand … aber wir sind schließlich keine Experten in Geländesicherung.« Er sieht sich um, tiefer in den Wald hinein.

»Diese Leute, die sind ausgebildet.«

»Ja, ich weiß. Glaub mir«, sage ich. »Und du musstest mir nicht hinterherlaufen.«

So nett Quentin wirkt, ich habe ihn nicht darum gebeten, mich zu retten. Ein Teil von mir wünscht sich sogar, North Point würde mich endlich von meinem Leid erlösen. Denn ich habe es vielleicht halbwegs überlebt, dass Mom bei einem Autounfall gestorben ist, aber falls mein Dad es hätte verhindern können, werde ich das nicht überleben.

»Es tut mir leid.« Quentin sieht sich um und dann zu mir auf, bevor er endlich aufsteht. »Das mit deiner Mom, das alles. Es sieht aus, als würdest du irgendwie zwischen den Stühlen sitzen, und das ist Mist.«

»Mist. So kann man es auch nennen«, sage ich, wahrscheinlich zu verächtlich.

Das alles ist nicht Quentins Schuld. Aber ich schaffe es jetzt nicht, so zu tun, als würde es mir seinetwegen besser gehen.

»Ich schätze mal, Mist wäre eine Untertreibung.« Er schüttelt den Kopf. »Hör zu, mein Dad ist gestorben, als ich zehn war, und damit ist so ungefähr alles andere gestorben. Zumindest wünschte ich mir, es wäre so gewesen. Auch jetzt noch ist es, als würde die Farbe in der Welt fehlen.« Er wirft mir einen kurzen Seitenblick zu, dann senkt er den Blick wieder auf die Blätter am Boden.

Aber ich weiß genau, was er meint: Die Welt ist für immer aus dem Gleichgewicht.

»Jedenfalls sage ich nicht, ich weiß, wie es dir geht, denn

ich hasse es, wenn Leute das tun. Aber vielleicht verstehe ich es besser als die meisten.«

Da ertönt ein lauter Knall, ein Stück weiter weg im Wald.

»Was ist das?«, frage ich mit hämmerndem Herzen. Denn eines kommt mir sofort in den Sinn: ein Gewehrschuss.

»Ähm, ich weiß nicht. Jäger vielleicht?« Aber Quentin klingt nervös. »Wir sollten vielleicht zur Sicherheit hier weg.«

Noch ein Knall in der Ferne, diesmal lauter.

»Komm.«

Quentin hilft mir auf die Beine. Als ich ihm durch den Wald zurück zur Haupthütte folge, warte ich auf den nächsten Knall, aber ich höre nur noch das Knirschen der Blätter unter meinen Füßen.

»Das war aber nicht North Point«, sagt Quentin, als wir endlich aus dem Wald herauskommen.

»Woher weißt du das?«

»Die schießen vermutlich nicht daneben«, sagt er mit einem leichten Lächeln. »Außerdem muss ich dir danken, denn dieser kleine Ausflug hat mich etwas Wichtiges über mich gelehrt.«

»Und was?«

Er dreht sich zu mir um. »Ich werde bei Gefahr nicht besser.«

»Was ist mit deinem Dad passiert?«, frage ich, während wir die Rasenfläche überqueren.

Ich weiß, dass nicht alle auf die gleiche Art zu Waisen werden – eine Krankheit, Drogenmissbrauch, Jahre der Entfremdung vorher. Leid kann eine Bombe oder ein langsames Brennen sein. Oder, in meinem Fall, ein atomarer Winter.

Eine Variante ist nicht unbedingt schwerer zu ertragen als die andere. Na ja, das ist gelogen. Ich will nur höflich sein. Ich glaube, was mir passiert ist – aus dem Nichts heraus, keine Chance, sich zu verabschieden, keine Chance, sich vorzubereiten –, ist schlimmer. Und jetzt sieht es aus, als hätte ich das Vergnügen, dass Mom zweimal stirbt: erst die Lüge und dann die Wahrheit.

»Er war in einem Deli bei uns um die Ecke in Dorchester«, sagt Quentin. »Ein Typ wollte den Laden ausrauben und fing an, den alten Mann zusammenzuschlagen, der dort arbeitete. Mein Dad ist eingeschritten und wurde in den Hals geschossen.« Quentin blickt kopfschüttelnd nach unten. »Willst du wissen, was das Schlimmste war?«

»Ja«, sage ich und klinge sicher zu froh darüber, dass es sogar noch einen schlimmeren Teil gibt.

»Er war dort, weil er Orangensaft *für mich* kaufen wollte.«

Die Härchen auf meinen Armen stehen zu Berge. »Was hast du gerade gesagt?«

Er blickt von dem Laub auf. »Er hat Orangensaft für mich gekauft?«

»Meine Mom ist gestorben, als sie unterwegs war, um Milch für mich zu kaufen.«

»Ehrlich?« Er sieht mich ungläubig an.

»Wusstest du das nicht?«, frage ich ein bisschen misstrauisch. »Hat dir Dr. Simons das nicht erzählt?«

»Nein«, sagt er, als würde jetzt er glauben, dass ich mir das mit der Milch ausdenke. »Und er weiß sowieso nichts von dem Saft. Darüber rede ich sonst nie.«

Schweigend gehen wir weiter und versuchen, den Zufall zu verarbeiten, der so unheimlich und gleichzeitig so tröstlich ist.

»Das mit deinem Dad tut mir leid«, sage ich, als wir

schließlich an der Treppe zur Haupthütte ankommen. »Auch wenn es nichts hilft. Das weiß ich aus erster Hand.«

»Normalerweise hättest du recht.« Quentin sieht mich an, als wäre das für ihn auch neu. »Aber diesmal hilft es sogar irgendwie.«

21

In der Haupthütte wimmelt es von Leuten und Aktivität, als wir eintreten, obwohl es nach vier Uhr morgens ist. Als ich sie so sehe, bin ich plötzlich nur noch müde, so als hätte mein Lauf die harte Schale der Panik weggebrannt, die meine völlige Erschöpfung umgab.

Doch die Leute in dieser Hütte wirken, als wäre Schlaf das Letzte, woran sie denken. Womöglich noch ein Beweis mehr, wie ernst die Lage ist. Es sind Männer und Frauen zwischen ungefähr Mitte zwanzig und fast siebzig, die in kleinen Gruppen – meistens zu zweit – über Papieren sitzen und diskutieren. Ein großer, dünner Typ in einem rotbraunen Harvard-Kapuzenpulli sitzt neben einer hübschen jungen Frau mit einem glatten Bob und einer flauschigen lila Baskenmütze. Weiter hinten an der Wand stehen zwei Frauen im Alter meiner Mom in den gleichen schwarzen Yogahosen und Fleecepullis. An einem Tisch in der Nähe sitzen ein Mann und eine Frau mit ergrauendem Haar, in der anderen, gegenüberliegenden Ecke betreibt Miriam die Kaffeestation. Im Ganzen zehn Leute, inklusive Quentin und Stuart. Dr. Simons ist zum Glück nirgends zu sehen. Ich bin noch nicht so weit, wieder mit ihm zu reden, vor allem nicht, wenn er Mom erwähnt.

»Plant ihr das schon lange?«, frage ich. Falls ja, ist mein

Dad sogar noch besser im Verbergen von Dingen, als ich mir je hätte vorstellen können.

»Dr. Simons hat mich vor zwei Tagen angerufen und mich gefragt, ob ich ein paar Tage wegkann. Wie es bei den anderen ist, weiß ich nicht.« Quentin zeigt auf den Jungen im Harvard-Sweatshirt und das Mädchen mit der lila Baskenmütze. »Ich glaube, Adam ist derjenige, der hier aufgewachsen ist und Officer Kendall kannte. Adam macht seinen PhD in kognitiver Neurowissenschaft in Harvard. Seine Freundin da mit der lila Mütze heißt Fiona. Ich bin mir ziemlich sicher, dass sie mindestens vor einer Woche hergekommen sind.«

»Und wer sind die?« Ich zeige auf die zwei Frauen in den Fleecepullis.

»Beatrice und Gladys lehren jeweils an der Fakultät am *Smith and Williams.* Ich glaube, Beatrice könnte sogar eine frühere Freundin von Dr. Simons sein.« Zuletzt zeigt Quentin auf das etwas ältere Paar. »Und das sind« – er zögert, als versuchte er sich zu erinnern – »Robert und Hillary. Er ist Psychologieprofessor an« – er unterbricht sich wieder und verengt die Augen – »an der Boston University, glaube ich, und bei ihr bin ich mir nicht sicher. Man muss sich ganz schön viel merken.«

»Was tun sie alle?« Sie scheinen angestrengt zu arbeiten – machen Notizen, studieren Diagramme. Adam und Fiona haben einen aufgeklappten Laptop vor sich stehen, genau wie Robert und Hillary.

»Ich glaube, sie entwerfen einen Forschungsplan für die nächste Phase der Studie deines Vaters«, antwortet er. »Ich weiß zumindest, dass das dazugehört. Falls dein Dad die Bedeutung der Outliers herausfinden und öffentlich machen kann, haben Firmen wie North Point Pech gehabt.«

»Und ihr alle wart einfach so bereit, herzukommen und mit einem Haufen Fremder herumzuhängen und vielleicht euer Leben zu riskieren?«, frage ich, nicht unbedingt nett. Ich weiß nicht, warum sie mich alle plötzlich so ärgern. Wahrscheinlich kommen sie mir vor wie Helfershelfer. Wenn sie ihm nicht helfen würden, hätte mein Dad vielleicht die Wahrheit sagen müssen.

»Ich hatte schon Fragen, versteh mich nicht falsch«, sagt Quentin, und jetzt klingt er defensiv. »Aber so, wie Dr. Simons mir das Ganze erklärt hat, schien es mir wirklich wichtig, deinen Dad und seine Forschung zu schützen. Vor allem vor diesen Arschlöchern, die Gewinn aus Kriegen schlagen.«

»Also bist du hier, weil du gegen Krieg bist?« Jetzt klinge eindeutig *ich* wie das Arschloch. Und vielleicht bin ich das auch. Ich hatte nie genug Platz für einen guten Zweck in meinem überfüllten Kopf.

Er verschränkt die Arme. »Und du bist *für* Krieg?«

»Nein.« Ich schüttle den Kopf. »Natürlich nicht.« Ich klinge wirklich wie eine selbstsüchtige Göre. »Es ist nur ziemlich viel Risiko für eine Vorstellung.«

Quentin zuckt die Achseln. »Irgendwas muss von Bedeutung sein«, sagt er, »sonst bleibt gar nichts mehr.«

Ich muss ein Schaudern unterdrücken. »Genau das sagt mein Dad auch ständig.« Das sagt er doch, oder? Vielleicht fühlt sich auch nur langsam alles wie ein Déjà-vu an.

»Echt?«, fragt Quentin, dann lächelt er. »Ich wette, wenn ich jetzt klinge wie dein Dad, magst du mich nicht unbedingt lieber.«

Ich zucke die Achseln. »Nicht direkt, aber …«

»Alles okay?«

Ich drehe mich zu der Stimme um, es ist Cassie. Und

einen Moment lang bin ich erleichtert. Aber jetzt ist die Farbe wieder ganz aus ihrem Gesicht gewichen, wie vorhin, als ich sie in der Hütte das erste Mal sah. Ein Outlier. Das könnte schon sein. Ich hätte Cassie nie als besonders gut darin beschrieben, Leute zu lesen, aber vielleicht würde das erklären, warum sie so oft so verplant war.

»Eigentlich sollte ich Dr. Simons von den Schüssen erzählen, die wir gehört haben«, sagt Quentin. »Soll ich euch etwas zu essen besorgen, Leute? Es ist nichts Besonderes, aber wir haben Salzbrezeln und Müsliriegel und solche Sachen.«

»Klar, danke«, antworte ich, denn zu meiner Überraschung fühle ich mich wirklich ein bisschen hungrig.

»Super«, sagt Quentin, anscheinend froh, eine Aufgabe zu haben. »Bin gleich wieder da.«

»Ich habe mir solche Sorgen gemacht, als du rausgerannt bist«, sagt Cassie, als er weg ist, und zieht mich eng an sich. »Das Ganze tut mir so leid.«

»Dir muss es nicht leidtun. An allem ist doch mein Dad schuld«, sage ich, als sie mich endlich loslässt.

»Ich bin diejenige, die den blöden Test machen wollte.« Cassie klingt wütend auf sich selbst. Offensichtlich hat ihr Dr. Simons gesagt, sie sei ein Outlier, wahrscheinlich, als ich in den Wald gerannt bin. »Das alles wäre nicht passiert, wenn ich deinen Dad nicht dazu überredet hätte.«

»Okay, den Test zu machen war wirklich deine Schuld.« Ich lächle und drücke ihren Unterarm. »Aber mein Dad hätte dir die Ergebnisse sagen müssen. Er hätte auf jeden Fall erwähnen müssen …« – ich mache eine Geste in den Raum, statt das Offensichtliche auszusprechen: dass sie vielleicht von Psychos gejagt werden wird – »das alles hier.«

»Ja«, sagt Cassie. »Hätte er wohl.«

»Moment mal, wo ist Jasper?«, frage ich, als mir plötzlich auffällt, dass er schon echt lange weg ist.

Cassies Gesicht zittert, als sie sich wieder mir zuwendet, und ihre Augen füllen sich mit Tränen. Sie hat ihm von dem anderen erzählt. Und es ist nicht gut gelaufen. Natürlich nicht.

»Was ist passiert?«

»Du hattest recht«, bringt sie schließlich heraus, und sie sieht so erschüttert aus. »Ich hätte es ihm nicht sagen sollen. Er war so unglaublich wütend.«

Sie holt Luft und sieht an die Decke. »Und dann ist er gegangen.«

»Was meinst du mit ›gegangen‹?«, frage ich, und das Dümmste daran ist, dass *ich* mich im Stich gelassen fühle.

»Er ist weg«, sagt sie und macht eine Geste in Richtung Wald.

»Wirklich?« Bin ich ernsthaft der Meinung, er hätte irgendwie die Verpflichtung gehabt, sich von mir zu verabschieden oder so?

»Ja. Wirklich«, sagt sie, mit diesem Gesichtsausdruck: *Er war* mein *Freund. Ich bin diejenige, die durcheinander sein sollte,* was total unfair ist.

Jetzt schaue ich zur Fensterfront. Es ist immer noch dunkel draußen. »Zu Fuß?«, frage ich. »Er ist einfach weggegangen?«

»Ich schätze schon«, blafft Cassie und verschränkt die Arme. Sie ist defensiv, wütend. Durcheinander. »Er hatte kein besonderes Interesse, mir Erklärungen zu geben.«

Eben wollte Quentin noch nicht mal, dass wir ohne »Vorsichtsmaßnahmen« den kurzen Weg über die offene Wiese zwischen den Hütten allein gehen, und jetzt ist Jasper in den Wald gelaufen? Und wir haben vielleicht Schüsse gehört.

»Aber es ist gefährlich«, sage ich, obwohl ich sehe, dass Cassie schon genervt ist.

»Kannst du dich vielleicht nicht auch noch wegen Jasper reinsteigern, Wylie?«, fragt sie scharf. »Lass es gut sein. Wohin er gegangen ist – es geht nicht um dich.«

»Okay.« Ich werde rot. Weil sie mit dem Reinsteigern natürlich recht hat. Und Jasper war ihr Freund, nicht meiner.

»Es war nett, dass er dir hinterhergerannt ist«, sagt Cassie ausdruckslos und nickt zu Quentin hinüber. Er hilft Miriam jetzt, Handtücher zu falten, und nickt gutmütig, wenn sie ihn herumkommandiert. Vermutlich will er Cassie und mir Gelegenheit zum Reden geben.

»Ja«, sage ich. »Sein Dad ist übrigens auch gestorben.«

»Echt?«, sagt sie, und jetzt klingt sie ärgerlich. Vielleicht ist sie eifersüchtig? Das scheint es mir nicht ganz zu sein. Aber bei allem, was ihr jetzt gleichzeitig passiert ist – von der Straße entführt, eine besondere Kraft bekommen, von Irren wegen ebendieser Kraft gejagt, von Jasper abserviert – vielleicht darf sie auch einfach alles fühlen, was sie will.

Ich möchte ihr so gern helfen, dass es ihr besser geht, aber ich weiß nicht einmal, wo ich anfangen soll.

»Jasper kommt schon wieder, Cassie«, sage ich, auch wenn ich mir nicht so sicher bin, dass das stimmt. »Er liebt dich wirklich.«

Aber es gibt eine Kehrseite daran, dass Jasper Cassie so liebt. Vollkommenheit verbiegt sich nicht. Sie bricht durch.

Sie nickt, aber nicht, als würde sie mir wirklich glauben. »Ja, vielleicht.«

»Hey, das Gute ist, du hattest recht damit, dass da noch mehr ist. Du bist praktisch übersinnlich begabt.«

Ich sage das, obwohl mein Dad den Ausdruck hasst. Vielleicht gerade deshalb.

Cassie nickt und zwingt sich zu einem künstlichen Lächeln. »Ja, das bin ich. Total übersinnlich. Nur schade, dass ich das alles nicht habe kommen sehen.«

»Also ist es – ich weiß nicht … Spürst du nichts?«, frage ich.

»Überhaupt nichts.« Sie zuckt die Achseln, ihr Blick geht zu Quentin, der zu uns herüberkommt. »Aber ist ja auch egal, wer weiß. Ich habe insgesamt im Moment nicht das Gefühl, überhaupt irgendwas zu wissen.«

»Ist alles in Ordnung?«, fragt Quentin, als er schließlich vor uns steht.

Er gibt mir eine kleine Packung Studentenfutter, die ich sofort aufreiße. Ich bin sogar noch hungriger, als ich dachte, merke ich, als ich ein bisschen davon gegessen habe.

»Ja, alles gut«, sagt Cassie kühl und ohne ihn anzusehen. »Danke.«

»Ja, nur dass Jasper weg ist«, sage ich.

Cassie wirft mir einen zornigen Blick zu. Es war schon klar, dass ich keinen Suchtrupp losschicken sollte. Aber ich mache mir genug Sorgen um Jasper, dass ich etwas sagen muss, auch wenn Cassie dann sauer auf mich ist. »Könnte ihn vielleicht jemand suchen gehen? Sichergehen, dass es ihm gut geht?«

»Er will nicht, dass ihn jemand sucht, Wylie«, sagt Cassie. Und natürlich klingt sie noch wütender. »Er wollte gehen.«

»Vielleicht kann ihn dann wenigstens jemand in die Stadt fahren«, sage ich. »Es ist gefährlich da draußen im Wald, oder?«

Hilfesuchend sehe ich Quentin an.

»Wir können auf jeden Fall nach ihm sehen«, sagt er. »Aber wir können ihn nicht fahren. Wir haben kein Auto hier.«

»Ihr habt kein Auto?«, frage ich. Das kann unmöglich stimmen.

Quentin schüttelt den Kopf. »Das kannst du Dr. Simons zuschreiben«, sagt er mit einer Handbewegung nach hinten. »Das ist auch so eine Sicherheitsmaßnahme, irgendwas mit Luftüberwachung. Aber keine Sorge, wir können Jasper trotzdem finden. Stuart ist zu nicht viel gut, aber er kann alles und jeden aufspüren. Ich komme wieder, sobald wir uns umgesehen haben.«

Als Quentin zur Tür geht, werfe ich einen Blick zu Cassie hinüber und bin darauf gefasst, dass sie mich wütend anstarrt. Stattdessen starrt sie ungefähr in die Richtung, in die Quentin verschwunden ist. Aber sie sieht nicht ihm nach.

»Ich weiß, du und Jasper habt Streit, aber ich habe mir einfach Sorgen gemacht, dass …«

»Schon gut. Ist okay«, sagt sie, als Quentin verschwunden ist. »Ich versteh's.« Endlich sieht sie mich an, nickt noch mal, als wäre sie vielleicht doch meiner Meinung. »Ehrlich, ist in Ordnung.«

Da vibriert mein Handy in meiner Tasche. Das muss Dad sein. *Bitte sei okay.* Das ist mein erster Gedanke, während ich es herausziehe. Mein zweiter? *Du Arschloch.* Natürlich ist es Dads Nummer.

Ich habe das Gefühl, dass mich jemand verfolgt. Ich musste noch einen Umweg machen. Ich komme trotzdem, so schnell ich kann. Aber sag Dr. Simons, es könnte zu spät sein. Sie sind schon unterwegs.

»Dein Dad?«, fragt Cassie, kommt näher und liest über meine Schulter mit.

Ich nicke, während ich zurückschreibe: **Geht es dir gut?**

Und dann warten wir und warten. Aber es kommt keine Antwort.

»Er kommt doch trotzdem, oder?« Cassie kommt noch ein bisschen näher. Als wollte sie mir das Handy wegnehmen. »Du musst es ihm sagen. Er *muss* kommen.«

»Er weiß sicher …«

»Ist alles in Ordnung?« Es ist Dr. Simons.

Ich halte das Handy hoch. »Mein Dad sagt, ich soll Ihnen sagen, ›sie sind schon unterwegs‹.« Ich sage es mit schneidendem Unterton, ich kann nicht anders. »Was für mich nicht besonders toll klingt.«

Dr. Simons holt tief Luft und lässt sie dann in einem langen Strom wieder heraus. »Das ist nicht ideal, nein«, sagt er ruhig. »Wir haben das aber als Möglichkeit in Betracht gezogen. Es gibt für diesen Fall einen Plan. Ich habe gehofft, wir müssten ihn nicht umsetzen, aber wir sind gründlich darauf vorbereitet.«

Plötzlich lässt sich Cassie schwer auf eine der Bänke fallen. Ihre Schultern sind gebeugt und hängen nach vorn.

»Cassie, geht es dir gut?« Ich eile zu ihr. Ohne ein Wort zu sagen beugt sie sich vor, packt mich, zieht mich neben sich auf die Bank und vergräbt das Gesicht an meinem Hals.

»Alles wird gut«, sage ich und streichle ihr über den Kopf. Ich weiß nicht, was ich sonst tun soll. »All diese Leute helfen uns. Und mein Dad wird bald hier sein. Wir bekommen das schon hin. Du schaffst das.«

»Ich habe Angst«, flüstert sie. »Richtig, richtig Angst.«

Sie wäre verrückt, wenn es nicht so wäre. Wer weiß, was

North Point tun wird, falls sie sie in die Finger bekommen? Was sie mit uns allen tun werden?

»Sorg nur dafür, dass dein Dad *sofort* kommt, okay? Versprich es mir«, sagt sie, bevor sie mich endlich loslässt.

»Versprochen«, sage ich, auch wenn er mir im Grunde gerade geschrieben hat, dass er nicht so schnell kommen wird.

Cassie löst sich von mir und wischt sich das tränenfeuchte Gesicht ab. Dann starrt sie eine Weile auf den Boden, als dächte sie über etwas nach. Schließlich fängt sie an zu nicken. Ich traue mich nicht zu fragen, was sie beschlossen hat. »Ich komme gleich wieder.« Sie zeigt auf ihr tränenverschmiertes Gesicht. »Ich gehe ins Bad.«

»Kommt sie zurecht?«, fragt Dr. Simons, als sie den Raum durchquert.

»Ich hoffe es«, sage ich. »Sie war auch schon bevor das alles passiert ist nicht in der besten Verfassung. Sie hätten auf mich warten sollen, bevor Sie ihr von dem Outliers-Ding erzählen.«

»Oh, ja, natürlich, das hätte ich«, sagt Dr. Simons, aber fast zu schnell, als täte es ihm überhaupt nicht leid. »Ich glaube, ich wollte die ganze Lage einfach transparenter machen. Es gibt noch so viel zu verstehen, so viele Faktoren und Interessengruppen.«

»Interessengruppen? Was heißt das?« Es klingt, als wäre schon ein Krieg im Gange. Wobei ich nicht weiß, warum es mich überrascht, dass noch mehr hinter der Geschichte steckt. »Ich dachte, es gäbe eine Firma.«

»North Point ist sicherlich unsere unmittelbare Sorge«, sagt er. »Aber es sind auch noch andere Elemente im Spiel.«

»Was für ›Elemente‹?« Meine Stimme wird lauter, ich kann es nicht verhindern.

»Wylie, du musst unbedingt ruhig bleiben«, sagt Dr. Simons, als wäre ich schon total ausgerastet.

Bin ich? Als ich mich umsehe, habe ich das Gefühl, als hätten alle in dem innegehalten, was sie gerade tun – Adam und Fiona, Beatrice und Gladys –, sie alle haben sich zu mir umgedreht. Könnte es sein, dass ich aus voller Kehle gebrüllt und es nicht mal gemerkt habe?

»Wie ich schon sagte, wir wissen, dass die Regierung ebenfalls von der Forschung deines Vaters weiß und Interesse daran hat.«

»Die Regierung?« Beinahe muss ich lachen. Hat Dr. Simons das wirklich schon gesagt? Für mich fühlt es sich neu an, aber wer weiß.

Noch schlimmer: Die Erwähnung der Regierung hat mich an etwas anderes erinnert.

Es war einen Monat nach der Beerdigung, und ich war immer noch nicht in der Verfassung, an die Tür zu gehen. Ich hätte es auch nicht getan, wenn mich der Mann auf der Treppe nicht am Fenster gesehen hätte. Und dann zeigte er eine Dienstmarke. *Department of Homeland Security.* Er war sehr groß und breit, seine Brust wölbte sich wie ein Fass in seinem billigen grauen Anzug, und die schlichte Brille mit dem Goldrand passte nicht richtig zu ihm.

»Sie dürfen gern meinen Ausweis überprüfen«, bellte er, als ich immer noch nicht öffnete.

Dann schob er seine komplette Marke durch den Briefschlitz. Sie fiel mit einem dumpfen Knall auf den Boden. Ich hob sie auf. Sie sah auf jeden Fall echt aus –

abgenutzt und mit einem leicht veralteten Foto. Und so konkret: *Department of Homeland Security.* Wer sucht sich so etwas für eine Betrugsmasche aus? Ein stinknormaler Polizeibeamter wäre viel unkomplizierter.

»Ich würde gern mit Dr. Benjamin Lang sprechen, bitte.« Wie ein Befehl von einem Drill Sergeant. Ich öffnete endlich die Tür.

»Er ist nicht da«, brachte ich heraus und wünschte mir sofort, ich hätte gelogen und gesagt, er sei unter der Dusche oder so.

»Wann kehrt er zurück?«

Zurückkehren? Das war zu viel – auf merkwürdige Art zu abgehoben, sogar für einen Bundesagenten.

»Ich, ähm …« *Sag lang genug, damit er nicht reinkommen will.* »Das könnte echt lang dauern.« *Aber lass es nicht wirken, als wärst du allein und ungeschützt.* »Aber mein Bruder muss jeden Moment hier sein.«

Er sah verwirrt aus – warum sollte ihn mein Bruder kümmern? –, dann nickte er einmal wie zum Gruß und gab mir eine Karte: Dr. Frederick Mitchell, *National Institute of Health.* Stand auf seiner Marke nicht *Homeland Security*? Er sah nicht aus wie ein Arzt. Aber er sah auch nicht aus wie von einer Bundesbehörde. Mehr wie ein Riese, der vorgab, ein normaler Mensch zu sein.

»Ich warte draußen im Wagen.«

Als ich ein paar Minuten später durch den Vorhang nach draußen spähte, saß Dr. Frederick Mitchell auf dem Fahrersitz – ohne zu lesen oder auf sein Smartphone zu sehen. Er saß nur da, den Blick nach vorn gerichtet wie ein Roboter.

Ich schrieb meinem Dad. **Hier ist ein grusliger Doktor von der Homeland Security oder dem NIH. Kommt mir zwielichtig vor.**

Ach ja. Ganz vergessen, dass er kommen wollte. Tut mir leid. Bin bald zu Hause.

Und natürlich bat mein Dad den zwielichtigen Roboterdoktor sofort herein und führte ihn nach unten, als wäre überhaupt nichts seltsam daran oder an ihm. Ich versuchte, von oben zu horchen, aber der Rest ihres Gesprächs ging unter, gedämpft von der Kellertreppe. Und ich wusste schon, mein Dad würde mir hinterher nichts Sinnvolles darüber erzählen. Seit dem Unfall erzählte er mir gar nichts mehr, das mich theoretisch stressen könnte, was mich natürlich nur noch mehr stresste.

»Worum ging es da?«, fragte ich trotzdem, als der Typ mit seiner Fassbrust zur Tür hinausgestapft war.

»Routineförderungsüberprüfung«, sagte Dad mit einem enttäuschten Achselzucken. Als hätte sich das Ganze als weit uninteressanter herausgestellt, als er gehofft hatte. »Bürokratie regiert die Welt.«

Ich überlege, ob ich Dr. Simons von dem Mann erzählen soll, der bei uns zu Hause war. Aber ich will nicht. Weder will ich die Bedrohungen vervielfachen noch den Gefahrenkreis erweitern.

»Wylie, es tut mir wirklich leid, dass du das mit deiner Mutter so erfahren musstest«, sagt Dr. Simons. »Ich dachte fälschlicherweise, dein Dad hätte schon Gelegenheit gehabt, es dir zu erklären. Aber unschuldig oder nicht, das war ein unverzeihlicher Fehler. Ich hoffe, du nimmst meine aufrichtigste Entschuldigung an.«

Ich zucke mit den Schultern. »Ist schon gut«, sage ich, obwohl es überhaupt nicht gut ist.

Gar nichts ist gut. Wenigstens kümmern sich alle anderen im Raum wieder um ihre eigenen Angelegenheiten. Ich bin froh, nicht mehr Mittelpunkt der allgemeinen Aufmerksamkeit zu sein.

»Du solltest auch wissen, dass dein Dad erst vor Kurzem die Möglichkeit in Betracht gezogen hat, der Tod deiner Mutter könnte kein Unfall gewesen sein. Es ist nicht so, als hätte er es vor dir geheim gehalten.«

»Lange geheim gehalten, meinen Sie«, sage ich und wende den Blick ab.

Möchte ich Dr. Simons nach Einzelheiten zu dem ausquetschen, was ihr passiert ist? Bevor ich das entscheiden kann, geht die Tür auf. Quentin ist schon zurück? Wie sorgfältig können sie nach Jasper gesucht haben? Er kommt schnell auf uns zu und hat etwas dabei, das er sich über den Arm gehängt hat. Als mir klar wird, dass es der Parka meines Dads ist, wird mir übel.

»Den hat Jasper getragen«, sage ich, als er bei uns ankommt. Quentin runzelt die Stirn und hält den Blick auf die Jacke gerichtet, während er sie hochhält. Sie ist schmutzig und mit zerdrückten Blättern überzogen. Aber das Schlimmste: Einer der Ärmel ist halb abgerissen. Ich springe auf. »Wo hast du den gefunden?«

»Stuart hat ihn im Wald aufgelesen, nicht weit vom Zufahrtsweg.«

Er wirft mir einen Blick zu. »Es ist nicht mehr so kalt. Vielleicht dachte Jasper, er bräuchte ihn nicht.« Aber das stimmt nicht ganz, außerdem erklärt es nicht den zerrissenen Ärmel. Ich erkenne, dass Quentin es sowieso nicht glaubt.

Als ich wieder daran denke, wie Doug Jasper an die Wand drückte, rast mein Herz.

»Wir müssen ihn finden. Wenn diese Leute, denen wir begegnet sind, ihn als Erste finden, bringen sie ihn um.« Ich lasse den Blick von Dr. Simons zu Quentin und wieder zurück wandern. Sie starren zurück, als würde ich völlig übertreiben. Aber sie haben Dougs Gesichtsausdruck nicht gesehen, als er blutend an der Wand stand. »Ich meine es ernst. Sie werden Jasper umbringen.«

»Wylie, warte mal kurz.« Dr. Simons spricht mit mir wie mit einer armen Irren. »Jasper hat Cassie doch gesagt, dass er geht. Dass er jetzt weg ist, ist keinerlei Beweis, dass ihm etwas passiert ist. Und dank Level99 und der Arbeit aller Anwesenden hier wissen wir manches, das mich geneigt macht, zur Ruhe zu raten. Zunächst einmal geht North Point laut eigenen Regeln nicht tagsüber gegen Ziele vor, und es ist praktisch Tagesanbruch.« Aber Dr. Simons weiß so gut wie ich, dass die Sonne noch lange nicht aufgehen wird. »Darüber hinaus: Warum sollten uns die Leute von North Point auf ihre Anwesenheit aufmerksam machen, indem sie Jasper entführen, und sich dann nicht sofort auf uns andere stürzen?«

»Keine Ahnung, um uns Angst zu machen? Abgesehen davon stand in der Nachricht meines Dads, dass sie auf dem Weg hierher seien. Wir wissen, dass sie kommen!« Jetzt schreie ich, und das lässt mich auf jeden Fall irre wirken. Ich weiß nicht, ob mich das juckt. »Und was ist mit Cassie? Sie ist doch diejenige, die sie eigentlich wollen. Wir können nicht einfach hier herumsitzen und warten, dass sie sie holen kommen. Wir sollten abhauen. Wir alle. Sofort.«

»Wir können Stuart bitten, sie im Auge zu behalten«, sagt Dr. Simons, dann scheint ihm bewusst zu werden, wie das vielleicht klingt. »Aus respektvoller Entfernung natürlich. Aber wir können nicht riskieren, uns zu exponieren, indem wir das Lager verlassen. Die Fahrzeuge sind fast eine Meile entfernt geparkt.«

Und wessen idiotische Idee war das?, denke ich, schaffe es aber, es nicht zu sagen.

»Es ist ein Risiko, hier zu sitzen und zu warten.« Ich bemühe mich, wieder möglichst ruhig und vernünftig zu klingen. »Aber mir ist egal, wie viele Doktorgrade Dr. Simons hat oder wie viel er über diese Firma North Point weiß. Ich habe Doug in die Augen gesehen. Irgendwo zu warten, wo er auftauchen und zu Ende bringen könnte, was er angefangen hat, ist die dümmste Idee aller Zeiten.«

»Vielleicht hat Wylie recht«, sagt Quentin. »Ich meine, ich bin kein Experte, aber ein bewegliches Ziel zu treffen ist schwieriger.«

»Wenn Sie alle hierbleiben wollen, könnten Cassie und ich auch allein gehen. Ich komme gut im Wald zurecht. Nur zu zweit könnten wir sogar bei Tageslicht ganz leicht unsichtbar bleiben.« Ich klinge so überzeugt, ich glaube mir fast selbst.

»Wie ich schon sagte, wir haben einen Plan entworfen, mit dem alle hier in Sicherheit sind. Und ich kann euch nicht gehen lassen, Wylie. Nicht ohne die Erlaubnis deines Dads.« Dr. Simons sieht unbehaglich, aber entschlossen aus. »In seiner Abwesenheit bin ich dein Erziehungsberechtigter.«

Wir starren uns lange fest in die Augen. Dr. Simons wird nicht mehr aus dieser Drohung machen, solange ich ihn nicht dazu zwinge. Ich weiß nicht einmal, ob es streng genommen stimmt, dass er mein Erziehungsberechtigter ist. Genauso wenig bin ich mir sicher, ob das irgendetwas zählt. Nicht, wenn er genauso sagen könnte: Wenn du versuchst, hier wegzukommen, halten wir dich mit Gewalt auf.

»Dann fragen wir meinen Dad«, sage ich. Es könnte sein, dass er genug Verstand hat, mich unter diesen Umständen gehen zu lassen. Das ist er mir schuldig.

Cassie und ich müssen hier weg, tippe ich. **Du hast selbst gesagt, sie kommen. Sie ist hier nicht sicher. Wir können zu Fuß losgehen. Wir kommen schon zurecht.**

Nein, kommt augenblicklich die Antwort. Wird er immer noch aufgehalten? Vorhin hat er gesagt, er hätte anhalten müssen, aber plötzlich bin ich nervös, als ich mir vorstelle, dass er beim Fahren tippt. Ich bin wütend auf ihn, aber ich will nicht, dass er auch in einem Autounfall umkommt, weil er mir schreibt. **Du bist dort sicher. Du bringst Cassies Leben in Gefahr, wenn du Camp Colestah verlässt. Wir haben einen Plan gemacht. Bitte hör diesmal auf mich. Tu, was Dr. Simons sagt.**

Ich starre lange auf die Antwort. Wie gern würde ich ihn zum Teufel schicken. Aber das letzte Mal, als ich ihn ignoriert habe, hat Doug versucht, Jasper umzubringen.

»Wylie?«, fragt Dr. Simons sanft, nachdem ich zu lange geschwiegen habe. »Was hat er gesagt?«

Er kennt die Antwort schon.

»Er sagte, es sei ungefährlicher für uns, wenn wir hierbleiben.« Ich bemühe mich nach Kräften, überzeugt zu klingen.

Quentin tritt vor und legt die Jacke meines Dads auf den Tisch, dann stellt er sich neben mich. Als wollte er mir klarmachen, dass er immer noch ganz auf meiner Seite steht.

Dr. Simons' Gesichtsausdruck ist angespannt, aber er versucht, nicht verärgert auszusehen.

»Wenn ihr trotzdem gehen wollt, komme ich mit«, sagt Quentin. Und ich bin so dankbar.

»Wie wäre es, wenn wir die Polizei rufen?«, schlage ich vor. Keine Ahnung, warum mir das nicht schon vorher eingefallen ist. Mir ist inzwischen sogar egal, wenn es damit endet, dass ich eingewiesen werde.

Aber wieder schüttelt Dr. Simons den Kopf. »Wie du selbst gesehen hast, ist Officer Kendall der einzige verlässliche örtliche Polizeibeamte. Wenn wir die anderen in diesem Dezernat alarmieren, könnte es sein, dass wir vom Grundstück vertrieben werden. Genau genommen begehen wir hier Landfriedensbruch. Und das würde uns nur in größere Gefahr bringen.«

»Dann das FBI oder so was?«, frage ich.

»Ja, Bundesbeamten«, sagt Dr. Simons, aber mit Bedauern. »Die Bundesbehörden sind da auch eher weniger unbefangen.« Also war entgegen dem, was mein Dad mir damals erzählte, der Besuch von dem Typ der NIH wohl doch nicht so routinemäßig gewesen. »Natürlich ist nicht die ganze Regierung darin verwickelt, aber wir wissen nicht, welche Behörden kompromittiert sind. Im Moment ist es ein zu hohes Risiko, irgendjemandem zu sagen, wo wir sind. Ganz zu schweigen davon, dass North Point über außerordentliche Mittel verfügt. Was glaubst du, warum niemand in das Diner kam, um wegen des Messerangriffs zu ermitteln? Eine Firma wie North Point kann sich ihre eigene Version der Wahrheit kaufen.«

Mein Herz hämmert lauter. Mein Gesicht fühlt sich heiß an. »Sie wissen von dem Angriff?«

Keine Ahnung, warum mich das überrascht. Wenn mein

Dad es weiß, dann natürlich auch Dr. Simons. Aber ich fühle mich trotzdem bloßgestellt. Und schäme mich. Wieder blicke ich mich in der Hütte um, ob mich jemand anstarrt. Dabei begegne ich nur Miriams Blick, und sie lächelt wie üblich warmherzig.

»Natürlich wissen wir es, Wylie. Auf dieser Welt gibt es keine Geheimnisse.«

22

Als wir endlich alle draußen sind, ist es kurz nach acht Uhr morgens. Ich stehe auf der Veranda der Haupthütte. Die Sonne ist inzwischen ganz aufgegangen, aber es ist grau, die Wolken hängen tief. Es ist dunstig und auch viel wärmer. Wie sich herausstellt, gab es tatsächlich einen detaillierten Notfallplan, und das »Sie sind unterwegs« meines Dads hat genügt, um ihn in Gang zu setzen, wenn auch Jaspers Jacke nicht.

Ohne genaue Anweisungen haben sich alle auf ihre im Voraus festgelegten Aufgaben verteilt. Ich denke darüber nach, ein paar der anderen nach Einzelheiten auszufragen, aber bisher habe ich nicht mehr als ein paar Hallos mit ihnen gewechselt. Mir scheint es das Beste, weiterhin so wenig Aufmerksamkeit wie möglich auf mich zu ziehen. Vor allem jetzt, da ich nur auf den richtigen Augenblick warte, damit wir davonlaufen können.

Denn ich habe beschlossen, dass diese Leute tun können, was sie wollen; Cassie und ich verschwinden von hier.

Ich beobachte Adam und Fiona, wie sie Schaufeln über den Weg tragen. Gladys und Beatrice, Robert und Hillary gehen auf der anderen Seite hinter den Hütten zwischen Wald und Wiese hin und her und sammeln Äste, die sie mitten auf der Fläche aufschichten. Sie sind so ruhig und zielgerichtet, so bereit und ergeben. Vertrauensvoll. Auf jeden

Fall sehen sie nicht panisch oder ängstlich aus, nicht so, als suchten sie einen Ausweg. Es ist, als hätten sie die Risiken gekannt, als sie herkamen, um meinem Dad zu helfen, und als wären sie bereit, den Preis zu zahlen, egal, wie hoch er am Ende sein wird.

»Was wird das mit den Ästen?«, frage ich, als sich Dr. Simons neben mir auf die Terrasse stellt, und zeige auf Gladys und Beatrice.

»Leider nichts allzu Ausgeklügeltes. Ein paar kontrollierte Feuer, die uns die Möglichkeit verschaffen, nach hinten zu verschwinden«, sagt er. »Wenn uns wirklich jemand hier findet, was – um das klar zu sagen – immer noch keine ausgemachte Sache ist.«

Dr. Simons' Gesichtsausdruck verändert sich, als er zu der Hütte hinüberschaut, in der Jasper und ich zuerst waren. Als ich mich umdrehe, kommt Cassie über die offene Grasfläche auf uns zu. Sie hat sich umgezogen, trägt jetzt Jeans, einen Pulli und einen längeren Wollmantel. Nichts passt so recht zusammen, aber an Cassie sieht es lässig schick aus. Alles, bis auf die komische grellorangefarbene Strickmütze auf ihrem Kopf. So was würden Jäger tragen, und es sieht merkwürdig deplatziert aus. Auf keinen Fall gehört das Ding ihr.

»Ich dachte, Cassie wollte sich hinlegen«, sage ich. Und es war Dr. Simons, der mich überzeugte, ihr nicht zu folgen, als sich alle an ihre Aufgaben gemacht hatten.

»Ja, na ja, das hat mir zumindest Stuart gesagt.« Dr. Simons sieht selbst verwirrt aus.

Als Cassie näher kommt, sehe ich ihren eigenartigen Gesichtsausdruck. Dann bemerke ich die Zigarette in ihrer Hand. Diesmal kann ich es ihr nicht verübeln. Wenn mir jemand gesagt hätte, ich sei ein Outlier, würde ich vielleicht auch anfangen zu rauchen. Aber die Art, wie Cassie die Zigarette fallen lässt, ist so seltsam. Als wäre sie sich gar nicht bewusst gewesen, dass sie sie hielt. Hinter ihr sehe ich Stuart. Er steht vor der Hütte, in der wir Cassie wiedergesehen haben. Er nimmt einen langen Zug von seiner eigenen Zigarette und atmet über seinen Kopf aus. Er ist weit weg, aber ich habe das Gefühl, es gilt uns, als wollte er uns mitteilen, dass sie geredet haben.

Dass Cassie durcheinander und verwirrt ist, ist verständlich. Durcheinander genug, dass sie bereit ist, mit Stuart zu plaudern, nur um eine Zigarette zu bekommen? Das ist schlimmer, als mir bewusst war.

»Alles in Ordnung?«, frage ich, als sie schließlich bei uns ankommt. Und ich wünschte, es würde nicht klingen, als wollte ich ihr irgendetwas vorwerfen. »Wo warst du?«

»Spazieren«, erwidert Cassie, verschränkt die Arme und wendet den Blick ab.

Vorher wirkte sie durcheinander wegen der Outlier-Sache und wegen Jasper, aber jetzt wirkt sie zappelig und auch wütend.

»Du musst vorsichtig sein, Cassie«, sagt Dr. Simons, und ich bin froh, dass er es sagt und nicht ich. »Es ist gefährlich für dich, allein unterwegs zu sein.«

Cassie blickt zornig zu ihm auf, und ganz kurz glaube ich, sie wird ihn zurechtweisen. Irgendwie hätte ich das gern. Aber sie beißt sich nur auf die Unterlippe und wendet den Blick ab.

»Wylie, hilf doch bitte Cassie, die Äste den Weg hinunterzutragen, wie wäre das? Ihr müsstet Fiona da unten im Wald dann schon sehen. Wir nehmen die Äste als Fundament für die Brandmauer. Natürlich gibt es da unten auch Äste, aber nicht genug. Also müssen wir mehr aus dem Wald hinter den Hütten holen«, erklärt Dr. Simons. »Es würde helfen, wenn ihr beide mit anpacken würdet. Abgesehen davon glaube ich, es wäre gut, wenn alle beschäftigt sind.«

Er nickt mir zu: *Pass auf sie auf*, sagt der Blick. Dann tätschelt er mir großväterlich die Schulter, bevor er wieder reingeht.

Das werde ich, denke ich. *Ich werde mich um sie kümmern, indem ich sie von dir wegbringe, so schnell ich kann.*

»Na toll«, brummelt Cassie und marschiert auf den Haufen Äste auf der Wiese zu, ohne mich auch nur anzusehen.

»Das wird schon«, sage ich, als ich zu ihr aufschließe. Klinge ich, als würde ich es glauben? Ich hoffe es. Ich werfe einen Blick zurück, um sicherzugehen, dass Dr. Simons weg ist, dann beuge ich mich vor und senke die Stimme. »Aber wir müssen weg, Cassie. Sofort. Durch den Wald abhauen. Warten ist gefährlich.«

Ich überlege, ob ich hinzufügen soll: gefährlich für dich. Aber ich möchte ihr nicht so viel Angst machen.

»Nimm dir ein paar Äste, Wylie«, sagt Cassie. »Du hast gehört, was er gesagt hat. Wir sollten uns alle beschäftigen.«

»Und hast du gehört, was ich gesagt habe?«, frage ich. Sie ist durcheinander. Schon klar. Aber sie wird sich zusammenreißen und konzentrieren müssen. »Wir müssen uns wegschleichen. Wenn wir vorsichtig sind, bin ich mir ziemlich sicher, dass wir es schaffen, ohne dass sie uns aufhalten.«

Cassie hält inne, dreht sich zu mir um und sieht mich direkt an. In ihrem Blick liegt eine verrückte, giftige Mischung aus Angst, Wut und Traurigkeit.

»Nein«, presst sie mit zusammengebissenen Zähnen hervor. Und dann dreht sie sich mit ihren Ästen um und marschiert davon.

»Cassie!«, rufe ich ihr nach; jetzt bin ich selbst sauer, aber eigentlich vor allem verletzt.

Da stehe ich und blicke ihr nach. Vertraut sie mir nicht genug, um mir zu folgen?

Schließlich mache ich einen Schritt nach vorn und sammle selbst einen Armvoll Äste auf. Als ich sie an mich presse, fällt mir wieder ein, wie ich zu Hause in der Garage die ganze sinnlose Campingausrüstung umklammert habe. Wodurch ich wieder an Jasper denke. Hätte Cassie ihm nur nichts gesagt. Er würde es schaffen, sie zum Gehen zu bewegen, das weiß ich.

Als ich mit den Ästen den Weg entlanggehe, spüre ich, wie mich jemand beobachtet. Ich drehe mich um, auf Dr. Simons gefasst, oder noch schlimmer: auf Stuarts neugierigen Blick. Aber es ist Quentin am anderen Ende der Veranda, der irgendein Werkzeug an seiner Seite hält. Als sich unsere Blicke treffen, zieht sich mein Magen zusammen, er hebt die Hand zu einem Winken – und dann ertönt plötzlich eine laute Stimme vom anderen Ende des Geländes.

»Das weiß ich!« Es ist Stuart, der zu Dr. Simons rüberschreit, der den Kopf schüttelt und auf den Boden starrt. »Du hältst mich echt für einen Vollidioten!«

Hat Dr. Simons Stuart zurechtgewiesen, weil er Cassie die Zigarette gegeben hat? Vielleicht, aber es sieht nach mehr aus. Und ich habe auf jeden Fall das Gefühl, als würde Cassie immer noch etwas vor mir verbergen. Es erscheint mir nicht unmöglich, dass beides miteinander zu tun hat.

Als ich wieder zu Quentin rüberblicke, beobachtet er mich immer noch. Ich drehe mich weg. Unbehaglich, weil da etwas zwischen uns ist, oder einfach, weil mir sowieso unbehaglich ist. Ich weiß nicht mal, ob ich den Unterschied erkennen würde.

Als ich endlich halb den Weg hinunter bin, habe ich Cassie völlig aus den Augen verloren. Ich muss mehrmals den Wald mit Blicken absuchen, bevor ich einen leuchtend orangefarbenen Fleck zu meiner Rechten sehe. Diese komische Mütze, die Cassie trägt.

»Ach, da bist du.«

Ich drehe mich um und erkenne Miriam neben mir. Sie wirkt überrascht, mich zu sehen, und komischerweise gleichzeitig so, als wäre ich genau die, nach der sie gesucht hat. Wo kommt sie überhaupt her? Eben war sie doch noch oben auf dem Hügel und hat Essen organisiert. Oder nicht?

»Haben Sie mich gesucht?«, frage ich.

Sie lächelt mich mit einem Glitzern in den Augen an, teils lieb, teils völlig neben der Spur. »O nein, Liebes«, sagt sie, dann legt sie mir ihre pergamentartige Hand an den Ellbogen und drückt zu. »Aber fühlst du dich gut?«

»Ja, ich meine, warum?« Weiß Miriam etwas, das ich nicht weiß? Kann sie in mein Inneres sehen, wie es sich langsam und giftig ausbreitet? Sie war mal Krankenschwester.

»Du siehst nur müde aus, Liebes.« Sie lächelt. »Und du bist wichtig. Du musst deine Kraft behalten.«

»Wichtig?«, frage ich. »Warum?«

Weil du dich für uns um Cassie kümmern musst, denke ich.

»Im Moment verändert sich alles, und wir brauchen so viel Hilfe beim Übergang.«

Sie spricht von den Outliers. Wenigstens glaube ich das. Und ich sollte vermutlich einfach nicken und lächeln und sie mit ihrem vielleicht benebelten Hirn und der ganzen

Freude, die aus ihr herausquillt, in Ruhe lassen. Aber mir gefällt die Art nicht, wie sie über diese Sache hier spricht, als wäre es die Entrückung. Ich bin mir ziemlich sicher, die Entrückung fängt damit an, dass alle tot sind.

»Der Übergang?«, frage ich, weil ich es mir nicht verkneifen kann.

»O ja.« Miriam wirkt überrascht, dass es mir niemand erzählt hat. »Wenn Cassie ihre Gabe mit uns allen geteilt hat und wir mit den anderen. Das wird unser aller Wiedergeburt. Und das haben wir deinem Vater zu verdanken.«

Und wer weiß? Vielleicht ist Cassie die Wiederkunft des Herrn, mein Dad ein König. Damit wäre ich wohl eine Prinzessin. Wenn ich das nur je hätte sein wollen. Wenn das nur etwas daran ändern würde, dass wir um jeden Preis aus diesem Lager herausmüssen.

»Ach so, klar«, sage ich, denn sie wartet eindeutig auf meine Zustimmung.

Und damit lächelt Miriam noch einmal und geht.

Als ich nach unten sehe, zittern die Äste in meinen Armen. Ich fühle mich kein bisschen besser. Es überzeugt mich nur noch mehr davon, dass wir wegmüssen. Sofort. Ich muss es nur Cassie klarmachen.

Ich folge dem kleinen orangefarbenen Punkt von Cassies Mütze durch den Wald, bis ich sie und Fiona schließlich erreiche. Zwischen ihnen auf dem Boden steht ein roter Benzinkanister, und Cassie wischt sich Beine und Mantel ab. Sie sehen nass aus, und ich kann das Benzin aus der Ferne riechen.

»Es tut mir so leid«, sagt Fiona zu ihr, offensichtlich nicht zum ersten Mal. Fiona hält ihre flauschige Baskenmütze auf ihrem Kopf fest, als wäre sie ein Teekessel kurz vor der Explosion.

Aus der Nähe ist sie viel hübscher, als mir klar war. Sie hat leuchtende haselnussbraune Augen und Sommersprossen auf der Nase. Tatsächlich bin ich abgesehen von Miriam und Quentin niemandem von den anderen so nahe gekommen. Die ganzen kleinen Zweiergruppen sind meistens für sich geblieben wie die Inseln einer Inselgruppe.

Fiona tritt vor, zieht sich die Baskenmütze vom Kopf, als wollte sie versuchen, Cassies Jeans und Mantel damit zu trocknen. »Ich weiß nicht, wie ich das geschafft habe, Cassie. Ich bin so doof.«

»Ist schon gut, ist schon gut.« Cassie wedelt Fiona weg, aber sie klingt, als würde sie gleich anfangen zu weinen.

»Was ist passiert?«, frage ich, immer noch mit meinen Ästen im Arm.

»Ich bin über einen Stein gestolpert, und der Benzinkanister ist einfach weggeflogen«, sagt Fiona. »Ausgerechnet das.«

»Ich gehe mich einfach … abtrocknen«, sagt Cassie.

»Cassie, du kannst dir Klamotten von mir leihen«, bietet Fiona an. »Ich habe sogar eine zweite Jacke. Die Sachen sind in der roten Tasche in der Hütte, in der wir wohnen.«

»Ja, danke«, sagt Cassie, während sie auf den Weg zugeht.

»Ich komme mit.« Ich lächle Fiona an und lasse meine Äste fallen.

»Mach dir keine Sorgen. Es war ja keine Absicht.«

»Aber sie wirkte schon so aufgebracht.« Fiona schaut gequält drein. »Sie ist bestimmt überfordert. Aufgeregt, aber überfordert.«

»Ich glaube, eher überfordert als aufgeregt.«

Fiona nickt, dann lächelt sie. Es ist ein schönes, gelassenes Lächeln. Vielleicht ein bisschen zu gelassen unter diesen Umständen. »Aber wenn wir erst mal hier raus sind und fertig mit allem, wird sie sehen, wie unglaublich es ist. Es wird ein Neuanfang für alle.«

»Cassie! Warte!«, rufe ich, als wir oben am Weg ankommen, aber sie dreht sich nicht um und wird auch nicht langsamer. Tatsächlich wirkt es, als würde sie noch schneller. »Cassie, komm schon. Warte!«

Endlich bleibt sie stehen, mit dem Rücken zu mir und hängenden Schultern in diesem blassgrauen, dunstigen Morgen. Ich jogge zu ihr und lege ihr die Hand auf den Arm, damit sie nicht wieder davonlaufen kann.

»Wir müssen weg, Cassie. Sofort«, flüstere ich ihrem Profil zu, denn sie sieht mich immer noch nicht an. »Ich glaube, diese Leute von North Point haben Jasper vielleicht schon. Quentin hat seine Jacke im Wald gefunden.« Ich mache mir Sorgen, was diese zusätzliche Schuld mit dem anstellen könnte, was sowieso schon in ihr brodelt – schließlich ist sie der Grund, warum Jasper gegangen ist. Aber noch mehr Sorge macht mir, was passiert, wenn Cassie nicht aufwacht und merkt, in welcher Gefahr sie schwebt. »Es könnte sein, dass sie dich als Nächstes holen kommen.«

Sie dreht sich zu mir um, wirkt aber nicht erschrocken über diese Neuigkeiten über Jasper und auch sie. Eher resigniert. Als hätte sie schon aufgegeben.

»Wir müssen durch den Wald, aber das ist besser, als einfach nur hier warten«, rede ich weiter, als sie immer noch nichts sagt. Wenigstens hört sie zu. Das ist meine Chance, sie zu überzeugen. »Ich kenne den Wald. Meine Mom hat mich ganz oft mitgenommen, weißt du noch? Ich bin auch in Notfallsituationen ziemlich gut. Viel besser als normalerweise.«

»Es geht nicht darum, dass ich nicht mit dir gehen will«, sagt Cassie wieder mit diesem toten Blick. »Ich will nicht … Ich werde nicht gehen, Wylie. Punkt. Sie haben recht. Es ist zu gefährlich.«

»Cassie, ich glaube nicht, dass wir darauf hören sollten, was …«

»Wylie, hast du mir zugehört?« Sie tritt näher an mich heran, jetzt funkeln ihre Augen wieder wütend. »Denn du musst mir zuhören. Wir gehen nirgendwohin.« Und dann dreht sie sich um. »Sprich nicht mehr davon. Schaff einfach deinen Dad her, okay? Ich muss mich umziehen gehen. Ich bin gleich wieder da.«

Cassie stolziert davon, auf eine der anderen Hütten zu, wo wahrscheinlich Fionas Klamotten sind. Während ich ihr nachsehe, blüht meine Panik wieder auf und löscht meine Kränkung aus. Was jetzt?

Als ich hinüberschaue, sehe ich, dass Quentin immer noch vor der Haupthütte an etwas arbeitet. Ich gehe über die Wiese auf ihn zu.

»Alles klar?«, fragt er, als ich bei ihm ankomme. »Das sah nach Spannungen aus.«

»Cassie dreht durch. Man kann ihr kaum einen Vorwurf machen.«

»Ach, ja, das ist schon scheiße für sie, das ist klar«, sagt Quentin, während er einen Draht in der schwarzen Plastikkiste untersucht, an der er arbeitet. »Outlier zu sein könnte cool sein, wenn die Welt nicht so kaputt wäre.«

Sie braucht einen Neustart, die Welt, das ist wahr. Es erinnert mich an Fiona und Miriam und ihre Philosophiereien von einer Entrückung.

»Ist Fiona Dozentin?«, frage ich, denn sie klang für mich nicht sehr wissenschaftlich.

»Ich glaube ja. Autsch!« Quentin zieht schnell den Finger zurück und steckt ihn sich in den Mund, als wäre er gestochen worden. »Ich glaube, sie unterrichtet Kunst oder so was, figurative Malerei vielleicht. Warum?«

Fragend sieht er mich an und schiebt die Brille hoch. Er ist eindeutig ein Nerd, aber nicht auf eine schlechte Art.

Ich zucke die Achseln. »Nur so.« Jetzt kommt es mir dumm vor, mich um Fiona und Miriam zu scheren und auf welche Art sie über das hier sprechen wollen. »Ich kann einfach nicht glauben, dass mein Dad das alles hier tut, ohne uns auch nur vorzuwarnen.«

»Ich bin mir sicher, er hat nicht kommen sehen, dass es sich so entwickelt.« Jetzt ist es Quentin, der die Achseln zuckt. »Wie könnte er auch? Es ist, als hätte er einen winzigen Riss im Gewebe der Welt entdeckt, der vielleicht nicht mal wirklich ein Riss ist, wenn man genau hinsieht. Ich würde es wahrscheinlich auch nicht an die große Glocke hängen, solange ich nicht sicher wüsste, was es bedeutet. Schau dir diese Wahnsinnigen von dieser Firma an, die schon versuchen, es in die Finger zu bekommen. Dabei weiß nicht mal jemand genau, was ›es‹ ist oder was es bedeutet.«

»Wenigstens hätte er Cassie das mit ihrem Test sagen sollen. Sie hätte Zeit gehabt, sich an die Vorstellung zu gewöhnen, dass sie das kann, bevor, na ja, du weißt schon, bevor sie deswegen um ihr Leben rennen musste.«

»Das ist wohl wahr.« Quentin hebt die Hände. »Um das klarzustellen, ich bin auf deiner Seite, nicht auf der deines Dads. Und wenn ich Cassie wäre, würde ich definitiv nicht hier herumsitzen und warten. Egal, was die anderen sagen.«

Ich bin froh, dass er das Thema wieder anspricht.

»Das habe ich Cassie auch gerade gesagt.« Ich werfe ihm einen Blick zu. »Aber verrat es nicht Dr. Simons, okay?«

Er verdreht die Augen. »Er ist mein Professor, nicht mein Priester, okay? Ich muss ihm nicht alles beichten.«

»Tut mir leid, ich … ich weiß nur, Dr. Simons findet es zu gefährlich, wenn wir gehen, aber hier herumsitzen und warten erscheint mir …«

»Verrückt?« Quentin nickt. »Keine Sorge, dein Geheimnis ist bei mir sicher.«

Wie er das sagt, komme ich mir ein bisschen lächerlich vor. Wie ein kleines Mädchen, das auf die Erlaubnis wartet. Ich bin sechzehn, nicht sechs. Und was will Dr. Simons schon tun? Uns anketten? Andererseits haben sie uns tatsächlich eine Weile in eine Hütte gesperrt. Trotzdem muss es eine Grenze dessen geben, was sie tun würden.

»Es ist sowieso egal.« Ich mache eine Handbewegung in die Richtung, in die Cassie verschwunden ist. »Sie will nicht weg.«

»Ehrlich?« Quentin sieht verwirrt aus. »Ist es, weil sie nicht ohne Jasper gehen will? Denn es sieht aus, als wäre immerhin er gut weggekommen.«

»Woher weißt du das?« Mir dreht sich der Magen um, und das nicht vor Erleichterung.

»Officer Kendall hat Dr. Simons angerufen und ihm gesagt, der Truck, in dem ihr angekommen seid, sei weg.« Quentin reibt sich die Stirn. »Jetzt, wo ich darüber nachdenke, schätze ich mal, das ist kein Beweis, dass es Jasper gut geht. Aber ein gutes Zeichen.«

»Na klar«, sage ich, aber es beruhigt mich nicht. »Ich sage es auf jeden Fall Cassie. Aber ich bin mir nicht mal sicher, ob es daran liegt, dass sie sich Sorgen um Jasper macht.«

»Wenn du sie überreden kannst zu gehen, komme ich mit. Ich meine, wenn ihr mich mitnehmt.«

»Danke.« Und ich weiß das Angebot wirklich zu schätzen. »Ich glaube, ich gebe ihr ein paar Minuten, damit sie sich beruhigen kann. Dann versuche ich noch mal, mit ihr zu reden.« Ich deute auf den kleinen schwarzen Kasten, an dem Quentin arbeitet. »Was ist das überhaupt?«

»Eine Autobatterie, die ich in eine tragbare Ladestation umbauen will, falls sie unseren halbwegs nutzlosen Generator killen.«

»Das ist beeindruckend.«

»Das wäre es«, sagt er mit einem Lächeln, »wenn ich es wirklich schaffen würde. Im Sommer nachdem mein Dad gestorben war, hatte ich einen Unfall. Ich musste wochenlang liegen, also habe ich mir diesen ganzen Technikkram beigebracht.« Quentin fährt sich mit der Hand über die Haare, dann lässt er sie im Nacken ruhen.

»Jedenfalls habe ich vergessen, dass ich erst zehn war, also war das alles nicht gerade kompliziert. Außerdem war ich nicht besonders gut darin.«

»Was für ein Unfall war das?«, frage ich. Ja, ich interessiere mich besonders für solche Dinge.

Quentin zieht das Hosenbein hoch, um mir eine Narbe zu zeigen, bestimmt zwanzig Zentimeter lang, die sich von seinem Knöchel über die Wade zieht. »Sie dachten erst, ich würde den Fuß verlieren. Aber drei Operationen später war er wieder wie neu, zumindest für jemanden, der total unsportlich ist.«

Ein Autounfall. Natürlich ist das schon in meinem Kopf aufgeblitzt.

»Was ist passiert?«

»Ich, ähm, na ja …«

Er möchte es mir nicht sagen, weshalb ich es nur umso dringender wissen will.

»Ich hatte alle möglichen Phobien, als ich klein war, und

sie sind noch viel schlimmer geworden, nachdem mein Dad gestorben war. Jedenfalls, mein Opa war so ein superkonservativer Typ vom ganz alten Schlag. Eines Tages beschloss er im Einkaufszentrum, mich von meiner Angst vor Rolltreppen zu ›heilen‹.« Quentin holt Luft und versucht schwach zu lächeln, als wäre das eine lustige Geschichte. Ist es aber jetzt schon nicht mehr. »Und ich habe nicht kampflos aufgegeben. Meine Hose hat sich verfangen und mein Bein mit reingezogen.«

Ich schnappe nach Luft. Hörbar; ich kann nicht anders. Das Bild ist so entsetzlich.

»Ja, es gibt nichts Besseres, als wenn deine schlimmste Angst wahr wird«, sagt er.

Als er das sagt, krümme ich mich. Déjà-vu, zum zweiten Mal. Nur dass ich es diesmal selbst war, die denselben ironischen Spruch von sich gegeben hat: *Es gibt nichts Besseres, als wenn deine schlimmste Angst wahr wird.* Das war in meiner letzten Sitzung mit Dr. Shepard. Dass meine Mom stirbt, war immer meine größte Angst, und Quentin hat recht. Wenn deine schlimmste Angst wahr wird, wird die Welt auf eine ganz besondere Art dunkel. Und ich bin mir ziemlich sicher, dass sie für immer so bleibt.

Aber während ich hier mitten in diesem aufgegebenen Lager stehe, geht es mir plötzlich ein winziges bisschen besser, denn zum ersten Mal seit Moms Tod habe ich das Gefühl, als könnte mich womöglich wieder jemand verstehen. Vielleicht nicht so wie Mom. Und auch nicht unbedingt Quentin und nicht heute. Aber vielleicht irgendwer. Vielleicht eines Tages.

»Und was ist mit dir?«, fragt Quentin. »Irgendwelche geheimen Talente aus der Kindheit, die hoffentlich echter sind als meine Fähigkeit, Dinge zu bauen?«

Für einen kurzen Moment ist mein Kopf vollkommen leer, als hätte ich in meinem ganzen Leben nie etwas Interessantes getan. »Früher habe ich Fotos gemacht«, sage ich schließlich.

»Früher?«, fragt Quentin.

»Ja, na ja, meine Mom war Fotografin, also …«

»Verstehe.« Quentin nickt, und ich bin dankbar, dass er mich nicht in allen Einzelheiten erklären lässt, wie komplett unmöglich es war, eine Kamera in die Hand zu nehmen, seit sie gestorben ist. »Sag mal, was hältst du davon, wenn wir reingehen und was trinken oder so?« Er tippt mit seiner Zange auf den schwarzen Kasten vor sich. »Ich könnte eine Pause gebrauchen.«

»Ja«, sage ich; ich könnte auch eine brauchen. Eine Pause von allem. »Das wäre toll.«

23

In der leeren Haupthütte wirft Quentin seine Jacke auf einen der Tische, bevor er zum Kühlschrank geht. Ich wandere zu den Papierstapeln am anderen Ende: Kopien von verschiedenen Fragebögen, Anweisungen für die Tests, Trainingspläne. Meine Augen wandern über die Seiten, bleiben an vertrauten Einzelheiten hängen. Manches sieht aus wie der Test, den uns mein Dad gegeben hat, manches ist ein bisschen anders. Mein Dad hat auf jeden Fall nichts von einem Trainingsplan gesagt. Also hatte Gideon am Ende vielleicht recht: Man kann es Leuten doch beibringen.

Quentin kommt zurück und stellt sich neben mich, hält mir eine Cola hin. Sie ist wie eine Linderung, kalt und fest in meiner Hand. Wie ein Relikt aus einer lange verloren gegangenen Zivilisation. Trotzdem fühle ich, wie es in meiner Brust langsam eng wird, während Quentin und ich auf die Stapel von Ausdrucken hinunterschauen.

»Was glaubst du, was sie mit Cassie machen, falls sie sie erwischen?«

»Ich weiß nicht«, antwortet Quentin, ohne den Blick vom Tisch zu heben.

»Vielleicht kann Dr. Sim …«

»Na komm, was glaubst *du*?«, frage ich. »Du musst kein richtiger Wissenschaftler sein, um Fantasie zu haben.«

Quentin wirft mir einen Blick zu, dann dreht er sich weg

und zuckt die Achseln. »Sie werden alles erfahren wollen, was sie können«, sagt er schließlich. »Versuchen herauszufinden, wie sie Leute liest. Wenn es nicht ihre Augen oder Ohren sind, was dann? Wahrscheinlich würden sie auch funktionelle MRIs machen, solche Sachen. Sie wollen lernen, wie sie selbst Outliers sein können, oder?«

»Lernen?«, frage ich.

Er zuckt die Achseln. »Man kann alles lernen, oder? Ich meine, nicht jeder wird ein Yo-Yo Ma, aber die meisten Leute könnten ganz gut Cello spielen lernen, wenn sie sich genug Mühe geben. Vielleicht gibt es noch viel mehr Leute mit Cassies Potenzial, und sie brauchen nur Hilfe, um Zugang dazu zu bekommen.«

»Ja, vielleicht«, sage ich. »Oder vielleicht ist es eher wie Basketball. Egal, wie viel sie üben, die meisten Leute versenken den Ball nie.«

»Außerdem wollen sie herausfinden, wie viele andere wie Cassie es noch gibt. Die Studie deines Dads hatte, wie viele, dreihundert Probanden? Wenn er drei Outliers gefunden hat, ist das ein Prozent seiner Studie. Falls dieser relative Prozentsatz auch für den Rest der Bevölkerung gilt, könnten das zig Millionen Leute sein.«

Meine Magengrube sinkt noch ein bisschen tiefer. Was wird passieren, wenn North Point es nicht schafft, Cassies Gehirn zu scannen? Ich stelle mir vor, wie sie ihren Schädel öffnen und Geräte an die matschige Oberfläche ihres Gehirns anschließen, während ihr Körper von Schläuchen am Leben gehalten wird. Ich zittere heftig.

»Hey, das wird schon alles«, sagt Quentin und legt mir die Hand auf den Arm. »Ich verspreche es.«

Ich drehe mich um, will ihn daran erinnern, dass niemand so etwas versprechen kann, da entsteht hinter uns ein

Tumult. Türen werden krachend aufgerissen, Leute stolpern herein. Und sie tragen etwas. Nein, jemanden. Fiona.

»Legt sie hin, legt sie hin!« Das ist Adam. Er ist außer sich, während jemand eine Tischdecke herunterreißt und sie sie vorsichtig auf den Boden legen.

»Sachte, sachte«, sagt Dr. Simons. Er wirkt jetzt sehr viel älter und zerbrechlicher, sein lockiger Haarkranz steht in alle Richtungen ab, während er an der Seite steht, als hätte er zu viel Angst, um selbst mit anzupacken. Es ist nicht direkt beruhigend.

»Mir geht's gut, ehrlich«, sagt Fiona und versucht, sich aufzusetzen. »Es ist nicht so schlimm.«

»Nicht so schlimm? Es ist eine Kugel, Fiona!«, schreit Adam sie an.

»Setz dich nicht auf!«

»Was ist passiert?« Quentin eilt hinüber.

»Adam«, keucht Fiona. Ihre Stimme ist belegt und hoch. Sie hat Schmerzen, tut aber so, als wäre es anders. »Ehrlich, mir geht's gut.«

»Sie wurde ins Bein geschossen, Scheiße noch mal!«, schreit Adam Quentin an.

Als wäre er der Schütze.

Angeschossen. Eine Kugel. *Cassie.* Wo ist Cassie?

Ich sehe mich um, aber ich weiß schon, dass sie nicht bei ihnen ist. Ich hätte sie nicht allein lassen dürfen, nicht mal eine Sekunde. Nicht mal, damit sie sich beruhigen kann. Mit hämmerndem Herzen stürze ich zur Tür, aber ich muss vorsichtig sein. Ich kann jetzt nicht riskieren, dass sie mich aufhalten. Wir laufen direkt zurück in den Wald hinter den Hütten. In die entgegengesetzte Richtung von da, wo Fiona angeschossen wurde. Und ich übernehme die Führung.

Und Cassie wird mir folgen. Und sie wird überleben.

»Wo ist Miriam?«, schreit Adam in die Runde. »Sie muss sich Fionas Bein ansehen.«

Das ist meine Chance.

»Ich habe sie vorhin draußen gesehen.« Jetzt laufe ich zur Tür. »Ich gehe sie holen.«

Im Grunde ist es wahr. Ich habe sie wirklich vor langer Zeit da draußen gesehen.

»Ich sehe hinten nach«, ruft jemand anderes.

»Kommt, wir legen Fiona aufs Sofa im Büro«, sagt Adam, ohne aufzublicken. »Wir können ihr Bein hochlegen.«

Mein Herz rast, als ich die Tür erreiche. Die Hütte ganz hinten, dort muss Cassie sein. Wo Fionas Klamotten sind. Das ist einmal quer über die Wiese. Ich halte den Atem an, aber niemand hält mich an der Tür auf.

Draußen blicke ich nach links und rechts, während ich vorsichtig die Stufen hinuntergehe. Die Wolken sind jetzt unheilvoll purpurschwarz, und ich habe das schreckliche Gefühl, ich werde beobachtet, während ich über das Gras eile. Als lauerten hier draußen Dutzende North-Point-Leute im Wald, die warten, bis die Nacht hereinbricht. Aber ich sehe niemanden. Nicht mal Stuart.

»Wylie!« Als ich mich umdrehe, sehe ich Quentin die Treppe herunterlaufen. »Wir haben Miriam gefunden. Sie ist drin.«

Erwischt. Und jetzt?

»Oh«, sage ich. Lügen. Ich bin sicher, das sollte ich tun. Ich mag Quentin, und er hat angeboten, mit uns zu kommen, aber ich kann nicht riskieren, dass er es sich anders überlegt hat, nachdem Fiona angeschossen wurde. »Ich will nur Cassie holen gehen, damit sie mit uns anderen in der Haupthütte ist. Sie wollte sich umziehen.«

»Sie haben sie schon verlegt. Dorthin, wo ihr alle wart. Das ist unser sicherster geheimer Unterschlupf.« Er zeigt zu der Hütte hinüber, in der es angefangen hat. Sie ist dunkel. Keine Menschenseele in Sicht. »Stuart hält Wache.«

Ich schaue noch mal hin. »Ich sehe ihn nicht. Ich sehe niemanden.«

»Tja, darum geht es doch, oder?«, erwidert Quentin. »Dass niemand weiß, dass sie dort sind? Dort ist sie am sichersten. Ich meine, wenn wir hier stehen bleiben und die Aufmerksamkeit darauf lenken, natürlich nicht mehr so sehr.«

Jetzt sind mir die Lügen ausgegangen. Ich habe keine andere Wahl, als meine Zweifel zu unterdrücken und ihm zu vertrauen.

»Cassie und ich müssen weg«, sage ich. »Sofort.«

»Einverstanden«, sagt Quentin, ohne zu zögern, und ich bin so erleichtert, dass ich weinen könnte. Ich muss ihn nicht mal überzeugen. »Aber nicht allein, okay? Ich hole kurz meine Jacke und mein Handy, dann komme ich mit euch.«

Ich schaue wieder zu der dunklen Hütte hinüber. Ich denke daran, einfach loszulaufen, zu Cassie. Aber ich werde Quentin brauchen, damit er sich um Stuart kümmert. Und die Wahrheit ist, ich mache mir Sorgen. Was, wenn ich Cassie dort hinausschleppe und zusammenbreche? Was, wenn es zu viel für mich und mein »Leiden« ist, in den Wald zu rennen? Was, wenn mein Dad die ganze Zeit recht hatte?

»Kannst du dich echt beeilen?«, frage ich.

»Ja, wenn du wieder mit mir reinkommst«, antwortet er. »Du bist nicht sicher, wenn du hier draußen herumstehst und wartest. Und alle werden sich schreckliche Sorgen machen, wo du bist. Vertrau mir, so ist es weniger verdächtig.«

Ich nicke und folge ihm. Hineingehen. Wieder raus zu Cassie. Abhauen. Einen Schritt nach dem anderen.

Als wir wieder drin sind, ist niemand zu sehen, nur das blutige Tischtuch auf dem Boden und ein paar fleckige Kompressen daneben. Aber aus dem hinteren Zimmer höre ich laute Stimmen. Oder eigentlich eine laute Stimme: die von Adam. Er schreit, während Miriam mit einem Tablett mit etwas herauskommt, das aussieht wie medizinische Ausrüstung. Wie üblich spricht sie mit sich selbst. Sie sieht nicht zu uns herüber, scheint uns nicht einmal zu bemerken. Sie hat einen missbilligenden Ausdruck im Gesicht. Als würde sie mit dem Finger drohen, wenn sie nicht das Tablett in den Händen hätte.

»Ist es schlimm?«, ruft Quentin zu ihr hinüber.

»Oh, ich habe euch gar nicht gesehen!« Sie zuckt wie üblich zusammen.

»Miriam, wird Fiona wieder?« Quentin hat jetzt verständlicherweise viel weniger Geduld für ihre mangelnde Konzentrationsfähigkeit.

»Oh ja, ich glaube schon.« Miriam winkt ab. »Es ist nur ein Kratzer«, sagt sie auf eine Art, wie es nur jemand kann, der einmal Feldkrankenschwester war. »Ein paar Stiche, und sie ist wieder wie neu.«

»Können Sie kommen?«, ruft jemand, den ich nicht sehe, ein Mann, von hinten nach Miriam. Ich erkenne die Stimme nicht. Aber ich habe sie schon mal gehört. Vielleicht. Wir sind weit weg. »Ich glaube, sie brauchen Sie wirklich.«

Die Stimme ist jetzt näher, aber immer noch durch den Flur gedämpft. Und zaghaft, als wäre sich der Sprecher seiner Stellung nicht ganz klar.

Meine Gedanken wirbeln, versuchen, ihn einzuordnen,

die Anstrengung saugt mir die Luft aus der Lunge. Als der Mann endlich in mein Sichtfeld tritt, ist mir so schwindlig, dass ich nur noch verschwommen sehe. Aber ich kann erkennen, dass er größer und breiter ist als die anderen Männer. So groß und breit, wie ich es schon einmal gesehen habe.

Nein. Ich will nicht, dass er es ist. Ich schließe die Augen. Lasse sie lange genug zu, um dann hoffentlich klar zu sehen. Damit der Mann verschwindet. Doch als ich sie wieder öffne, ist er immer noch da. Und ich sehe ihn jetzt ganz deutlich. So viel deutlicher, als ich möchte.

»Hallo?«, ruft der Mann vorsichtig nach Miriam. Dann winkt er mit der Hand, als wüsste er nicht so genau, ob sie vielleicht taub ist. »Sie rufen immer noch nach Ihnen?«

Als er winkt, bleibt wirklich gar kein Zweifel mehr. Ich sehe den Verband. An der Stelle, wo ich seine Hand durchbohrt habe.

Doug.

Bumm, bumm, bumm macht mein Herz. Ich drehe mich um und merke, dass Quentin immer noch Miriam ansieht. *Das ist er! Der von North Point, der uns angegriffen hat*, schreie ich ihn stumm von der Seite an. Miriam muss ihn hereingelassen haben, ohne dass es die anderen gemerkt haben. Gott weiß, was für Lügen er ihr erzählt hat. Jetzt ist es vorbei mit den Vorbereitungen auf North Point. Sie sind hier.

Cassie. Was, wenn sie sie schon haben? Ich hätte nicht wieder mit hereinkommen dürfen. Hätte nicht auf Quentin hören sollen, auch wenn er nur helfen will. Ich hätte einfach – Doug wird sich sicher an mir rächen wollen. Ja. Er will mir sicher als Erstes wehtun.

»Komme schon, komme schon«, ruft Miriam Doug zu

und reibt ihre knochigen Finger aneinander. »Brauche nur ein bisschen heißes Wasser, um meine Hände aufzuwärmen, bevor ich etwas nähe. Wer weiß, was sie sonst für eine Narbe bekommt?«

»Er ist es«, schaffe ich es schließlich zu flüstern. »Der, den ich verletzt habe. Wir müssen Cassie holen. Schnell!«

Ich halte den Atem an und warte, dass sich Quentin umdreht, meine Hand nimmt und losläuft. Aber sein Blick bleibt an Doug hängen. Sein Gesicht ist angespannt und vollkommen unbewegt.

Wütend? Ist es das? Vielleicht wird er sich auf Doug stürzen, statt in die andere Richtung zu laufen. Aber ich weiß, dass Doug sogar noch stärker ist, als er aussieht. Stärker als Jasper. Auf jeden Fall stärker als Quentin.

Als ich wieder hinsehe, ist es schon zu spät. Doug starrt uns direkt an. Mich. Und er erkennt mich. Daran besteht kein Zweifel. Er macht sogar ein paar Schritte auf mich zu, bleibt dann mitten im Raum stehen. Die Fäuste an den Seiten geballt, als bereite er sich auf den Angriff vor.

In den endlosen, erstarrten Augenblicken, die darauf folgen, schwindet der Rest Sauerstoff aus dem Raum. Meine Gedanken leuchten auf und verschwinden wie der Blitz. Zu kurz, um sie zu orten, zu schnell, um sie zu verstehen.

Ich habe sowieso nur Fragen: Was wird passieren, wenn sich Quentin auf Doug stürzt? Wird Doug Quentin würgen, wie er es mit Jasper getan hat? Wird er sich Miriam schnappen? Ist er bewaffnet? Ganz bestimmt. Er arbeitet für eine Waffenfirma, Ex-Militär. Hat das nicht jemand gesagt? Eine Pistole, vielleicht zwei, mindestens. Und falls ja, wie kann irgendwer von uns überleben?

Und Cassie. Zu weit weg, um sie zu warnen. Zu weit weg, um sie zu retten. Wie lange wird es dauern, bis sie sie finden? Ihr wehtun? Ihr Gehirn auseinandernehmen? Das heißt, wenn sie es nicht schon getan haben.

Ich frage mich, wie es sich wohl anfühlen wird, wenn Doug mir ein Messer in die Hand oder vielleicht in den Hals rammt. Denn ich erinnere mich an den Hass in seinen Augen dort im Diner, als er sich an der blutverschmierten Wand abstützte. Er wird Auge um Auge haben wollen. Aber in diesem Augenblick steht Doug noch wie versteinert da und starrt mich mit großen Augen an. Wir sind Jäger und Gejagte. Erstarrt in dem Moment, in dem es noch eine Überlebenschance gibt.

Lauf. Zu Cassie. Aber mir ist jetzt schon so schwindlig. Ein einziger Schritt, und ich falle vielleicht sofort hin.

Am Ende ist es Miriam, die unsere Erstarrung aufbricht. Sie späht zu Doug hinüber, der immer noch dasteht. Natürlich verwirrt es sie, dass dieser nette neue Mann Quentin und mich so anstarrt. Und ich weiß, wie nett Doug wirken kann, wenn er will. Wie ein ganz anderer Mensch. Und dann noch Miriam, die schon in einem Nebel halber Erinnerungen lebt. Wahrscheinlich tut sie die ganze Zeit so, als würde sie Leute kennen, nur weil sie sie auch zu kennen scheinen.

Miriam geht zu Doug hinüber, stellt sich neben ihn und mustert ihn mit spielerischer Fassungslosigkeit von der Seite. *Geh weg von ihm, Miriam,* denke ich. *Er ist nicht der, der du glaubst.* Aber ich traue mich nicht, ein Wort zu sagen. Etwas zu tun, das Doug vielleicht dazu bringt, sich auf Miriam zu stürzen. Sie ist so alt. Es bräuchte nicht viel, um sie zu verletzen, sogar zu töten.

»Da schau, ich habe mich geirrt. Wylie ist nicht draußen, sie ist genau hier. Ich hätte schwören können …« Miriam zeigt mit einem ihrer krummen Finger auf mich, dann wedelt sie mit der Hand. »Ach, nicht so wichtig. Wylie, das ist Doug. Er und seine Frau Lexi waren etwas erledigen, als du angekommen bist. Sie haben sich schon darauf gefreut, dich kennenzulernen.« Und damit tätschelt sie Doug den muskulösen Arm und verschwindet mit ihrem Tablett mit den Nähutensilien nach hinten.

Etwas erledigen. Miriam kennt Doug. Er ist kein Fremder, der aus Versehen hereingelassen wurde. Er ist überhaupt kein Fremder. Die Welt ist verzerrt, die Ränder dunkel, als ich mich zu Quentin umdrehe. *Was? Warum?*

Und Quentin starrt weiter Doug an, endlose, schreckliche Sekunden lang.

»Wylie«, sagt Quentin, als er sich schließlich mir zuwendet. Seine Augen leuchten, er hat die Hände gehoben, als wäre ich ein Tier, das er in Schach halten möchte. Aber seine Stimme ist so schrecklich ruhig. »Ich kann das erklären.«

24

Quentin kennt Doug. Doug hat versucht, uns umzubringen.

Mehr muss ich nicht wissen. Verschwinde aus dieser Hütte. Finde Cassie. Sofort.

Ich wirble zur Tür herum. Sprinte. Mein Herz rast. Innerhalb von einer Sekunde bin ich dort. Aber meine Hand rutscht vom Türknauf ab. Einmal, zweimal. Endlich bekomme ich ihn zu fassen und ziehe. Aber die Tür bewegt sich nicht. Dann sehe ich eine Hand, die sie hoch über mir zudrückt. Dougs Hand. Da ist der Verband, nur Zentimeter von meinem Gesicht entfernt. Ich schließe die Augen, mache mich auf den Schmerz gefasst. Auf seine Faust in meinem Nacken. Ein Messer in meinem Fleisch.

Doch nichts passiert. Da sind nur das Hämmern meines Herzens und das Blut, das in meinem Kopf rauscht.

»Wie wäre es, wenn sich jetzt mal alle hinsetzen und beruhigen«, sagt Quentin, jetzt nicht weit hinter mir. »Vor allem, bevor die anderen wiederkommen und alles nur noch komplizierter wird.«

Seine Stimme klingt völlig anders. Kontrollierter. Älter. Oder ist das nur in meinem Kopf? Langsam lasse ich die Hand vom Türknauf sinken. Was habe ich für eine Wahl? Daraufhin nimmt auch Doug den Arm weg und tritt zurück.

Als ich mich umdrehe, sieht Quentin auch anders aus. Der liebe, nerdige Junge ist weg. Und an seiner Stelle ist da jetzt dieser erwachsene Mann. Dieser Mann, der viel größer und stärker aussieht. Als hätte er in seinem ganzen Leben nie an sich gezweifelt. Wer zum Geier ist er?

Quentin nimmt seine anscheinend unnötige Brille ab und legt sie auf den Tisch. »Doug, vielleicht möchtest du anfangen und etwas zu Wylie sagen.«

Doug starrt mich eine Weile finster an. »Es tut mir leid«, sagt er schließlich und verschränkt die Arme. Wie ein Kind, dem es überhaupt nicht leidtut. »Lexi und ich«, er zeigt zur Rückseite des Raums, als wäre sie irgendwo da hinten, »wir wollten dich nur sicher herbringen. Wie Quentin es wollte.«

»Er arbeitet nicht für North Point?«, frage ich Quentin, denn ich werde auf keinen Fall mit Doug sprechen.

»Nein, nein. North Point ist eine echte Bedrohung, mit der wir uns herumschlagen müssen, aber Lexi und Doug arbeiten für mich«, sagt Quentin mit einem Blick, als müsste das eine riesige Erleichterung für mich sein. »Ich habe sie eingestellt, um sicherzugehen, dass du gut ankommst.« Er wirft einen Blick zu Doug hinüber. »Es war sicher nicht meine Absicht, dass du Angst bekommst. Das war unglücklich und inakzeptabel. Aber zu Dougs Verteidigung muss ich sagen, er hat nicht gerade viel Erfahrung in solchen Dingen. Dein Dad unterschätzt schon immer, wie Leute sich von Geld motivieren lassen. Nichts für ungut.« Quentin macht eine Geste zu Doug, der jetzt aussieht, als könnte er Quentin ganz leicht töten. »Officer Kendall wurde auch bezahlt, aber um ehrlich zu sein, bin ich immer noch nicht davon überzeugt, dass seine Motivation rein finanzieller Natur war. Ich dachte immer, da könnte noch etwas Komplexeres dahinterstecken.«

»Ich möchte Dr. Simons sprechen«, sage ich.

Er kann auf keinen Fall mit alledem einverstanden sein – der Versuch, Jasper umzubringen? Nein. Das glaube ich nicht. Und egal, was Doug sagt, genau das hat er in diesem Diner versucht.

Quentin holt tief Luft und reibt sich die Stirn. »Ja, aber zuerst musst du mich anhören, Wylie. Kannst du das?« Er geht zu einem der Tische hinüber. »Bitte setz dich kurz. Je schneller ich diese Situation aufklären kann, desto schneller seid du und Cassie wieder vereint.«

Meine Hände zittern, mein Puls rast. Aber ich schaffe es zu ihm hinüber. Sie müssen zumindest glauben, ich sei bereit mitzumachen. Dass ich zuhöre. Sonst bleiben sie zu wachsam.

Ich schaffe es, mich Quentin gegenüberzusetzen, während Doug sich hinten im Raum aufstellt und Wache hält. Immer wieder sieht er über die Schulter, um sicherzugehen, dass keiner kommt. Die anderen wissen anscheinend von »dieser Situation«, was auch immer das hier ist. Dr. Simons offensichtlich nicht, ebenso wenig wie mein Dad. Und ist mein Dad wirklich unterwegs hierher? Direkt in dieses Chaos? Wer weiß, was sie ihm antun werden, wenn er hier ist?

»Sie sind fraglos nette Leute.« Quentin gestikuliert nach hinten; *die anderen,* meint er. »Auch wenn ich nehmen musste, was ich bekommen konnte. Miriam zum Beispiel ist nicht so ganz berechenbar.« Er seufzt. »Als Gruppe sind sie aber viel zu vertrauensselig. Ich tauche auf und stelle ihnen Dr. Simons vor, er erklärt, er sei ein Freund deines Dads. Und drei kurze Treffen danach …« Er schnippt mit den Fingern. »Die Leute wollen so unbedingt jemandem folgen. Sie wollen glauben. Es liegt in der menschlichen Natur. Sieh dir an, wie viel du gebraucht hast: Harvard.

Eine Erwähnung, dass Adam hier Dozent ist, und sein Pulli. Zwei unabhängige Datenpunkte, und die meisten Leute akzeptieren eine ansonsten nicht überprüfbare Schlussfolgerung.«

»Adam lehrt nicht in Harvard«, sage ich.

Quentin schüttelt den Kopf. »Adam arbeitet an der Information bei *Best Buy*, aber er kennt sich überraschend gut mit Computern aus.«

Er hat recht. Ich habe Quentin einfach alles geglaubt. Ich habe Adam nicht mal selbst gefragt. Und dadurch, dass ich das mit Adam geglaubt habe, habe ich auch alles geglaubt, was ich über die anderen gehört habe.

»Wer sind sie?«, frage ich. Denn sie sind keine Freunde von Dad.

Das ist jetzt offensichtlich.

»Der ›spirituelle‹ Teil ihrer Gruppe war tatsächlich viel weniger störend, als ich dachte. Ich brauchte das Kollektiv, um mir einen sinnstiftenden Rahmen zu geben«, fährt er fort. »Aber das verschafft dir eine Ahnung von den Gruppen, die die Studie deines Vaters werden haben wollen, Wylie. Das Kollektiv ist harmlos, aber andere Gruppen werden das nicht sein. Das genau ist der Grund, warum wir vorbereitet sein müssen.«

Das Kollektiv. Das Kollektiv. Das Kollektiv. *Die Spiritualität der Wissenschaft,* jetzt sehe ich es auf dem grünen Flyer unter unserer Tür. Aber ich habe Quentin wegen Dr. Simons vertraut. Er war derjenige, der so viel über meinen Dad und sogar über mich wusste – unsere Reise nach Kalifornien, meine Ängste. Aber ich spüre schon, wie mir der Boden unter den Füßen wegbricht. Verletzung der Datensicherheit, Level99. Könnten sie das alles aus den E-Mails meines Dads haben?

»Der Mann ist nicht Dr. Simons, oder?«, frage ich. Das letzte Mal, als ich ihn gesehen habe, war ich ein Kind. Sogar die Fotos, die ich von ihm gesehen habe, waren alle Jahre alt. Ich glaubte, er sei Dr. Simons, weil er so aussah, aber auch wegen dem, was er wusste. Und weil Dad sagte, ich solle ihm vertrauen.

Quentin schüttelt den Kopf. »Sein Name ist Frank Brickchurch. Der größte und bestbezahlte Schauspieljob einer ansonsten ziemlich durchwachsenen Karriere. Ich habe ihm natürlich ein paar Informationen gegeben, aber er musste ziemlich viel improvisieren«, sagt er leise. Als er vom Tisch aufblickt, runzelt er bedauernd die Stirn. »Es tut mir leid, dass wir nicht ehrlich zu dir waren, Wylie. Aber du solltest Zeit haben, um mich kennenzulernen. Ohne von möglichen vorgefassten Vorstellungen abgelenkt zu werden.«

Vorgefasst?

»Wer bist du?«, frage ich.

»Ich bin jemand, dem die Forschung deines Dads sehr am Herzen liegt.« Jetzt sieht er mich hoffnungsvoll an, als sei er froh, zu diesem Teil der Geschichte zu kommen. »Und mir ist dein Dad als Mentor und Freund sehr wichtig. Ich hätte alles aufgegeben, um sicher zu sein, dass er geschützt war, dass seine Forschung die Anerkennung bekommt, die sie verdient. Ja, ich habe bei ein paar Dingen gelogen, aber was das angeht, nicht.«

Sein Gesichtsausdruck ist dabei gleichzeitig so ernst und furchterregend, dass ich Gänsehaut an den Armen bekomme.

»Wer bist du?«, frage ich noch mal. »Wo ist Cassie?«

»Ihr geht es gut, ich verspreche es«, sagt Quentin. »Sie ist in der Hütte in Sicherheit, wie ich gesagt habe.«

»Und was ist mit meinem Dad?« Er kann auf keinen Fall

von alledem wissen – nicht vom Kollektiv, nicht von Quentin. »Kommt er überhaupt?«

»Ja, natürlich«, sagt Quentin und sieht zufrieden aus, weil er mir das sagen kann. »Er müsste sehr bald hier sein, Wylie. Und wenn er kommt, hoffe ich, er kann auch aufgeschlossen bleiben.«

»Er wird das hier nicht mitmachen.«

»Ich glaube schon«, sagt Quentin ruhig. »Ich habe deinen Dad gewarnt, dass seine Daten und E-Mails nicht sicher waren, dass es Leute geben würde, die seine Forschung missbrauchen wollen würden. Aber er wollte nichts über Durchführbarkeit und Auswirkungen hören. Er wollte, dass seine Wissenschaft rein ist, aber so ist die Welt eben nicht. Als sein Forschungsassistent hielt ich es für meine Aufgabe, ihm das aufzuzeigen. Aber er hat mich gefeuert, bevor ich die Chance dazu bekam.«

Sein Forschungsassistent. Der Boden neigt sich steil nach rechts. Dr. Caton, das ist Quentin. *Fanatisch. Labil. Irrational.* Irgendwann hat ihn mein Dad das alles genannt und noch viel mehr.

»Er hat dich gefeuert«, sage ich.

Quentin nickt finster. »Und ich war im ersten Moment am Boden zerstört. Mir war dein Vater auf persönlicher Ebene sehr wichtig. Mein Vater wurde nicht erschossen, als er Orangensaft für mich gekauft hat, aber er ist vor langer Zeit gestorben. Ich muss zugeben, ich habe deinen Dad als eine Art Ersatzvater gesehen. Wie er Dr. Simons sieht, nehme ich an. Ich dachte, er fühlte sich mir ähnlich verbunden. Und er hat auch wirklich persönliche Dinge erzählt, Geschichten über dich und Gideon. So wusste ich, dass er dich Scat genannt hat, als du klein warst. Wir standen uns nahe, dein Dad und ich. Dachte ich zumindest. Ich muss zugeben, ich habe es nicht gut aufgenommen, als klar wurde, dass er mich nur als *Angestellten* sah.«

Ich sauge ein bisschen Luft ein und atme sie zittrig wieder aus. »Ich will Cassie sehen.«

Darauf muss ich mich konzentrieren. Auf sie.

»Ja, wir werden dich zu ihr bringen«, sagt Quentin, aber er macht keine Anstalten aufzustehen. »Aber du musst vorher noch etwas anderes wissen, Wylie.«

Dabei hat er so einen Ausdruck im Gesicht. Wie Aufregung, aber schwieriger zu erkennen.

»Was ich dir erzählt habe, dass mein Dad tot ist, über meine Ängste und die Rolltreppe, das ist alles wahr – nur die Details natürlich nicht. Aber ich hatte immer Ängste, genau wie du. Das haben wir gemeinsam«, sagt er, und mir ist schlecht, denn er hat recht. Wir hatten eine Verbindung. »Und jetzt kann das, womit du und ich unser ganzes Leben Probleme hatten, in so ein unglaubliches Geschenk verwandelt werden, Wylie. Wenn dein Vater nicht auf mich hören will, beweise ich es ihm mit meiner eigenen Forschung. Aber Studienobjekte sind nicht so einfach zu bekommen, wenn man nicht mehr mit einer Universität zusammenarbeitet, mit irgendeiner Universität – und dafür hat dein Vater gesorgt.« Er beißt die Zähne zusammen, doch ich sehe, wie er seine Wut abschüttelt. »Das ist aber alles nicht mehr wichtig, wenn ich deine Hilfe habe. Du kannst das alles möglich machen.«

Ehrfurcht. Jetzt wird es mir klar. Das sehe ich in seinem Blick. Sie gilt mir. Und es ist widerwärtig.

»Nein«, flüstere ich und halte mir die Ohren zu. Als könnte das den Zug aufhalten, der auf mich zurast. Als könnte das Quentin davon abhalten, mir zu sagen, was ich seiner Meinung nach wissen muss.

»Dein Dad hat dir noch etwas anderes nicht gesagt«, spricht Quentin weiter und presst die Hände flach auf den Tisch, während er mir eindringlich in die Augen sieht. Als wäre das das Geheimnis. Das Geheimnis, das ich eigentlich hören muss. »Nicht Cassie ist der Outlier, Wylie. Du bist es.«

Mein ganzes Blut rauscht in den Kopf. Ich umklammere beide Seiten der Bank, um mich aufrecht zu halten.

»Nein«, sage ich noch einmal lauter. Und jetzt schüttle ich den Kopf. Sehr energisch. Ich kann nicht damit aufhören.

»Das ist schwer zu glauben, ich weiß«, sagt Quentin jetzt mit sanfter Stimme, beinahe bedauernd. »Aber dein Dad wollte dich schützen, Wylie. Das glaube ich. Ihm war nur nicht klar, dass der Preis so hoch sein würde.«

25

In meinem Kopf klingelt es immer noch, als Doug mit mir über die Rasenfläche zur ursprünglichen Hütte geht. Sie haben mich aus der Haupthütte gebracht, als ich nicht mehr reagierte. Bevor die anderen aus dem hinteren Zimmer kommen und sehen konnten, dass etwas so gar nicht in Ordnung war. Bevor das Kollektiv einschreiten konnte. Als könnte ich einen Putsch auf die Beine stellen, während in meinem Gehirn nur dröhnt: *Outlier, Outlier, Outlier.*

Aber irgendwie gehe ich doch durch den grauen Morgen über das feuchte Gras. Denn sie bringen mich zu Cassie. Zumindest haben sie das gesagt. Und ich versuche, mich darauf zu konzentrieren. Zu ihr. Weg von hier. Wir sind nicht mehr weit von der Hütte entfernt, und immer noch hat Doug nichts dazu gesagt, dass ich ihn angegriffen habe. Aber seine Hände umschließen meinen Arm so fest, dass er auch nichts sagen muss.

»Hey!«, ruft uns jemand zu, als wir in der Mitte der Rasenfläche sind.

Doug drückt meinen Arm noch fester, so fest, dass ich zusammenzucke.

Aber als wir uns umdrehen, ist da nur Lexi, die auf uns zukommt.

»Scheiße, Lexi!«, schnauzt Doug sie an und sieht sich um. Wir sind hier ungeschützt, ohne Deckung und am helllichten Tag. »Quentin will nicht, dass die anderen erfahren, dass wir sie verlegen.«

»Oh, tut mir leid«, sagt sie zu Doug, dann bemerkt sie seine Hand an meinem Arm. Ihr scheint nicht wohl zu sein. Genauer gesagt sogar noch mehr als unwohl. »Fühle« ich das, weil ich einen besonderen zusätzlichen Sinn habe? Ich glaube nicht. Ich hatte immer nur ein Gefühl, das andere nicht hatten: Angst.

»Ich bin so froh, dass es dir gut geht, Wylie«, sagt Lexi.

»Sie hat *mich* verletzt, schon vergessen?«, faucht Doug. »Du solltest dir Sorgen um mich machen, nicht um sie.«

»Sie hat dich nur verletzt, weil sie in Panik geraten ist. Weil sie vermutlich wusste, dass etwas nicht stimmt.« Lexi sieht mich Bestätigung heischend an. Sie glaubt, ich hätte das Messer nur in Dougs Hand versenkt, weil ich Outlier bin. Er hat ihr nichts von seinem Arm an Jaspers Kehle erzählt.

»Du klingst genau wie eine von denen, Lexi«, sagt Doug. »Reiß dich zusammen.«

»Das sind nette Menschen.« Lexi klingt stellvertretend beleidigt.

»Abgesehen davon gehört Quentin nicht zu ihnen, und er glaubt an Wylie.«

»Ich bitte dich, er ist doch sogar noch schlimmer als die anderen«, höhnt Doug. »Wir sind hergekommen, um einen Auftrag zu erledigen, hast du das schon vergessen? Um Geld zu verdienen. Lass dich nicht von diesem Müll verwirren.«

»Sie wollten uns gerade das Haus wegnehmen, als Doug Quentin in einer Bar kennengelernt hat.« Lexi wirft mir einen verlegenen Blick zu. » Wir mussten unsere ganzen Ersparnisse verlieren, bis uns klar wurde, dass die Leute gar keine Energieriegel für ihre Hunde wollen. So dumm. Wir haben nicht mal einen Hund.«

»Haben Sie überhaupt ein Baby?«, frage ich.

Lexi schlingt die Arme um sich und nickt. »Delilah. Sie ist acht Monate alt.« Sie lächelt sogar ein bisschen, erleichtert, dass sie nicht in allem Lügen gestraft wird. Aber sie hat auch Angst. Angst, dass sie nicht zu ihrem Baby zurückkehren kann. Und Angst vor etwas anderem. Das spüre ich tatsächlich. Es strahlt von ihr ab.

»Sie ist dieses Wochenende bei meinen Eltern. Sie soll nicht mit unseren … Das hier ist nicht der richtige Ort für ein Baby.«

»Sie muss nicht unsere Lebensgeschichte erfahren, Lexi«, schnauzt Doug. »Bringen wir das hier einfach hinter uns, damit wir unser Geld bekommen und abhauen können.«

»Wir wussten, dass ihr das mit dem Baby mitbekommen hattet, als Jasper Cassie anders nannte – Victoria, das war's.« Egal, was Doug sagt, Lexi kann nicht anders, sie muss mit mir reden. Muss versuchen, mich dazu zu bringen, ihr zu verzeihen. Sie weiß, dass das hier nicht richtig ist, und sie wünscht sich, sie wäre nicht darin verwickelt. »Aber wir hatten Angst, ihr würdet in den Wald laufen und verletzt werden. Deshalb ist Doug bei den Toiletten nach euch sehen gegangen. Und dann ist alles so ausgeufert.«

»Ausgeufert?« Wenn ich die Kluft zwischen Lexi und Doug vergrößere, können Cassie und ich zwischen ihnen hinausschlüpfen. »Doug hat Jasper gewürgt. Deshalb bin ich mit dem Messer auf ihn losgegangen.«

Lexi dreht sich mit aufgerissenen Augen zu Doug um. Bleibt fast stehen. »Du hast mir erzählt, er hätte dich angegriffen.«

Doug umklammert meinen Ellbogen wie mit einem

Schraubstock. Aber mehr als mich unsanft behandeln kann er nicht. Sonst beweist er nur, dass ich recht habe.

»Lexi, sie wollten abhauen«, sagt Doug ärgerlich. »Wir mussten sichergehen, dass Wylie hier ankommt, oder? Übrigens hast du gesagt, du könntest Wylie überzeugen, ohne Jasper zu uns ins Auto zu steigen, schon vergessen? Das war dein Job.« Doug hat die Stimme erhoben, und Lexi meidet seinen Blick. »Und rate mal, was dann passierte? Er saß mit uns im Auto. Und einer von uns musste etwas tun. Ich habe nur versucht, Wylie dazu zu bringen, allein mit uns zu kommen, und habe mich um alles gekümmert, so wie immer.«

»Na klar«, sagt Lexi leise, den Blick zu Boden gerichtet.

Sie sind keine gemeinsame Front. Weiß ich das, weil ich Outlier bin? Könnte *das* vielleicht wirklich die Erklärung für die überaktive Schreckensmaschine in meinem Kopf sein? Dass es das Dröhnen der Gefühle anderer Leute in meinem Kopf ist und nicht meine eigenen Monster?

Nein.

Ja.

Ich weiß es nicht.

»Willkommen zurück«, sagt Stuart, als wir schließlich an der Hütte ankommen. Betont auffällig nimmt er sein Gewehr in eine Hand, schließt mit der anderen die Tür auf und winkt mich hinein. »Die beiden freuen sich bestimmt über Gesellschaft. War ziemlich unbehaglich hier drin, nur zu zweit.«

Die beiden? Die Einzige, die ich sehe, ist Cassie. Sie lehnt gegenüber der Tür an der Wand und schafft es irgendwie, im fahlen Licht der Fenster hübsch auszusehen. Aber die Arme hat sie fest um ihren zerbrechlichen Körper geschlungen, als würde sie sich gegen einen Schlag wappnen.

»Es tut mir so leid, Wylie«, flüstert sie mit zitternder Stimme.

»Das ist doch alles nicht deine Schuld«, sage ich. Als ich auf sie zugehe, fällt die Tür hinter mir zu, und der Riegel wird vorgeschoben.

»So weit würde ich nicht gehen.«

Eine zweite Stimme. Kurz vor Cassie bleibe ich wie angewurzelt stehen. Ich drehe mich um und sehe Jasper im Schatten an der gegenüberliegenden Wand sitzen.

»Jasper!« Als ich zu ihm eile, bin ich so unendlich erleichtert. Als wären wir so gut wie gerettet. Doch dann sehe ich im Halbdunkel sein Gesicht – blutunterlaufen und geschwollen, mit einer Platzwunde über dem Auge. »Was ist mit dir passiert?«

»Doug.« Er zeigt auf sein Gesicht. »Diesmal hat er eher die Fäuste genommen.«

»Warum haben sie dich nicht einfach gehen lassen?« Das ist ein schlimmes Zeichen, das weiß ich. Für uns alle. »Du wusstest doch noch nicht mal was.«

»Weil ich nicht gehen wollte«, sagt er. »Nachdem mir Cassie erzählt hat …« Seine Stimme bricht ab, als brächte er es nicht über sich, den Satz zu beenden. »Ich war sauer und brauchte frische Luft, aber ich wollte nicht gehen. Mitten in dem ganzen Chaos? Jedenfalls kam dann Doug einfach so aus dem Nichts. Hat nachgeholt, was er vor den Toiletten nicht zu Ende gebracht hat.«

»Diese Arschlöcher«, flüstere ich. Er verzieht das Gesicht und weicht zurück, während ich näher trete und die Hand nach seinem Gesicht ausstrecke.

»Es sieht schlimmer aus, als es ist«, sagt er völlig unglaubhaft. »Hast du ernsthaft gedacht, ich würde einfach gehen, ohne mich wenigstens zu verabschieden?«

Ich schaue zu Cassie hinüber. Ich will sie nicht verraten, aber sie war diejenige, die mir das gesagt hat. Mehrmals. Vielleicht hoffte sie, dass Jasper wirklich gegangen war. »Ich muss wohl … das habe ich anscheinend falsch verstanden.«

»Das kommt hier anscheinend öfter vor.« Jasper schießt einen boshaften Blick in Cassies Richtung ab. »Willst du es ihr nicht sagen, Cassie? Willst du Wylie nicht von den ganzen Missverständnissen erzählen?«

Das klingt nicht gut. Es klingt eher, als wollte ich es gar nicht so genau wissen.

Cassie schließt die Augen und lehnt den Kopf an die Wand, dann schüttelt sie ihn. »Wenn ich gewusst hätte …« Ihre Stimme bricht.

»Es gab einen anderen. Damit hatte ich recht«, sagt Jasper, als Cassie stumm bleibt. »Junge, da hat sie sich einen echten Hauptgewinn ausgesucht.«

Okay. Ich weiß von dem anderen. Vielleicht wird es doch nicht neu für mich. Aber mein Magen ist schon ein harter Knoten. Und das nicht wegen der Outlier-Sache, sondern weil ich Cassie kenne. Und bei Cassie kommt es immer noch schlimmer.

»Wovon spricht Jasper da?«, frage ich.

»Ich habe ihn kennengelernt, wie ich gesagt habe«, fängt sie an, und ihre Stimme klingt so schwach. »Das stimmte alles. Er kam ins *Holy Cow,* als ich gearbeitet habe, und bestellte einen Schokomilchshake. Er hat sich an die Bar gesetzt, und wir haben eine Weile geredet.«

»Da waren wir übrigens zusammen«, wirft Jasper ein, steht auf und geht an mir vorbei, um aus dem Fenster zu starren. Vom blassgrauen Licht beleuchtet sieht sein Gesicht noch schlimmer aus.

Cassie schließt die Augen und lässt den Kopf hängen, widerspricht aber nicht.

»Tut mir leid, sprich weiter.« Er bedeutet ihr fortzufahren, dann dreht er sich zu mir um. »Warte ab, es wird noch besser.«

»Erst als er …«

»Warte – wer, er?«

Offensichtlich ist das die maßgebliche Information.

Cassie öffnet die Augen und sieht mich an. »Quentin«, flüstert sie, und jetzt rinnen ihr Tränen übers Gesicht. »Ich habe Quentin kennengelernt.«

Nein, denke ich. Aber ich bringe keinen Ton heraus. *Nein.*

Ich möchte mir die Ohren zuhalten. Ich möchte davonlaufen.

»Super, was?«, sagt Jasper, ohne den Blick vom Fenster abzuwenden. Aber diesmal ist es seine Stimme, die bricht, nicht die von Cassie.

»Zuerst hat er so getan, als wäre es Zufall gewesen, dass wir uns kennengelernt haben. Später hat er dann zugegeben, dass er mich gesucht hat. Quentin sagte, dein Dad habe ihn gefeuert, weil er nicht damit einverstanden war, mir meine Testergebnisse vorzuenthalten. Quentin sagte, er wollte, dass dein Dad es mir sagt.« Sie klingt so gebrochen. »Ich glaube – ich weiß nicht, warum ich ihm geglaubt habe. Aber es wirkte schon so, als würde er deinen Dad sehr gut kennen. Und er hat alles gesagt, was ich gern hören wollte … dass ich unterschätzt werde und alles. Dass ich eine Gabe hätte.«

»Eine Gabe«, höhnt Jasper, ohne sich umzudrehen.

»Du kannst sauer sein«, sagt Cassie. »Ihr könnt mich beide hassen. Ihr solltet mich hassen. Ich bin egoistisch und dumm und habe einen schrecklichen Fehler gemacht. Aber ich schwöre, die ganze Zeit, in der ich dir schreiben sollte …«

»Moment mal, was?«, frage ich, und mein Herz schlägt schneller. *Nein, Cassie. Nein.* »Du hast ihm *geholfen*? Er hat dir gesagt, du sollst uns schreiben? Sie haben dir das Handy gar nicht weggenommen?«

Sie schüttelt den Kopf.

Wie konnte sie das tun? Dieses Risiko eingehen – uns in Gefahr zu bringen, für einen Typen, den sie nicht mal kannte?

»Warte, sogar das mit ›diese Leute werden mich umbringen‹?«, frage ich. »Die Nachricht hast *du* verschickt?«

Cassie nickt.

»Mein Gott, Cassie«, sage ich und bin so wütend, dass meine Kehle brennt.

Und sie mag sogar recht haben, vielleicht hasse ich sie wirklich ein kleines bisschen. »Wie konntest du nur? Irgendein Typ erzählt dir dieses irre Zeug, und du glaubst ihm einfach?«

»Hast du ihm nicht geglaubt?« Sie starrt mir kurz in die Augen. Dann holt sie Luft und senkt wieder den Kopf. »Ich meine, Quentin ist überzeugend, oder nicht? Und er hat erst gesagt, wir bräuchten deinen Dad, als wir hier ankamen. Dass er über *dich* deinen Dad herlocken wollte, hat er auch erst sehr viel später erwähnt – und bei Quentin klang es die ganze Zeit, als wollte er deinen Dad nur schützen.« Sie schweigt kurz, als spiele sich alles in ihrem Kopf noch mal ab. »Er hat im Auto aber einen kleinen Test mit mir gemacht. Wahrscheinlich hat er da gemerkt, dass dein Dad unsere Ergebnisse vertauscht hatte. Dass du der Outlier bist und nicht ich. Das hat er mir auch erst sehr viel später gesagt, nachdem du schon hier warst. Damals im Auto hat er versucht, es zu verbergen, aber wie er mich danach angesehen hat … so als würde ich ihn ein bisschen anekeln.«

»Warte, also hast du ihm *geholfen,* uns herzuholen? Absichtlich?«, frage ich, denn ich kann es immer noch nicht ganz fassen. »Du hast uns geschrieben, du hättest Angst und bräuchtest unsere Hilfe, weil *er* es dir gesagt hat?«

»Ja«, antwortet sie, und die Tränen lassen das Entsetzen in ihren Augen schimmern.

Sie umfasst Jasper und die ganze Hütte mit einer Geste. »Das ist alles meine Schuld. Aber ich schwöre, Wylie, ich wusste erst, als es schon zu spät war, dass du diejenige warst, die er eigentlich haben wollte. Ursprünglich meinte er nur, du seist ein Mittel, um deinen Dad herzuholen. Aber als du und Jasper hier in der Hütte wart, war plötzlich alles anders. Da hat er mir gesagt, du wärst der Outlier. Und er hat gesagt, er würde euch umbringen – dich und Jasper –, wenn du ihm nicht hilfst. Er sagte, ich müsse dich überreden.«

»Wobei helfen?«, frage ich.

»Das zu tun, was du tust«, sagt sie.

»Aber ich weiß nicht, wie ich irgendwas tue!«

»Ich weiß, ich weiß.« Cassie sieht so gequält aus. »Aber er glaubt, er ist auch ein Outlier. Er ist überzeugt, er müsse nur sein ›Potenzial erschließen‹. Das weiß ich, weil er es mir gesagt hat, als er noch dachte, ich sei der Outlier. Und nicht nur irgendeiner, sondern *der* Outlier. Der stärkste von allen. Und das Kränkste daran ist, wie geschmeichelt ich war.«

Als sie mich ansieht, spüre ich nichts als Kummer.

»Er hat mir versprochen, wenn du ihm hilfst, lässt er dich gehen. Dass er uns dann alle gehen lässt. Und ich dachte, es stimmt, oder habe es zumindest gehofft. Ich dachte, du könntest vielleicht ein paar von seinen ›Trainingsübungen‹ machen, die er an mir ausprobiert hat, so ähnlich wie der Test deines Dads, und damit wäre das erledigt. Aber dann, als ich mir von Fiona was zum Anziehen leihen wollte, war ich allein in der anderen Hütte. Also habe ich beschlossen, Quentins Sachen durchzuschauen, ob ich vielleicht herausfinde, was er wirklich vorhat. Und ich habe so was wie Instrumente in einer Tasche unter seinem Bett gefunden. Ich weiß nicht genau, wofür die sind, aber als ich sie sah, habe ich richtig Angst bekommen, dass er dich nie wieder gehen lassen würde. Auch nicht, wenn du alles tust, was er will. Ich wusste, wir sollten abhauen. Aber da war es zu spät. Stuart hat mich dabei erwischt und wieder hier reingeworfen.«

»Was meinst du mit Instrumenten?«, fragt Jasper.

»Wie für einen Chirurgen oder so«, sagt Cassie leise.

»Egal, was Quentin vorhat, Wylie, es sind nicht nur Fragen und Antworten. Oder jedenfalls wird es nicht so enden, auch wenn es damit anfängt.«

»Aber wie kann ich ihm etwas beibringen, wovon ich selbst nicht weiß, wie ich es mache?«

»Das kannst du nicht«, sagt Jasper. »Deshalb müssen wir hier weg.«

»Was ist mit meinem Dad? Was passiert, wenn er herkommt?«, frage ich Cassie. »Und gibt es North Point überhaupt? Jemand hat auf Fiona geschossen.«

»Ich weiß nicht.« Cassie schlingt die Arme fester um sich. »Sobald du hier warst, hat Quentin mir nichts mehr erzählt. Vielleicht hat er Stuart auf Fiona schießen lassen, ich habe keine Ahnung. Aber er hatte von Anfang an Angst, dass uns jemand hier findet. Vielleicht hat er das nur gespielt, oder es könnte sein, dass wirklich jemand kommt.«

»Es war so dumm, ihm zu vertrauen, Cassie«, sagt Jasper kalt und hart und sieht sie nicht einmal an. »Komplett bescheuert.«

Cassie schaut mit Verzweiflung im Blick zu ihm hinüber. »Du hast recht. Du hast vollkommen recht«, sagt sie. Dann sehe ich, wie sich ihr Gesichtsausdruck ändert und entschlossen wird. »Aber ich bringe das in Ordnung. Ich versprech's.«

»Na toll«, sagt Jasper. »Ich bin schon total gespannt.«

Da fällt mir das Sperrholzbrett in der Ecke wieder ein. Hat Jasper vergessen, wie kurz davor wir schon waren? Bald wird es keine Rolle mehr spielen, wer sich geirrt hat, wer wen weswegen belogen hat. Denn wir werden frei sein.

»Warte, was ist mit ...« Mein Herz rast, während ich nach hinten zu der Stelle gehe, wo wir so lange an diesen Schrauben gedreht haben. Aber Jasper schüttelt schon den zerschrammten Kopf. Er sieht aus, als täte ich ihm leid. »Was soll das heißen, nein?«

Schweigend kommt er herüber, zieht die restlichen Schrauben heraus und hebt das Brett weg.

Und ich kann nur starren. In der Hüttenwand ist ein Loch. Das, in das ich meine Hand gesteckt habe. Es ist sogar so hoch wie das Brett, aber viel, viel schmaler. Groß genug, dass es wie ein Fluchtweg wirkt, aber nichts dergleichen ist.

Mit großen Augen blicke ich zu Jasper auf. »Ich weiß«, sagt er. »Scheiße, was?«

»Irgendwann kommen sie zurück«, sage ich. »Wenn Quentin glaubt, er bräuchte mich so dringend, wird er mich nicht einfach hier draußen lassen.«

»Ja, und?«, fragt Cassie. »Wie sollen wir rauskommen, wenn er hier drin ist?«

»Wir müssen einfach eine Möglichkeit finden.«

Denn eines weiß ich, dafür muss ich kein Outlier sein: Unser Leben hängt davon ab, dass wir hier rauskommen.

In den folgenden langen Stunden diskutieren wir einen Plan nach dem anderen, aber keiner hat irgendeine Hoffnung auf Erfolg. Zumindest glauben wir, dass es Stunden sind. Man hat uns jetzt alle unsere Handys weggenommen, deshalb haben wir keine Ahnung, wie spät es ist. Und der Tag ist so grau, dass man die Sonne nur schwer sieht.

Aber es kommt uns lange vor. Irgendwann werfen wir nur noch mit Ideen um uns, damit wir ihnen hinterherschauen können, wenn sie in den nutzlosen Äther driften.

Wir suchen die Hütte noch einmal nach einem anderen Ausgang ab, doch Jasper und ich hatten das schon getan, und es gibt nichts mehr zu finden. Jasper verteilt die Müsliriegel, die Quentin hiergelassen hat, und Wasser. Das Letzte, was ich jetzt möchte, ist essen oder trinken. Aber Jasper hat recht. Wir sollten, solange wir noch können. Nur für den Fall, dass wir eine Möglichkeit zur Flucht bekommen.

Und nach alledem kommt die Stille und dann die Furcht.

Irgendwann schlafen wir alle ein. Zumindest müssen Jasper und ich geschlafen haben, denn als wir an der Tür ein Geräusch hören, schrecken wir hoch. Als ich zu Cassie hinüberschaue, sehe ich an ihrem glasigen Blick, dass sie keine Sekunde geschlafen hat.

Schließlich geht die Tür auf, und Lexi kommt herein. Sie sieht kleinlaut und traurig aus und hat noch ein paar Wasserflaschen dabei.

»Hi«, sagt sie leise, fast hoffnungsvoll.

Ich weiß nicht, wie lange wir geschlafen haben, aber es ist

jetzt viel dunkler. Noch nicht stockdunkel, aber so langsam. Ich schalte die Petroleumlampe ein, und Jasper tut dasselbe mit der in seiner Nähe.

»Tut mir leid, dass ich euch aufgeweckt habe. Ich fand, ihr solltet wenigstens noch mehr Wasser haben, nur zur Sicherheit.«

Aber deshalb ist sie nicht hier. Sie ist mit Fragen gekommen. Sie macht sich Sorgen um sich, um ihr Baby. Vertraut nicht darauf, dass Doug das alles hier irgendwie im Griff hat.

»Quentin lügt dich an«, sage ich. Von Lexi geht so eine chaotische Mischung aus. Ich versuche, mich zu konzentrieren, schlau daraus zu werden. Sollte ein Outlier so was nicht können? »Er wird uns umbringen. Das musst du wissen.«

»Nein, wird er nicht«, sagt sie, scheint sich aber nicht sicher zu sein.

»Doch, das wird er. Das ist sein eigentlicher Plan. Bekommen, was er will, und uns dann umbringen. Und glaubst du, er wird euch danach genug vertrauen, um euch gehen zu lassen?«, frage ich. »Was passiert mit deinem Baby, wenn du nicht mehr nach Hause kommst? Ich weiß, wie es ist, wenn man ein Leben ohne Mutter vor sich hat. Und meine Mom hatte einen Unfall – du hast die Wahl.«

Lexi schüttelt den Kopf, sieht argwöhnisch über die Schulter zur Tür, und dann spüre ich ein Aufflackern von Kummer – ihrer, nicht meiner. Ich muss versuchen, ihn auszunutzen, so gut ich kann.

»Du kannst Quentin nicht helfen, nur weil Doug es dir sagt. Dass du auf ihn gehört hast, hat dich überhaupt erst in dieses Chaos gebracht.« Ich hoffe, das genügt, damit sie zur Vernunft kommt. Lexi ist ein verwirrter Mensch, aber

Doug ist ein schlechter. »Willst du für ihn wirklich riskieren, nicht zu deiner Tochter zurückkehren zu können?«

»O je …« Lexi hebt die Hand zum Mund und wird blass. Sie sieht aus, als hätte man sie gerade wachgerüttelt. »Es tut mir leid, ich muss weg. Sofort.« Sie schiebt sich rückwärts zur Tür. »Ich muss nach Hause zu meiner Tochter.«

»Aber erst musst du uns helfen«, sage ich. »Du musst nur Stuart kurz ablenken und dafür sorgen, dass die Tür nicht verriegelt ist.«

»Nein, nein, ich glaube, ich kann nicht …«

»Du musst«, sage ich. »Sonst bist du dafür verantwortlich, wenn uns etwas passiert. Und das kannst du dann nicht Doug in die Schuhe schieben. Nicht mehr. Wenn wir umgebracht werden, ist das deine Verantwortung. Wie willst du damit leben können? Was für eine Mutter wirst du für deine Tochter sein? Wir sind auch jemandes Kinder.«

»Das wird nie funktionieren«, sagt Cassie, als Lexi gegangen ist und nachdem sie uns wacklig versichert hat, dass sie versuchen wird, Stuart von der Tür wegzulocken. »Habt ihr gesehen, wie nervös sie war? Die knickt ein. Bestimmt sagt sie es ihrem Mann.«

»Das ist wirklich hilfreich, Cassie«, schnauzt Jasper. »Hast du eine bessere Idee? Vor allem, weil du der Grund bist, warum wir überhaupt erst in dieser beschissenen Lage sind.«

Cassie schließt die Augen und schüttelt den Kopf. »Nein«, sagt sie leise und lässt sich auf die Couch fallen. »Ich habe keine bessere Idee.«

»Na super«, macht Jasper weiter und knirscht mit den Zähnen. »Das Gute daran ist, dass du dich wenigstens besonders fühlst.«

Er ist zu Recht sauer auf Cassie. Ich bin auch sauer auf sie. Aber einem Teil von mir tut sie leid. Cassie ist, wer sie ist. Das kann sie genauso wenig ändern wie ich – wer auch immer ich letztendlich bin.

Da ertönt wieder ein Geräusch an der Tür. Der Riegel wird wieder aufgeschoben, aber zu schnell, als dass es Lexi sein könnte.

Als die Tür schließlich aufgeht, streckt Quentin den Kopf herein. Er holt tief Luft und pustet sie mit geblähten Wangen wieder aus, während er hereinkommt. Er ist schon wieder anders. Nicht ganz der nervöse jungenhafte Mann, den wir ursprünglich kennengelernt haben, aber näher dran. Sogar die Brille hat er wieder aufgesetzt.

Cassie hatte recht, wir haben deutlich größere Probleme, wenn er mit uns in der Hütte ist. Und wir haben keine Möglichkeit, Lexi zu sagen, sie soll warten, bis er weg ist. Wir werden trotzdem gehen müssen, wenn sie die Tür wirklich noch mal entriegelt, was bedeutet, Quentin muss möglichst weit von der Tür weg.

»Gut, dass euch jemand Wasser gebracht hat.« Er tritt vor und nimmt eine der Flaschen in die Hand, die Lexi dagelassen hat, starrt schweigend darauf. Einen Moment lang mache ich mir Sorgen, er werde uns sagen, dass er weiß, dass Lexi uns helfen will. Dass Doug sie schon bei dem Versuch abgefangen hat.

»Hast du uns die Puppen auf die Veranda gelegt?«, frage ich und gehe dabei nach hinten, in der Hoffnung, dass mir Quentin, abgelenkt durch die Frage, folgen wird. Auf die eine oder andere Art müssen wir ihn von der Tür weglocken. Und ich gehe davon aus, dass er das mit den Puppen war. Es fing direkt nach seiner Kündigung an.

»Puppen?«, fragt Quentin verwirrt, und es wirkt echt.

»Ich weiß leider nichts über irgendwelche Puppen. Aber es würde mich nicht überraschen, wenn jemand etwas Unerfreuliches vor euer Haus gelegt hätte, Wylie. Diese Sache ist so viel größer und komplexer als zwei Wissenschaftler mit gegensätzlichen philosophischen Sichtweisen. Es sind so viele Kräfte im Spiel.«

»Kommt mein Dad überhaupt wirklich her?« Ich lehne mich gegen die Wand, als wäre ich ganz zufällig so weit wie möglich von der Tür weg. »Und diese Leute von North Point gibt es gar nicht, oder?«

»Doch, natürlich, zu beiden Fragen«, sagt Quentin, aber nicht mal so, als wollte er mich wirklich überzeugen. Stattdessen geht er direkt an mir vorbei, weiter in die Hütte hinein. Weiter, als ich gehofft habe. »Er hatte aber nicht von Anfang an vor zu kommen. Wir haben natürlich auch nicht schon die ganze Zeit zusammengearbeitet, sonst hätte ich von Anfang an gewusst, dass er deine und Cassies Ergebnisse vertauscht hat.« Kurz schweigt er, als warte er darauf, dass ich etwas sage. »Und ich musste natürlich eine List einsetzen, um ihn herzulocken. Aber er wird bald hier sein, Wylie. Und täusch dich mal bloß nicht, North Point ist sogar sehr real. Genau wie das Kollektiv sind sie nur der Anfang. Wir stehen im Auge des Sturms.«

Quentin geht zur Wand hinüber, wo wir das Brett entfernt haben. Mit dem Rücken zu uns starrt er auf das lange, schmale Loch in der Wand. Da stelle ich mich zwischen Quentin und die Tür. Zwischen ihn und meine Freunde. Denn eigentlich will er mich. Und vielleicht soll es so – soll *ich* so – ein Ende nehmen. Ich muss glauben, dass ich irgendwie eine Fluchtmöglichkeit finden werde. Wenn nicht sofort – mit Jasper und Cassie aus dieser Tür hinaus –, dann vielleicht später. Und wenn nicht, habe ich das Gefühl, ist es vielleicht trotzdem in Ordnung. Denn eventuell weiß ich sowieso nicht mehr, wer ich bin. Aber eines schon: Ich habe genug davon, ständig Angst zu haben.

»Lass Cassie und Jasper gehen, dann tue ich alles, was du willst«, sage ich.

»Wylie.« Cassies Stimme zittert. Jetzt versteht sie, worauf ich hinauswill. Dass ich vorhabe, mich zu opfern, damit sie weglaufen können.

»Ich bringe dir alles bei, was du willst«, rede ich weiter und gehe dichter an Quentin heran.

Ich bin erstaunt, wie überzeugend ich klinge – als wüsste ich wirklich, wie man jemandem irgendetwas beibringt. Aber als Quentin sich umdreht und mir in die Augen sieht, ist es schwieriger, die Fassung zu wahren. Erst da spüre ich das volle Gewicht seiner Leere. Sein Inneres ist ein Loch. Sein Herz eine Klippe. Und ich bin dabei, in den Abgrund zu rutschen.

»Ich kann sie nicht gehen lassen, Wylie«, erwidert er ruhig, als wäre es einfach nur die bedauerliche Wahrheit, der er und ich uns gemeinsam stellen müssen. »Im Moment nicht.« Er hebt den Kopf, sieht vage in Richtung Straße und Wald. »Es wäre sowieso zu gefährlich – wegen North Point.«

»Ach, hör auf!«, schreit Jasper. »Da kommt keiner!«

»Ich wünschte, es wäre so, glaub mir«, sagt Quentin mit einem ruhigen Kopfschütteln. »Einige von ihnen sind schon hier. Fiona hat eine Schusswunde, die das beweist.« Aber so, wie er es sagt, habe ich den Eindruck, Cassie hat wahrscheinlich recht: Dafür ist auch Quentin verantwortlich. Dann dreht er sich um und kauert sich vor das schmale Loch in der Hüttenwand. »Ich fand immer, noch schlimmer, als keinen Ausweg zu haben, ist nur die falsche Hoffnung, doch einen zu haben.«

Ich höre ein leises Geräusch an der Tür, vielleicht Stuart, der mit Lexi spricht? Jasper hustet, um es zu übertönen. Lexi, die tut, was sie versprochen hat und Stuart von der Tür weglockt. Das ist es. Wir können nicht mehr warten. Das ist unsere Chance. Quentin ist immer noch in der Hocke und sieht auf das sorgfältig ausgeschnittene Rechteck in der Wand. Er ist abgelenkt, das verschafft uns ein paar Sekunden. Ich drehe mich zu Jasper und Cassie um.

»Verschwindet«, flüstere ich tonlos. »Jetzt!«

Vielleicht bin ich sogar schnell genug, um ihnen zu folgen, bevor Quentin mich packt. Glaube ich das? Nein, eigentlich nicht. Aber jemand muss entkommen. Und ein Teil von mir ist an dem Tag gestorben, als meine Mutter starb. Vielleicht ist das ein Zeichen, dass es endlich Zeit für den Rest von mir ist, auch zu gehen.

Dann geht alles sehr schnell, und nichts davon habe ich geplant. Nichts davon wollte ich.

Die Hüttentür wird nicht aufgerissen. Ich sehe nicht Cassie und Jasper in der Nacht verschwinden. Es ist Cassie, die sich als Erste bewegt, und zwar sehr schnell. Aber nicht in Richtung Tür, wie sie eigentlich sollte. Stattdessen wirft sie sich zur Seite und packt eine der Laternen. Einen Augenblick später schwingt sie sie über dem Kopf, dann schleudert sie sie zwischen Quentin und mir auf den Boden.

Und ich denke: *Was? Warum?*

Quentin scheint dasselbe zu denken, während er aufsteht. Während wir alle auf das Häufchen Glasscherben starren und auf die absurde kleine blaue Flamme, die mittendrin flackert. »Was soll das denn?«, fragt er Cassie fast belustigt.

Jasper versteht auch nicht. »Cassie, was …«

Doch dann wirbelt sie zu mir herum, legt mir die Hand mitten auf die Brust und schubst mich. Als ich rückwärts stolpere, fange ich eine Duftwolke auf. Die Jeans und die Jacke, die sie noch nicht ausgezogen hat, sind mit Benzin getränkt.

Plötzlich verstehe ich alles. »Cassie, nein!«

Doch es ist zu spät. Der Rest läuft langsam und schrecklich ab. Unmöglich zu glauben, obwohl ich es direkt vor mir habe. Und sie.

»Los!«, schreit Cassie noch mal, während sie in die Flamme tritt und der Saum ihres Mantels Feuer fängt.

»Nein!« Ich stürze auf sie zu, aber ihr Körper ist schon von Flammen eingehüllt und so heiß, sogar aus der Entfernung. Als ich näher komme, spüre ich, wie meine Wimpern angesengt werden. Ich hebe die Hände vors Gesicht, aber es nützt nichts. Meine Handflächen haben schon angefangen zu brennen.

Das Schlimmste ist die Stille. Cassie ist so still. Das einzige Geräusch ist das Knistern von Dingen, die in Flammen aufgehen. Cassie schreit nicht auf. Sie sagt nichts. Sie rührt sich nicht. Es ist beinahe, als wäre sie irgendwie entkommen, in die Rauchwolke über uns geschlüpft. Doch dann sinkt sie plötzlich auf die Knie.

»Stuart!«, schreit Quentin, als die Couch neben ihm Feuer fängt und das Papier auf seiner anderen Seite auch. Er ist von allen Seiten von Flammen eingeschlossen.

»Oh, Scheiße!« Eine Stimme hinter der Tür. Stuart läuft vorbei, schnappt sich eine Decke, um das Feuer zu ersticken.

Und dann werde ich nach hinten gerissen, von dem Rauch weggezerrt in Richtung Tür. Ich trete um mich, wehre mich.

Wir müssen etwas tun. Wir müssen sie retten, denke ich, obwohl ich weiß, dass es zu spät ist.

»Los, komm, Wylie!« Das ist Jasper. Er schreit mir ins Ohr. Zieht mich nach draußen. Seine Stimme ist hoch und angespannt, wie bei einem verängstigten kleinen Jungen. »Wir müssen weg!«

26

Draußen rennen wir. Es ist kalt und dunkel, und die Luft riecht verbrannt. Nach Fleisch. Und nach Tod. Nach der brennenden Cassie. Der Geruch kommt von mir. Sickert aus meinen Poren. Ich würge, während wir über das rabenschwarze, feuchte Gras auf den noch dunkleren Wald zurennen. Kein Mond, keine Sterne heute. Als hätte sich das Universum in sich selbst zurückgezogen. In meinen Augen stehen Tränen, und in meiner Brust brennt es, während wir laufen. *Nein,* denke ich wieder. *Das ist gerade nicht passiert.* Das ist alles nicht echt. Und meine Beine sind plötzlich so schwer, zu schwer, um sich zu bewegen.

»Komm weiter!« Jasper zerrt mich vorwärts, als ich langsamer werde. »Wir dürfen nicht stehen bleiben.«

Und er hat recht. Sie ist gestorben, damit wir entkommen konnten. Und ich muss immer noch Dad warnen. Ich weiß nicht, was er glaubt. Was ihm Quentin und der angebliche Dr. Simons womöglich eingeredet haben. Warum er seiner Meinung nach herkommt. Aber ich habe das sichere Gefühl, dass er nie wieder lebend herauskommen wird. Als wir endlich den Waldrand erreichen, drehe ich mich einmal um, immer noch in der Hoffnung, dass ich es mir irgendwie nur eingebildet habe. Aber die Hütte glüht orangefarben in der Ferne.

»Sieh nicht hin«, sagt Jasper, mehr zu sich selbst. »Sonst wird es nur schlimmer. Komm weiter.«

Aber wie soll ich laufen und gleichzeitig Luft bekommen, wenn ich so weine? Weine ich? Mein Gesicht ist nass, und ich spüre ein Brennen in der Kehle. Abgesehen davon bin ich völlig taub, was das Laufen im Wald und in der Dunkelheit noch schwieriger macht. Aber Jasper und ich haben das schon einmal gemacht. Wir schaffen das. Wir müssen. Und hinter uns sind schon wieder Stimmen. Es klingt nach vielen, aber es könnte auch nur das Echo von einigen wenigen sein. Natürlich ist Doug wieder dabei.

»Schau! Da drüben!«, ruft Jasper nach einer Weile, in der es nur Äste, Blätter und noch mehr Dunkelheit gab. Ich sehe den Umriss seines Arms, der geradeaus zeigt, und in der Ferne sind tatsächlich ganz kleine Lichter zu sehen, ein Haus vielleicht. »Da muss es einen Zufahrtsweg geben. Und der führt zu einer Straße.«

Wieder einmal gerettet von Lichtern am Horizont? Aber diesmal sind sie so viel weiter entfernt. Wir laufen eine gefühlte Ewigkeit lang weiter, so schnell wir in der Dunkelheit können, doch es kommt mir nicht annähernd schnell genug vor. Und es sieht nicht so aus, als würde es uns zu irgendeinem Ziel bringen. Nicht näher an die Lichter heran, die irgendwann mal ganz verschwunden zu sein scheinen. Und die ganze Zeit erwarte ich, hinter uns eine Stimme zu hören. Jemandes Hand auf meinem Arm zu spüren. Pistolenschüsse.

Aber in dieser langen, schrecklichen Ewigkeit gibt es nichts als das harte Hämmern meines eigenen Herzens.

Endlich – Minuten später, Stunden, ein Leben lang – kommen wir aus dem Wald heraus an eine Straße. Das Haus ist, wie sich herausstellt, immer noch ein Stück weg. Und die Straße vor uns ist dunkel und schmal. Grabesstill. Ich sehe nach rechts, dann nach links. Kein Auto zu sehen.

Nichts. Kein einziges. Nirgendwo. Aber Jasper hat recht. Wir müssen weiter. Von der kurzen Pause hier fühlt sich meine Brust schon an, als würde sie gleich explodieren.

Und später ist immer noch Zeit, um Cassie zu trauern. Später werde ich für immer trauern. Erst mal muss ich aber weiter. Ich muss in Bewegung bleiben. *Wir* müssen in Bewegung bleiben, bevor sie uns erwischen. Wir müssen Dad warnen.

Wieder sehe ich in der Dunkelheit auf der stillen Straße nach links und rechts. Wohin jetzt? Welcher Weg ist der schnellste zu einem Telefon, irgendwohin, von wo aus wir meinen Dad anrufen können? Oder die Polizei. Andere Polizisten als Officer Kendall. Das FBI? Wie ruft man das überhaupt?

»Ach du Scheiße«, flüstert Jasper plötzlich mit aufgerissenen Augen. »Sie ist wirklich tot, oder?«

Als hätte ihm gerade jemand gesagt, was passiert ist. Als würde es ihm erst jetzt bewusst.

»Ja«, antworte ich. »Aber du hattest recht. Wir mussten weg. Wir hätten nichts tun können, um sie zu retten.«

»Ach du Scheiße, ach du Scheiße«, wiederholt er und legt die Arme um den Magen, als müsste er sich gleich übergeben. »Hast du gehört, was ich zu ihr gesagt habe? Ich war so gemein. Das war das Letzte, was ich je zu ihr sagen werde. Das Letzte, was jemand sagt.«

»Sie wusste, wie sehr du sie geliebt hast«, sage ich. Er muss sich zusammenreißen. Wenn Jasper jetzt zusammenklappt, reißt er mich mit.

Plötzlich flackert es in der Ferne an der Straße. Wie eine Sternschnuppe. Es ist so schnell wieder weg, dass ich mir nicht sicher bin, ob ich es mir nur eingebildet habe. Ob ich Dinge sehe, die ich sehen will. Aber dann taucht es wieder auf. Klein, aber langsam und stetig wachsend. Scheinwerfer. Kurz darauf gibt es keinen Zweifel mehr.

»Da kommt jemand«, sage ich.

Jasper holt tief Luft und verschränkt die Arme, während er an mir vorbeigeht, um es selbst zu sehen. »Das könnten aber sie sein. Quentin – oder Doug?«

»Die müssten aus der anderen Richtung kommen, oder nicht?«

Mit angehaltenem Atem sehe ich die Scheinwerfer näher kommen, bete, dass ich recht habe. Denn ich kann mir nur Stuarts Gewehr vorstellen. Und wie mein Dad aussähe, wenn es sich an seinen Hinterkopf drücken würde.

»Es ist ein Laster«, sagt Jasper. »Aber er fährt zu schnell. Der sieht uns nie.«

Jasper hat recht, der Laster kommt sehr schnell auf uns zu, die Scheinwerfer werden von Sekunde zu Sekunde größer, während sie gerade eben noch aussahen, als wären sie meilenweit entfernt. *Er wird anhalten. Er wird mich sehen.* Eine Vermutung, Hoffnung, Instinkt. Intuition. Wenn ich bin, was sie sagen, habe ich recht, oder? *Es ist keine übersinnliche Wahrnehmung.* Diese Worte habe ich auch im Kopf. Die Worte meines Dads.

»Wylie!«, höre ich Jasper schreien, als ich auf die Straße hinaustrete. »Was tust du da, verdammt noch mal?«

Es ist okay, sage ich mir. *Ich werde nicht so sterben.* Und ich glaube es auch nicht. Aber als ich da mitten auf der Straße stehe und mit den Armen über dem Kopf winke, wünscht sich ein Teil von mir, es wäre so.

Jasper hat recht, der Laster wird nicht langsamer. Die Scheinwerfer sind jetzt näher. Beleuchten die Straße und die Bäume. Blenden mich, während ich mit den Armen wedle. *So sterbe ich nicht.* Es ist eine Erinnerung und ein Wunsch.

»Wylie!«, schreit Jasper wieder.

Als ich mich umdrehe, sehe ich sein Gesicht hell erleuchtet, während er mit der vollen Geschwindigkeit eines Sportlers auf mich zusprintet. Aber ich weiß schon, dass er nicht genug Zeit hat, um irgendetwas zu tun, außer mit mir zu sterben. Also schließe ich die Augen und wende mich den näher kommenden Lichtern zu. Ich bete, dass ich recht habe. Und dass, falls ich nicht recht habe, zumindest Jasper nicht sterben muss.

Die Innenseiten meiner Augenlider leuchten einen Moment lang so hell, dass ich mich frage, ob ich nicht vielleicht doch schon tot bin. Doch dann kommt ein ohrenbetäubendes Quietschen. Und der Gestank: brennendes Gummi auf Asphalt. Als ich die Augen öffne, ist Jasper an meiner Seite; das Gesicht abgewandt, die Schultern hochgezogen, bereitet er sich auf den Aufprall vor. Ich schließe die Augen wieder. Bis da nur noch Stille ist.

Als ich schließlich hinsehe, ist der Laster an uns vorbeigerollt und steht fast im Wald auf der anderen Straßenseite. Ich blinzle auf meine Hände hinab. Sie sind noch da. Ich bin immer noch am Stück. Wir leben noch. Ich schlucke einen Mundvoll Luft, während Jasper und ich einander mit großen Augen anstarren.

»Scheiße noch mal!«, schreit der Fahrer, der jetzt um seinen Laster herumkommt. Er ist ein großer dicker Mann mit buschigem schwarzem Bart. Er trägt ein blaues Flanellhemd und eine John-Deere-Baseballkappe. Er stützt sich mit einer Hand an den Kühlergrill seines Lasters, die andere ruht auf seinem Herzen. »Was verdammt noch mal habt ihr hier mitten auf der verschissenen Straße zu suchen? Ich hätte euch fast umgebracht!« Dann sieht er auf seine Arme hinunter, auf die Beine, als wollte er sich überzeugen, dass er nicht verletzt ist. »Ich hätte selbst draufgehen können! Ganz zu schweigen von meinem LKW!« Er tritt zurück, um ihn zu mustern. »Ich stehe keinen halben Meter von dem Scheißbaum weg!«

»Wir brauchen Hilfe, bitte.« Ich klinge zu hektisch. Wie jemand, der Ärger mitbringen wird, jemand, der schon zu viel Ärger hat. Jemand auf Meth vielleicht. Wenn er diese Gegend kennt, wird er genau das denken. »Wir müssen nur Ihr Handy benutzen.«

»Scheiße, nein!« Er ist schon auf dem Rückweg zur Fahrerseite seines Lasters. »Und jetzt verschwindet von der Straße, oder ich schwöre bei Gott, ich rolle über euch drüber.«

Er ist stinksauer. Aber auch nervös – *er,* nicht ich. Obwohl ich es vor einem Tag noch als meine eigenen Nerven missdeutet hätte, glaube ich, dass es in Wirklichkeit *seine* Gefühle sind. Er macht sich Sorgen, dass er selbst auch Ärger bekommen könnte. Nichts richtig Schlimmes, keine Leiche im Laster. Aber etwas, das er nicht tun sollte: diese Straße entlangfahren, seine Frau betrügen, über die Schicht hinaus arbeiten, um Zeit reinzuholen. Was auch immer es ist: Er lügt jemanden wegen etwas an.

»Lassen Sie uns Ihr Handy benutzen, sonst rufen wir später in Ihrer Firma an und sagen denen, dass wir Sie hier gesehen haben.« Ich mache einen Schritt rückwärts und lese demonstrativ den Firmennamen an der Tür des Führerhauses und dann sein Nummernschild. Keines von beiden werde ich mir merken können. »Ein LKW von dieser Größe auf dieser Ministraße. Sie fahren hier auf keinen Fall offiziell.«

»Ach ja?«, fragt er wütend zurück. »Ist mir scheißegal, was du tust.« Nur dass es ihm offensichtlich nicht scheißegal ist, und zwar überhaupt nicht. »Hier gibt's sowieso kein Netz. Selbst wenn ich euch mein Handy geben würde, würde euch das einen Scheißdreck bringen.«

Aber er ist nicht wieder in seinen Laster gestiegen. Er ist beunruhigt genug, dass er nicht gehen und meine Drohung in der Luft hängen lassen will.

»Dann nehmen Sie uns mit. Nur bis zur nächsten Tankstelle. Dann benutzen wir dort das Telefon von jemand anderem.«

»Das könnt ihr vergessen, dass ich …«

»Oder wir rufen in Ihrer Firma an«, sage ich. »Und alle werden wissen, was Sie getan haben.«

Ich weiß, dass ich mich hier auf extrem dünnem Eis bewege. Aber der Fahrer knirscht mit den Zähnen, verengt die Augen zu noch engeren Schlitzen, als würde er mir mein Stochern im Dunkeln tatsächlich abnehmen.

»Also gut«, sagt er. »Aber ihr fahrt hinten im Auflieger mit.«

Jasper und ich sitzen schweigend in dem dunklen, eiskalten Lastwagen. Mit dem Rücken an der Wand, die Füße gegen einen hohen Stapel Plastikpaletten voller Kisten mit Keksen und Salzbrezeln gestemmt, hören wir sie jedes Mal, wenn wir über eine Bodenwelle fahren, rechts und dann links knarren.

Wir fahren länger, als ich gedacht hätte. Viel, viel länger, als es mir nötig erscheint. Eine Stunde vielleicht. Irgendwann frage ich mich, ob er uns überhaupt zu einer Tankstelle bringt. Und wer sagt, dass dieser LKW-Fahrer nicht auch ein Freund von Quentin ist, wie Officer Kendall? Oder was, wenn das, was er zu verbergen hat, viel schlimmer ist, als ich dachte? Etwas, wofür es sich lohnt, uns loszuwerden?

Ich habe immer noch nicht das Gefühl, meine Gedanken seien viel mehr als Vermutungen.

Und selbst wenn ich recht habe und er wirklich etwas Verbotenes tut, ist es eine Sache, genug zu wissen, um jemandem zu drohen. Zu wissen, was danach passieren wird, ist etwas ganz anderes. Als der Laster schließlich ruckelnd zum Stehen kommt, atme ich nicht mehr viel, und Jasper beugt sich rüber und nimmt meine Hand.

»Wir schaffen das«, sagt er und drückt meine Finger. Seine Stimme ist ruhig und leise, aber es ist zu dunkel, um sein Gesicht zu sehen. »Und deinem Dad wird auch nichts passieren. Wir werden ihn rechtzeitig warnen. Das weiß ich.«

Wir konnten Cassie nicht retten, also werden wir ihn retten. Das sagt Jasper zwar nicht, aber das meint er. Das möchte er glauben. Er tut es nur nicht, nicht so richtig. Das spüre ich. Jasper fürchtet, dass Dad in eine Falle läuft, es vielleicht schon getan hat. Und ich auch. Um genau zu sein, habe ich schreckliche Angst. Aber ich gebe mir alle Mühe, mich nicht von ihr überwältigen zu lassen. Denn Dad braucht mich jetzt. Seinetwegen darf ich keine Angst haben.

Jasper und ich halten uns immer noch an den Händen, als wir hinten an der Klappe etwas hören; der Riegel wird geöffnet. Kurz darauf rollt die Tür laut nach oben.

Immer noch dunkel. Ich habe auf Licht gehofft, auch wenn ich weiß, dass es nicht sein kann. Wir sind immer noch Stunden vom Tagesanbruch entfernt, eine ganze Nacht erstreckt sich zwischen jetzt und morgen. Aber der Morgen wäre wie ein Beweis dafür gewesen, dass alles gut wird. Selbst wenn ein anderer Teil von mir weiß, dass es dafür zu spät ist. Cassie ist tot. Nichts kann das ändern.

»Jetzt schwingt eure Hintern hier raus, bevor euch noch jemand sieht.« Der Fahrer winkt uns heraus. Wenigstens sind wir an einem Rasthof, wie wir ihn gebeten haben. »Und ich will hoffen, dass ihr nichts von den Keksen genommen habt.«

Zum Summen des spätabendlichen Highwayverkehrs steige ich aus dem Laster. Der Parkplatz ist ziemlich ruhig. Ein paar Autofahrer tanken, LKW-Fahrer plaudern mit Kaffee in der Hand. Geschäftsleute, ein paar Familien, die das Gebäude betreten oder verlassen. Leben. Als hätte sich nichts verändert. Und ich frage mich kurz, ob es so sein könnte, ob wir uns das alles vielleicht nur eingebildet haben.

Nein, ich darf das nicht zulassen. Dass ich so tue, als würde Cassie noch leben. Sonst wird es nur schlimmer, wenn ich mich daran erinnern muss, dass sie wirklich fort ist. Dass das alles wirklich passiert ist. Ich weiß es. Cassie und meine Mom sind tot, und ich bin ganz allein. Ich weiß nicht, was ich ohne sie tun werde, kann mir nicht vorstellen, wie ich überleben soll. Aber ich muss mich auf das Hier und Jetzt konzentrieren: meinen Dad. Wir müssen ihn warnen. Müssen sichergehen, dass er nicht zum Camp Colestah fährt. Dass er nicht dorthin fährt, wo ihn angeblich sein lieber alter Freund Dr. Simons braucht. Vielleicht sollte ich wütend genug sein, um mich nicht darum zu scheren, was mit Dad passiert, aber ich kann nur noch daran denken, wie sehr ich ihn brauche.

In der Raststätte sitzt eine Frau mit einem schlafenden Baby im Arm in der Nähe des McDonald's, während sie versucht, das müde kleine Mädchen gegenüber dazu zu bringen, noch ein bisschen von ihren Chicken Nuggets zu essen. Als ich eintrete, sieht sie mich direkt an, so als hätte ich einen

Alarm ausgelöst. Besorgt auf diese mütterliche Art. Um ihre eigenen Kinder. Um mich. Das ist schwer zu sagen.

Aber sie wird mich telefonieren lassen. Ich fühle es. Sie wird ihr Möglichstes tun, um uns zu helfen. Trotzdem umfasst sie ihr Baby ein bisschen fester, als ich auf sie zugehe. Beugt sich näher zu dem kleinen Mädchen hinüber. Man kann es ihr kaum verdenken. Ich kann mir nur vorstellen, wie ich wohl aussehen muss. Erschöpft, schmuddelig, mit Ruß überzogen. Wie eine Lügnerin. Denn das ist die Realität: Meine Wahrheit ist die Summe so vieler Lügen geworden.

»Könnte ich mir vielleicht kurz Ihr Handy leihen?«, frage ich sie. »Es ist ein Notfall. Ich habe mein Smartphone verloren und muss meinen Dad anrufen.«

»Äh, natürlich«, sagt sie, eindeutig nervös. Als sie mir ihr Handy eilig über den Tisch schiebt, schnellt ihr Blick zu ihrer Tochter, die direkt neben mir sitzt.

»Danke.« Ich mache einen Schritt zur Seite, was die Frau ein bisschen zu entspannen scheint. »Es geht ganz schnell.«

Ich hoffe, sie merkt nicht, wie meine Hände zittern, während ich Dads Handynummer wähle. Ich mache noch ein paar Schritte. Nicht so weit, dass sie glaubt, ich würde ihr Handy klauen, aber weit genug, dass sie nicht jedes Wort von dem Wahnsinn hören kann, den ich gleich von mir geben werde. Als der Anruf direkt auf die Mailbox geht, stockt mir das Herz. Nicht mal ein einziges Klingeln. Ist er in der Nähe des Lagers? Ist seine Zeit schon abgelaufen?

»Ist alles in Ordnung?«, fragt die Frau. Wie Lexi. »Brauchst du Hilfe?«

Als ich aufblicke, sehe ich, dass sie mich eindringlich mustert. *Ja,* möchte ich sagen. *Ich brauche sehr viel Hilfe.*

»Kann ich noch einen Anruf machen?«, frage ich, während ich wieder auf sie zugehe. »Bei mir zu Hause. Das Handy von meinem Dad ist aus.«

»Klar.« Sie schiebt das Baby auf ihr anderes Bein, wirft einen Blick zu Jasper hinüber, dann zu einem Sicherheitsmann an der Tür. Sie weiß, dass ich ihr eine Menge verschweige. Sie spürt es. Vielleicht ist sie einfach ein netter Mensch. Oder vielleicht ist sie ein Outlier. Und vielleicht wird sie es nie erfahren. »Mach nur.«

Ich habe nur noch eine Chance – noch einen Anruf, bevor sie wenigstens darauf bestehen wird, »Hilfe zu holen«. Gideon ist meine einzige Hoffnung. Mein Gesicht fühlt sich heiß an, während ich seine Handynummer wähle und hoffe, dass ich zu ihm durchkomme. Hoffe, dass er genau das tut, was getan werden muss.

»Hallo?« Gideon meldet sich, bevor ich wieder außer Hörweite gehen kann.

»Gideon, hier ist Wylie. Du musst mir zuhören«, sage ich, und meine Stimme bricht. Aber ich darf jetzt nicht zusammenklappen, noch nicht. »Du musst die Polizei in Boston anrufen. Sag ihnen, Dad ist was passiert. Dass er Probleme hat. Jemand …« Was kann ich sagen, das nicht völlig verrückt klingt? Das Gideon der Polizei sagen kann, damit sie nach einem erwachsenen Mann suchen, der erst seit ein paar Stunden weg ist? »Dad wurde in Boston mit seinem Auto entführt. Ein Mann mit einer Pistole hat ihn und sein Auto mitgenommen. Er hat mich einmal angerufen. Er sagte, sie seien in der Nähe von Camp Colestah in Maine.«

Es ergibt nicht viel Sinn, aber es ist auch keine ganz große Lüge. Als ich nach unten blicke, sehe ich, dass mich die Frau mit dem Baby mit offenem Mund anstarrt – das Gerede von Pistolen, der Polizei. Ich kann es ihr nicht verübeln. Aber ich muss zu Ende reden, bevor sie ihr Handy wiederhaben kann. Bevor sie mich loswird.

»Was redest du denn da?«, fragt Gideon. »Und wo bist du?« Jetzt klingt er ehrlich besorgt. »Du kannst nicht einfach abhauen, ohne irgendwem Bescheid zu sagen. Wessen Handy ist das? Und was meinst du damit, dass Dad …«

»Gideon!«, schreie ich viel zu laut. Ich bringe es jetzt nicht mehr über mich, die Frau anzusehen, und umklammere das Handy, damit es mir niemand entreißen kann. »Bitte hör mir einfach zu. Ich muss jetzt auflegen. Ruf einfach die Polizei. Die Polizei in Boston. Sag ihnen, sie sollen in Maine nach Dads Auto suchen, irgendwo auf dem Highway zwischen Newton und Camp Colestah in Maine. Sonst passiert ihm vielleicht etwas echt Schlimmes.«

»Wie wäre es, wenn du einfach selbst mit Dad redest?«

»Ich kann nicht mit Dad reden, Gideon! Darum geht es ja! Er geht nicht ans Telefon. Er braucht unsere Hilfe.«

»Ähm, ja, aber du kannst trotzdem mit ihm reden. Er sitzt hier direkt neben mir.«

27

Sie schicken die Polizei. Alle möglichen Polizisten an alle möglichen Orte. Zum Camp. Zu uns. Sogar zu Officer Kendall, finden können sie ihn allerdings nicht. *State Police.* Das FBI auch, denn Quentin hat mit Cassie Bundesstaatsgrenzen überquert. Ich erkläre Dad nicht alle Einzelheiten am Telefon, nur genug, damit er es versteht. Damit er weiß, dass etwas Schreckliches passiert ist und Cassie nicht mehr da ist. Und dass man der örtlichen Polizei in der Nähe des Lagers nicht trauen kann. Und er sagt genug, damit ich weiß, dass keine der Nachrichten, die ich nach unserem Streit am Telefon bekommen habe, von ihm ist. Dass ich seine Handynummer angezeigt bekam und nicht seinen Namen, war ein Hinweis, nur nicht so, wie ich dachte. Und die Nachrichten, die er tatsächlich geschickt hat, und was er mir auf die Voicemail gesprochen hat, wurden – ohne dass er es wusste – blockiert und kamen nie bei mir an. Wer weiß, ob die von Level99 wussten, wem sie wirklich halfen oder warum, aber sie haben ihre Sache sehr gut gemacht.

Dad davon zu überzeugen, zu Hause zu bleiben, ist schon schwieriger. Er will sofort herkommen und selbst sehen, dass es mir gut geht. Dafür bin ich viel dankbarer, als ich es mir je hätte vorstellen können, aber ich habe immer noch Angst, dass Quentin vielleicht nach ihm sucht. Als meine Stimme bricht, während ich ihn anflehe, nicht herzukommen, hört er endlich auf mich.

Karen dagegen hat keine Wahl. Sie ist schon unterwegs.

Jasper und ich sprechen nicht viel auf der Heimfahrt, wieder einmal auf dem Rücksitz eines Polizeiautos. Dieses ist älter und enger, aber es fühlt sich viel sicherer an. Wir sind über Nacht auf dem Rastplatz geblieben und haben Fragen über Fragen von Polizisten über Polizisten beantwortet: Streifenpolizisten, Detectives und schließlich sogar das FBI. Nachdem wir eine Stunde in Richtung Newton gefahren sind, geht endlich die Sonne langsam auf, und der Himmel über den Bäumen ist ein Wirbel aus Rosa- und Lilatönen. Als ich für ein paar Minuten einschlafe, träume ich von Feuer, Cassie in Flammen, und schrecke mit einem Luftschnappen hoch, das Jasper weckt. Die Polizistin auf dem Beifahrersitz dreht den Kopf ein Stück, sieht mich aber nicht an.

»Alles gut«, sagt sie ausdruckslos und entschieden. Förmlich. »Ihr seid jetzt in Sicherheit.«

Aber das ist kein Trost, denn ich fühle mich nicht sicher. Vielleicht werde ich das nie wieder.

Da fragt Jasper: »Glaubst du, du bist wirklich ein Outlier?«

»Ich weiß nicht«, antworte ich, und es stimmt. Es gab Dinge, die ich irgendwie zu wissen schien, seit Jasper und ich das Haus verlassen haben: das fehlende Baby von Lexi und Doug, dass der alte Mann bereit war, uns seinen Autoschlüssel zu geben, der LKW-Fahrer, der unter meiner Drohung eingeknickt ist. Aber so viele andere Dinge habe ich auch nicht mitbekommen: wer Quentin war, was Cassie tun würde. »Vielleicht bin ich ein Outlier. Vielleicht auch nicht.«

»Kommst du klar?«, fragt er.

»Ich weiß nicht«, sage ich wieder und zwinge mich zu einem leichten Lächeln. »Vielleicht. Vielleicht auch nicht.«

Es ist die Wahrheit. Aber es stimmt auch, dass ich schon seit Stunden viel weniger Panik habe. Liegt es daran, dass ich jetzt eine Erklärung dafür habe, wie ich bin? Wurde ich durch dieses Geheimnis aus dem Angst-Alcatraz befreit? Ich weiß es nicht. Ich komme mir vor, als wüsste ich überhaupt nichts mehr, außer dass ich nach Hause muss und Dad sehen.

Jasper drückt wieder meine Hand. Aber diesmal lässt er nicht los. Nein, er schläft wieder ein, die Finger fest um meine geschlossen.

»Ich rufe dich an«, sagt er, als wir endlich um kurz nach sieben Uhr morgens vor meinem Haus anhalten. Es klingt unbehaglich und seltsam, wie das schlimme Ende eines noch schlimmeren ersten Dates. Das weiß Jasper auch. Aber es ist immer noch besser als die Wahrheit: *Wir sehen uns auf Cassies Beerdigung*. Daran wollen wir beide nicht denken.

»Danke«, sage ich zu Jasper, während die Polizistin die hintere Tür öffnet, um mich herauszulassen. Und das klingt genauso eigenartig, aber es ist ebenfalls die Wahrheit. Wäre Jasper nicht gewesen, wäre ich mit Cassie in der Hütte geblieben und hätte mich von den Flammen verschlingen lassen.

»Gott sei Dank geht es dir gut!«, sagt Dad, schlingt die Arme fest um mich und zieht mich herein. Jetzt umarmt er mich so fest, wie ich es seit dem Unfall meiner Mutter gebraucht habe. Ich habe erwartet, dass ich wütender sein würde, wenn ich ihn sehe. Sauer über das, was er mir verschwiegen hat. Aber in diesem Moment ist nichts so wichtig wie die Tatsache, dass es ihm gut geht. Dass ich ihn nicht auch noch verloren habe.

Ich will etwas sagen, fange stattdessen aber an zu weinen, tiefe, nasse Schluchzer, von denen ich gar nicht wusste, dass ich sie zurückgehalten habe. Ich spüre, wie Gideon mich anstarrt. Er lehnt an der Tür zur Küche und sieht besorgt aus, als ich Dad endlich loslasse und mir das Gesicht abwische.

»Was ist passiert?«, fragt er, und in seiner Stimme schwingt ein leichter Unterton mit, als wäre ich vielleicht schuld daran, dass Cassie nicht nach Hause kommt.

»Machen wir mal langsam mit den Fragen, in Ordnung?«, sagt Dad liebevoll. »Lassen wir Wylie erst einmal wieder zu sich kommen.«

»Ich habe getan, was ich konnte«, sage ich, als Gideon im Wohnzimmer verschwindet. Ich sage es, obwohl es sich für mich wie eine Lüge anhört. Vielleicht gerade deshalb.

»Das weiß ich, Schatz.« Mein Dad legt wieder den Arm um mich, und es fühlt sich so natürlich und richtig an. »Alle wissen es.«

Erst viel später, nachdem ich mir das Gesicht gewaschen und mich umgezogen habe und wieder und wieder versucht habe, mir diesen furchtbaren Gestank nach Rauch und Tod aus den Haaren zu waschen, nachdem Dad Toast und Tee gemacht und mich gezwungen hat, zwei Gläser Wasser zu trinken, fange ich endlich an, ihm alles zu erzählen. Oder das, was ich weiß, was vielleicht – nein, sicher – viel, viel weniger als alles ist.

»Ich hätte nicht …« Gequält schüttelt er den Kopf. Einen Augenblick lang habe ich Angst, ihn doch noch weinen zu sehen. »Du hattest ein Recht darauf, von deinen Testergebnissen zu erfahren. Es war falsch, dir das zu verschweigen. Das sehe ich jetzt ein. Aber glaub mir bitte, dass ich dich nur schützen wollte. Egal, was passiert, ich … ich wollte nur, dass du die Wahl hast.«

»Was für eine Wahl?«

»Wer weiß, wohin das alles führen wird? Du hast die bisherigen Reaktionen gesehen – Quentin und dieses Kollektiv. Und es gibt noch viel mehr, was die Leute nicht wissen. Es liegt nicht in meiner Macht, was passiert, wenn ich es aus der Hand gebe.«

»Du hast es schon jetzt nicht mehr in der Hand. Quentin – Dr. Caton, wie auch immer er heißt – wusste alles. Ich glaube, *er* hat sich in euer Computersystem gehackt.«

Dad schüttelt den Kopf. »Er wusste nicht alles. Ich habe gemerkt, dass einige Daten manipuliert wurden und meine private E-Mail-Adresse auch. Mir war nur nicht klar, dass mein Handy auch gehackt wurde, wahrscheinlich mit einer Art improvisiertem IMSI-Catcher, um auch meine Anrufe abzuhören. Und ich wusste auf jeden Fall auch nicht, dass sie dir diese ganzen Nachrichten geschickt haben, nachdem wir an der Tankstelle telefoniert hatten, und dass sie manipuliert haben, was ich gesagt hatte und es auf noch schlimmere Art gegen dich einsetzten. Danach müssen sie alle meine Nachrichten und Anrufe blockiert haben, indem sie entweder Zugriff auf dein Handy hatten oder auf die zentralen Server, denn an meinem Ende sah es aus, als würden sie durchgehen. Ich habe nie aufgehört, dich zu suchen. Das musst du mir glauben.« Er schüttelt den Kopf. »Jedenfalls habe ich seit meiner Studie noch einiges erforscht, von dem Dr. Caton sicher nichts weiß. Mehr habe ich tatsächlich seitdem nicht getan: Ich habe mir nur die Outliers angesehen. Nach Moms Tod habe ich eine zweite Phase der Studie vorgenommen. Sie war eilig und ziemlich unausgereift, aber ich habe noch mehr Outliers gefunden. Zu ungefähr demselben Prozentsatz bezogen auf die Teilnehmer. Allerdings nicht alle annähernd so begabt wie du. Unter den Outliers gibt es eine große Bandbreite der Fähigkeiten, das ist mir jetzt klar. Und auch wenn ich immer noch nicht glaube, dass ein reiner Nicht-Outlier zu einem Outlier werden kann, wie Dr. Caton so unbedingt an sich selbst beweisen wollte, glaube ich doch, dass Outliers möglicherweise ihre Fähigkeiten verbessern können.«

»Und?«, frage ich. »Du wirkst besorgt, Dad, ehrlich. Und Sorgen sind, wie du weißt, nicht das Beste für mich.«

»Ich bin nicht besorgt, aber ich würde lügen, wenn ich nicht zugeben würde, dass ich beunruhigt bin. Und ich möchte jetzt ehrlich zu dir sein – so ehrlich, wie ich kann.«

»Okay, aber wenn du glaubst, dass mich das beruhigt – es funktioniert nicht.«

»Na ja, wie du weißt, gab es in der ersten Teilnehmergruppe nur die drei Outliers – um genau zu sein zwei und dann noch dich. Natürlich gehörtest du nicht zur eigentlichen Studie. Ich hatte sofort den Verdacht, das Phänomen könnte irgendwie mit dem Alter zusammenhängen. Ihr wart alle jünger als die anderen Teilnehmer.«

»Ja, Dr. Simons – oder wer auch immer er war – sagte, es sei alles eine Altersfrage, und diese drei – oder zwei und ich – seien alle unter achtzehn.«

»Achtzehn wäre aber keine klare Grenze. Veränderungen mit dem Alter sind fließend und individuell verschieden. Vielleicht hat es mit der Gehirnstruktur oder -vernetzung zu tun. Beide sind in den Teenagerjahren so dynamisch. Und es könnte sein, dass der Teil des Gehirns, der diese nonvisuelle, nonauditive emotionale Wahrnehmung ermöglicht, im Erwachsenenalter verschwindet, wenn er brachliegt.«

»›Brachliegen‹? Langsam komme ich nicht mehr mit.«

»Er verkümmert, vertrocknet, stirbt ab«, sagt er. »Durch mangelnde Nutzung. Das alles ist im Moment noch reine Spekulation. Eine Theorie. Ich weiß noch nicht, was das Phänomen auslöst, nur dass es existiert. Vielleicht hat es immer existiert und wurde übersehen, weil es so flüchtig ist. Vielleicht ist es auch etwas Neues. Es gibt noch so viel zu tun. Aber ich glaube, falls die Outliers lernen könnten, diese erhöhten Wahrnehmungsfähigkeiten weiterzuentwickeln, dann könnten sie im Erwachsenenalter weiterbestehen. Und vielleicht sogar stärker und umfassender werden. Womöglich könnte das zu einer echten, wissenschaftlich nachweisbaren, ernsthaft nützlichen Intuition führen.«

»Ja, klar, das klingt gut«, sage ich. »Und was war das mit dem beunruhigenden Teil?«

»Ich muss richtige, umfassende Studien mit einer viel substantielleren Probandengruppe machen. Und wie ich schon sagte, wir kennen den Grund nicht. Es könnte auch etwas anderes sein als die Hirnstruktur – Vererbung zum Beispiel. Sie wollte nie getestet werden, aber deine Mutter hatte eine erhöhte emotionale Intelligenz. Und dann noch deine Großmutter …«

»Ich dachte, sie …«

»Ich weiß es nicht«, sagt er schnell, als er merkt, dass er meine Großmutter wahrscheinlich nicht hätte erwähnen sollen. Ihre Geschichte hat schließlich nicht direkt ein Happy End. »Sozialisierung könnte der zentrale Faktor sein. Oder sogar eine Art virale Mutation, wobei das unter diesen Umständen nicht alles erklären würde. Was wir auch nicht einbezogen haben, sind sexuelle Orientierung und Geschlechtsidentität, um zu beobachten, wie sie möglicherweise die Ergebnisse beeinflussen. Wie ich schon sagte, der Probenumfang ist in jedem Fall viel zu klein, um irgendwelche abschließenden Schlussfolger …«

»Dad, hör auf«, sage ich. »Bitte. Spuck's endlich aus. Was ist es? Ich merke doch, dass du um den wichtigsten Teil herumredest.«

»Es scheint ein erhebliches Geschlechtermissverhältnis zu geben, Wylie.«

»Klartext bitte?«, frage ich.

»Die Outliers – die besonders begabten und die weniger begabten – sind bisher alle Mädchen«, sagt er. »Auch in den Nachfolgeversuchen.«

»Okay«, sage ich langsam. »Klingt gut. Ein Punkt für die Damen.«

»Aber wenn diese Fähigkeit wirklich ausschließlich Frauen betrifft, werden Männer – alle Männer – im Abseits stehen. Wie ich schon sagte, wir wissen noch nicht, wie weit diese Fähigkeit entwickelt sein könnte.«

»Dann wird es für sie wohl echt scheiße, wenn das ein großes Ding wird«, stelle ich fest, und ich will das Ganze nicht einfach so abtun. Aber ich weiß immer noch nicht, worauf er hinauswill, oder vielleicht will ich es nur nicht wissen. Aber Dads Gesichtsausdruck nagt an mir. Die Angst. Ich will einfach, dass er nicht mehr so besorgt wirkt. »Es ist schließlich nicht so, dass diese Männer entscheiden können, was wahr ist.«

»Du wärst überrascht, was manche Leute glauben, entscheiden zu dürfen«, sagt er. »Seit Generationen behaupten einige Männer, was Frauen unterscheidet, mache sie auch minderwertiger. Und jetzt soll ich ihnen noch Munition liefern?«

»Wir sind weniger wert, weil wir etwas können, das sie nicht können?«, frage ich. »Das ist doch unlogisch.«

»Sehr viel von dem, was Leute glauben, ist unlogisch, Wylie.« Er schüttelt den Kopf. »Das macht die Welt manchmal erschreckend tragisch.«

Tragisch. Kein Unfall. Es taucht plötzlich in meinem Kopf auf. Ich habe versucht, Quentins Gerede über den Unfall meiner Mom als eine seiner vielen Lügen abzutun, aber jetzt kann ich an nichts anderes mehr denken.

»Dr. Caton und der falsche Dr. Simons sagten, was Mom passiert ist, sei kein Unfall gewesen.« Ich verschränke die Hände im Schoß, damit ich nicht sehen muss, wie sie zittern. »Sie haben mir so viele Lügen erzählt, also bin ich mir nicht sicher, ob …«

Doch die Augen meines Dads sind schon glasig. »Wenn du mich vor ein paar Wochen gefragt hättest, hätte ich gesagt, es war definitiv ein Unfall. Jetzt bin ich mir nicht mehr so sicher.« Er lächelt, aber es ist ein schreckliches Lächeln. Und zum ersten Mal kommen richtige Tränen aus seinen Augen. »Sie war an dem Abend mit meinem Auto unterwegs. Vielleicht hielt sie jemand sogar für mich.«

»Wer? Dr. Caton?«, frage ich.

Er schüttelt den Kopf und wischt sich übers Gesicht. »Ich glaube nicht. Ich glaube, er hätte mich gebraucht, damit ich beweise, dass er recht hat.«

»Wer dann?«

Er sieht mich unbehaglich an. Als wäre das das Allerletzte, was er mir sagen will. »Ich weiß es ehrlich nicht.«

»Und was ist mit diesem ganzen Gerede von Quentin über ›andere Leute‹?«

»Ich würde dir gern sagen, dass er sich das alles nur ausgedacht hat. Glaub mir, das meine ich ernst. Aber diese

Forschung hat so weitreichende Konsequenzen. Könnte so wertvoll für eine ganze Reihe von Leuten sein. Gute und böse.« Er senkt für eine ganze Weile den Blick. »Weißt du, deine Mom wollte, dass ich dir von deinen Testergebnissen erzähle. Sie fand, du hast ein Recht darauf, es zu wissen. Dass du es verdienst.« Er holt tief Luft. »Sogar ihr habe ich erst einen Monat später von deinen Ergebnissen erzählt, nach Thanksgiving. Und dann haben wir bis zu ihrem Unfall ständig deswegen gestritten. Sechs verschwendete Wochen. Es wird immer zu den Dingen gehören, die ich am meisten bedauere … dass ich nicht auf sie gehört habe. Sie hatte recht. Sie hatte immer mit allem recht. Natürlich hätte ich deine Ergebnisse erst gar nicht aufzeichnen dürfen. Aber der Wissenschaftler in mir …« Wieder schüttelt er den Kopf. »Ich habe immerhin so weit gezögert, dass ich sie mit denen von Cassie vertauscht habe. Ein paar Tage später kam ich zur Vernunft und nahm sie ganz heraus. Aber da war es schon zu spät. Die Daten waren schon gehackt worden.«

»Als Cassie verschwunden war, wusstest du da, dass es etwas damit zu tun hatte?«

Er schüttelt wieder den Kopf. »Ich wusste es nicht. Aber als Dr. Simons an dem Abend anrief, als Karen hier war, sagte er mir, sein Freund, der uns mit der Internetsicherheit geholfen hatte, hätte noch einen versuchten Zugriff auf die Daten gemeldet. Das schien mir ein merkwürdiger Zufall zu sein. Gleichzeitig konnte ich mir nicht vorstellen, wie es zusammenhängen könnte. Ich habe Dr. Caton nie als echte Bedrohung betrachtet.«

Da fällt mir wieder das letzte Mal ein, als Dad und ich miteinander sprachen. Als ich an der Tankstelle mit ihm telefoniert habe. Wie ich geschrien habe, ich wünschte, er hätte an dem Abend im Auto gesessen, und nicht Mom. Im

Grunde habe ich geschrien, dass ich mir wünschte, er wäre tot. Bei dem Gedanken zucke ich innerlich zusammen und verziehe das Gesicht.

»Ich habe das nicht so gemeint. Was ich über dich und den Unfall gesagt habe. Ehrlich nicht.«

»Ich weiß. Und es tut mir leid, dass ich dir damit gedroht habe, Dr. Shepard anzurufen. Aber als du sagtest, ihr hättet von Cassie gehört und wolltet sie abholen – ich hatte Angst, dass irgendetwas grundsätzlich nicht stimmte. Und dann wolltest du mir nicht sagen, wo sie war.«

»Weil ich es noch nicht wusste«, sage ich. »Ich wollte einfach … ich wollte eine gute Freundin sein.« Als die Tränen wieder fließen, schüttle ich den Kopf.

Mein Dad legt die Hand auf meine. »Das weiß ich, und es ist nicht deine Schuld, Wylie. Es ist meine. Ich habe alles versucht, was mir einfiel, um dich zu finden. Ich habe die Polizei angerufen, aber als ich zugab, dass du selbst losgefahren bist, haben sie mich noch weniger ernst genommen als Karen und sagten mir klipp und klar, sie würden dir nicht hinterherjagen. Punkt. Also fiel mir nur meine einzige andere Alternative ein: Dr. Shepard. Natürlich waren die Nachrichten, in denen stand, ich hätte sie angerufen und sie hätte dich schon als potenzielle Gefahr gemeldet, nicht von mir. Ich hätte das nie wirklich getan. Aber ich hätte dir auch nicht damit drohen dürfen«, sagt er traurig. »Das ist keine Entschuldigung, aber ich hatte solche Angst, dass dir etwas passiert. Du hättest mich sehen sollen, wie ich von hier aus versucht habe, dein Handy zu orten. Ich habe ernsthaft bereut, dass ich die Ortungsfunktion auf deinem neuen Handy nicht aktiviert hatte – ich habe versucht, einen anderen Weg zu finden, aber ich kam nicht weit.« Dad streckt die andere Hand aus und legt sie mir in den Nacken; seine

Augen glänzen, während er die Stirn an meine lehnt. »Ich bin so froh, dass es dir gut geht.«

Seine Stirn ruht immer noch an meiner, als es an der Tür klingelt. Ich denke daran, wie Karen vor unserer Tür stand. Das ist erst zwei Tage her, aber es kommt mir vor wie eine Ewigkeit.

»Warte hier«, sagt Dad. »Ich gehe schon.«

Ich höre, wie er in den Flur hinausgeht und die Tür öffnet. Dann eine Stimme, die ich nicht verstehe. Dann meinen Dad.

»Ja? Kann ich Ihnen helfen?« Er klingt überhaupt nicht so, als wolle er helfen. Die andere Person sagt wohl wieder etwas, das ich nicht verstehe. »Kann das nicht warten?«, fragt mein Dad jetzt mit eindeutig scharfer Stimme. »Sie ist erschöpft.«

»Sie«, das bin natürlich ich. Ich stehe auf und gehe nachsehen, was los ist, denn ich mache mir Sorgen. Nicht, weil ich ein Outlier bin – Dad und ich müssen noch sehr viel reden, bevor ich das wirklich glaube –, sondern weil jeder in meiner Lage besorgt wäre.

»Tut mir leid, das kann nicht warten, Dr. Lang«, sagt eine schroffe, formell klingende Stimme, als ich in den Flur komme. »Wir müssen Ihrer Tochter einige Fragen stellen. Leider ist Eile geboten.«

»Sie hat der Polizei schon alles gesagt, was sie weiß«, sagt Dad gerade, als ich versuche, an der Tür vorbeizuspähen. Immer noch nicht ganz sicher, ob ich es überhaupt will.

»Das verstehe ich, und es tut mir leid, Sir«, sagt eine andere Stimme höflich, aber bestimmt. »Aber sie muss es noch einmal mit dem Department of Homeland Security durchgehen.«

Als ich schließlich am Arm meines Dads vorbeischaue,

mit dem er die Tür festhält, sehe ich sechs Beamte auf der Veranda stehen. Alles große weiße Männer mit ausdruckslosen Gesichtern. Sie tragen alle die gleichen Windjacken mit großen goldenen Emblemen über der rechten Brust. Irgendwie sehen sie trotz des deutlich verschiedenen Körperbaus identisch aus.

»Wylie Lang?«, fragt einer von ihnen, der Größte der Gruppe. Er lächelt mich jetzt an. Seine Zähne sind zu groß und zu hell.

»Haben Sie Cassie gefunden?«, frage ich, denn ja, ein kleiner Teil von mir hofft immer noch, sie könnte irgendwie am Leben sein.

»Leider ja, Miss«, antwortet ein anderer. Er ist der Muskulöseste, eher wie ein Marine. »Am Tatort verstorben, wie Sie es beschrieben haben. Zusammen mit allen anderen Mitgliedern dieser Gruppe namens Das Kollektiv.«

»Was, sie sind alle tot?«, frage ich, und mein Herz schlägt schneller. Ich denke an Fiona und Miriam. Und an Lexi, deren Baby zu Hause auf sie wartete. Vielleicht nicht vollkommen unschuldig, aber keine von ihnen hatte es verdient zu sterben. »Wie sind sie gestorben?«

»Dr. Quentin Caton«, sagt ein dritter Agent. »Wir gehen davon aus, dass er das Verbrechen begangen hat.«

»Welches Verbrechen?« Es gibt so viele Möglichkeiten.

»Zahlreiche Schussverletzungen, sehen aus wie von einer automatischen Waffe«, sagt er, als müsste ich das schon wissen. »Wir haben keinen Grund zur Annahme, dass eines der Mitglieder des Kollektivs oder Dr. Caton fliehen konnte. Tatsächlich scheint es ein erweiterter Selbstmord zu sein. Aber wir werden die offizielle Identifizierung der Leichen und den Bericht des Gerichtsmediziners abwarten müssen, bis wir das sicher wissen.«

»Aber das ergibt doch keinen Sinn. Sie hatten nur eine Waffe, und das war ein altes Gewehr.«

»Na ja, vielleicht gab es ein Waffenlager, von dem Sie nichts wussten?«, gibt der Dünne zu bedenken, als wäre es dumm von mir zu glauben, ich hätte von all ihren Waffen wissen müssen, und vielleicht stimmt das auch. Trotzdem habe ich das Gefühl, dass hier überhaupt nichts zusammenpasst.

Es sei denn, sie sind wirklich gekommen, denke ich dann. *Sie sind gekommen und haben alle umgebracht.*

»North Point, der Rüstungskonzern? Vielleicht waren es die?«

»North Point, Miss?«, fragt der Kleine mit so hellblonden Haaren, dass sie fast weiß sind. Sein Ton sagt: *dummes Kind.*

»Das ist ein Rüstungskonzern«, sage ich und wünsche mir sofort, ich hätte es nicht erwähnt. Es klingt dumm. Aber auch wie die einzige sinnvolle Erklärung. »Sie wollen die Forschungsergebnisse meines Dads.«

Die Beamten sehen einander mit diesen zusammengezogenen Augenbrauen an. Der Pummelige tippt den Namen in sein Smartphone. »North Point, ja?«, fragt er laut. »Tja, da haben wir eine Kirche, einen Glastürenhersteller und einen digitalen Dienstleister – was auch immer das sein soll. Nichts mit Rüstung.«

»Und wir kennen die verschiedenen Rüstungsfirmen alle ziemlich gut«, sagt der Dünne. Er sieht sich zu den anderen um, die nicken. »Wir haben nie von North Point gehört.«

»Aber wir gehen dem natürlich nach. Wir würden das alles gern weiter besprechen, Ms Lang.« Das ist wieder der Große. Der mit den Zähnen. Er kommt einen Schritt näher. »Wir würden Sie gern auf den neuesten Stand bringen und uns mögliche Theorien ansehen, die Sie vielleicht haben. Sie müssten nur mit uns kommen und noch ein paar Fragen beantworten. Ich kann Ihnen versprechen, es dauert nicht lange.«

Bevor ich antworten kann, vibriert mein Handy einmal und dann noch einmal in meiner hinteren Hosentasche – zwei Nachrichten. Dann eine dritte, bevor ich es überhaupt aus der Tasche ziehen kann. Als ich es tue, sehe ich drei Nachrichten von Jasper. Alle mit derselben Frage.

Sind bei euch zu Hause so eine Art Agenten?

Ich drehe der Tür den Rücken zu, während ich die Antwort tippe.

Ja. Warum?

Jaspers Antwort kommt augenblicklich. Und es ist nur ein einziges Wort.

Lauf.

Danksagung

Vielen Dank an meine unermüdliche und beharrliche Lektorin Jennifer Klonsky, weil sie das Risiko einging und diesen übermenschlichen Glauben an mich und Geduld mit mir hatte. Du hast wahnsinnig viel zu diesem Buch beigetragen, und ich bin dir nicht nur für deine außergewöhnlichen Fähigkeiten als Lektorin dankbar, sondern auch für dein klares Urteilsvermögen und deinen scharfen Sinn für Humor. Danke auch an Catherine Wallace und Elizabeth Lynch für eure unendliche Hilfe.

Mein tiefster Dank geht an Suzanne Murphy und Susan Katz, dass sie dieser Reihe zum Start verholfen haben, und an Kate Jackson, die sie am Laufen hält.

Danke an das engagierte und talentierte Marketing-Team von HarperTeen: Diane Naughton, Elizabeth Ward, Kara Brammer und Sabrina Abballe, außerdem an die unglaublich kreativen Menschen beim integrierten Marketing: Colleen O'Connell, Margot Wood, Nina Mehta und ans Schul- und Bibliotheksmarketing: Patty Rosati und Molly Motch. Danke auch an meine fantastischen Presseagentinnen Cindy Hamilton und Gina Rizzo.

Vielen Dank für grandiose Grafik an: Barb Fitzsimmons, Alison Donalty, Alison Klapthor und vor allem Sarah Kaufman.

Danke an das unendlich kluge und fachkundige HarperTeen-Vertriebsteam: Andrea Pappenheimer, Kerry Moynagh und Kathy Faber. Außerdem an Jen Wygand, Jenny Sheridan, Heather Doss, Deb Murphy, Fran Olson, Susan Yeager, Jess Malone und Jess Abel sowie an Samantha Hagerbaumer, Andrea Rosen und Jean McGinley.

Danke an all die engagierten Menschen im Lektorat von HarperTeen: Josh Weiss, Bethany Reis und meine Redakteurin Valerie Shea.

Vielen Dank an meine fabelhafte Agentin Marly Rusoff und an Michael Radulescu und Julie Mosow. Sehr, sehr dankbar bin ich dem unermüdlichen Wunderwerk Gina Iaquinta. Danke außerdem an Lynn Goldberg, Kathleen Zrelak, Shari Smiley, Lizzy Kremer und Harriet Moore. Und an die immer wundervolle Claire Wachtel.

Vielen Dank an die Experten, die meine Fragen so großzügig beantworteten oder mich an andere verwiesen, die mir weiterhelfen konnten: Dr. Marc Brackett, Ann Enthoven, Dr. Cassandra Gould, Wendy Green, Dr. Allyson Hobbs, Leslie Lewin, Dr. John D. Mayer, Dr. Rebecca Prentice, Dr. Susan Rivers, Kate Rozen, Dr. Peter Salovey und Dr. Matt Wall. Viel verdanke ich auch der unglaublichen Arbeit von Roxane Gay.

Unendlicher Dank geht an meine großartige Familie und meine Freunde: Martin und Claire Prentice, Mike Blom, Catherine und David Bohigian, Cindy Buzzeo, Cara Cragan und Michael Moroney, die Cragan-Familie, die Crane-Familie, Joe und Naomi Daniels, Larry und Suzy Daniels, Bob Daniels und Craig Leslie, Diane und Stanley Dohm, Elena Evangelo und Dan Panosian, Dave Fischer, Heather und Michael Frattone, Tania Garcia, Jason und Jessica Garmise, Sonya Glazer, Jeff Johnson, David Kear, Merrie Koehlert, Hallie Levin, John McCreight und Kim Healey,

Brian McCreight, die Metzger-Familie, Jason Miller, Tara und Frank Pometti, Stephen Prentice, Motoko Rich und Mark Topping, Jon Reinish, Bronwen Stine, die Thomatos-Familie, Meg und Charles Yonts, Denise Young Farrell und Christine Yu. Danke an die Baristas im Park Slope Starbucks, weil sie mich wie eine Mitarbeiterin ehrenhalber behandelt haben. Und ein ganz besonderes Dankeschön an die wundervolle Kate Eschelbach, weil sie stets die Stellung hält.

Sehr dankbar bin ich meiner ersten Leserin Megan Crane, Nicole Kear, die für die tägliche Überprüfung zuständig war, und Victoria Cook, die vor Jahren aus einem winzigen Funken ein Feuer entfacht hat.

Danke an meine Tochter Emerson, du inspirierst mich täglich mit deiner Charakterfestigkeit und deiner Entschlossenheit. Und an meine Tochter Harper für die Erinnerung daran, was es bedeutet, zu gleichen Teilen freundlich und mutig zu sein. Vielen Dank an meinen Ehemann Tony für die Monate, in denen du weit mehr als deinen eigenen Anteil an der Kinderbetreuung erledigt hast und weil du mich immer zum Lächeln bringst, nachdem du sie zum Lächeln gebracht hast. Ohne dich hätte ich es nicht geschafft, würde es aber auch nicht wollen. Und an euch alle drei: Danke, dass ihr mich immer zu Hause willkommen heißt.

Autorin

Kimberly McCreight arbeitete als Anwältin, bevor sie sich ganz ihrer eigentlichen Leidenschaft, dem Schreiben, widmete. Ihre Romane, darunter die vielgelobte »Outliers«-Trilogie, sind New-York-Times-Bestseller. Mit ihrem Ehemann und ihren zwei Kindern lebt Kimberly McCreight in Brooklyn, New York.
Mehr zu Kimberly McCreight: www.kimberlymccreight.com

Kimberly McCreight im Goldmann Verlag:

Outliers. Gefährliche Bestimmung. Die Bedrohung. Band 2. Roman (erscheint im Dezember 2018) (auch als E-Book erhältlich)
Outliers. Gefährliche Bestimmung. Die Entscheidung. Band 3. Roman (erscheint im Februar 2019) (auch als E-Book erhältlich)
Die letzte Wahrheit. Roman (nur als E-Book erhältlich)